GIULIA

Sveva Casati Modignani

GIULIA

Aus dem Italienischen von
Claudia Schmitt und Sabine Brändle

Edition Weitbrecht

CIP-Titelaufnahme der Deutschen Bibliothek

Casati Modignani, Sveva:
Giulia / Sveva Casati Modignani.
Aus d. Ital. von Claudia Schmitt u. Sabine Brändle. –
Stuttgart ; Wien : Ed. Weitbrecht im Thienemanns-Verl., 1990
Einheitssacht.: Disperatamente Giulia <dt.>
ISBN 3-522-70740-0
NE: Casati-Modignani, Sveva:

Titel der Originalausgabe: *Disperatamente Giulia*

Übersetzung aus dem Italienischen von
Claudia Schmitt und Sabine Brändle

Die Gestaltung des Umschlags
besorgte Reichert Buchgestaltung in Stuttgart.
Reproduktion des Umschlags von Die Repro in Tamm.
Gesetzt von der Utesch Satztechnik GmbH in Hamburg.
Gedruckt und gebunden von May + Co. in Darmstadt.
Printed in Germany.
5 4 3 2

Donatella Barbieri für ihre freundliche,
ausdauernde und intelligente Mitarbeit

«Zurückkehren wohin? In mich selbst. In meinen sinnlosen, unaussprechlichen Schmerz will ich mich eingraben und zusammengekauert in diesem Loch den Schlaf erwarten.»

COLETTE

«Wir tun zwar nicht, was wir wollen, dennoch sind wir verantwortlich für das, was wir sind.»

JEAN PAUL SARTRE

Heute

1

Giulia liebte ihren Sohn Giorgio, den Schnee, die Möwen, ihren Beruf als Schriftstellerin, einen Mann namens Ermes, Großvater Ubaldo und ihre herrlichen «sterbenden Rosen», aber in dem Traum, den sie gerade hatte, kamen all diese geliebten Menschen und Dinge nicht vor. Es begann zu schneien, und ihr Herz regte sich zaghaft. Wer hatte ihr von einem Leiden erzählt, das die Erinnerung an nie ausgeführte Vorhaben, nie zur Sprache gebrachte Gefühle und nie gewährte Vergebung hinterläßt? Ein dunkler Schmerz hatte sich in ihr eingenistet, gegen den kein Trost und keine Freunde halfen. Im Ausschnitt eines Fensters sah sie, wie verträumt der Schnee herabsank. Ihm zuzuschauen schmerzte sie in den Augen, als blicke sie in die Sonne. Plötzlich begann das Licht um sie herum zu sprühen. Es war wie ein Ausbruch der Jugend, die den Gedanken an den Tod nicht kennt. Aber das Weiß verwandelte sich sofort in das Gelb eines bedrohlichen Berges, der mit Leichen übersät war. Giulia erkannte ihr Gesicht unter den umherliegenden Toten und empfand Mitleid mit sich selbst. Sie wußte, daß sie träumte, sie wußte, daß sie wieder aufwachen würde, aber sie wußte nur zu gut, daß sich ihr Seelenzustand trotzdem nicht ändern würde.

Sie wachte auf. Der Tag dämmerte bereits. Sie hatte kalte Wangen und eine eiskalte Nase: der äußerste Bezirk ihres Reiches, wie sie ihre Nase gerne nannte, war ein untrüglicher Temperaturanzeiger. Als sie einen Arm unter der warmen Lamahaardecke hervorzog, erhielt sie die Bestätigung der beißenden Kälte. In Gedanken noch bei den Toten aus dem Traum, kletterte sie aus dem Bett, aber das Bewußtsein, nur geträumt zu haben, brachte ihr keine Erleichterung. Sie legte die Hände auf den Heizkörper unterm Fenster: er war kalt. Oh Gott, dachte sie, geht das wieder los. Jeden Winter, wenn die Kälte gerade am größten war, spielte der Heizkessel verrückt, so erbarmungslos wie das Schicksal. Die regelmäßige Inspektion im Herbst nützte nichts. Das verdammte Gerät ließ sie grundsätzlich immer dann im Stich, wenn es am schlimmsten war. Sie streifte ihren Morgenmantel über, ging ins Erdgeschoß hinunter, betrat die Küche und öffnete die Tür zur Kellertreppe. Ihre Beine waren steif, ihr Herz voll Kummer. Es war, als hätte sich die ganze Welt gegen sie verschworen. Sie ging in den Raum, in dem sich der Heizkessel befand, ein Gerät von Vaillant, ein Spitzenprodukt deutscher Technologie.

Ein blaurotes Flämmchen zuckte hinter dem Fensterchen in der Mitte des weiß emaillierten Kastens und gab ihr höhnisch Antwort auf ihre Fragen.

Der Thermostat war auf zweiundzwanzig Grad eingestellt, der Wasserdruck stand zwischen eins und zwei, die Drosselklappe für die Gaszufuhr war ganz geöffnet. Alles schien in Ordnung zu sein, und doch funktionierte das teutonische Wundergerät nicht.

Sie ging wieder in die Küche hinauf. Die elektrische Uhr auf dem Kühlschrank zeigte sieben. Vor halb neun würde sie niemanden vom Kundendienst für den Heizkessel antreffen. Vorausgesetzt, das Büro war überhaupt besetzt. Am letzten Tag des Jahres waren viele über das verlängerte Wochenende in den Urlaub gefahren. Giulia zitterte vor Kälte. Sie öffnete den Backofen ihres Gasherdes und zündete ihn an. Das war die einzige Wärmequelle. Sie fühlte sich verlassen in dem kalten Haus, das ihre Einsamkeit in Angst verwandelte. Es war das erste Mal, daß sie diesem häuslichen Drama alleine gegenüberstand. Früher gab es Leo, ihren Mann. Im letzten Winter war Giorgio, ihr Sohn, dagewesen, der mit der Vitalität seiner vierzehn Jahre selbst in die deprimierendsten Situationen noch einen Hoffnungsschimmer bringen konnte, aber der Junge war vor fünf Tagen nach Wales abgereist. Giulia war wirklich ganz alleine in dem großen Haus.

Von der Straße jenseits des Gartens drang das Aufheulen eines Wagenmotors zu ihr, der gerade angelassen wurde. Man hörte die Autos über den regennassen Asphalt fahren. Der graue Tagesanbruch erfüllte die geräumige Küche mit Traurigkeit.

Obwohl Giulia den blaßblauen Morgenmantel fester um sich zog, verspürte sie keine Wärme. Mit den schlanken Fingern fuhr sie sich durch das dichte dunkle Haar und strich eine rebellische Locke zurück, die ihr in die Stirn fiel. Sie beschloß, sich einen Kaffee zu kochen. Dann würde sie sich vielleicht noch einmal das letzte Kapitel ihres Romans vornehmen, mit dem sie nicht wirklich zufrieden war. Es gab noch etwas, das sie nicht ganz überzeugte. Aus dem Backofen strömte tröstende Wärme. Die Arbeit an der Schreibmaschine war für sie immer die beste Medizin gewesen, ein Mittel, um die verinnende Zeit zu vergessen, ihr Geheimnis, um jung und vital zu bleiben. Auf diese Weise würden ihr auch die Stunden, bis sie den Heizungsreparateur rufen konnte, kürzer werden.

Irgendwo in der Ferne ließ ein verrückt gewordener Frühaufsteher ein paar Silvesterknaller los. Freudlos dachte sie, daß Dummheit genauso unvermeidlich sei wie Sonne und Regen. Der nach amerikanischer Art geröstete Kaffee von schönem, goldenem Braun verbreitete sein zartes Aroma im Raum. Sie goß ihn in eine glänzende, blümchengemusterte Porzellantasse und begann ihn, heiß und schwarz wie er war, in kleinen Schlucken zu schlürfen, während sie durch das breite, grün vergitterte Fenster hindurch den winterlichen Garten betrachtete, wo Rhododendron-, Azaleen- und Rosenbüsche in der bereits abgestandenen Luft des gerade geborenen Tages dahinwelkten. War es der letzte Tag des Jahres oder der letzte Tag der Welt? Giulia fühlte sich so geschunden, verkommen und traurig wie ihr kleiner Garten. Inmitten der ganzen Öde nahm sie die skeletthaften Zweiglein einer Hortensie wahr, die dem Wetter und der Jahreszeit zum Trotz Knospen ansetzte. Wo nimmt sie bloß den Optimismus her, dachte Giulia neidisch. Sie würde keine Knospen mehr ansetzen. Nie wieder. Undefinierbare Gefühle ergriffen sie, isoliert vom Rest der Welt und von ihren eigenen Gedanken, besessen von einer tiefen, nicht mitteilbaren Emotion. Sie dachte, sie würde sich besser fühlen, wenn Giorgio da wäre, aber auch er hatte sie, wie der Heizkessel, im Stich gelassen, wenn auch mit einer Vorankündigung von wenigen Wochen.

«Weißt du, Mammi» – so nannte er sie immer, wenn er etwas von ihr wollte – «eigentlich würde ich die Weihnachtsferien gerne bei den Mattus verbringen.» Mit diesen Worten hatte er im November angefangen, sie zu umwerben.

Die Mattus waren ein junges indisches Ehepaar mit drei kleinen Kindern, lebten in Swansea in Wales und hatten den Jungen im vergangenen Sommer, als er einen Sprachkurs besuchte, bei sich aufgenommen. Er hatte sich sehr wohl bei ihnen gefühlt.

«Liebling», hatte ihm Giulia mit freundlicher Ironie erwidert, «ist dir je in den Sinn gekommen, daß ein Urlaub in den Bergen, vielleicht sogar mit deiner Mutter, genauso interessant und vor allem billiger sein könnte?»

War das erst einen Monat oder schon hundert Jahre her? Der Tag schien ihr jetzt unendlich weit zurückzuliegen, in einer Zeit, in der es noch Raum für Pläne gab und die Aussicht auf einen Skiurlaub zusammen mit Giorgio ihre Phantasie beflügelte, so daß Giulia sich jung fühlen konnte. Sie schrieb an ihrem neuen Roman und durchlebte das zur Einsamkeit zwingende, aber trotzdem so aufregende Abenteuer des Schriftstellers, der nie weiß, ob er die Geschichte, die er im Kopf hat, zu Ende bringen wird.

Die Wärme, die aus dem Backofen strömte, ließ das Küchenfenster anlaufen. Sie dachte zärtlich an Giorgio, den sie einmal dabei überrascht hatte, wie er kindliche Obszönitäten auf eine beschlagene Scheibe malte, und sie sehnte sich danach, seine Stimme zu hören.

Sie verließ die warme Küche und ging in das eisige Wohnzimmer, um ihn anzurufen. Die elfenbeinfarbenen Teppiche auf den Jugendstilfliesen des Fußbodens waren weich und kalt wie die Tapeten, die den Eindruck einer Stuckwand vermittelten. Sie betrachtete den Marmorkamin: ein rechteckiger Spiegel, der in einen Rahmen aus dunklem Nußbaumholz eingelassen war, verziert mit zwei Kerzenleuchtern. Giulia überlegte, daß sie ihn eigentlich hätte anzünden können. Sie ließ sich auf einem der beiden Sofas nieder, die mit Blumenstoff bezogen waren – große, scharlachrote Rosen auf grün-weißem Grund –, setzte ihre Brille auf und suchte in einem Telefonverzeichnis mit türkisfarbenem Ledereinband, das neben einer modernen Lampe mit großem Schirm auf der Glasplatte des Couchtischs lag, die Nummer der Freunde in Swansea. Die Uhr zeigte fast acht, und Giulia wußte, daß die Mattus um diese Zeit bereits auf den Beinen waren.

Salinda, deren hübsches Gesicht Giulia nur von Fotos kannte, meldete sich mit sanfter Stimme am Apparat.

«Giorgio *is sleeping*», sagte sie.

«Ist er gestern spät nach Hause gekommen?» forschte Giulia mißtrauisch.

«Nein, es war erst Mitternacht», meinte Salinda beschwichtigend. «Er war auf einer kleinen Party von jungen Leuten.»

Giulia fühlte sich ausgeschlossen. Sie hatte nicht einmal den Mut loszubrüllen, Salinda solle den schmutzigen kleinen Egoisten zum Himmel noch mal aus dem Bett werfen! Früher wäre ihr eine derartige Verwünschung – für sie fast schon ein Fluch – nie in den Sinn gekommen, aber jetzt verspürte sie zum ersten Mal den unwiderstehlichen Wunsch, den Himmel und den Allmächtigen in ihre Privatangelegenheiten einzubeziehen und ihm Vorwürfe zu machen, weil er sich von ihr abgewandt hatte.

«Möchten Sie, daß ich ihn wecke?» fragte Salinda in ihrer sanften und verständigen Art.

«Nein», sagte Giulia resigniert. «Ich wollte nur wissen, ob alles in Ordnung ist», log sie. In Wahrheit wollte sie ihm sagen, daß sie halb erfroren war, alleine in dem alten Haus, ohne einen Menschen, der sie hätte trösten können, daß die Katze vor ein paar Tagen unters Auto gekommen war und ihren ersten Ausflug in die Freiheit mit dem Tod bezahlt hatte. Sie hätte ihm auch von dem Schmerz erzählen wollen, der sich in ihr eingenistet hatte, aber keiner von ihnen wäre wohl diesem Bekenntnis gewachsen gewesen. Und auf keinen Fall hätte sie ihm sagen können, daß sie gerade heute, am letzten Tag des Jahres, nach Modena auf den Friedhof fahren mußte, um der Exhumierung des Großvaters beizuwohnen. «Wirklich, Salinda, es ist schon gut.»

«Wenn Sie möchten, sage ich ihm, er soll Sie zurückrufen, sobald er aufgestanden ist», schlug die junge Inderin vor, die auf dem Foto, das Giorgio im letzten Sommer von ihr gemacht hatte, den Eindruck einer rundherum zufriedenen Hausfrau machte.

«Nein. Ich rufe um Mitternacht noch einmal an, um euch ein gutes neues Jahr zu wünschen», sagte sie, um das Gespräch zu beenden. «Nehmen Sie Giorgio für mich in den Arm. Und nochmals vielen Dank.» Dann hängte sie ein und flüchtete in die warme Küche zurück. Die Kälte war ihr bis in die Knochen gedrungen.

Sie dachte an ihren Großvater, an das, was von ihm übrig blieb, und lächelte bei dem Gedanken an den großen Abenteurer. Die Gemeinde Modena hatte ihr, ihrer Schwester Isabella und ihrem Bruder Benny, der unter diesem lächerlichen Spitznamen seinen peinlichen Namen Benito verbarg, eine vom Bürgermeister unterzeichnete Mitteilung zukommen lassen: die sterblichen Reste von Ubaldo Milkovich sollten in ein Beinhaus überführt werden und auf ewig dort verbleiben, um das Andenken an den Partisanen Kauz, Schlüsselfigur des Antifaschismus und Held des Widerstandskampfes, zu ehren.

Giulia hatte sich vorgenommen, gegen elf Uhr loszufahren, um pünktlich zu dem Termin zu kommen, der für zwei Uhr festgesetzt war. Aber würde sie ihr Programm jetzt, mit dem Problem des Wasserkessels, einhalten können? Die elektrische Uhr auf dem Kühlschrank zeigte acht. Sie wollte versuchen, sich mit dem Techniker des Kundendienstes in Verbindung zu setzen. Abermals begab sie sich in die eisige Kälte des Wohnzimmers, nahm den Hörer ab und merkte, daß mit dem Apparat etwas nicht stimmte. Anstelle des üblichen Zeichens vernahm sie ein scheußliches, krächzendes Geräusch. Sie drückte mehrmals auf die Gabel, versuchte eine Nummer zu wählen, worauf der krächzende Ton aber nur vom Besetztzeichen übertönt wurde. Sie legte den Hörer auf und betrachtete den hübschen Wecker auf der Glasplatte, die von einer vergoldeten Säulentrommel aus Holz getragen wurde: es war fünf nach acht. Hatte die sanfte Salinda im fernen Wales etwa nicht richtig aufgelegt? Sie nahm erneut den Hörer ab, und diesmal gab der Apparat überhaupt keinen Ton mehr von sich. Da wurde ihr klar, daß auch das Telefon verrückt spielte, ausgerechnet jetzt, wo sie das verzweifelte Bedürfnis hatte, sich mit der Welt in Verbindung zu setzen. Wenn es ihr bis punkt halb neun nicht gelang, den Heizungstechniker zu erreichen, würde wohl keine Möglichkeit bestehen, daß er noch am selben Tag käme.

Giulia stieg schnell die Treppe hinauf und ging in ihr Schlafzimmer. Es war ein sehr gemütliches Zimmer, das sie mit seinen rosafarbenen, himmelblauen und perlgrauen Pastelltönen besonders liebte. Lämpchen aus hellem Porzellan mit rosaroten Lampenschirmen standen auf den Nachtkästchen zu beiden Seiten des Bettes und verbreiteten ein warmes Licht, das den zwei Sesselchen in venezianischem Settecento-Stil besonders gut bekam. An der Wand hing ein hölzernes Kreuz neben einer Reihe von goldgerahmten Heiligenbildchen aus dem letzten Jahrhundert.

Giulia vermied es, den Christus anzusehen, von dem sie sich zu Unrecht verlassen fühlte. Sie zog sich schnell an. Dann warf sie sich in der Diele einen alten Pelzmantel über und ging aus dem Haus. Sie überquerte die Via Tiepolo im Slalom zwischen Pfützen und Autos, ohne auf den Regen zu achten, der unaufhörlich fiel. Dann betrat sie ein Café, in dem es auch einen Tabakkiosk und ein öffentliches Telefon gab. Ein mit Arbeitseifer und einem schmutzigen Wischlappen ausgestatteter Marokkaner war gerade dabei, den Fußboden zu reinigen, den Hunderte von nassen Schuhen malträtiert hatten, schien in seinem Unterfangen jedoch zu einer kläglichen Niederlage verdammt.

Giulia näherte sich der Kasse, hinter der eine junge Frau thronte, die allerdings den Eindruck machte, als sei sie nur aus Versehen auf diesem Platz gelandet und sollte eigentlich in einem Flugzeug mit Richtung Malediven sitzen. Sie war schlecht gelaunt und zeigte es auch.

«Bitte», herrschte die Tabakverkäuferin sie an und betrachtete dabei ihre durchgefrorene Kundin wie einen Fettfleck auf ihrem schönsten Kleid.

«Eine Telefonmünze», sagte Giulia ungeduldig und schob ihr zweihundert Lire hin.

«Außer Betrieb», verkündete die Frau und zeigte auf das Telefon.

«Ich muß aber dringend telefonieren», stöhnte Giulia am Rande der Verzweiflung.

«Außer Betrieb», wiederholte die Frau kalt und erbarmungslos wie eine Kobra. Dann wandte sie sich zwei Kunden zu, die eingetreten waren und einen Cappuccino verlangten.

«Könnte ich nicht Ihren Apparat benützen?» fragte Giulia flehentlich. «Den da», fügte sie hinzu und deutete auf den Apparat neben der Kasse.

«Privat», meinte die Frau kalt, ohne Giulia eines Blickes zu würdigen, während sie damit fortfuhr, Zigaretten und Kaffeetassen im Tausch gegen Bargeld über die Theke zu schieben.

«Sie kotzen mich an», platzte Giulia heraus. «Diese Stadt kotzt mich an, die Leute kotzen mich an, die ganze Welt kotzt mich an!» schrie sie, indem sie unvernünftigerweise das ganze Universum bemühte. Unter den bestürzten Blicken der Kunden, dem sprachlosen Staunen der Kassiererin und dem naiv solidarischen Lächeln des Marokkaners durchquerte Giulia das Lokal.

Sie rannte fast zu der Milchbar an der Piazza Novelli, wo Giorgio und seine Freunde ihr wöchentliches Taschengeld in Süßigkeiten, Coca-Cola und die Juke-Box investierten. Dort gab es ein Telefon, und es funktionierte sogar. Giulia wählte die

Nummer des Heizungsmonteurs, sie wußte sie auswendig. «Hier spricht Giulia de Blasco», konnte sie gerade noch zu dem Angestellten sagen, der sich am andern Ende der Leitung meldete. Dann brach sie in Tränen aus. Halbversteckt zwischen Bier- und Coca-Cola-Kästen und einem Regal mit Keksen und Schokoriegeln, den süßlichen Geschmack von nassem Sägemehl in der Nase und den schmuddeligen Hörer eines öffentlichen Telefons umklammernd, begann Giulia hemmungslos zu weinen. Sie weinte über ihr verfehltes Leben, über ihre gescheiterte Ehe, sie weinte, weil selbst ihr Sohn sie alleine gelassen hatte, weil sie an diesem Tag der Umbettung der sterblichen Reste ihres Großvaters Ubaldo beiwohnen mußte. Sie weinte über ihr eiskaltes Haus, das kaputte Telefon, sie weinte, weil sie sich mit ihren vierzig Jahren wie ein kleines Mädchen verliebt hatte, aber vor allem weinte sie, weil mit ihr selbst etwas nicht mehr stimmte. Irgendein Rädchen im wunderbaren Gefüge ihres Organismus war gebrochen. Die Zellen jenes Knotens in der Brust, den man ihr vor einem Monat entfernt hatte, waren nicht gutartig gewesen. Sie waren von der Art, die fortfährt sich zu vermehren, ohne je damit aufzuhören. Wie ein Schalter, der an- aber nicht mehr ausgeht. An diesem scheußlichen Dezembertag weinte Giulia über vieles, aber vor allem, weil sie Krebs hatte.

2

Ermes schlug die Augen auf und war sofort hellwach, die Gedanken wohlgeordnet im sauberen Archiv seines Geistes. Wie schon immer und zu allen Zeiten. Der biologische Automatismus, der seinen Schlaf- und Wachrhythmus regelte, war dem Mechanismus der Uhr vorausgeeilt.

Das glänzende Leuchtzifferblattt auf seinem Nachtkästchen zeigte drei Minuten vor sechs. Er drückte auf den Summer und kletterte aus dem Bett. Dann zog er die Jalousie hoch und die weißen Musselingardinen zurück.

Es war noch dunkel. Es regnete auf die Dächer der Häuser aus dem letzten Jahrhundert, die er von seiner Mansarde im Zentrum Mailands aus sehen konnte. In der Ferne hörte er einen Hund bellen, ein anderer winselte verzweifelt in einem nahegelegenen Garten – Stadttiere, die ihn an seine traurige Kindheit erinnerten.

Er hatte sein Problem während der gewohnten sechs Stunden Tiefschlaf vergessen. Jetzt aber stand die Realität in ihrer ganzen schmerzlichen Gewißheit wieder vor ihm. Sie hatte einen Namen: Giulia. Am Tag zuvor hatte er sich entschlossen, das Thema ihrer Krankheit noch einmal anzuschneiden, ohne jedoch den Mut aufzubringen, die Dinge bei ihrem Namen zu nennen. Jetzt, wo die schlimme Geißel auch den Menschen getroffen hatte, der seinem Herzen am nächsten stand, war sein Weltbild erschüttert. Der große Ermes Corsini, Spitzenchirurg und Koryphäe auf dem Gebiet der Krebsforschung, hatte seine gewohnte Brillanz und Selbstsicherheit verloren.

Sie hatten vor dem Kaminfeuer gesessen, Champagner getrunken und Pläne für ihre gemeinsame Zukunft geschmiedet, als Ermes seinen ganzen Mut zusammennahm und zu sprechen begann.

«Wir werden dich bestrahlen müssen», teilte er ihr lächelnd mit. Mit dem Blick suchte er die Champagnerflasche, die in einem silbernen Sektkübel stand, streckte die Hand danach aus und goß ihre Kristallgläser nach.

«Ich dachte, es sei alles in Ordnung nach der Operation», erwiderte Giulia. Gleichgültigkeit hatte sich über sie gelegt wie ein kaltes Korsett, während sie eine Abwehrreaktion in sich aufsteigen fühlte. Ihr allgemeines Wohlbefinden widersprach dem Ergebnis der histologischen Untersuchung, das Ermes seit Wochen verfolgte.

«Wir müssen dir die maximale Sicherheit garantieren», murmelte er, während sein Gesicht einen Ausdruck annahm, der zu optimistisch war, als daß sie ihm wirklich hätte trauen können.

«Ich verstehe», sagte Giulia, obwohl sie nicht begriff, weshalb Ermes so lange damit gezögert hatte, über diese Therapie zu sprechen. Sie betrachtete das helle, schäumende Getränk in ihrem Glas und bedauerte es, das Laster des Rauchens aufgegeben zu haben. Eine Zigarette wäre ihr in diesem Moment von großer Hilfe gewesen. «Was habe ich?» fragte sie zaghaft. Im stillen fügte sie «genau» hinzu, sprach es aber nicht aus.

Ermes spielte mit den Worten, denn er konnte ihr nicht sagen, daß sich der Knoten, der ihr entfernt worden war, als infiltrierendes duktales Karzinom herausgestellt hatte. Daß er bösartig sei war ihm schon während der Operation klar geworden, als das Skalpell den harten, gräulichen und weißgesprenkelten Knoten freilegte, der wie ein glänzender Flußkiesel von dem gelben Fettgewebe abstach, das er ihr mit einem Teil ihrer Brust abgenommen hatte. Die Farbe und Konsistenz des Knotens, den er unter dem Skalpell hatte knirschen hören, waren ebenfalls Gefahrensignale. Plötzlich war er in Schweiß gebadet gewesen.

Seine Reaktion war eher die eines kleinen Mannes als die eines großen Arztes, aber vor ihm lag, hilflos und angegriffen, die Brust der Frau, die er liebte, und das hatte ihm einen fürchterlichen Schrecken versetzt.

Um sich zu beruhigen, dachte er an die wenigen Male, in denen sich sein Auge getäuscht hatte. Irgend jemand hatte ihm einmal gesagt, die Utopie könne eine Arbeitsmethode sein, und wer nicht an Wunder glaube, könne kein Realist sein. Aus Liebe wollte er an ein Wunder glauben. Wie schrecklich die große Geißel auch sein mochte, er wollte dem geliebten Wesen helfen, sie zu besiegen.

Das Leben von Ermes Corsini und Giulia de Blasco hatte sich vor einem Monat während eines kurzen Urlaubs in Paris geändert. Er erinnerte sich an ihr Zimmer im Hotel des Beaux Arts, das im Universitätsviertel der Stadt lag. Er dachte an das schmiedeeiserne Bett, die Blumentapete, die Wärme ihrer Körper unter der Steppdecke, die glatten Brüste Giulias, die er nicht müde wurde zu liebkosen. Und dann plötzlich die schmerzliche Entdeckung des Knotens.

Ermes hatte ihn im Geiste sofort lokalisiert: «Rechte Brust, unterer, innerer Quadrant in der Nähe des Brustansatzes.» Der Mann mit dem umwerfenden Charme, der in Operationssälen und in den exklusivsten Salons, in Universitätsaulen und in den Hochburgen der Politiker gleichermaßen überzeugend aufzutreten verstand, fühlte plötzlich, wie ihm das Blut in den Adern gerann.

Von der Straße herauf ertönte der Klang eines Pianolas, das einen *Valse musette* spielte.

«Tut es dir hier weh?» fragte er, während seine erfahrenen Hände ihre Brust betasteten.

«Nein, wieso?» erwiderte Giulia lächelnd.

«Nichts», sagte er beschwichtigend.

Der Mann mit dem undurchdringlichen Blick, wie ihn die Welt kannte und schätzte, der Mann, bei dessen bloßem Anblick die Kranken anfingen zu genesen, glich in nichts dem Mann, der sie in diesem Augenblick untersuchte.

«Du fragst mich aus wie ein Arzt», sagte sie im Scherz, aber doch etwas verunsichert. «Laß mal sehen, was die Finger des großen Chirurgen da entdeckt haben», fügte sie hinzu und befühlte ihre Brust. «Ich spüre nichts», meinte sie dann beruhigt.

«Dann ist es wohl nichts», sagte er mit gespielter Gleichgültigkeit. Giulia suchte umsonst das unwiderstehliche Lächeln in seinem Gesicht, die lachenden Augen, seine sinnlichen, entschlossen wirkenden Lippen.

«Was könnte es denn sein?» hakte Giulia vorsichtig nach.

«Eine Zyste. In den Brüsten der Mittelmeerfrauen bilden sich gerne Zysten. Wußtest du das nicht?»

«Ich hatte mich nie einer bestimmten Volksgruppe zugerechnet. Außerdem erschreckt mich nichts. Denn was ich auch habe, du wirst mich schon heilen.»

Auf der Mammographie war ein dunkler Schatten in der Größe des Knotens zu sehen gewesen. Ermes hatte daraufhin eine Biopsie durchgeführt. Er war mit einer Nadel in den Knoten eingedrungen, hatte etwas Material herausgesogen und auf ein Glasplättchen gestrichen. Das Ergebnis war niederschmetternd gewesen. Der Laborant hatte vermerkt: «Verdacht auf maligne Zellen positiv.»

Ermes wußte, daß sich mit der Biopsie eine eindeutige Diagnose erstellen ließ.

«Ich habe Krebs, stimmt's?» Giulia hatte diese Befürchtung in seinen Augen abgelesen.

«Um dir eine exakte Antwort auf diese Frage geben zu können, muß ich dich zuerst operieren», war seine Antwort gewesen. Er lehnte es ab, sie an seinen Sorgen teilhaben zu lassen.

Er hatte den Eingriff genau geplant: Teilresektion der Brust und Ausräumung der Achselhöhle. Eine Brust Giulias würde nachher etwas kleiner aussehen als die andere, aber da sie sowieso einen sehr kleinen Busen hatte, würde der Unterschied kaum auffallen.

An einem sonnigen Morgen, Anfang Dezember, hatte er sie operiert. Die Luft war lau. Es hätte noch Herbst sein können.

Wie ein Medizinmann versuchte er, darin ein gutes Vorzeichen zu sehen.

«Wie fühlst du dich?» fragte er.

Ein Strauß langstieliger, scharlachroter Rosen stand hübsch hergerichtet in einer Vase in dem Zimmer der Klinik, das sie belegte.

«Als wäre ich in deiner Hand», sagte sie und lächelte zuversichtlich.

«Das bist du auch, sei ganz beruhigt», bestätigte er und streichelte ihr Gesicht.

Giulia hatte sich mit Leib und Seele dem Halbgott verschrieben und sämtliche Verantwortung auf ihn übertragen. Sie fühlte sich entspannt und heiter wie ein Kind in den Armen seiner Mutter.

Eine Krankenschwester kam herein und gab ihr eine Spritze.

«Was ist das?» fragte sie.

«Ein Präanästhetikum. Das wird Sie beruhigen.»

«Ich bin schon ruhig.»

Ermes half ihr, ein kurzes weißes Flügelhemd anstelle ihres Seidennachthemdes anzulegen, und überprüfte noch einmal, ob die weißen Strümpfe aus Baumwolle waren und ihre Fingernägel unlackiert, und ob sie Ringe oder Kettchen trug.

Er hatte ihre Hand gehalten, während die Krankenschwester ihr Bett zum Aufzug schob, hatte sie in den Operationstrakt begleitet und war bei ihr geblieben, bis er sie in den stillen Abgrund der Anästhesie versinken sah, während sie von hundert rückwärts zählte. Bei siebenundneunzig erschlaffte ihre Hand in seiner, und ihr Atem floß ins Nichts.

Zum ersten Mal hatte Ermes nicht irgendeine operationsbedürftige Brust vor sich, sondern einen Menschen in seiner ganzen Vielschichtigkeit. Auf dem Operationstisch lag «seine» Frau, ein leidenschaftliches und sensibles Wesen, das ihn mit seinen fünfundvierzig Jahren das überwältigende Gefühl wahrer Liebe hatte erleben lassen. Er spürte in seinem Innern einen Abwehrmechanismus. In diesem Moment hätte er gerne auf seine Rolle verzichtet.

Ihm gegenüber stand Franco Rinaldi, sein Assistent, ein ehrgeiziger und äußerst fähiger junger Mann. Neben ihm wartete die Operationsschwester ehrfurchtsvoll auf die Befehle «ihres» Professors. Am Kopfende des Tisches kontrollierte die Anästhesistin auf dem Monitor den Herzschlag der Patientin.

Alle Mitarbeiter wirkten kühl und überlegt. Jede ihrer Bewegungen in dem Operationssaal, in dem sich schon so viele große Dramen abgespielt hatten, war präzise und bedacht.

Die Anästhesistin gab dem Assistenten ein Zeichen.

«Alles in Ordnung», sagte Rinaldi.

Die Operationsschwester reichte ihm das kleine Skalpell. Ermes packte es fest und führte mit sicherer Hand einen Schnitt aus, dem er genügend Druck verlieh, um die Brust an der von der Mammographie bezeichneten Stelle zu öffnen. Er hatte ihn sofort gefunden, den großen Feind, den bösartigen Stein, der Giulia aus dem Hinterhalt getroffen hatte.

Eine Krankenschwester nahm ihn in Empfang und brachte ihn sofort ins Labor. Innerhalb von zehn Minuten würde das Ergebnis des Gefriertests eintreffen. In der Zwischenzeit erweiterte er die Resektion, um sicher zu gehen, daß alles entfernt war.

«Kontrollieren Sie den Blutdruck», befahl er der Anästhesistin. Er war schweißgebadet.

«Einhundertzwanzig», kam die Antwort.

Obwohl niemand an der Beschaffenheit des Knotens zweifelte, fiel kein einziges Wort. Alle hüllten sich beim Anblick der Krankheit, wenn sie entdeckt worden war, in völliges Schweigen. Das war ihre Art, auf das Erscheinen des großen Unbekannten zu reagieren.

Das Gutachten traf ein, als Ermes gerade die Brust zunähte. Es war das schlimmste, was hätte passieren können – ihm, ihr, den Plänen für ihre gemeinsame Zukunft.

An diesem Punkt hatte der heikelste und schwierigste Teil des Eingriffs zu beginnen: das Ausräumen der Achselhöhle.

Ermes führte einen Hautschnitt von oben nach unten aus. Der Gedanke, daß diese Wunde später unter der Achselhöhle versteckt und somit unsichtbar wäre, tröstete ihn. Er öffnete die Haut, bis er auf den Rand des großen Brustmuskels stieß, unter den er das Skalpell gleiten ließ. Dabei ließ er äußerste Vorsicht walten, um nicht die Achselvene, das Armgeflecht und die Nervenbündel zu verletzen. Dann begann er, den Inhalt der Achselhöhle auszuräumen, um die Lymphknoten zu entfernen, die unter anderem der Entwässerung von Brusttumoren dienten. Wenn auch die Lymphknoten positiv wären, bedeutete es für Giulia und für ihn eine Katastrophe. Ermes schickte auch sie zur Untersuchung ins Labor und betete. Er betete, daß das Ergebnis, das in diesem Fall erst innerhalb einiger Tage eintreffen würde, negativ sei.

Als Giulia aus der Narkose aufwachte, begegnete sie Ermes' Lächeln.

«Was war es?» fragte sie, während sie sich instinktiv mit der Hand an die Brust griff. Ein Eisbeutel lag auf der brennenden Wunde. Der Drainageschlauch, der in der Achsel steckte, bereitete ihr keine Beschwerden.

«Ich habe dir ein kleines Ding entfernt.»

«Bösartig?»

«Das ist doch unwichtig. Hauptsache, es ist jetzt weg.»

Wenn er bei Patientinnen einen Knoten fand, der nur einen Zentimeter oder wenig größer war, freute er sich gewöhnlich, denn im Grunde handelte es sich um eine Früherkennung. Das Geschwür ist klein, dachte er. Sie wird gesund werden, ohne daß man ihr die ganze Brust abnehmen muß. Wenn er dann jedoch näher hinschaute, entdeckte er, daß sich dieses nur zentimetergroße Stück in Wirklichkeit aus mehreren Milliarden von Zellen zusammensetzte und daß der kleine Knoten bereits eine Geschichte von fünf, acht oder zehn Jahren hinter sich hatte.

Und dann war da noch die Frage, wann man den großen Feind für endgültig besiegt halten konnte.

«Werde ich sterben?» fragte Giulia ruhig.

«Du bist geheilt», log er, während ihn der Gedanke an das Ergebnis der Lymphknotenuntersuchung quälte und er bereits daran dachte, daß sie auf alle Fälle bestrahlt werden müsse.

Er atmete erleichtert auf, als sich herausstellte, daß das Karzinom noch keine Tochterzellen in Umlauf gesandt hatte, wagte es aber trotzdem noch nicht, mit ihr über die Bestrahlung zu reden. Dann hatte er letzten Abend endlich Mut gefaßt und mit ihr darüber gesprochen. Seit der Operation war mittlerweile ein Monat vergangen, und er wollte nicht länger warten.

Ermes ging ins Bad, öffnete den Hahn der Dusche und ließ sich heißes Wasser auf die Schultern prasseln. Das war die beste Art, sich auf den letzten Arbeitstag des Jahres vorzubereiten.

Vorher war er immer freudig aufgewacht. Die Aussicht auf den Operationssaal oder einen Kongreß hatte genügt, ihn bei Laune zu halten. Er liebte seinen Beruf. Schon als Kind hatte er den Wunsch gehabt, Arzt und Chirurg zu werden, und es war ihm nicht leicht gefallen, bestimmte Ziele zu erreichen. Es hatte seiner ganzen Zähigkeit, eines eisernen Willens und einer außergewöhnlichen Intelligenz bedurft, um das zu werden, was er war.

Die Entdeckung von Giulias Krankheit hatte all seine Überzeugungen ins Wanken gebracht. Er wachte immer trauriger auf, und der Operationssaal war zur Routine geworden.

In der Küche hatte ihm Ersilia, die sechzigjährige Haushälterin mit dem sympathischen Gesichtsausdruck einer stets grantelnden guten Seele, bereits den Kaffee und ein Glas Saft aus frisch gepreßten Orangen hingestellt.

Ersilia arbeitete bei Ermes, seit er seine Frau verlassen hatte, aber es war, als habe sie ihn schon immer gekannt. Sie war stolz darauf, bei einem so hoch angesehenen Mann im Dienst zu stehen. Sie hatte gelernt, in seinen Gedanken zu lesen und seine Intimssphäre zu schützen.

«Haben Sie gut geschlafen, Herr Professor?» wollte sie wissen, nachdem sie ihm einen guten Tag gewünscht hatte.

«Wie immer», sagte er, während er sich setzte und Kaffee in eine Tasse goß. Dann begann er, in kleinen Schlucken den kochendheißen schwarzen Kaffee zu schlürfen.

Das Telefon klingelte. Ersilia warf Ermes einen fragenden Blick zu, bevor sie den Hörer abnahm.

«Sagen Sie ruhig, ich sei da», meinte er. Es war sieben, und er vermutete einen Anruf aus der Klinik.

«Brigadiere Caruso», teilte Ersilia ihm mit, während sie mit der Hand die Sprechmuschel zuhielt.

Brigadiere Carmine Caruso von der Fahndungsabteilung war Ermes' freundlicher Quälgeist geworden, seit der Chirurg seine Ehefrau geheilt hatte. Die Operation lag fünf Jahre zurück, aber der Carabiniere hörte nicht auf, sich erkenntlich zu zeigen. Bei seinen Nachforschungen hatte er sogar den Geburtstag des Arztes in Erfahrung gebracht, und jetzt schickte er ihm Zimmerpflanzen zum Namenstag, edle Weine zu Weihnachten, Grußkarten zu Ostern. Manchmal hatte er ihn auch wegen eines ärztlichen Rates angerufen, aber es war das erste Mal, daß er ihn zu so ungewöhnlicher Zeit sprechen wollte.

«Soll ich ihm sagen, Sie wären nicht da?» fragte Ersilia.

«Geben Sie her», entschied Ermes und griff nach dem Hörer. «Was gibt's denn, Signor Caruso?» fragte er. Er dachte an seine Frau.

«Entschuldigen Sie die unpassende Zeit, Herr Professor, aber ich muß Sie warnen: man will Ihnen etwas anhaben», sagte er in einem Atemzug. Er war in höchstem Aufruhr und machte kein Hehl daraus.

«Versuchen Sie, mir das genauer zu erklären», forderte Ermes ihn auf.

«Jemand beschuldigt Sie einer Sache. Hören Sie mich?»

Ihr Gespräch wurde vom Verkehrslärm gestört, der von der Sirene eines Krankenwagens noch übertönt wurde. Der Mann befand sich allem Anschein nach in einer öffentlichen Telefonzelle.

«Ich höre Sie sehr gut», bestätigte Ermes, der keinen Moment an der Ernsthaftigkeit seines Gesprächspartners zweifelte.

«Dann folgen Sie meinem Rat. Verschwinden Sie, Herr Professor. Die Dankbarkeit, die mich an Sie bindet, hat mich zu einem schweren Dienstvergehen veranlaßt. In jedem Moment kann ein Haftbefehl gegen Sie erlassen werden. Leider habe ich keinen Zugang zu der Akte über Sie, aber ich habe bei Kollegen ein Gerücht aufgeschnappt. Irgend jemand möchte Ihnen etwas anlasten, soviel steht fest. Erlauben Sie, daß ich es bin, der Ihnen diesmal einen Rat erteilt», fuhr er mit vor Aufregung zitternder Stimme fort. «Verhindern Sie, daß man Sie zu Hause antrifft. Und auch nicht in der Klinik.»

«Aber warum?» fragte Ermes, der plötzlich ganz verstört war.

«Ich würde es Ihnen sagen, wenn ich könnte. Aber inzwischen müssen Sie verschwinden. Man verteidigt sich besser auf freiem Fuß als vom Gefängnis aus. Ich will versuchen, mehr herauszukriegen. Rufen Sie mich heute abend an, egal, wo Sie gerade sind.»

Ermes hörte ein Klicken am anderen Ende der Leitung. Dann schaute er den Hörer an, als erwarte er von ihm weitere Informationen.

«Glauben Sie, das stimmt?» fragte er Ersilia, die in der Nähe des Telefons gestanden und das Gespräch mitbekommen hatte. Sie war verwirrt und blickte ungläubig drein.

«Ich glaube, er hat da irgendwas durcheinandergebracht.» Ermes konnte die Warnung des Brigadiere nicht anders interpretieren. Er war sich keiner Schuld bewußt, die ein derartiges Vorgehen rechtfertigen konnte.

Er hatte nur ein Problem: Giulia. Er beschloß, sie anzurufen. Es war inzwischen acht Uhr, und sie war sicher schon wach. Ihre Nummer war belegt. Ermes vermutete, daß sie ihren Hörer abgelegt hatte, wie sie es immer tat, wenn sie nicht gestört werden wollte.

3

Nach Piacenza, wo die Autobahn dreispurig wird, ging Giulia sofort auf die äußerste rechte Spur, auf die Kriechspur. Sofern keine Lastwagen verkehrten, war sie immer leer. Italien ist das Land der Ferrari-Enthusiasten und Autofahrer mit Formel-Eins-Mentalität, die es für unwürdig halten, auf einer Spur zu fahren, die der scharfsinnige Schriftsteller Luca Goldoni einmal die «Schandspur» genannt hat. Giulia dagegen betrachtete sie als den «Weg der Besinnung». Am Steuer ihres grünen Mercedes aus dem Jahr 1972 (dem Jahr, in dem Giorgio geboren wurde) fuhr sie gemächlich dahin, mit einer Geschwindigkeit, die dem langsamen und zähen Fluß ihrer Gedanken angepaßt war. Sie überlegte sich Geschichten und Personen für ihre Romane, die gebildete Kritiker, sofern sie sie überhaupt zur Kenntnis nahmen, abfällig als Freizeit- oder bloße Unterhaltungsliteratur bezeichneten, obwohl sie bei den Lesern sehr beliebt waren. Giulia hatte sich deshalb den Ausspruch eines angesehenen Literaten zu eigen gemacht: «Die Dummheit des Kritikers ist seine höchste Gabe.»

Sie lächelte. Einen Moment lang hatte sie ihr persönliches Drama ganz vergessen.

Der feine Nieselregen beschmutzte die Windschutzscheibe und schränkte die Sichtweite ein, während das monotone Hin und Her der Scheibenwischer eine beruhigende Wirkung auf sie hatte und ihre Angst etwas dämpfte. In weniger als einer Stunde würde sie es mit einer ungewöhnlichen Situation zu tun haben, nämlich mit der Exhumierung der sterblichen Reste ihres Großvaters. Es ärgerte sie, daß sie sich auch in dieser schwierigen Lage alleine befinden würde, denn Benny und Isabella, ihre Geschwister, hatten sich wie immer gedrückt.

«Herzchen, du kannst mich sicher verstehen», hatte Isabella in einem Ton angefangen, der keinen Zweifel an ihrer Absage ließ. «Bestimmte Dinge bringe ich einfach nicht fertig.»

Giulia fand überhaupt nichts Makabres an diesem Brauch. Unendlich viel trauriger war der Gedanke an den großen Feind, der sich in ihr eingenistet hatte und den sie nicht mehr für endgültig besiegt hielt, nachdem ihr Ermes eine Bestrahlung empfohlen hatte.

«Er war doch auch dein Großvater», hatte Giulia erwidert.

«Ich weiß ja», gab Isabella zögernd zurück, ohne sich in ihrem Entschluß beirren zu lassen. «Wenn es irgendein x-beliebiger Tag gewesen wäre, dann vielleicht. Findest du nicht auch, daß es eine idiotische Idee ist, die Knochen eines Toten ausgerechnet am letzten Tag des Jahres umzubetten?»

Isabella war grandios in ihrer gespielten Naivität, die von ihrer oberflächlichen und schreienden Schönheit noch unterstrichen wurde – eine Riesenpracht kastanienfarbener Haare und ein Outfit zwischen Madonna und Rita Hayworth. «Ich wußte nicht, daß es für bestimmte anfallende Dinge intelligente und idiotische Tage gibt», erwiderte Giulia. Sie ärgerte sich über ihre ältere Schwester, die reich, versnobt und affektiert war und sie völlig unpassend «Herzchen» nannte.

«Jetzt fängst du wieder mit deiner Wortklauberei an. Du weißt doch, daß wir am letzten Tag des Jahres immer nach Cortina fahren. Was soll ich denn Alberigo erzählen, Herzchen? Er hat schon alles vorbestellt: das Hotel, das Festessen und so weiter.» Ihre Stimme war weich geworden, während sie log. Wenn es darum ging, sich zu rechtfertigen oder anderen eine Lehre zu erteilen, war Isabella immer ganz und gar mütterlich, was für ihre Gefühle allerdings nicht galt.

Giulia kannte die Geschichten ihrer Schwester bereits auswendig und wußte auch, wie es weitergehen würde. Jetzt wird sie mir sagen, dachte sie, daß Alberigo die *Suite* in der zweiten Etage des *Posta* bekommen und schon die Einladung von Clara Agnelli und Nuvoletti in die Villa Bella angenommen hat.

Und prompt kam es: «Weißt du, man hat uns die Suite in der zweiten Etage des Posta-Hotels reserviert.» Und mit hintergründiger Verschwörerstimme, als flüstere sie ihrer Schwester ins Ohr, fügte Isabella hinzu: «Und Sonntag sind wir natürlich bei Clara und Nuvoletti in der Villa Bella eingeladen.» Sie war eine Angeberin, die ihre dummen Prahlereien hinter gekünsteltem Dilettantismus verbarg und dabei glaubte, so überzeugend zu wirken wie die große Eleonore Duse.

Isabella hatte sich nie mit dem Gedanken abgefunden, einen Fischgroßhändler geheiratet zu haben. Alberigo Sodi war ein schlauer und ausgesprochen gewandter Geschäftsmann, der den Fischmarkt kontrollierte und unablässig Geld anhäufte. Aufgrund seiner soliden Vermögenslage konnte Isabella jederzeit frei über Geld verfügen, was ihre gesellschaftlichen Ambitionen steigerte. Über mediokre Phantasien versuchte sie sich Zugang zu den Gesellschaftskreisen zu verschaffen, die gerade «in» waren, zu denen sie jedoch keinen Zutritt hatte. Anstatt sich glücklich zu schätzen, den König des Fischmarkts geheiratet zu haben, hechelte sie dem sozialen Aufstieg hinterher. «Und außerdem, Herzchen», fuhr sie unbeirrt fort, «seien wir doch ehrlich: Großvater war doch eigentlich mehr dein Großvater als unserer. Und wenn sich deshalb irgend jemand um diese komische Sache mit seinem Skelett kümmern muß, dann bist du das. Du weißt, daß Benny da derselben Meinung ist wie ich. Ich spreche auch in seinem Namen.»

Endlich hatte sie die Karten auf den Tisch gelegt. Warum bloß glaubten alle, das Recht zu haben, über sie entscheiden zu können? Warum mußte ausgerechnet sie für alles verantwortlich sein, was in der großen Welt passierte? Selbst wenn sie ihnen ins Gesicht geschrien hätte: ich habe Krebs, wäre es ihnen noch gelungen, ihr Schuldkomplexe einzureden, indem sie ihr bewiesen, daß auch das ihre Schuld war. Leo, ihr Ehemann, hatte entschieden, wann sie ein Kind bekommen sollte, Giorgio zwang sie dazu, Weihnachten alleine zu verbringen, Isabella und Benny waren übereingekommen, daß sie die Familie auf dem Friedhof von Modena zu vertreten hätte. Es wäre ihr nie in den Sinn gekommen, sich vor diesem Termin zu drücken. Warum mußte es jetzt aber so aussehen, als handle sie auf Befehl? Was machte sie bloß falsch? Warum betrachteten sie die Menschen, die sie eigentlich hätten lieben müssen und von denen sie mit gutem Recht Gesten und Worte der Solidarität erwartete, als Fußabtreter, auf dem sie ihre schmutzigen Schuhe abstreifen konnten?

«Was willst du damit sagen: mehr mein Großvater als eurer?» fragte Giulia nun schon etwas lauter.

«Ach, komm. Wir wissen doch alle, daß du seine Lieblingsenkelin warst! Mich und Benny konnte er nicht ausstehen. Benito, sagte er immer, trägt den Namen, den er verdient hat. Er beschuldigte uns, dem *faschistischen* Professor nachzuschlagen. Der *faschistische* Professor war unser Vater. Nur du warst von seiner Rasse.» Isabellas Stimme klang böse. «Er nannte dich Giorgio, weil er sich einen Jungen von unserer Mutter wünschte. Er war ein Rassist und Schürzenjäger. Dann hast du deinen Sohn Giorgio genannt. Du hast immer mit ihm unter einer Decke gesteckt und eine Freiheit genossen, die wir nicht hatten. Außerdem hat er dich mit Geschenken überhäuft.»

Endlich hatte Isabella einmal die Katze aus dem Sack gelassen, auch im Namen ihres Bruders. Zwanzig Jahre hatten seit dem Tod des Großvaters vergehen müssen, damit ihr Neid auf sie und der Haß auf den alten Gauner, der in der Tat eine Schwäche für Giulia gehabt hatte, endlich ans Tageslicht kam.

«Ich sehe schon, du bist auf Krach aus», bemerkte Giulia.

«Es fällt mir nicht im Traum ein, mit dir zu streiten, Kindchen. Ich sage nur die Wahrheit. Unserem Großvater Ubaldo hat es immer an Takt gefehlt. Als er starb, hätte er um ein Haar meine Heirat zum Scheitern gebracht. Erinnerst du dich an die Leiche im Auto?»

Giulia erinnerte sich an die makabre Komödie seines Todes.

«Reicht das oder möchtest du weitererzählen?» fragte sie.

«Laß uns nicht länger in der Vergangenheit herumwühlen», schlug Isabella großherzig vor. «Wir sollten vielmehr daran denken, ein Leichentuch zu besorgen.»

«Ein was?» Giulia fiel aus allen Wolken.

«Naja, ein Leichentuch für das Skelett, oder nicht? Man wird die Knochen in einen Kasten legen, und dazu müssen sie in ein Leichentuch eingeschlagen werden.»

Giulia fragte sich, wie ihre schwachsinnige Schwester es fertig brachte, daß sie in bestimmten Dingen Bescheid wußte. «Wo gibt es solche Leichentücher denn zu kaufen?» fragte sie entsetzt. Sie stellte sich vor, wie sie ein Geschäft für Begräbniszubehör oder irgendeine Spezialfirma aufsuchen mußte.

«Laß das meine Sorge sein, Kindchen», sagte Isabella mit der ganzen Großzügigkeit ihrer Krämerseele. «Ich werde es von einer Näherin anfertigen lassen. Aus Leinen, natürlich. Vielleicht mit einem Spitzeneinsatz.»

Es war das erste Mal, daß Isabella ihr aus einer Klemme half.

«Laß sie auch die Buchstaben einsticken, wenn du schon dabei bist», entfuhr es Giulia.

«Daran hatte ich gar nicht gedacht», sagte Isabella verdutzt. Sie war zu blöde, um die versteckte Ironie aus Giulias Worten herauszuhören. «Die Näherin wird schon wissen, wie man so was macht.»

Jetzt lag es neben ihr auf dem Beifahrersitz, das leinene Leichentuch mit den Spitzeneinsätzen, in weißes Seidenpapier verpackt und mit einer Schleife aus leuchtend schwarzer Seide. Natürlich waren auch die Anfangsbuchstaben seines Namens eingestickt worden: ein flüchtiges U für Ubaldo und ein solides M für Milkovich.

«Wenn du dich irgendwo versteckt hältst, Großvater», sagte Giulia leise, «wirst du sicher über diesen letzten Karneval lächeln, den die ‹lieben› Kinder des Professors für dich veranstaltet haben.»

Eine Welle der Zärtlichkeit stieg in ihr auf, und sie begann, das alte Lied des Großvaters vor sich hinzusummen:

«Fern, fern übers Meer
blühen die sterbenden Rosen so schön.
Sie laden dich zur Liebe ein,
Mädchen in der Sternschnuppennacht.»

Wie so viele andere Lieder, deren Worte naiv, banal, ja abgedroschen klingen, erhielt auch das Lied des Großvaters seine Gefühlsintensität erst aus der dahinschmelzenden und eingängigen Melodie. Einfach und wirkungsvoll, wie alle Volkslieder, rührte es sofort das Herz.

Wie hieß es in dem Lied: sterbende oder dunkelnde Rosen? Giulia erinnerte sich nicht mehr genau, und jetzt, wo der Großvater nicht mehr war, würde ihr wohl niemand diese Frage klären können, die ihr plötzlich sehr wichtig erschien. Das musikalische Motiv konnte Freude oder Traurigkeit auslösen, je nach dem Gemütszustand desjenigen, der es hörte. Ihre Kinderaugen öffneten sich auf ferne Horizonte und eine nächtliche Landschaft voll geheimnisvoller Düfte. Am Anfang der Phantasien, die sie sich ausdachte, stand immer diese Melodie und wiederholte sich wie ein altes Klagelied.

Auch andere Geschichten des Großvaters hatten dazu beigetragen, ihr außergewöhnliches Erzähltalent zu entwickeln, aber allen Geschichten, die Giulia erfand und schrieb, lag das alte Lied zugrunde.

Sie hatte einen Strauß scharlachroter Rosen gekauft, die betörend dufteten. Sie waren samtig und dickknospig und von einem so dunklen Rot, daß sie fast schwarz erschienen. Jetzt lagen diese Rosen auf dem Sitz neben dem Leichentuch, eine letzte Huldigung, die sie dem Großvater und dem Traum ihrer Jugend darbringen wollte.

Heiße Tränen zwangen sie, langsamer zu fahren. Sie weinte über das turbulente und traurige Märchen ihres jungen Daseins. Das hatte nichts mit den verzweifelten Tränen zu tun, die sie wenige Stunden zuvor geweint hatte, als es ihr endlich gelungen war, dem besorgten Heizungsmonteur ihren Hilferuf ins Telefon zu brüllen. Als sie sich ins Auto gesetzt hatte, um nach Modena zu fahren, war das Haus wieder warm gewesen, das

Telefon hatte funktioniert, und das Lächeln des Monteurs, der sie als Schriftstellerin bewunderte und stolz darauf war, daß er ihr behilflich sein konnte, hatte sie in gewisser Weise getröstet. Aber die Finsternis in ihrem Herzen war geblieben und machte auch keine Anstalten, sich zu verflüchtigen. Jetzt glaubte sie zu begreifen. Sie hatte keine Angst vor der Wirklichkeit, die man doch immer versuchen konnte einzugrenzen, wie schmerzlich sie auch war, so wie Ermes versucht hatte, ihrer Krankheit Einhalt zu gebieten. Sie hatte Angst vor der Angst, die nicht meßbar ist, und sie fürchtete diese Krankheit, die Pest der modernen Zeit. Es terrorisierte sie förmlich, dieses Leiden, von dem man nicht weiß warum, noch woher es kommt, das sich überall einnisten kann und weder Rasse noch Rang, Reichtum oder Kultur respektiert. Dieser erbarmungslose Feind, den sie sich als Medusenkopf vorstellte, war es, der in ihr die Angst vor der Angst auslöste. Was nützte es, vom Krebs geheilt zu sein, wenn man dann an der Angst sterben mußte? Sie lächelte und trocknete sich die Tränen ab. Ein Schild kündigte die Ausfahrt nach Modena an.

Giulia parkte den Mercedes in unmittelbarer Nähe des Tores zum Friedhof von San Castaldo. Bis auf einen alten Fiat 500, zwei Motorroller und ein paar Fahrräder war die Straße leer. Die meisten hatten ihrer Toten zu Allerseelen Anfang November gedacht und genossen jetzt ruhigen Gewissens das verlängerte Wochenende zwischen den Jahren. Die Kälte hatte weiter zugenommen, und der Regen war in leichten Schneefall übergegangen. Sie nahm das Päckchen mit dem Leichentuch und den Rosenstrauß, schlug den breiten Kragen ihres Nerzmantels hoch und ging auf das Büro des Friedhofswächters zu.

«Sie fangen gerade an», sagte ihr eine freundliche Frau mit geröteten Wangen, nachdem sie ihr alles erklärt hatte. Vor Kälte zitternd erreichte sie den Weg, an dem das Grab ihres Großvaters lag, und dort sah sie den Mann. Giulia kannte ihn gut.

Unablässig fiel Schnee. Giulia beobachtete die kräftige Gestalt des Mannes, der einen dunklen Mantel von tadellosem Schnitt trug. Die weiße Decke, die sich mittlerweile über den Friedhof gelegt hatte, verlieh der Landschaft eine eigentümliche Atmosphäre. Zwei Friedhofsangestellte stießen ihre Spaten in den nassen Boden und hoben mit jedem neuen Stich eine Scholle schwerer, schwarzer Erde aus, die sie über den Rand warfen. Sie standen bis zum Gürtel in dem Grab und arbeiteten mit dem geduldigen Eifer emilianischer Bauern. Auch der Mann, der sich nach ihr umgedreht hatte und jetzt mit federndem Schritt auf sie zukam, hatte das breite offene Lächeln der Leute vom Lande, obwohl er elegant gekleidet war und ein vornehmes Auftreten hatte.

«Herzlich willkommen, Giulia», sagte er und zog kurz seinen Borsalino, unter dem dichtes Silberhaar zum Vorschein kam.

Giulia streckte ihm die Hand hin, auf die er flüchtig einen Kuß hauchte. Er hatte aristokratische Manieren und die freundliche Natürlichkeit eines Mannes von Welt.

«Sie überraschen mich immer wieder, Herr Minister», sagte Giulia. «Läßt Sie die Erinnerung nicht los?» fragte sie dann vorsichtig.

«Das auch. Aber es ist vor allem die Gefühlsverbundenheit», erwiderte er mit kräftiger, heller Stimme, mit der er jedem Wort Nachdruck verlieh. Man merkte, daß er gewohnt war, Reden zu halten und Leute zu überzeugen. Dann geleitete er sie zum Grab des Großvaters, wobei seine Hand nur ganz leicht ihren Ellbogen berührte. Es war das erste Mal, daß sie das Schicksal in einer Situation, die ihre Kräfte überstieg, nicht alleine ließ. Nur daß es ihr vermutlich den falschen Menschen zur Seite gestellt hatte. Sie war sich nämlich nicht so sicher, ob der Minister Armando Zani, der sich den Änderungen in den politischen Machtverhältnissen stets anzupassen gewußt hatte, der richtige Mann war, um der Exhumierung der sterblichen Reste ihres Großvaters beizuwohnen, der zeit seines Lebens ein romantischer Held und Herzenbrecher, ein Träumer und – auf seine Art – ein Ehrenmann gewesen war.

4

Ermes war unruhig und brauchte sich nicht erst zu fragen warum. Für seine Nervosität gab es tausend Gründe. Noch nie hatten so viele Gedanken auf einmal seinen Kopf gequält, so viele Sorgen sein Herz bedrückt. Ersilia, seine treue Haushälterin, konnte ihm diesmal nicht helfen. Wenn er Giulias Nummer wählte, ertönte nur höhnisch das Besetztzeichen. Um mit irgend jemandem zu reden und nicht etwa, weil er sich in Gefahr fühlte, beschloß er, trotz der unpassenden Zeit Elena Dionisi, seine Rechtsanwältin, anzurufen. Er wollte es sofort tun, denn er hatte sich bereits verspätet.

Die verschlafene Stimme einer jungen Frau, die ein mangelhaftes, bizarres Italienisch sprach, meldete sich am Apparat. Es war die farbige Hausangestellte.

«Die Frau Rechtsanwältin ist nicht da», erklärte sie. «Und wer bist du?»

Am liebsten hätte er gleich wieder eingehängt. Statt dessen erwiderte er ruhig: «Ich bin ein Freund. Ich muß dringend mit ihr sprechen. Sofort.»

«Du kannst nicht», meinte die Frau.

«Warum nicht?»

«Weil die Frau Rechtsanwältin mit dem Flugzeug geflogen ist.»

Sie sprach so schleppend langsam, als habe sie die Ewigkeit vor sich, und gab sich nicht die geringste Mühe, ihre Trägheit zu überwinden, in die sie sich zurückflüchten wollte, sobald dieser Störenfried wieder eingehängt hatte.

«Hat sie denn keine Adresse hinterlassen?»

«Versteht nicht.»

«Wann kommt sie zurück?»

«Weißt nicht. Ruf Büro an. Dort sagen alles.»

Die Stumpfsinnigkeit der Frau, die sein Problem nicht verstand und sich nicht ausdrücken konnte, machte ihn nervös. Er dachte daran, daß auch seine Mutter Hausangestellte gewesen war, und zwar zu einer Zeit, als diese noch Bedienstete hießen und arbeiten mußten wie Schwerarbeiter.

«Ich werde im Büro anrufen», sagte er, bevor er wieder einhängte. Dann sah er jedoch davon ab, da er im Büro vor neun niemanden antreffen würde. Er wählte Giulias Nummer, hörte jedoch wieder nur das eintönige Belegtzeichen.

Als er mit wenigen Minuten Verspätung im Operationssaal eintraf, war er schlechtester Laune. Zwei Eingriffe standen auf dem Plan: eine Brust- und eine Magenoperation. Die Anästhesistin, seine Assistenten, die OP-Schwester und das restliche Hilfspersonal waren bereits auf ihren Plätzen. Ermes zog sich aus, schlüpfte in die Arbeitspantinen, wusch sich und streifte den OP-Kittel über. Eine Krankenschwester half ihm in die Gummihandschuhe. In diesem Augenblick vergaß er alles: Giulia, ihre Krankheit, die Warnung von Brigadiere Caruso. Jetzt gab es für ihn nur noch seine Arbeit, die maximale Konzentration und seine ganze Anteilnahme erforderte.

Als er aus dem Operationstrakt kam, war es zwei Uhr. Die Mastektomie war problemlos verlaufen und hatte kaum eine Stunde gedauert. Die Resektion des Magens dagegen hatte ihm etwas Kummer bereitet. Der Tumor hatte sich bereits viel weiter ausgebreitet, als auf dem Röntgenfoto zu sehen gewesen war, und die sorgfältige Ausräumung hatte etwas mehr Zeit in Anspruch genommen als geplant. Dafür war er jetzt zufrieden. Er hatte gute Arbeit geleistet.

Nilla, die Oberschwester, kam ihm entgegen. Es schien, als wolle sie ihn umrennen, aufhalten oder einfach nur verteidigen.

«Sie werden von zwei Herren erwartet», sagte sie in dramatischem Ton. Ermes warf ihr einen besorgten Blick zu. Nilla war trotz ihrer schmächtigen Gestalt eine ungemein energische Person, ein richtiger Drachen. Weder Tod noch Teufel oder sonst eine Autorität konnten sie normalerweise aus der Fassung bringen.

«Na und?» fragte er lächelnd.

«Sie behaupten, sie seien von der Polizei.»

Ermes blieb völlig ruhig, erinnerte sich aber an die Worte von Brigadiere Caruso: «Verhindern Sie, daß man Sie zu Hause antrifft. Und auch nicht in der Klinik.»

Besser so, dann würde sich diese Narrenposse ein für allemal aufklären. Er hatte ja schließlich nichts angestellt. Er fühlte sich fast erleichtert, als er den beiden Zivil tragenden Carabinieri entgegenging, die am Ende des Korridors auf ihn warteten.

«Sind Sie Professor Ermes Corsini?» fragte der Ältere der beiden. Er war sehr elegant gekleidet und machte einen ausgesprochen höflichen Eindruck.

«Ja, das bin ich», bestätigte Ermes und streckte die Hand aus, um die seines Gegenübers zu schütteln oder eine Vorladung entgegenzunehmen. Statt dessen schnappten Handschellen um sein Gelenk.

«Bedaure, Herr Professor», sagte der Carabiniere fast entschuldigend. «Aber ich muß Sie für verhaftet erklären.»

5

Das faulige, nasse Holz des Sarges stach dunkel vom Weiß der Schneedecke ab und zerfiel wie Pappe. Die Totengräber stießen mit ihren Spaten in die Kiste mit den Überresten des Großvaters. Der Deckel leistete schwachen Widerstand, und bevor er nachgab, hoffte Giulia einen Augenblick lang, sein Inneres würde sich als leer erweisen, denn nichts fand sie unangenehmer als den Anblick von Leichen. Es war ihr lieber, sich vorzustellen, ihr Großvater habe sich zusammen mit allen Toten der Erde in Luft aufgelöst und seine Seele schwebe um sie her wie die Schneeflocken.

«Du brauchst nicht hinzusehen», sagte der Minister und legte ihr den Arm um die Schulter. Giulia las in seinen pechschwarzen Augen ihre eigene Bestürzung. Die morsche Kiste barg immerhin die über alles erhabene Majestät des Todes. Obwohl Armando Zani erst sechzig Jahre alt war und aussah wie fünfzig, begann ihn der Gedanke an das unvermeidliche Stelldichein mit dem ewigen Feind langsam zu ängstigen.

Giulia blickte einen Moment lang weg, dann beschloß sie, dem Tod ins Gesicht zu sehen. Die Totengräber hatten Handschuhe übergestreift und säuberten nun mit einer rauhen Bürste die Gebeine von Ubaldo Milkovich, bevor sie sie in die Urne legten, die mit Isabellas Leichentuch ausgeschlagen war. Giulia empfand weder Angst noch Abscheu. Sie stellte sich die Gebeine ihres Großvaters als die geballte Energie eines Feuers vor, die sich materialisiert und in Erde verwandelt. Der Mensch wächst nicht über seine Knochen hinaus, so steht es geschrieben, dachte sie. Das hatte ihr ein alter Afrikaner gesagt. Wenn ein Mensch stirbt, bleiben nur seine Knochen. Sie werden über die Erde ausgestreut als Zeichen, daß dort alles neu beginnen kann. Bei diesen Gedanken wurde es Giulia wohler ums Herz.

«Es ist alles vorbei», sagte Armando Zani aufmunternd, denn er wußte nicht, wie ihr zumute war. Giulia hielt noch immer den Strauß scharlachroter Rosen im Arm.

Einer der Friedhofsangestellten wurde damit beauftragt, den Kasten zum Beinhaus zu tragen, das sich am Ende des Weges befand. Auf halber Strecke stolperte er, begann gefährlich zu wanken, konnte sich dann aber wieder fangen und einen bösen Sturz verhindern.

Der Minister Zani zitterte bei dem Gedanken, die gerade gesäuberten Knochen könnten herausfallen und müßten im Schnee zusammengesucht werden. Giulia aber überkam sonnige, fast kindliche Freude: ihr Großvater hatte noch einmal zugeschlagen! Auch sein Tod, der ihn im Alkoven der üppigen Maria Luigia Rancati Pallavicini ereilte, einer rastlosen Witwe und gestrengen Schulrektorin, die zugleich die unmittelbare Vorgesetzte von Professor Vittorio de Blasco war, hatte etwas Komisches, ja beinahe Lustiges an sich gehabt, wie es zu der exzentrischen Erscheinung Ubaldo Milkovichs paßte. «Und ich hielt sie immer für eine Heilige», hatte Giulias Vater vor zwanzig Jahren, als das schreckliche Unglück passierte, immer wieder über die Rektorin geäußert. Professor de Blasco war weniger vom Tod seines Schwiegervaters betroffen gewesen, als vielmehr von der Tatsache, daß das stürmische Leben des alten Milkovich rittlings auf einer Musterpädagogin, dem Vorbild und Stolz der staatlichen Realschule in der Via Giovanni Pascoli, enden mußte.

Giulias Mutter Carmen, die sonst eher still war und dem Hausfrieden zuliebe selten ihre Meinung äußerte, hatte schließlich den Mut aufgebracht, die Dinge bei ihrem Namen zu nennen: «Diese Hure! Mein Vater wird wohl – Gott möge es ihm verzeihen – sein Teil dazu beigetragen haben, aber sie ist eine Erzhure.»

Der Großvater war mit zwei schönen, schwarzroten Gordon Settern seiner Zucht nach Mailand gekommen, um an einer Hundeausstellung teilzunehmen, die er dann auch gewann. Carmen hatte darauf bestanden, er solle wenigstens einen Abend zu Besuch kommen. Er war der Einladung seiner Tochter gefolgt und hatte in der guten Stube ihrer Wohnung in der Via Tiepolo Maria Luigia Rancati Pallavicini kennengelernt, ihres Zeichens Rektorin der staatlichen Realschule in Via Pascoli und direkte Vorgesetzte von Vittorio de Blasco.

Das gewöhnlich ungehobelte Auftreten Ubaldo Milkovichs änderte sich schlagartig beim Anblick der wohlgebauten, brünetten Fünfzigjährigen mit den langen, anmutig übereinandergeschlagenen Beinen, den breiten, weichen Lippen und den sanften, vor Begehren glänzenden Augen. Carmen wurde sofort klar, daß sie die groben Bemerkungen, mit denen ihr Vater sonst seine Gesprächspartner vor den Kopf stieß, diesmal nicht zu befürchten brauchte. Er hatte sich gesetzt und nahm mit der Lässigkeit eines Lords seinen Kaffee zu sich, wobei er kaum sprach, nur bedächtig nickte und seiner Tischnachbarin höflich zulächelte. Nur auf wiederholtes Drängen ließ er sich dazu bewegen, eines der Gesprächsthemen zu kommentieren. Ein scheinbar zufällig aufgegriffenes Stichwort bot ihm Anlaß zu einer spannenden Geschichte.

In das kleine Wohnzimmer, in dem gewöhnlich nur über Schulprobleme diskutiert und über Kollegen geklatscht wurde, war der frische Wind einer Welt gefahren, die ans Märchenhafte grenzte: unvergeßliche Tage der Jagd, aufgeregtes Warten im Tal, wilde Hatzen in den Bergen, rührende Episoden von Freundschaft und Liebe.

«Aber Ihr Leben ist ja ein richtiger Roman!» rief die Rektorin aus, während sinnlich ihre Katzenaugen aufblitzten und ihre Wangen plötzlich rot anliefen.

«Das letzte Aufflackern eines sterbenden Feuers», erklärte der Großvater unvermittelt, wobei er seine Arme ausbreitete und den Kopf etwas neigte, um den Ausschnitt der cremefarbigen Bluse und die langen Beine der Rektorin, die in diesem Moment übereinandergeschlagen wurden und einen dunklen Honigduft verströmten, besser in Augenschein nehmen zu können.

«Sie möchten doch nur Komplimente hören, Signor Milkovich», erwiderte die Dame. Sie fand den mitreißenden Erzähler sympathisch und bewunderte den schönen, nicht mehr ganz jungen Mann, der das Herz eines Piraten und die Seele eines Dichters hatte: er wirkte elegant und stattlich in seiner etwas verblichenen Barchenthose, der Cordsamtjacke und dem Rollkragenpullover, der sein von den Jahren gezeichnetes, männlich schönes Gesicht vorteilhaft zur Geltung brachte.

«Ich bin ein alter Stamm, der keine Blätter mehr treibt», sagte er mit gespielter Wehmut und lächelte.

Später in der Nacht dann suchte die unruhige Witwe in der Abgeschiedenheit ihres Hauses Halt an diesem Stamm, der sich immer noch als sehr kräftig, wenn auch nicht von ewiger Dauer erwies. Es waren trotzdem viele Angriffe nötig, um Ubaldo Milkovichs Lebenskraft zum Erlöschen zu bringen, und als sein Ende schließlich kam, war der Liebesdurst der Rektorin gestillt. Mit dem letzten Feuerwerk explodierte in seinem Innern eine Arterie. Blut überschwemmte sein Gehirn und versenkte ihn in einen tiefen, süßen Schlaf, aus dem er nie wieder aufwachen sollte. Dieser schöne Tod hinterließ auf seinem Gesicht in einem strahlenden Lächeln die Verzückung des letzten Orgasmus.

Ein nächtlicher Anruf hatte sie alarmiert. Giulia sollte den langen Augenblick, der sich ihr mit der Genauigkeit einer Fotografie ins Gedächtnis einprägte, nie mehr vergessen: der schwach beleuchtete Korridor im Erdgeschoß, das Wandtelefon aus schwarzem Bakelit neben der Garderobe mit dem großen Mittelspiegel, die kitschigen Drucke mit Ansichten des Golfs von Neapel, die beiden mit rotem Samt bezogenen Stühlchen aus dem letzten Jahrhundert und die voll versammelte Familie de Blasco im Nachtgewand: der gestreifte Pyjama des Vaters, das geblümte Nachthemd ihrer Mutter, Benny in seinem rotblauen Schlafanzug, Isabella in einem Baby-doll aus rosarotem

Nylon, und sie in ihrem weißen Pyjama mit den grünen Pünktchen, einem ihrer besten Stücke.

Dann der alles und alle beherrschende, unterdrückte Schrei von Professor Vittorio de Blasco: «Dein Vater!» und das Schimpfwort: «Dieses Schwein!» Die Tatsache, daß er tot war, wurde angesichts des Skandals zweitrangig. Was dann kam, spielte sich mit der Schnelligkeit einer komischen Filmszene ab: der Professor bangte um Posten und Karriere, Isabella betete zu Gott, daß Alberigo, ihr Verlobter, nie davon erführe, Carmen stammelte unter Tränen, im Grunde sei er den Tod gestorben, den er sich immer gewünscht habe, Benny, der gerade fünfundzwanzig war und ein abgeschlossenes Jurastudium hinter sich hatte, setzte seinem Vater die Risiken auseinander, die es mit sich brächte, wenn man die Leiche, um einen Skandal zu vermeiden, heimlich in ihr Haus schaffen würde.

Nach sorgfältiger Abwägung der Risiken und Vorteile wurde der Plan jedoch genehmigt, und die Familie de Blasco beging ausnahmsweise eine Rechtsbeugung, um Ehre und Ansehen der Rektorin sowie zwei berufliche Karrieren zu retten. Bei Nacht und Nebel wurde die Leiche in das Häuschen in der Via Tiepolo überführt, wo sie – einmal aufgebahrt – auch Giulia sehen durfte. Auf den Lippen ihres Großvaters spielte immer noch ein spitzbübisches Lächeln.

Auch wenn jetzt seine Gebeine, seine feurige Energie in ein Mausoleum eingeschlossen werden sollten, würde nichts den unbezähmbaren Willen und die grenzenlose Phantasie Ubaldo Milkovichs bezwingen. Giulia war sicher, daß mit diesen Knochen alles von vorn beginnen würde. Minister Zani gab den beiden Männern ein Trinkgeld. Sie zogen zum Dank ihre Mützen, obwohl diese Geste bereits außer Mode war.

«Ruhe in Frieden, Kommandant Kauz», murmelte Armando, der sich an die letzten blutigen Schlachten auf dem Monte Gialla erinnerte, als noch halb Italien in der Gewalt von Faschisten und Nazis war und der Wiederstandskampf die Herzen mit Hoffnung erfüllte. Beide hatten sie als Partisanen Heldentaten vollbracht, der Junge und der Mann, der Politkommissar und der

Kommandant des «Bataillon Mario», zwei Bauern, die ihre Freiheit und ihre Erde liebten und bereit waren, für eine gerechte Sache zu kämpfen und für ein Ideal zu sterben. Armando Zani lächelte über die erhebenden Gedanken, die ihm durch den Kopf gingen, Erinnerungen an weit zurückliegende Tage, die ohne diesen Ritus wohl vergessene Spukgestalten geblieben wären.

Giulia legte die roten Rosen vor dem Beinhaus nieder. Dann schaute sie sich um und versuchte, den Weg wiederzuerkennen, an dem das Grab ihrer Mutter lag.

«Carmen ist dort unten», erklärte Zani. Er hatte Giulias Gedanken erraten und zeigte mit der Hand auf einen kurzen, von Zypressen gesäumten Weg.

Ein mit den Jahren etwas verwitterter Grabstein trug die Inschrift: «*Carmen de Blasco*, geb. Milkovich.» Unter den Zeichen für Alpha und Omega waren zwei Daten eingemeißelt: geboren 1920, gestorben 1973. Sie hatte dreiundfünfzig Jahre gelebt, nicht gerade viel, aber auch nicht wenig. Genügend Zeit, um den falschen Mann zu heiraten, sich in einen Traum zu verlieben und den eigenen Tod zu beschließen.

Auf ihrem Grab stand eine Pflanze, ein Weihnachtsstern.

«Den habe ich ihr gebracht», sagte Armando als Antwort auf Giulias stumme Frage.

«Zu Lebzeiten hätte sie sich bestimmt sehr darüber gefreut», sagte Giulia in vorwurfsvollem Ton. Weiche Schneeflöckchen hatten sich mittlerweile auf die Erde und die Gräber gelegt, auf den breiten Kragen von Giulias Nerzmantel und die roten Blätter des Weihnachtssterns.

«Ich weiß», pflichtete er ihr bei.

«Jetzt kommt die Huldigung etwas spät», griff sie ihn offen an.

«Willst du damit sagen, daß die Blumen der Lebenden den Toten nichts nützen?»

«Damit will ich sagen, daß die Lebenden so ihr Gewissen beruhigen möchten.»

Armando blickte einen Augenblick auf ihre Füße, die im Schnee versanken.

«Auch du hast deinem Großvater Blumen gebracht», sagte er.

«Ich habe vor meinen Träumen Blumen niedergelegt.» Sie zog ein Tuch aus der Tasche ihres Pelzmantels und kniete nieder, um die Fotografie ihrer Mutter zu säubern. Es war ein Bild aus den sechziger Jahren, als Carmen so alt war wie Giulia jetzt. Die beiden Frauen ähnelten sich sehr, nur daß Carmen viel jünger schien als sie. Und trauriger.

«Du urteilst ohne Erbarmen», sagte er vorwurfsvoll.

«Ich bin eben ehrlich, eine Eigenschaft, die Politikern für gewöhnlich nicht nachgesagt wird.»

«Im Augenblick finde ich dich nur aggressiv. Unnötig aggressiv.»

«Auf Wiedersehen, Herr Minister», grüßte Giulia mit neutraler Stimme und schlug den Weg ein, der zum Friedhofsausgang führte. «Und danke, daß Sie gekommen sind», fügte sie mit protokollarischer Förmlichkeit hinzu, ohne Anstalten zu machen, ihm die Hand zu reichen.

Zani eilte ihr nach, packte sie am Arm und hielt sie an.

«Was willst du eigentlich von mir?» fragte er ärgerlich.

«Warum fragen Sie sich nicht, was Sie von uns wollen?» erwiderte sie mit ungewöhnlicher Härte. «Sie verbindet nichts mit dem Ehrenmann, der mein Großvater war.» Das war ein harter Schlag, und sie fuhr sich mit der Hand an den Mund. «Das hätte ich lieber nicht sagen sollen, stimmt's?» Ihr schroffes Benehmen hatte sich in Ironie verwandelt.

«Wenn ich daran denke, daß dein Großvater neben vielen anderen Talenten auch das zum Dieb besaß, gebe ich dir sogar recht.» Er war froh über ihre unüberlegte Bemerkung, die ihrem Gespräch etwas von seiner Strenge genommen hatte. «Friede?» schlug er vor und reichte ihr versöhnlich seine große Hand.

Giulia ergriff sie und sagte: «Politischer Friede, Herr Minister. Senken wir den Schleier der Barmherzigkeit über eine Menge Heucheleien». Ihre Stimme klang bissig. «Sie sind hierhergekommen, um Ihre Seele zu retten. Aber die haben Sie bereits in den Labyrinthen der Macht verloren.»

«Was weißt denn du schon von mir, du eingebildetes Mädchen. Was weißt denn du von meinem Leben, von meinen Gefühlen?»

«Mit Gefühlen überlebt man nicht im Parlament», klagte sie ihn an und legte dabei ihre ganze Empörung in diese Worte. «Die Gefühle, die Träume und die Ideale wurden mit meiner Mutter begraben.»

Der Mann erstarrte, als habe ihn der Blitz getroffen, und wütend blickte er sie an. «Was weißt denn du schon, Mädchen? Was weißt denn du über deine Mutter und mich?»

Gestern
Winter 1944

1

Carmen war im Morgengrauen aufgestanden und hatte lange Schlange gestanden, um mit der Lebensmittelkarte einen Laib Weißbrot zu erstehen. Es war ihr sogar gelungen, etwas Salz und Streichhölzer – eine Rarität in jenen Tagen – zu bekommen. Die Nacht war relativ ruhig verlaufen. Zweimal hatten die Sirenen geheult. Doch die Flugzeuge waren in großer Höhe über die Stadt geflogen, ohne Bomben abzuwerfen. Es war wie in Friedenszeiten, aber Carmen traute der Sache nicht.

Sie zog sich die Papierröllchen aus dem Haar, eine billige und trotzdem sehr wirksame Methode, um sich Locken zu machen. Es bereitete ihr Spaß, sich die Haare zu waschen und so gut es ging in Form zu bringen. Danach fühlte sie sich jünger und zufriedener mit sich selbst. Sie nahm eine elegante Bürste mit einem schweren Silbergriff zur Hand und dachte an ihren Vater, der sie ihr geschenkt hatte.

Dann begann sie, die Haare zu bürsten. Sie ließen sich zu einer hübschen Frisur ordnen, ähnlich der eines Renaissancepagen. Carmen betrachtete das Resultat im Spiegel ihrer Frisierkommode. Sie war alles andere als begeistert, ja nicht einmal zufrieden mit der Person, die ihr aus dem Spiegel entgegenblickte: eine vierundzwanzigjährige Frau, die ihre jugendlichen Leidenschaften, Gefühle und Illusionen hinter sich gelassen hatte, aber trotzdem noch nicht fähig war, sich mit der angemessenen Haltung in ein bürgerliches Eheleben zu fügen.

Sie fühlte sich verraten, und es war ihr, als habe sie das Schicksal um etwas sehr Wichtiges betrogen, das ihr von Rechts wegen zustand. Hätte man sie allerdings gefragt, um was es sich handle, so hätte sie keine Antwort gewußt.

Als sie Professor Vittorio de Blasco kennengelernt hatte («Ausgerechnet mit einem solchen Hurensohn mußtest du dich zusammentun», so der ironische Kommentar von Ubaldo Milkovich, ihrem Vater), hatte sie das sichere Gefühl, dem Himmel einen Schritt näher gekommen zu sein, und die Vermählung mit dem jungen Lehrer, der vornehm, gebildet und zudem ein perfekt integriertes Mitglied der neuen italienischen Gesellschaft war, hatte ihrem Leben zweifelsohne eine Wende gegeben. Dank dieser Heirat hatte sie das unstete Zigeunerdasein aufgeben können, zu dem sie ihr Vater zwang, ein Leben, in dem sich grandiose Augenblicke mit langen Perioden des Elends abwechselten, eine Existenz, die sich immer am Rande der großen Stadt abspielte, nach der Carmen sich so inniglich sehnte. Ihr Vater, der die Männer mit seinen abenteuerlichen Unternehmungen faszinierte und den Frauen mit seinen slawischen Augen den Kopf verdrehte, brauchte dagegen den Freiraum ländlicher Gegenden, die ihm verschiedene Vorteile boten: zum einen waren hier die Mieten billiger, und zum andern standen ihm große Wiesen für die Züchtung seiner ungezogenen, mit Flöhen übersäten Hunde zur Verfügung. Nicht zuletzt duldeten nur die Leute vom Land den Spinner, dem das Regime aufgrund seiner antifaschistischen Vergangenheit keine andere Beschäftigung als die Hundezucht erlaubte. Allerdings war dies auch die einzige Arbeit, der Ubaldo Milkovich nachgehen konnte, da ihm jede Art von Disziplin widerstrebte.

Als Carmen Signora de Blasco wurde, ging für sie ein Traum in Erfüllung: der Umzug in eine Großstadt wie Mailand, die ihrem Bedürfnis nach Ansehen und Ordnung entgegenkam.

Sie war es leid, daß man mit dem Finger auf sie zeigte und sie, wenn auch freundlich, die «Tochter des Hundezüchters» nannte, der bei den anständigen Leuten dafür bekannt war, daß er leicht in Wut geriet und gerne handgreiflich oder gar gewalttätig wurde. Dieses oberflächliche Urteil mochte etwas übertrieben sein, aber Ubaldo Milkovich war sicher nicht das, was man einen friedlichen Zeitgenossen nennen konnte.

Im Jahre 1921 hatte er zusammen mit einem seiner fünf Brüder vor dem Café Apollon auf der Piazza Mazzini zehn Faschisten zuerst brutal verprügelt und dann in die Flucht geschlagen, worauf er sich auf einem der wenigen noch heilen Stühle niedergelassen und eine Flasche Lambrusco Grasparossa aus Castelvetro, seinen Lieblingstropfen, bestellt hatte. Der Schaden war vom Besitzer des Lokals bezahlt worden, der die Kosten für ein Spektakel, wie man es noch nie gesehen hatte und auch nie wieder sehen sollte, gerne auf sich nahm. Ubaldo Milkovich war nach diesem Zwischenfall zu zwei Jahren Verbannung verurteilt worden.

Jetzt war Carmen eine angesehene Signora, besaß ein Haus, führte ein geordnetes Leben und hatte ihren Platz in den kleinbürgerlichen Kreisen des Herrn Professors. Aber es war nicht das Leben, von dem sie geträumt hatte, ein blasser Alltag, der von einem auf die Dauer langweiligen, oberflächlichen und leeren Ritual bestimmt wurde. Ganz zu schweigen von den alchimistischen Kunststücken, die sie vollbringen mußte, um mit den sechshundert Lire Monatslohn des Professors auszukommen. Worunter sie in der leidenschaftslosen und eintönigen Beziehung mit ihrem Mann jedoch am meisten litt, war das Fehlen jeglicher Phantasie, die sie brauchte wie die Luft zum Leben. Sie sehnte sich nach ihrem Vater, dem alten Gauner und seinen komischen Freunden, nach ihrer sanftmütigen, naiven und zerbrechlichen Mutter mit dem verträumten Blick, die Ubaldo «meine Königin» nannte, obwohl er sie zwang, in einem heruntergekommenen Bauernhaus zu leben.

Sechs Jahre waren vergangen, seit sie Modena verlassen hatte, und seit mindestens fünf Jahren litt sie unter verzehrendem Heimweh. Trotzdem war für sie die Familie heilig. Sie hatte zwei Kinder und einen Ehemann, der ihr einen adligen Namen gegeben hatte. Sie konnte nicht einfach umkehren, wie ihr Vater, der sie mit offenen Armen empfangen hätte, es gerne wollte.

Als sie nach Mailand in das Haus der Familie in der Via Tiepolo umgezogen war, stellte sie es sich schön vor, das Häuschen mit dem Garten bis an das Ende ihrer Tage zu bewohnen. Im Lauf der Jahre verwandelte sich dieses Haus für sie jedoch in eine Art Gefängnis, und was sie mit achtzehn Jahren noch fasziniert hatte, fand sie jetzt alles andere als schön.

Ein Jahr nach der Heirat wurde der Familie ein Kind geboren. Zu Ehren des Reichsgründers, aber auch um sich beim Schulrektor, der Milizoffizier war, einzuschmeicheln, verpaßte ihm Vittorio de Blasco den Namen Benito. Carmen nahm seine Entscheidung hin, obwohl sie sehr darunter litt, aber Ubaldo Milkovich beruhigte sie. Es wäre ihm unnötig grausam erschienen, seine Tochter, die bereits mit ihrer schlechten Ehe zu schaffen hatte, zusätzlich unter Druck zu setzen. Zwei Jahre später wurde Isabella geboren. Als Benito fünf und Isabella drei Jahre alt wurden, hatte sich vieles geändert, in der Welt, in Italien, in Mailand, in ihrem Haus, aber auch in ihr selbst. Der Faschismus hatte «den Stiefel bis nach Ostafrika» ausgedehnt, wie es in einem Kasernenliedchen hieß, gleichzeitig aber das Land in einen blutigen Krieg gestürzt. Die Gefängnisse waren voll von guten Demokraten, und alles weinte vor Schmerz, Hunger und Elend. Mussolini, der den Zusammenbruch seines Regimes überlebt hatte, war resigniert und machtlos, der tatenlose Regisseur des Untergangs einer Epoche.

Das Haus in der Via Tiepolo befand sich in einem erbärmlichen Zustand. Im vergangenen Winter hatte man sogar die Wohnzimmermöbel verfeuern müssen, um nicht zu erfrieren.

«Darf ich mich auch kämmen?» fragte ein hohes Stimmchen. Isabella hatte ihre Mutter vor dem Spiegel überrascht. Die Kleine war hübsch, schon eine richtige kleine Dame, und versprach, einmal sehr ehrgeizig zu werden.

Carmen reichte ihr zerstreut die Bürste und dachte an den beschwerlichen Tag, der ihnen bevorstand. Luftangriffe zwangen sie immer wieder zur überstürzten Flucht in den Keller, der jedoch, obwohl er mit Holzbalken verstärkt worden war, gegen den Einschlag einer Bombe wenig genützt hätte.

Ein aufdringliches Klingeln an der Tür ließ sie hochfahren. Gefolgt von Isabella und Benito, den der Professor seit ein paar Monaten vorsichtshalber Benny nannte, ging sie ins Erdgeschoß hinunter. Vor der Haustür stand ein kleiner Junge mit dem Fahrrrad.

«Sind Sie Signora Carmen Milkovich?» fragte er.

«Ja, das bin ich», gab sie verwundert zur Antwort.

«Dann nehmen Sie das», sagte er und reichte ihr einen Zettel.

«Was ist das?» murmelte Carmen ängstlich.

«Ein Anruf für Sie aus Modena», erklärte der Junge, der seinen ungewöhnlichen Auftrag sehr wichtig nahm. «Ein Telefonanruf, am öffentlichen Apparat auf der Piazza Cordusio.» Carmen schloß langsam die Haustür hinter sich.

«Wer ruft an, Mama?» wollte Benny wissen.

«Das Telefon, das Telefon», sang Isabella vor sich hin.

«Der Großvater», rief Carmen aus, und der Gedanke an ein Unglück brachte ihr Herz fast zum Stillstand. «Eurem Großvater ist etwas zugestoßen», fügte sie an die Kinder gewandt langsam hinzu, als könnten sie ihre Not verstehen.

Sie wußte, daß ihr Vater der Widerstandsbewegung angehörte. Der Anruf aus Modena konnte nur bedeuten, daß ihm etwas passiert war.

Ubaldo Milkovich befand sich auf freiem Fuß, irgendwo in den Apenninen, in einer Berghütte oder einem verlassenen Gehöft, und war wahrscheinlich wohlauf. Die schlechte Nachricht betraf dagegen ihre Mutter. Carmen wäre sofort abgefahren und hätte auch die Kinder mitgenommen, wenn sich der Professor im Namen seiner diesmal allerdings wirklich klugen Voraussicht nicht ihrem Plan widersetzt hätte.

Ihre sanftmütige, naive Mutter mit dem verträumten Blick war schwerkrank. Der Anruf war von ihrem Onkel Berto gekommen, der allerdings nicht mehr hatte sagen wollen oder können.

Vittorio de Blasco willigte schließlich ein, daß sie alleine fuhr. Er wollte sich mit Hilfe einer Nachbarin um die Kinder kümmern und würde so seine Stellung als Lehrer bei den Faschisten behalten, die ihn vor der Front und der Deportierung nach Deutschland bewahrt hatte.

Am Hauptbahnhof bestieg Carmen einen Zug, der sich zur Hälfte aus Viehwagen und zur Hälfte aus Waggons dritter Klasse zusammensetzte. Sie trug Schuhe mit Korksohle und orthopädischem Absatz und einen braunen Mantel aus dem Jahre 1940, den sie auf der großen Weltausstellung in Rom hätte ausführen wollen, wäre diese nicht aufgrund des Krieges abgesagt worden. Nach der zweiten Geburt war sie etwas rundlicher geworden, und jetzt saß der Mantel ziemlich knapp.

«Ich werde dir Bescheid geben», versicherte sie ihrem Mann. «Und paß gut auf die Kinder auf.»

«Komm bald wieder», sagte er, da er sie ja doch nicht hätte zurückhalten können. Auf seine Art hatte er sie gern.

Die Reise war fürchterlich und dauerte volle drei Tage. Der Zug fuhr immer nur kurze Strecken und hatte endlos lange Aufenthalte. Tagsüber wurde die Eisenbahn von alliierten Jagdflugzeugen begleitet, nachts gaben die englischen Bomber keinen Frieden. Die Leute hatten sich daran gewöhnt, den Himmel mit den Augen abzusuchen, und erkannten bereits die verschiedenen Flugzeugtypen. Die meisten empfanden keine Angst. Man lebte mit dem Tod, der von überallher kommen konnte: aus dem Lauf eines Gewehrs, aus dem Rohr einer Maschinenpistole oder bei der Explosion einer Bombe. Es gab wenige, die im eigenen Bett starben, und die konnten in gewissem Sinne von Glück reden. Alle wußten, wie sie sich bei einem Luftangriff zu verhalten hatten, und es gab weder Dramen noch Hysterie.

Carmen reiste bis Piacenza im Zug. Es war eine kalte, ruhige Mondnacht. Bis zum Po, wo sie eine Fähre bestieg, die sie ans andere Ufer brachte, lauschte sie traurigen und fröhlichen Geschichten. Die eisige Luft, die bläulich schimmernden Schneefelder, die blassen Sterne am Himmel, der sich im Wasser spiegelnde Mond und der kalte Duft des Winters erinnerten sie an die Heldinnen der russischen Romane, die sie als Mädchen gelesen hatte. Auf verschiedenen Lastwagen gelangte sie nach Parma und reiste dann einen Tag lang auf den Karren von

Fuhrmännern mit, die zu Flußbanken unterwegs waren, um Sand und Kiesel aufzuladen. In Reggio Emilia nahm sie wieder die Eisenbahn. In Rubiera geriet der Zug unter Maschinengewehrbeschuß. Die letzten Kilometer legte sie zu Fuß zurück, da die Geleise an verschiedenen Stellen von Partisanen gesprengt worden waren. Mit Einbruch der Dunkelheit erreichte sie die Stadt, ein kleines abgewetztes Köfferchen in der Hand, in dem sie das Notwendigste verstaut hatte. Ihr Reiseproviant war aufgebraucht, und wäre sie nicht einer großzügigen Bäuerin begegnet, hätte es schlimm für sie ausgesehen. Ein Lastwagen mit Soldaten fuhr vorbei. Es waren schwarze Brigaden in ihrer makabren Uniform, mit einem Totenkopf an der Mütze. Sie sangen ein blasphemisch entstelltes Kirchenlied.

Die Männer waren betrunken von Angst und Branntwein. Die Gewalt einer gerade durchgeführten Säuberungsaktion hatte sie in Ekstase versetzt. Drei wehrlose, blutbefleckte Jungen, die Hände mit Draht gefesselt und die Gesichter voller Schürfungen und Blutergüsse, standen reglos inmitten der Schwarzhemden, den Blick starr auf einen fernen Punkt gerichtet. Und doch war in ihren mißhandelten Gesichtern keine Angst zu lesen. Einem von ihnen baumelte ein mit Schnur befestigtes Schild vor der Brust, das die Aufschrift «Verbannt!» trug. Die stummen Blicke der Jungen und die flegelhaften Gesänge der Faschisten verschwanden hinter einer Kurve. Carmen erkannte sich in den jungen Gefangenen wieder, Bauern wie sie, die leben wollten und doch im Angesicht des Todes ihre Würde nicht verloren. In einer Welt ohne Krieg, in der das Gesetz regierte, würden sich diese jungen Menschen, Peiniger wie Opfer, wahrscheinlich auf einem Tanzboden oder im Kino getroffen und bestenfalls um ein Mädchen gerauft haben.

Sie lief zwischen eingestürzten Häusern und Trümmerhaufen durch die Stadt, die so zerbombt war, daß man sie nicht mehr wiedererkennen konnte. Als sie zu Hause ankam, war ihre Mutter bereits tot. Großmutter Stella hatte ihr die Augen geschlossen, Nachbarinnen hatten sie gekleidet, und der Dorfpfarrer las das Totengebet. Das Gesicht ihrer sanftmütigen und zerbrechlichen Mutter mit dem verträumten Blick drückte große Strenge aus. Sie war alleine gestorben, mit einer Kraft, die nur die Schwachen manchmal besitzen. Sie war nicht an einer Krankheit gestorben, sondern an den Schlägen der Faschisten, die das Versteck des Kommandanten Kauz aus ihr herauspressen wollten. Sie hatten ihre Mutter zu Tode geprügelt, um ihr Informationen über den Ehemann und seine Kameraden abzuringen, aber sie war stumm geblieben.

Einen Augenblick lang sah Carmen wieder das Heimatdorf ihrer Mutter vor sich, das sie vor dem Krieg besucht hatten. Sie war noch ein Kind gewesen. Eine Handvoll verschlafener Häuschen in der Sonne, reglos und still, wie im Märchen. Ihre Mutter war jung und schön und trug ein geblümtes Kleid. Die Landschaft war ein großes grünes Meer, von dem das matte Gold des geschnittenen Weizens abstach und das leuchtende Kupfer der Blätter, die von der Abendsonne beschienen wurden. In der Ferne erhoben sich wie braune Riesen die Berge über dem Tal. Jetzt war es kalter Winter, und der Krieg verbreitete Schrecken und Tod. Carmen betrachtete den blutleeren Körper ihrer Mutter, die Hände, um die ein Rosenkranz geschlungen war, und begann zu weinen.

Dann half ihr jemand in das Bett, in dem sie als Mädchen geschlafen hatte. Erschöpft fiel sie in einen langen, traumlosen Schlaf.

2

Es war alles zu Ende: das aufopfernde Leben ihrer Mutter, die Totenwache, das Begräbnis. Schneeflocken wirbelten durch die graue Luft, bevor sie sich auf die frische Erde des Grabes senkten. Alle schienen es sehr eilig zu haben: der Pfarrer, die Totengräber, die wenigen Verwandten und die Freundinnen. In einer Zeit, in der so viele Menschen starben, hatte der Tod etwas von seiner ursprünglichen Würde verloren.

Die einzigen, die der Begräbnisfeier aufmerksam gefolgt waren und jetzt jeden Anwesenden genau beobachteten, waren zwei Männer in Zivil, die lange, schwarze Stoffmäntel trugen. Es handelte sich eindeutig um Polizeispitzel. Dumm und engstirnig, wie sie waren, suchten sie Ubaldo Milkovich oder irgendeinen Hinweis, der sie zu der schon mythischen Gestalt des Partisanen hätte führen können.

Es war alles zu Ende. Die Folter, der Schmerz, der fliehende Atem und der verträumte Blick ihrer sanftmütigen Mutter, all dies gehörte nun der Erinnerung an. Gegenwärtig war nur das Gefühl der Rache, an dem sie zu ersticken drohte wie an einem unterdrückten Schrei. Plötzlich überkam sie der Wunsch zu töten, nicht um eine Rechnung zu begleichen, sondern um den Hyänen, die ihre Mutter gequält hatten, für immer das Maul zu stopfen.

Sie erinnerte sich an den Satz eines Sprechers von Radio London: «Schande über diejenigen, die das Rad der Geschichte in die Tage der Barbarei zurückgedreht haben.» Schöne und edle Worte, die jedoch nicht gegen die ohnmächtige Wut ankamen, die ihr die Kehle zuschnürte und wie ein Stein auf ihrem Herzen lastete.

«Es ist besser, du kehrst nach Mailand zurück», riet ihr Großmutter Stella beim Verlassen des Friedhofs. Aber der Tonfall, in dem die schmächtige Alte, eingewickelt in ein schwarzes Schultertuch, diese Worte sagte, und der Blick ihrer kornblumenblauen Augen schienen ihr etwas sagen bedeuten zu wollen. Auch die Großmutter saß wie auf Kohlen. Die einzigen, die es nicht eilig hatten, waren die beiden Polizisten in Zivil, die dumm und dreist ihre Beobachtungen fortsetzten.

«Mein Koffer steht noch zu Hause», erklärte Carmen.

«Tonino hat ihn gebracht», sagte ihr die Großmutter. «Er ist hier.»

Tonino war ein Junge von vierzehn Jahren, der aber aussah wie zwölf. Deshalb interessierten sich Deutsche und Faschisten nicht für ihn. Auch Modena war eine Stadt der Frauen, Alten und Kinder geworden. Die Männer waren an den verschiedenen Fronten oder in Gefangenschaft gestorben, kämpften in der Wiederstandsbewegung oder mit den schwarzen Brigaden, trugen die Uniformen der Wehrmacht oder der SS.

Carmen begriff, daß ihr die Alte eine Botschaft mitteilen wollte, und dankte ihr.

«Du solltest zum Bahnhof gehen und schauen, ob es zufällig einen Zug gibt, der in Richtung Po fährt», drängte die Alte mit ungewohnter Bestimmtheit. «Der Bahnhof funktioniert selbst im Krieg», fügte sie dann mit einem Anflug von Verschmitztheit hinzu, der Carmens Vermutung bestätigte.

Carmen umarmte die Großmutter, nahm ihren Koffer und machte sich auf den Weg zum «großen» Bahnhof, den die Leute so nannten, um ihn vom «kleinen» Bahnhof zu unterscheiden, von dem die Züge in die Provinz abfuhren.

Jeder schlug eine andere Richtung ein. Das brachte die beiden Polizisten, da sie nicht wußten, wem sie folgen sollten, in Konflikt. Sie entschieden sich für die Großmutter und einen alten

Freund der Familie und ließen Carmen alleine in Richtung Bahnhof ziehen.

Ein Gepäckträger betrat den Wartesaal der dritten Klasse und kam auf Carmen zu, die in dem kräftigen alten Mann einen Freund ihres Vaters erkannte. Zwei deutsche Soldaten beobachteten sie, machten unverschämte Anspielungen auf ihre Weiblichkeit und grinsten.

«Den nehme ich», sagte der Gepäckträger und beugte sich über ihren Koffer.

Carmen schaute ihn verwundert an, stellte aber keine Fragen.

«Gut», sagte sie.

«Du folgst der Kleinen», befahl der Mann und deutete auf ein kleines Mädchen mit einem Schopf dichter Locken, die unter einem grauen Kopftuch hervorquollen. «Sie heißt Marina. Du kannst dich auf sie verlassen», fügte er leise hinzu.

Carmen nickte, als Zeichen, daß sie verstanden hatte. Marina trug schwere Schuhe und einen zerschlissenen braunen Mantel, der um ihren schmächtigen Körper schlotterte. Carmen folgte ihr zum Ausgang, während sich der Gepäckträger mit ihrem Koffer entfernte.

Sie überquerten den Bahnhofsvorplatz und gingen auf die Arkaden zu. An eine der Säulen gelehnt, standen zwei Damenfahrräder.

«Steig auf und fahr los», sagte Marina.

Sie verließen die Stadt auf der Via Vignolese. Carmen kam mit dem Rad gut zurecht. Wohin man auch blickte, sah man Einschläge von Bomben und Maschinengewehren. Obwohl sich am Himmel blaß die Sonne zeigte, herrschte beißende Kälte, die ihnen an Händen und Beinen schmerzte.

In Vaciglio übergab Marina Carmen an Maria. In Montale übernahm Iris die Führung, und so ging es weiter von Stafette zu Stafette, an Gehöften vorbei, die als Tarnung für geheime Basen dienten, unsichtbaren Zeichen folgend, bis Carmen schließlich völlig erschöpft bei Mondlicht die ersten Ausläufer der Apenninen erreichte. Eine dünne Schneedecke lag auf der Erde und den

Dächern eines Dorfes, das vor kurzem gebrannt hatte und noch ganz verkohlt roch. Unter den freundlichen Blicken zweier alter Bergbewohner mit gütigen, optimistischen Gesichtern aß Carmen Brot und Käse und trank Wein.

Eine ungekannte, grenzenlose Solidarität öffnete ihr unverdächtige Pfade, die sich hinter ihr schlossen, als sei nichts gewesen, als schwimme sie im Wasser.

Der Gedanke an ihren Mann und die Kinder war eine vage Erinnerung, die sie mit der Vergangenheit verband, aber einer ganz anderen Welt angehörte, fern von dem Abenteuer, das sie jetzt erlebte.

Als Carmen schließlich eine große, stabile Blockhütte vor sich sah, wußte sie, daß sie ihr Ziel erreicht hatte. Der neue Tag legte sich kalt und klar auf die unberührte Stille der Berge. Es war ein altes, geräumiges Gebäude, das zwischen Buchen versteckt lag und früher als Zufluchtsort für Köhler und Wilderer gedient hatte. Man mußte schon seine genaue Lage kennen, um es zu finden. Die Gebirgsnatur hatte einen dichten Schutzwall aus Pflanzen um die Hütte herum errichtet. Dahinter floß ein kleiner Wildbach.

Als sie eintrat, nahm sie zuerst den beruhigenden Geruch eines Holzfeuers wahr, dann hörte sie die Töne einer Mundharmonika. Der leise, wehmütige Walzer erinnerte sie an die bunte, leuchtende Welt der Rummelplätze ihrer Kindheit. Vielleicht waren ihre Müdigkeit, der Schlaf und die Kälte daran schuld, daß sie sich dieser glücklichen Illusion hingab. Aber der Geruch und die Klänge waren Wirklichkeit.

Carmen stampfte fest auf den Boden, um ihre eisigen Füße zu erwärmen. An der Decke hing eine Petroleumlampe und verbreitete ihr gelbliches Licht im Raum. Im Kamin prasselte ein Feuer.

«Du bist Carmen», sagte der junge Mann, der am Feuer saß. Die Mundharmonika in seiner Hand flimmerte im Schein der Lampe wie Lametta.

«Ich bin Carmen», bestätigte sie. Ihre Beine zitterten vor Aufregung und Müdigkeit.

«Setz dich hier vor den Kamin», sagte er einladend.

Carmen setzte sich und nahm den Schal vom Kopf. Eine Flut schwarzer Haare kam darunter zum Vorschein.

«Ich dachte nicht, daß du so früh kommen würdest», sagte der Junge.

«Ach nein?» sagte sie teilnahmslos, während sie den unwiderstehlichen Wunsch verspürte, den brennenden Scheit mit der Feuerzange zu berühren, um die Funken stieben zu lassen.

Jone, unter deren Führung sie die letzte Wegstrecke zurückgelegt hatte, kam mit einem Töpfchen Milch hinter einem Holzbalken hervor und stellte es aufs Feuer. Dann brachte sie Brot, das sie in Scheiben schnitt.

«Wohin gehen wir?» fragte Carmen. Der Gedanke, ihren Weg fortsetzen zu müssen, bereitete ihr Schrecken.

«Du bist am Ende deiner Reise», tröstete sie der Junge. Er war schlank und kräftig, obwohl er jünger wirkte als zwanzig. Sein praktisch bartloses Gesicht stand in seltsamem Kontrast zu den großen Händen und seinem dichten Haar. Er trug Flanellhosen und einen handgestrickten Pullover aus grober Wolle.

Jone goß die heiße Milch in Tonschalen. Eine reichte sie Carmen zusammen mit dem Brot, das sie auf dem Feuer geröstet hatte, die andere behielt sie für sich. Der Duft von Feuer, von Milch und von Brot war der Duft des Lebens. Sie aßen langsam, während ihnen der Junge zuschaute und sich an ihrem Appetit freute.

Carmen deutete auf die Mundharmonika, die er immer noch in der Hand hielt.

«Du spielst schön», sagte sie.

Der Junge wurde rot.

«Es macht mir Spaß», erwiderte er schüchtern und senkte die Augen auf sein Instrument. «Ich habe es von einem russischen Gefangenen. Simeon. Der spielte wirklich gut. Er ist gestorben», schloß er dann hastig.

Er hatte große schwarze Augen, die von langen Wimpern beschattet wurden. Aus seinem nachdenklichen, forschenden Blick sprach großer Stolz.

«Gehen wir nicht zu meinem Vater?» fragte Carmen ohne Umschweife.

«Nein. Er wird zu uns kommen. Das ist einfacher und nicht so riskant.» Er sprach nur wenig und mit leiser Stimme, eine Gewohnheit, die er bei den Partisanen angenommen hatte.

«Wie heißt du?» fragte sie den Jungen.

«Sag Gordon zu mir.»

Carmen mußte bei diesem Namen an den Helden eines amerikanischen Comicstrips denken, der gegen außerirdische Wesen kämpfte. Sie lächelte, als spiele der Junge ein Spiel, von dem sie noch nicht begriffen hatte, wie es funktionierte.

«Das ist ein komischer Name», meinte sie und aß weiter.

«Hier haben alle komische Namen», erklärte Gordon. «Dein Vater ist der Kommandant Kauz.»

Carmen mußte ein Lachen unterdrücken und wäre dabei fast an einem Löffel eingetunktem Brot erstickt.

«Womöglich hat er sich den Namen noch selbst ausgesucht», sagte sie mit vollem Mund und dachte an Ubaldo Milkovich, den unverbesserlichen Exhibitionisten, der seine Ironie und gerissene Dreistigkeit nun auf ein ernsthaftes, politisch-militärisches Unternehmen übertrug. «Wo ist er jetzt?» wollte sie wissen.

Gordon begann mit seiner warmen, ausdrucksvollen Stimme die Geschichte von der Schlacht auf der Montagna Gialla zu erzählen, aber Carmen hörte ihm nur eine kurze Weile zu, bis der Schlaf sie übermannte. Gordon und Jone hoben sie behutsam hoch und legten sie auf eine Matraze, die das Mädchen hinter der Bretterwand für sie hergerichtet hatte.

Als Carmen aufwachte, war sie alleine in der Hütte. Das große Holzscheit im Kamin glühte nur noch schwach, ein Hinweis darauf, daß das Feuer in den letzten Stunden nicht geschürt worden war. Durch das kleine Fenster flutete das fahle Licht eines kalten Winterabends. Sie hatte den ganzen Tag geschlafen. Jetzt ging es ihr wieder gut. Sie fühlte sich wie im Urlaub. Es war ihr, als habe sie einen Ort gefunden, an dem es tatsächlich keinen Krieg gab. In der Ferne vernahm sie den Klang der

Mundharmonika, der sie an stolze weiße Karussellpferde erinnerte. Der Walzer ähnelte jetzt Gordons wehmütigem Blick, wie er sie in der Hütte empfangen, ihr zu Essen gegeben und mit seiner warmen, ausdrucksvollen Stimme in den Schlaf gewiegt hatte. Sie dachte an seinen Blick, an seine hübsche Erscheinung und an seine großen, kräftigen Hände.

Gefolgt von einem eisigen Windstoß, kam Gordon zur Tür herein.

«Hast du gut geschlafen?» fragte er.

«Ich glaube schon», erwiderte sie, glücklich, ihn zu sehen.

Der Junge legte ein großes Holzscheit auf die Glut. Es fing sofort Feuer.

«Vielleicht mußt du noch einmal eine Nacht lang auf deinen Vater warten», sagte er.

«Hast du etwas erfahren?»

«Ich habe erfahren, daß er später kommen wird», sagte Gordon kurz angebunden.

In der Welt tobte ein blutiger Krieg, sie hatte Mann und Kinder verlassen müssen, gerade erst eine Erfahrung mit dem Tod hinter sich, und doch hatte sie sich noch nie auf so egoistische Weise lebendig gefühlt. Ein unendliches Glücksgefühl durchströmte sie und pulsierte heiß in ihren Adern.

«Dann warte ich eben», sagte sie mit einem Seufzer, den der Junge für ein Zeichen trauriger Schicksalsergebenheit hielt.

Carmen dagegen wurde klar, daß sie sich zum ersten Mal in ihrem Leben völlig frei, als Herrin ihrer Gedanken und Handlungen fühlte. Von ihrem Vater, der einen Jungen wollte, war sie nie ganz ernst genommen worden. Ihre Mutter hatte sie dazu erzogen, eine gute Ehefrau und Mutter zu werden. Und ihr Mann, in dessen Hände sie ihre zum Teil bereits traurig verbrachte Zukunft gelegt hatte, war zu sehr mit sich selbst beschäftigt, als daß er hätte auf sie eingehen können, und sie selbst war nicht stark genug, um mit ihm mitzuhalten. Vielleicht war es auch umgekehrt. Aber jetzt, in Gegenwart dieses sanftmütigen, rücksichtsvollen Jungen, der sie wie seinesgleichen behandelte, spürte sie, daß etwas entstehen konnte, etwas, das einmal nur von ihr abhing, von ihrer ganz persönlichen Initiative. Sie verspürte den unwiderstehlichen Wunsch, ihm zu sagen, daß er ihr gefiel, daß seine Gegenwart und seine Stimme einen Ansturm von Gefühlen in ihr auslösten und ihr Blut zum Wallen brachten.

Als Gordon das Feuer schürte, streifte er sie mit der Hand, und Carmen wurde rot. Ihre Augen füllten sich mit Tränen.

«Ist dir nicht gut?» fragte der Junge. Er glaubte, der nur wenige Tage zurückliegende Tod ihrer Mutter, die Entfernung von der eigenen Familie, die Sorge um den Vater und die ungewohnte Umgebung seien der Grund ihrer Rührung.

«Ich glaube, ich habe mich in dich verliebt», gestand sie ihm, selbst verwundert über ihre Offenheit.

«Du machst wohl Witze», sagte der Junge und wurde rot.

In der Stille, die draufhin eintrat, war nur das muntere Plätschern des Gebirgsbaches zu hören. Gordon zündete sich eine Zigarette an und sog in langen Zügen begierig den Rauch ein.

«Ich habe noch nie etwas so ernst gemeint», murmelte sie, wobei sie Küsse auf seine Wangen und Mundwinkel hauchte.

«Ich glaube, du bist dabei, eine große Dummheit zu machen», warnte er sie, während sie ihn sanft zu dem provisorischen Bett hinter der Bretterwand schob.

Das war also die Leidenschaft, die sich der Verliebten bemächtigt, eine Art Rausch, der sie dazu zwang, zu nehmen und sich hinzugeben, ein Trieb, den sie nie hatte ausleben können, weil ihre Weiblichkeit unter einer Ehe litt, in der es keine Liebe gab.

«Wir haben schon so viel Zeit verloren», sagte sie, während sie sein Ohr mit den Lippen berührte. «Und morgen sind wir vielleicht nicht mehr da.»

Gordon strich über ihre schwarzen Locken.

«Komm her», sagte er leise und drückte sie an sich.

Sie küßten sich, und zusammen vergaßen sie den Krieg und das Warten.

Dann kamen stoßweise, atemlose Seufzer, unendlich köstliche Empfindungen und zum Schluß die Erfüllung ihres Verlangens, ein tiefes Erleben, das jedes andere Gefühl verdrängte. Carmen fühlte sich leicht und glücklich. Sanfte Schauer breiteten sich auf ihrer Haut aus – nach und nach, wie Kreise im Wasser, in das man einen Stein geworfen hat. Keine wilden Zuckungen, sondern eine unendlich sanfte Rückkehr zum Leben, der Wunsch nach Zärtlichkeit, nach gehauchten Küssen und geflüsterten Worten. Zusammen träumten sie von einer Welt im Frieden, in der die Leute an den Tischchen eines Cafés saßen, ins Kino oder ins Theater gingen.

«Wärst du gerne an so einem Ort?» fragte er.

«Ich bin gerne hier, wenn du in meiner Nähe bist», erwiderte sie.

In der Ferne dröhnte ein Geschütz, instinktiv schmiegte Carmen sich enger an den Jungen heran. Gordon spürte in dieser Regung ihr Schutzbedürfnis.

«Mach dir keine Sorgen», beruhigte er sie. «Bald ist alles vorbei. Dann leben wir in einer besseren Welt. Alles Häßliche wird dann für immer verschwinden. Dafür kämpfen wir.»

Carmen lächelte bei dem Gedanken an die gerade entdeckte Liebe und lauschte seiner warmen Stimme, die ihr von einem Ort am Meer erzählte, an den er sie eines Tages bringen würde, wenn wieder Frieden war. Dann schlief sie ein. Gordon versuchte, an den Krieg zu denken, den er noch vor sich hatte, aber es gelang ihm nicht, denn es gab keinen Platz für andere Gedanken, solange Carmen in seinen Armen lag und sie gemeinsam vom Meer träumten. Da gab auch er dem Schlaf nach und folgte ihr an jenen Ort zwischen Olivenbäumen, sah die wellenumspielten Felsen vor sich und den Himmel, an dem weiße Möwen segelten.

Ubaldo Milkovich, der Kommandant Kauz, stieß vier Tage nach der Schlacht auf der Montagna Gialla zu ihnen. Für Carmen und den Jungen waren es rauschende Tage der Liebe. Die Begegnung mit dem Vater war eine jähe und schmerzliche Rückkehr zur Wirklichkeit und zu den Erinnerungen an den Tod, die sich nun in der Gegenwart des Mannes, der seine sanfte

Gefährtin verloren hatte, wieder regten. Und er wollte Einzelheiten wissen, die Carmen ihm nicht sagen konnte. Er war nicht mehr der Mann, den sie kannte, ihr gerissen dreister Vater, der große Unterhalter, der Erzähler wundervoller Geschichten, die er immer so herrlich ausschmückte. Er hatte das ernste Gesicht des Kämpfers, die strenge Haltung des Kriegers, der sich keinen Exhibitionismus leisten kann.

«Du mußt nach Mailand zurück», sagte er. «Hier sitzen wir auf einem Pulverfaß. Vielleicht war es dumm von mir, dich kommen zu lassen.»

Carmen umarmte ihn voll Dankbarkeit und Liebe.

«Was ist denn mit meinem ausgeglichenen Mädchen los?» wunderte sich Ubaldo Milkovich, der solche Reaktionen von seiner Tochter nicht kannte.

«Wann werden wir wieder zusammen sein?» fragte sie.

«Bald», versprach er ihr. «Früher als du denkst.»

Carmen blieb nur einen Tag bei ihrem Vater, gerade genügend Zeit, um ein bescheidenes Mahl einzunehmen, noch einmal den sehnsuchtsvollen Klängen von Gordons Mundharmonika zu lauschen, mit einer Eastman «made in USA» ein paar Fotos zu schießen und ihrem Vater Gelegenheit zu geben, zu erraten, was sich zwischen ihr und Gordon abgespielt hatte. Dann begleitete sie der Junge bis nach Montale.

«Ich heiße Armando», sagte er, als handle es sich bei diesem Geständnis um ein Liebespfand, mit dem er sein Leben in ihre Hände lege. «Ich bin Armando Zani, und eines Tages werden wir uns wiedersehen, wenn du möchtest», fügte er dann den Tränen nahe hinzu.

In diesem Moment erinnerte sich Carmen daran, daß sie verheiratet war und Mutter von zwei Kindern, während sie für diesen Jungen wahrscheinlich die erste richtige Frau gewesen war.

«Wenn es das Schicksal will, werden wir uns wiedersehen», sagte sie ohne große Überzeugung und mit einem Knoten im Hals.

Dann kletterte sie auf das Fahrrad und folgte ihrer Führerin, ohne sich noch einmal umzudrehen. Am Lenker baumelte eine kleine Tasche, die etwas Brot und Käse, eine Mundharmonika und eine alte Ausgabe von Maxim Gorkis Roman *Die Mutter* enthielt.

«Es sind die kostbarsten Dinge, die ich besitze», hatte Gordon gesagt, als er sie ihr schenkte.

Immer weiter entfernte Carmen sich vom Ort ihrer wunderbaren Liebesgeschichte, mit tränenverschleierten Augen und unendlicher Trauer im Herzen.

Heute

1

Auf der Rückfahrt über die Autobahn hielt Giulia zweimal an, um Ermes anzurufen. Ersilia, die Haushälterin, wußte eigenartigerweise nicht, wo er war. Im Krankenhaus hatte sie dieselbe Auskunft erhalten.

Das war noch nie vorgekommen, seit sie sich kannten. Für sie war Ermes immer zu sprechen gewesen. Giulia begann sich Sorgen zu machen, aber nicht um ihn, sondern um sich selbst. Seit sie von ihrer Krankheit wußte, unterlag sie ständigen Stimmungsschwankungen. Auf Zustände der Euphorie folgten Depressionen, Gleichgültigkeit, Augenblicke der völligen Verdrängung, Resignation, um zuletzt wieder in den Teufelskreis der Angst zu geraten. Gleichbleibend in diesem Wirrwar von Gefühlen waren ihre ichbezogene Sicht der Dinge (wobei sie in erster Linie an die eigene Verwundbarkeit dachte) und das Mißtrauen. Wenn sie Ermes am Telefon überraschte, bildete sie sich sofort ein, er bespräche mit einem Kollegen alarmierende Aspekte ihrer Krankheit.

Ungeduldig legte sie die restlichen Kilometer bis nach Hause zurück, in der Hoffnung, im Briefkasten eine Nachricht vorzufinden. Das war ihr etwas altmodisches System, sich im Bedarfsfall miteinander in Verbindung zu setzen. Doch heute bedauerte sie zum ersten Mal, keinen automatischen Anrufbeantworter zu haben.

Nichts deutete darauf hin, daß Ermes vorbeigekommen war.

Sie warf den Pelzmantel auf eines der Jugenstilsesselchen neben dem dazugehörigen Spiegel im Eingang, zog die Stiefel aus und schlüpfte in bequeme, gefütterte Pantoffeln.

Das Läuten des Telefons erfüllte sie wieder mit Hoffnung. «Das ist er», dachte sie erleichtert. Statt dessen meldete sich Ambra, die ihr stundenweise im Haushalt aushalf und außerdem als verläßliche Freundin zur Seite stand. Ambra war aktives Mitglied der kommunistischen Partei und betrachtete Giulia, obwohl sie nicht eingeschrieben war, als Genossin für ihre progressiven Ideen.

«Nein, ich bin nicht Ermes», sagte sie, als sie die Enttäuschung in Giulias Stimme spürte. «Tut mir leid für dich.»

«Es sei dir verziehen», sagte Giulia im Scherz. «Über deine Stimme freue ich mich ebenso.»

«Ich wollte nur hören, ob du gut zurückgekehrt bist. Und noch etwas», sagte sie und überlegte einen Augenblick, «denk dran, daß ich eingekauft habe. Ah, und auf dem Herd steht eine fertige Thunfischsauce. Du brauchst sie nur aufzuwärmen. Ist mit deinem Großvater alles gut gelaufen?» wollte sie noch wissen.

«Der Kommandant Kauz hat sich im Beinhaus mit seinen gefallenen Kameraden aus dem Widerstandskampf vereint», gab sie zur Antwort.

Ambra und Giulia waren gleichaltrig. Trotzdem hatte Ambra instinktiv die Rolle der Mutter übernommen. Obwohl sie eine ausgesprochen aktive Person war, neigte sie aufgrund eines ständigen Hungergefühls zu einer gewissen Körperfülle, die jedoch durch ihre beträchtliche Körpergröße weniger auffiel. Ihr Gesichtsausdruck wirkte ruhig und fröhlich. Die Partei war ihre Religion, und sie betrachtete Giulia als eine Art schutzbedürftige Tochter. Mit der Geduld einer Mutter hatte sie sich um Giorgio gekümmert und liebevoll geholfen, ihn großzuziehen, was einen Klaps auf den Po zur rechten Zeit nicht ausschloß. Sie schien zur Mutter geboren, und doch hatte sie nie geheiratet und verwandte ihre ganze Fürsorglichkeit auf ihren alten Vater, mit dem sie zusammenlebte, sowie auf Giulia und Giorgio. Das war ihre Familie.

«Das ist sehr lieb von dir», bedankte sich Giulia. «Hat jemand angerufen, während ich weg war?»

«Nein, niemand. Machst du dir wegen irgend etwas Sorgen?»

«Nein», meinte Giulia trocken. «Ein gutes neues Jahr, falls wir uns vorher nicht mehr hören.»

«Dir auch. Von Herzen. Aber wir hören uns noch, hoffe ich.»

«Sicher. Und vielen Dank für alles.» Damit hängte Giulia ein.

Es war schon öfter vorgekommen, daß Ermes sich einen Tag lang nicht meldete, aber wenigstens wußte sie immer den Grund und auch den Ort, wo er sich aufhielt. Vielleicht hatte er am Morgen angerufen, als die Telefonleitung unterbrochen war. Diese Erklärung war zwar plausibel, aber keine Beruhigung. Es war weder Freitag noch der Dreizehnte. Trotzdem war es ein durch und durch ekelhafter Tag, der bereits schlecht angefangen hatte und gerade so weiterging. Es war das Jahresende.

Sie beschloß, hinaufzugehen und ein Bad zu nehmen. Das entspannte sie immer am meisten. Sie stieg in das dampfende, wohlriechende Wasser. Das vermittelte ihr zwar ein angenehmes Gefühl, aber doch nicht die Ruhe, die sie nötig hatte. Die Anspannung wollte sich einfach nicht lösen. Erst wenn Ermes kam, würde sie sich besser fühlen. Sie wünschte sich, wie ein Kind behandelt zu werden, wie ein dummes kleines, unschuldiges und hilfloses Mädchen, das alle lieb hatten. Ja, wenn Ermes zurückkam, wollte sie in seine Arme flüchten. Seine beruhigenden Worte würden ihr das innere Gleichgewicht zurückgeben, das sie so sehr brauchte. Sicher würde er sich vor dem Abend melden. Er hatte ihr versprochen, daß sie das neue Jahr gemeinsam beginnen würden.

Sie führte eine Hand zur Brust, an der sich die mittlerweile vernarbte Naht befand, um die kleine Kuhle zu ertasten, die der operative Eingriff hinterlassen hatte. Aber sie schaffte es nicht, sich anzufassen. Sie konnte sich einfach nicht dazu überwinden und hatte es sogar abgelehnt, sich im Spiegel zu betrachten. Baudelaires Albatros und die Grasmücke aus Pascolis *Gefallener Eiche* kamen ihr in den Sinn. Sie mußte an eine verletzte Schwalbe, eine Möwe mit teerverklebten Flügeln denken und stellte eine Art Kreuzwegbilanz aller negativen Erfahrungen ihres Lebens auf: der Tod des Großvaters, ihre Fehlgeburt, Giorgios Sturz mit dem Fahrrrad, ihr Krankenhausaufenthalt.

Das Läuten des Telefons riß sie aus ihren traurigen Gedanken.

«Giulia, bist du's?» tönte eine helle, aggressive Kopfstimme aus dem Hörer. «Wärst du jetzt nicht zu Hause gewesen, hätte ich mir etwas angetan. Du wirst nicht glauben, was mir jetzt wieder passiert ist!»

Giulia erkannte die Stimme ihrer Freundin Gaby.

«Was willst du?» fragte sie unwirsch.

«Ich bin völlig aus dem Häuschen. Willst du wissen wieso?» fragte Gaby mit schriller Stimme.

«Nein.»

«Habe ich den falschen Moment erwischt, um anzurufen?»

«Stimmt.»

«Du behandelst eine Freundin, die ihr Herz erleichtern möchte, ja nicht gerade verständnisvoll.»

«Wer ist schon vollkommen?» erwiderte sie barsch und hängte ein.

Gaby Gabbi: drei Ehen, drei Scheidungen, vier Kinder, Sexologin und Leiterin einer Familienberatungsstelle, eifrige Verfechterin des freien Vögelns, unermüdliche Sammlerin und Testerin von «männlichen Sexualorganen», wie sie sich ausdrückte, um nicht obszön zu wirken. Sicher wollte sie Giulia ihr neuestes erotisches Abenteuer erzählen.

Das letzte Mal hatten sie sich getroffen, als Gaby sie dringend auf einen Cappuccino im Café Cova in der Via Montenapoleone sehen wollte.

Die Zeit, in der sich Giulia über die boccaccioreifen Geschichten ihrer überdrehten Freundin amüsieren konnte, schien weit zurückzuliegen. Dabei war kaum mehr als ein Monat vergangen. Giulia ertappte sich dabei, wie sie die Zeit in Abschnitte vor und nach der Krankheit einteilte. Vor ihrer Krankheit brachten sie Gabys erotische Herzensabenteuer zum Lachen, und sie wunderte sich, daß ihre Freundin noch keinen Sensationsroman daraus gemacht hatte.

Dazu fehlte ihr weder die Phantasie noch die Dreistigkeit.

Sie weiterreden zu lassen und ihre Geschichte anzuhören hätte ihre Stimmung sicher gehoben. Das letzte Mal war Gaby umwerfend gewesen.

«Joseph Bertrand ist ein Perverser!» hatte sie bei ihrem Eintritt in die Bar ausgerufen, ohne Giulia überhaupt zu begrüßen. Einige wartende Kunden waren aufmerksam geworden und hatten sich empört nach ihr umgewandt.

Dann war sie fortgefahren: «Vierunddreißig Jahre, seit zehn Jahren im Beruf, in den berühmtesten Rennställen kennt man seinen Namen: Williams, Brabham, McLaren, Ferrari. Zwei Frauen, eine Scheidung, gebrochene Herzen auf jeder Rennstrecke.» Gaby hatte ihn anläßlich eines Essens bei Freunden kennengelernt und sich wie ein Habicht auf ihn gestürzt. So ein As am Lenkrad fehlte ihr noch in ihrer Sammlung. Er durfte ihr auf keinen Fall entwischen.

«Also, hast du ihn nun rumgekriegt oder nicht?» fragte Giulia und beobachtete ihre Freundin.

Der elegante Kamelhaarmantel brachte die Flut kupferfarbener Haare, die ihr in Wellen auf die Schulter fielen, vorteilhaft zur Geltung und ließ einen jungen, harmonischen und gutgebauten Körper ahnen. Ihr Gesicht hatte entschlossene Züge. Es wirkte zwar eher sympathisch als schön, aber der Gesamteindruck war der einer attraktiven Frau.

«Ja, das hatte ich eigentlich vor», seufzte sie, während der Cappuccino in ihrer Tasse kalt wurde. «Um es kurz zu machen: ich sehe ihn, ich schaue ihn an, ich begehre ihn. Aber in diesem Augenblick konnte ich nur das ‹marmorgleiche Objekt des Verlangens› bewundern, das ihm allein beim Blick in meine Augen schon die Hose schwellen ließ. Soweit das Vorspiel. Völlig unerwartet ruft mich Bertrand nach zwei Monaten in der Beratungsstelle an. Er sagt: Ich bin auf der Durchreise in Mailand. Komm zu mir ins Hotel Rosa. Ich wasche mich nur kurz auf dem Bidet und stürze mich ins Abenteuer. Ich komme in sein Appartement, und er ist am Telefon. Er spricht mit Ferrari und wirft mir Kußhändchen zu. Diskret wie ich bin, gehe ich ins

Schlafzimmer, ziehe mir die Strumpfhose aus und warte. Kurze Zeit später kommt er. Wir fangen an, uns zu befummeln. Ich bin drauf und dran abzuheben, er erregt sich immer mehr. Aber er zieht sich nicht aus, und das macht mich stutzig. Dann – wir sind wirklich auf dem Höhepunkt der Erregung – öffnet er den Reißverschluß, und heraus schießt ein Gerät allererster Klasse. Da setzt er ein völlig gelangweiltes Gesicht auf, greift nach seinem Prototyp und beginnt, sich mit stiller Verbissenheit zu wichsen, bis er zu einem Riesenorgasmus kommt und seinen Samen in Salven um sich spritzt. Danach macht er ohne auch nur mit der Wimper zu zucken seinen Hosenladen wieder zu und sagt: ‹Hat's dir Spaß gemacht?› Jetzt sag du mir, findest du diesen Formel-Eins-Helden normal?»

Giulia stieg mit einem Lächeln auf den Lippen aus der Badewanne. Vielleicht hätte sie besser daran getan, der umwerfenden Gaby Gabbi zuzuhören, anstatt den Hörer auf die Gabel zu knallen. Sie hüllte sich in einen hellblauen Bademantel, setzte sich auf einen Hocker und trocknete sich sorgfältig ab. Dabei hoffte sie ständig auf das Läuten des Telefons oder ein Klingeln an der Tür, das ihr Ermes' Ankunft ankündigte. Sie zog sich an und schminkte sich, als würde er jeden Moment eintreffen.

Dann ging sie ins Wohnzimmer hinunter und schaltete den Fernsehapparat ein, gerade zu Beginn der Tagesnachrichten. Auf dem Bildschirm sah ihr Ermes Corsini direkt in die Augen. Bestürzung und Wut lagen in seinem Blick. Von zwei Carabinieri begleitet, trat er in Handschellen aus dem Polizeirevier in der Via Moscova, um kurz darauf in den Wagen zu klettern, der ihn ins Gefängnis San Vittore bringen sollte. Der Fernsehsprecher unterstrich die dramatischen Bilder mit einem kalten Kommentar: «In Mailand wurde der bekannte Chirurg Ermes Corsini verhaftet. Ihm werden Fahrlässigkeit und Kunstfehler zur Last gelegt sowie die Verfolgung privater Interessen bei Ausübung eines öffentlichen Amtes.»

2

Ermes saß dem Untersuchungsrichter gegenüber.

«Waren die Handschellen wirklich nötig?» fragte er ihn gelassen.

«Gesetz ist Gesetz», erwiderte der Richter und legte seine Hände auf die Tischplatte, kleine Hände mit trockenen und sicher kalten Fingern. Er war von schmächtiger Gestalt. Ermes hielt ihn für sehr leicht reizbar. Seine ungewöhnlich große und fleischige Nase stand in seltsamem Kontrast zu dem kleinen, schmalen Mund. Seine Glupschaugen ließen eine Schilddrüsenerkrankung vermuten, und seine Stimme klang tief und kräftig.

Der Sekretär hingegen war ein robust gebauter Mann mittleren Alters, dessen straffes Gesicht auf eine ausgesprochen gute Verdauung schließen ließ. Er saß vor der Schreibmaschine und blickte dann und wann zurück, um die bekannte Persönlichkeit, deren Verhör er zu Protokoll brachte, verstohlen zu mustern.

Die Anwaltskanzlei hatte Ermes bis zu Elena Dionisis Rückkehr den engsten Mitarbeiter der Chefin geschickt, einen eleganten jungen Mann mit forschenden Augen, der einen aufgeweckten Eindruck machte.

Nachdem die Routineformalitäten erledigt waren, begann der Untersuchungsrichter mit dem Verhör.

«Erinnern Sie sich daran, vom Vater eines Patienten zwei Millionen Lire für die Notaufnahme und den nachfolgenden chirurgischen Eingriff an seinem Sohn erhalten zu haben?» Beim Versuch, die Frage in einem Atemzug auszusprechen, war er rot angelaufen. Er schien dem bekannten Chirurgen gegenüber voreingenommen zu sein. Seiner Meinung nach gehörte Ermes offenbar zu der Sorte Menschen, die einmal eine ordentliche Lektion verdient hatten.

«Dürfte ich vielleicht den Namen dieses Ehrenmannes erfahren?» fragte Ermes, dessen Gelassenheit den Untersuchungsrichter sichtlich verwirrte.

«Egidio Leva. Das ist der Name des Vaters. Sein Sohn hieß Camillo. Camillo ist tot. Der Vater gibt Ihnen die Schuld an seinem Tod.»

«Warum?»

«Weil Sie einen zweiten Eingriff abgelehnt haben. Als sich ein anderer Chirurg bereit erklärte, ihn noch einmal zu operieren, war es bereits zu spät.»

«Darf ich auch den Grund meiner Ablehnung wissen?» fragte Ermes, dem es langsam dämmerte.

«Aber sicher. Weil kein Geld mehr da war. Keine Millionen, kein Eingriff, stimmt's, Herr Professor?» In den großen, weit aufgerissenen Augen des Untersuchungsrichters stand tiefe Verachtung geschrieben.

Ermes rekonstruierte in Gedanken rasch die Geschichte von Camillo Levas. Neun Jahre. Ein Kind mit hilflosem Gesichtsausdruck und sanften Augen, das ihn bei seinem Namen nannte. «Kann ich dann wieder Fahrrad fahren, Ermes?» hatte der Junge ihn gefragt. «Das hoffe ich schon», hatte der Arzt erwidert, der ihn an einem bereits in die Lungen metastasierten Osteosarkom des Knies operiert hatte. Den internationalen Richtlinien zufolge hätte man in diesem Fall eine Amputation vornehmen können, aber die Lungenmetastasen und andere Symptome deuteten darauf hin, daß der Junge sowieso zum Tode verurteilt war. Ermes hatte es nicht übers Herz gebracht, ihn zu verstümmeln. Nur ein Wunder hätte ihn noch retten können. Einen Monat nach der Operation war Camillo noch einmal ins Krankenhaus gekommen und Ermes auf beiden Beinen entgegengelaufen. Sein Gesicht strahlte vor Dankbarkeit: «Du hattest recht, Ermes. Ich kann wieder Fahrrad fahren.» Er schien geheilt, aber Ermes wußte, daß er es nicht war. Wenigstens litt er nicht mehr. Den Eltern hatte er vorsichtig beigebracht, sie sollten sich keine Hoffnungen machen. Die Wirklichkeit schien seine Vorhersage jedoch zu widerlegen, und Camillos Eltern glaubten lieber an das, was sie sahen. Der Gedanke, dem Jungen noch ein paar glückliche Monate geschenkt zu haben, vermochte Ermes kaum zu trösten. Der Herbst war vergangen, und im Winter war Camillo beim Schneeballspielen mit seinen Kameraden gestürzt. Innerhalb von zwei Tagen war das Knie angeschwollen, und die Eltern hatten ihn ins Krankenhaus zurückgebracht. Eine Untersuchung zeigte, wie aussichtslos die Situation war. «Es ist zu Ende», hatte er den Eltern gesagt. «Bringt ihn nach Hause. Steht ihm mit all eurer Liebe zur Seite. Wir werden unser Möglichstes tun, damit er nicht leiden muß.» «Sie müssen ihn noch einmal operieren», hatte der Vater drohend gesagt. Aber Ermes hatte entschieden abgelehnt: «Nicht ich. Das würde nur bedeuten, ein junges Leben zu quälen, das am Erlöschen ist.»

«Dann gehen wir eben woandershin», hatte der Mann böse erwidert.

«Wer hat ihn beim zweiten Mal operiert?» fragte Ermes nun.

«Ein großer Arzt», bekam er zur Antwort. «Professor Attilio Montini.»

Ermes erblaßte, und der Richter verzeichnete im Geiste die erste Schwäche, nur ein kleiner Hinweis, der jedoch angesichts der außergewöhnlichen Selbstbeherrschung des Angeklagten große Bedeutung gewann. Montini war ein Name, den Ermes gerne aus seinem Leben gestrichen, ja gänzlich getilgt hätte, aber das konnte er nicht, denn er war auf immer, im Guten wie im Bösen, an ihn gebunden. Der große Lehrstuhlinhaber liebte den Applaus und das Licht der Scheinwerfer zu sehr, um von der Jagd nach Wundern abzulassen, selbst wenn dies auf Kosten eines Kindes ging. Meistens hatte er keinen langfristigen Erfolg, aber wenn er ein vorübergehend positives Ergebnis erreichte, hatte er Fernsehen und Presse auf seiner Seite.

«Sie kennen Professor Attilio Montini gut, stimmt's?»

«Ja, natürlich.»

«Und was ist mit den zwei Millionen?» herrschte ihn der Untersuchungsrichter an.

«Was für zwei Millionen?» fragte Ermes verwundert. Er hatte den Hauptanklagepunkt ganz vergessen.

«Die Summe, die für die Notaufnahme ins Krankenhaus bezahlt werden mußte», bohrte der Richter nach.

«Die habe ich nie gesehen. Ich werde vom Hospital bezahlt und nehme keine zusätzlichen Gelder von den Patienten an. Das brauche ich nicht und darf es auch nicht.»

«Können Sie das beweisen?»

«Ich habe nichts zu beweisen», erwiderte Ermes nun schon etwas lauter. Solche Dinge hatte er bisher nur im Kino erlebt, und selbst da hatten sie ihn nicht besonders überzeugt.

«Signor Leva dagegen sehr wohl.»

«Was, sehr wohl?»

«Signor Leva kann beweisen, daß er Ihnen dieses Geld gegeben hat, auch wenn Sie es in bar verlangten, um die Sache zu vertuschen.»

Ermes blickte hilfesuchend zu seinem Anwalt, der ihm als Zeichen seiner Solidarität zulächelte. Mehr konnte er im Augenblick nicht tun.

«Und wie will er das beweisen?» Langsam verlor er die Geduld. «Die Anschuldigung ist doch völlig aus der Luft gegriffen.» Eigentlich wollte er sagen eine Frechheit, eine infame Lüge, aber er hatte zu viele als unbescholtene Bürger geltende Angeklagte gehört, die zu ihrer Verteidigung die tönendsten Worte gebrauchten. Und es hatte nichts genützt. «Dann soll er es doch beweisen.»

«Signor Leva hat einen verläßlichen Zeugen», giftete ihn der Untersuchungsrichter an, während er seinen breiten, nach oben abflachenden Kopf mit der fleischigen Nase, die seinen kleinen Mund und selbst das Kinn beherrschte, auf dem hageren Hals vor- und zurückrucken ließ. «Einen verläßlichen Zeugen», wiederholte er.

«Kennen Sie Doktor Gianni Macchi?»

In Ermes' Kopf ertönte gleich ein ganzes Konzert von Alarmglöckchen.

«Natürlich kenne ich ihn. Er war einer meiner Assistenten. Einer der schlechtesten ...» Der junge Anwalt unterbrach ihn mit einem vielsagenden Blick. Langsam begann er sich zu sorgen. «Entschuldigen Sie bitte, aber was hat Doktor Macchi mit dieser Geschichte zu tun?»

Der Richter hörte ihm gar nicht zu, sondern fuhr statt dessen in seinen eigenen Überlegungen fort.

«Doktor Macchi war also einer Ihrer Assistenten. Trotzdem genoß er anscheinend nicht gerade Ihr Vertrauen.»

«So könnte man es sagen», gab Ermes zu. Er weigerte sich, in Richtung seines Anwalts zu blicken, der gerade versuchte, ihm Warnzeichen zu geben.

«Sie haben ihn mit Ihrer Autorität völlig unterdrückt», zischte der Richter.

«Ich verstehe nicht.»

«Jawohl, und zwar so sehr, daß Sie es sich leisten konnten, vor seinen Augen die Geldsummen einzustreichen, die Ihren Privatpatienten eine privilegierte Behandlung im öffentlichen Krankenhaus sicherten.»

«Das muß ich ganz entschieden zurückweisen», sagte Ermes mit der wortlosen Zustimmung seines Anwalts.

«Doktor Macchi bestätigt diesen Umstand aber. Er schwört, gesehen zu haben, wie Signor Leva Ihnen zwei Millionen Lire in bar bezahlt hat.»

«Das ist nicht wahr.» Ermes fühlte sich, als habe er sich in einem Labyrinth verlaufen, und was noch schlimmer war, er konnte keinen Faden finden, der ihn hätte zum Ausgang führen können. Er war ein Gefangener in Erwartung des Urteilsspruchs, das Opfer einer verleumderischen Anklage: Man warf ihm schwere Erpressung vor, weil er als Angestellter im öffentlichen Dienst nur gegen Extrahonorar operiert habe. Das traurige Ende des neunjährigen Jungen machte das Vergehen besonders schwerwiegend und zog weitere Anklagepunkte, wie Verfolgung privater Interessen bei der Ausübung eines öffentlichen Amtes und Verdacht auf Kunstfehler nach sich. «Meine Unschuldsbeteuerungen fallen also überhaupt nicht ins Gewicht.»

«Es zählen nur Beweise», sagte der Untersuchungsrichter mit einem Anflug von Sadismus in der Stimme.

Hilflos stand Ermes dem Gebäude fürchterlicher Anschuldigungen gegenüber, das irgendein Mensch, der ihn zutiefst hassen mußte, mit kalter Berechnung und großem Geschick errichtet hatte.

Ein Mensch, der es verstanden hatte, den Schmerz und die Rachegefühle eines Vaters auszunützen.

Draußen hörte man die ersten Neujahrsböller krachen. Giulia kam wahrscheinlich gerade nach Mailand zurück, und er, Professor Ermes Corsini, der berühmte Forscher und Spitzenchirurg, stand im Begriff, ins Gefängnis von San Vittore eingeliefert zu werden.

«Ich habe die Pflicht, Sie darauf hinzuweisen, daß ein volles Geständnis Ihrerseits strafmindernde Folgen hätte», sagte der Untersuchungsrichter mit einschmeichelnder Stimme.

Ermes verspürte den unwiderstehlichen Drang, dem Mann, der ihn ohne Prozeß bereits verurteilt hatte, ins Gesicht zu schlagen. Statt dessen wandte er sich jedoch an seinen Anwalt.

«Erlaubt mir das Gesetz, eine Antwort auf die Fragen zu verweigern?» wollte er von seinem Rechtsbeistand wissen.

«Ja, das ist Ihr Recht.»

«Dann möchte ich mich auf dieses Recht berufen», schloß er.

Beim Verlassen des Polizeireviers wurde er von Journalisten, Fotografen und Fernsehleuten erwartet, die es sich nicht entgehen lassen wollten, das Ereignis festzuhalten. Das war das Sahnehäubchen auf der Suppe, die ihm seine Feinde eingebrockt hatten.

3

Die Stunde der Rache schien gekommen, aber statt der ersehnten Genugtuung empfand er nur Ekel vor sich selbst.

«Nein, so nicht!» stöhnte er.

«Wie dann?» fragte sie mit einem hämischen Grinsen. Sie selbst hatte diesen Augenblick lange herbeigesehnt. «Das nennt man ausgleichende Gerechtigkeit.»

«Oh, Gott! Mußten sie denn wirklich so weit gehen», flüsterte Gianni Macchi, während das Fernsehen Ermes Corsini zeigte, wie er in Handschellen nach San Vittore überführt wurde. Sein Idol, sein Lehrmeister, der Mann, der ihn Tag und Nacht verfolgte, verlor selbst im Moment des Zusammenbruchs und des Skandals nicht seine Würde. Er verkörperte einen Mythos, der nicht unterging, der ihn beständig dazu aufrief, der Welt der Banalitäten und der Langeweile, des Mißerfolgs und der Kapitulation zu entfliehen, einen Mythos, der an ihn appellierte, niemals aufzugeben. Aber jetzt fühlte er, Gianni Macchi, sich als Besiegter, als sei er es, den man in Ketten gelegt und seiner persönlichen Freiheit beraubt hatte. Er krallte seine Finger in das weiche Leder des Sessels, um einen Anfall von Übelkeit zu unterdrücken.

«Was hattest du denn erwartet? Sollten sie ihn vielleicht als Vorbild hinstellen und alle Chirurgen auffordern, ihm nachzueifern?» erwiderte Marta Montini. Sie saß neben ihm, spielte mit der Olive in ihrem Martini und warf einem jungen Reporter, der sie vor wenigen Stunden um ein Interview angegangen hatte, verführerische Blicke zu. Sie wollte ihn nach dem Abendessen treffen.

Gianni Macchi reagierte nicht, sondern versank noch tiefer in dem einladenden Sessel der American Bar. Er fühlte sich gemein und niederträchtig, und es schien ihm, als betrachteten ihn auch die vornehmen Gäste des Palace Hotels in Sankt Moritz irgendwie mißbilligend, so wie Marta es getan hatte. Er blickte die Frau an, als sähe er sie zum ersten Mal, und sein Unbehagen wuchs. Die Fernsehnachricht hatte ihn zutiefst aufgewühlt.

Marta stürzte schnell ihren Martini hinunter.

«Wir sehen uns zum Abendessen», sagte sie mit größter Gleichgültigkeit.

Sein abschätzender Blick folgte ihr, wie sie den kleinen Raum der Bar durchquerte. Ihr fester, energischer Schritt paßte irgendwie nicht zu der winzigen, weichen Gestalt mit dem leicht affektierten Gehabe.

Marta Montini, die Tochter des berühmten Chirurgen und Lehrstuhlinhabers Attilio Montini und getrennt lebende Ehefrau von Ermes Corsini, hatte sich mit achtundvierzig Jahren eine zweite Jugend erkauft. Ein bekannter Schönheitschirurg hatte ihr im vergangenen Sommer wieder das Aussehen einer Dreißigjährigen verliehen, indem er ihr die Tränensäcke unter den Augen, die Falten, den ersten Ansatz zum Doppelkinn entfernt hatte. Und da er schon einmal dabei gewesen war, hatte er ihr auch den Busen und die Pobacken etwas geliftet. Das Ergebnis war wirklich umwerfend gewesen. Die Freundinnen, die sie in der Sauna sahen, waren vor Neid geplatzt.

Gianni fragte sich, ob das, was er in diesem Moment für sie empfand, nicht Haß war. Vor den Bildern über die Verhaftung war er verrückt nach ihr gewesen und hatte geglaubt, auch sie liebe ihn. Innerhalb weniger Minuten war die Situation ins Gegenteil umgeschlagen. Jetzt wußte er, daß er in diesem Milieu, in dem er nicht zu Hause war, nichts weiter als das Schoßhündchen einer reichen, verwöhnten und zudem autoritären Frau abgab. Er war jetzt dreißig Jahre alt, ein gutaussehender junger Mann mit einem abgeschlossenen Medizinstudium, für das er hart gearbeitet hatte. Aber über einen mittelmäßigen Chirurgen, der im Operationssaal wohl nie brillieren würde, hatte er es eben nicht hinausgebracht. Was zum Teufel hatte er jedoch im Palace Hotel in Sankt Moritz mit einer Frau zu suchen, die viel älter war als er und ihn wie ihren Dackel behandelte?

«Marta!» rief er ihr nach, so daß sie in der Tür stehen blieb.

«Ja?» erwiderte die Frau und drehte sich mit dem aufgesetzten Lächeln einer Fernsehansagerin zu ihm um. In dem anschmiegsamen, rosafarbenen Pullover, der ihrem kleinen, kurvenreichen Körper schmeichelte, erschien sie so duftig und leicht wie ein Wattebausch, aber er war mittlerweile fest davon überzeugt, daß sie hinter der weichen Fassade einen giftigen Stachel verbarg. Die Augen aller Anwesenden richteten sich auf sie. Der Ton, den der Mann angeschlagen hatte, und sein Gebaren versprachen eine interessante Entwicklung.

«Er ist doch immer noch dein Mann, der Vater deiner Tochter», sagte Gianni deutlich vernehmbar und packte sie am Arm.

Das süße Lächeln auf Martas Gesicht war plötzlich erstarrt.

«Kümmere du dich um deinen eigenen Dreck, mein Junge», sagte sie mit der eisigen Stimme einer Herrin, die zu ihrem Sklaven spricht.

Ihm war, als hätte sie ihm ins Gesicht geschlagen. Instinktiv griff er sich mit der Hand an die Wange, auf der noch die Ohrfeige brannte, die ihm Ermes vor vielen Monaten verabreicht hatte, als er mit dem Skalpell gefährlich tief in das Gewebe einer Bauchhöhle eingedrungen war. Er hatte einen Fehler begangen, das wußte er, und ebenso war ihm klar, daß nur Ermes' rechtzeitiges Eingreifen dem Patienten das Leben gerettet hatte. Für Gianni war es die letzte Erfahrung im Operationssaal gewesen. Danach hatte er seinen Arztkittel abgelegt und die Klinik für immer verlassen. Das Urteil der Unfähigkeit, mit dem er seither gebrandmarkt war, verdammte ihn zum langweiligen Dasein eines praktischen Arztes mit seiner ganzen bürokratischen Routine, zum simplen Verabreicher von Arzneimitteln.

Marta Montini hatte ihn im letzten Moment aufgefischt und wieder an Land gezogen, indem sie ihn mit ihrem Vater bekanntmachte, der bereits über siebzig war und mittlerweile nur noch sporadisch operierte, in Medizinerkreisen aber immer noch einiges galt. Der Absteiger war von neuem aufgelebt und hatte wieder begonnen, an sich selbst zu glauben. In Marta hatte er die sanfteste, faszinierendste und begehrenswerteste Frau der Welt gesehen, für die er zu allem bereit war. Und wenn sie etwas von ihm verlangt hatte, war er ihr gefolgt, ohne sich groß Gedanken zu machen.

Es war das erste Mal, seit er auf Marta Montinis Rettungsboot geklettert war, daß er sich darüber im klaren wurde, nicht mehr zu sein als ein Werkzeug in den Händen dieser reichen, egozentrischen, verwöhnten und rachsüchtigen Person. Er war aus Liebe an Bord gegangen, obwohl die Gefühle als Alibi für die Hoffnung gedient hatten, eines Tages unter dem Schutz des mächtigen Vaters wieder Einzug in die Kreise derjenigen halten zu können, die sich mit dem Skalpell eine goldene Nase verdienten. Nun schwand auch diese letzte Illusion.

Er ließ sie gehen. Er fühlte sich schlecht und gelangte an die Grenzen des Ertragbaren, als sie leise zischte: «Sieh zu, daß du mir nicht länger auf den Geist fällst, Junge. Ich habe jetzt keinen Bedarf mehr nach dir.»

Gianni ging zum Aufzug. Er brauchte Ruhe, um die Scherben seiner Existenz zusammenzulesen und sich zu überlegen, ob es sich lohnte, sie noch einmal zusammenzusetzen.

Der Reporter, der Indiskretionen über Persönlichkeiten der High Society nachjagte, hatte die ganze Szene verfolgt und sich eingeprägt, um sie mit entsprechenden Details auszuschmükken. Nun diktierte er aus dem Stehgreif: «Marta Montini, Vertreterin der Mailänder High Society, einzige Tochter eines der letzten Halbgötter in Weiß, Attilio Montinis, und getrennt lebende Ehefrau von Ermes Corsini, hielt ihren Einzug im Palace in Sankt Moritz just in dem Moment, als die Handschellen der Carabinieri an den Gelenken ihres Gatten zuschnappten. Die unerhörten Vergehen, die ihm zur Last gelegt werden, sind bekannt: Kunstfehler und Verfolgung privater Interessen bei Ausübung eines öffentlichen Amtes. Marta war in Begleitung des jungen, vielversprechenden Chirurgen Doktor Gianni Macchi, der bis vor wenigen Monaten mit Ermes Corsini zusammenarbeitete. Nach einem heftigen Streit mit bislang nicht absehbaren Auswirkungen scheint nun jedoch die Freundschaft, die die beiden offensichtlich verband, erheblich getrübt. Bislang gibt es keine Spur von Teodolinda, der sechzehnjährigen Tochter von Marta und Ermes, sonst Mittelpunkt zahlreicher Feste. Marta Montinis Worten zufolge befindet sich ihre Tochter auf einem Sprachurlaub in England, aber es ist nicht auszuschließen, daß das Mädchen absichtlich weggeschickt wurde, um eine direkte und sicher folgenschwere Verwicklung in den Skandal um den Vater zu verhindern.»

4

Teodolinda erwachte langsam aus dem Zustand der Gefühllosigkeit, in die sie das Beruhigungsmittel versetzt hatte, schwebte aber immer noch zwischen Traum und Wirklichkeit in einer Art Niemandsland, in dem völlige Gleichgültigkeit für das herrschte, was in ihr und um sie herum vorging. Dann wurde das Ziehen in ihrem Unterleib langsam zu einem dumpfen anhaltenden Schmerz, der sie überschwemmte, als habe sich eine geheime Schleuse im Innern ihres Körpers geöffnet, und ihr die eigene Lage wieder zu vollem Bewußtsein brachte.

Ihr erster Gedanke galt Ermes, ihrem Vater, der sie zärtlich Tea nannte und so den fürchterlichen Namen Teodolinda abschwächte, den sie ihrem selbstherrlichen Großvater verdankte. Dann kam ihr auch alles andere wieder in den Sinn. Sie befand sich nach einer Abtreibung in Zimmer sechsundvierzig der Privatklinik Villa Azurra in Locarno. In Gedanken ging sie noch einmal die letzten Stunden durch: wieder sah sie das kalte Lächeln des Gynäkologen vor sich, der die Abtreibung vornehmen sollte, hörte noch einmal die Stimme der Anästhesistin, die beruhigend auf sie einredete. «Es ist alles in Ordnung.» Sie aber wußte, daß die ganze Sache faul war, denn das Leben, das in ihr schlummerte, hätte aufgehen können, ohne auch nur einem Menschen zu schaden. Die Abtreibung ging nicht auf ihre freie Entscheidung zurück, sondern war ihr aufgezwungen worden. Und das machte sie noch unglücklicher.

Durch das Fenster konnte sie das Spiel der Lichter auf der Strandpromenade sehen. Es war Abend. Das Zimmer lag in bläulichem Dämmerlicht. Die Spitzengardinen, die Blumentapeten, die bunten Gladiolen in der Kristallvase erinnerten an eine mißlungene Maskerade. Der vage Geruch nach Desinfektionsmittel, der in der Luft hing, machte den Raum ungemütlich.

Tea war es plötzlich sehr heiß, und sie trat mit den Füßen die Decke beiseite. Ein Strom von Blut floß aus ihrer Scheide und tränkte die Binde. Sie drückte auf die Klingel neben ihrem Bett, worauf so prompt, als habe sie hinter der Tür gewartet, eine Krankenschwester erschien. Es war nicht dieselbe wie am Morgen, obwohl sie ihr sehr ähnelte. Sie war jung, strotzte vor Gesundheit, wirkte sehr tüchtig und strahlte Sicherheit aus.

«Ich verliere Blut», sagte Tea.

Die Schwester griff nach einer Bettpfanne aus glänzendem Metall, schob sie Tea unter, zog ihr den Slip aus und kontrollierte die Binde.

«Es ist alles in Ordnung», sagte sie beruhigend.

«Und das Blut?»

«Das ist normal», versicherte die Schwester und holte eine Schüssel warmes Wasser, mit dem sie Tea wusch. Dann trocknete sie ihre Patientin behutsam ab, wechselte die Binde und deckte sie mit berufsmäßiger Fürsorglichkeit wieder zu.

«Und wenn es noch einmal passiert?» fragte Tea.

«Wie die Sache aussieht, besteht kein Grund zur Besorgnis», meinte die Schwester.

Tea beneidete sie um ihre Selbstsicherheit.

«Dann ist also alles glatt gelaufen», sagte sie mit einem Anflug von Ironie. «Als hätte man mir nur einen Zahn gezogen.»

Die Schwester ging nicht auf die Provokation ein. Diese verwöhnten reichen Mädchen waren schon komisch. Erst trieben sie ab, dann kam die große Reue.

«Der Professor hat gesagt, Sie könnten einen Tee trinken», teilte sie ihr mit. «Möchten Sie, daß ich Ihnen eine Tasse bringe?» Sie war freundlicher als ihre Kollegin am Morgen. Mit leichter Hand strich sie Tea die blonden Locken aus der Stirn.

«Können Sie meine Mutter rufen?» fragte Tea.

«Signora Montini ist abgereist», bekam sie zur Antwort.

Tea fragte nicht, wohin.

«Wann kommt sie zurück?»

«Sie wird Sie in zwei Tagen abholen, wenn keine Probleme auftreten. Aber es werden bestimmt keine auftreten», setzte sie beruhigend hinzu.

Tea begann zu weinen. Dicke Tränen rannen ihr lautlos wie Regentropfen über die blassen, seidig schimmernden Wangen. Instinktiv drehte sie das Gesicht zur anderen Seite, aber die Schwester hatte ihre Tränen bereits bemerkt. In dieser Klinik erlebte sie jeden Tag Frauen unter ähnlichen Bedingungen, aber jede reagierte anders. Sie empfand tiefes Mitleid für dieses Mädchen, das fast noch ein Kind war. Es hatte wunderschöne Gesichtszüge und schien alles vom Leben zu bekommen, und doch war es nun ein Opfer dumpfer Verzweiflung.

«Soll ich Ihnen den Fernseher anmachen?» fragte sie.

Tea nickte kaum merklich.

Die Krankenschwester drückte auf einen Knopf, legte die Fernbedienung auf das Nachtkästchen und ging dann leise aus dem Zimmer. Tea trocknete sich mit dem Überschlagstuch der Bettdecke die Tränen ab. Zerstreut verfolgte sie ein paar Sekunden lang einen lächerlichen Zeichentrickfilm in deutscher Sprache. Dann nahm sie die Fernbedienung zur Hand und suchte nach italienischen Programmen. Hektisch sprang sie von einem Kanal zum anderen, bis plötzlich die Bilder von ihrem Vater über den Bildschirm tanzten, wie er mit Handschellen gefesselt und verfolgt von der neutralen Stimme des Fernsehsprechers, die ihn mit verleumderischen Vorwürfen bombardierte, in den Wagen der Carabinieri kletterte.

«Neiiiiiin!» Ein qualvoller, unmenschlicher Schrei löste sich aus den Tiefen ihrer Seele. Ein Schrei, der Ausdruck der Verzweiflung war, die sich in ihr angestaut hatte, Ausdruck all der häßlichen Dinge, die sie in ihrer Umgebung gesehen und am eigenen Leibe erfahren hatte, Ausdruck einer wilden und endgültigen Auflehnung gegen alles und alle.

Der Schrei wurde von einer unwillkürlichen, äußerst heftigen Handbewegung begleitet. Mit einer Kraft, die sie selbst überraschte, schleuderte Tea die Fernbedienung gegen den Bildschirm, worauf der Apparat implodierte und die Krankenschwester, gefolgt von zwei Helfern, ins Zimmer stürzte. Es gab weder Fragen noch Kommentare. Wenn ein Patient der Villa Azzurra den Fernseher als Zielscheibe benützen wollte, so stand es ihm frei, dies zu tun. Das Gerät wurde hinausgetragen, die Krankenschwester verpaßte Teodolinda eine Spritze, und alles fiel wieder in tiefes Schweigen.

Als sie erneut aufwachte, zeigte ihre Armbanduhr zwei Uhr früh. Auf dem Nachtkästchen stand eine Tasse Tee. Er war noch lauwarm. Sie mußten ihn ihr erst vor kurzem hingestellt haben. Tea setzte sich im Bett auf, begann zu trinken und fühlte sich gleich besser. Sie stellte die leere Tasse zurück und nahm den Telefonhörer ab.

«Geben Sie mir eine Amtsleitung», sagte sie zu der Telefonistin.

Die Frau zögerte einen Augenblick.

«Bitte bringen Sie mich nicht in Schwierigkeiten, Signorina Corsini. Ich darf Ihnen die Leitung nicht frei machen und auch keine Gespräche durchstellen, außer von Ihrer Mutter.» Ihr Bedauern wirkte echt.

«Schon gut», sagte Tea resigniert. Jedenfalls wußte sie jetzt, was sie zu tun hatte. Sie stand auf, durchquerte das Zimmer und öffnete die beiden Türen des Wandschranks, in dem sie am Vortag ihre Sachen gelassen hatte: Kleider, Schuhe, Geld und Reisepaß. Sie wollte nur noch weg von diesem verdammten Ort. Der Schrank war leergefegt wie ein Dorfplatz im Hochsommer. Selbst ihre Unterwäsche war daraus verschwunden.

Marta hatte an alles gedacht. Bei der Ausarbeitung ihrer oftmals teuflischen Pläne vergaß sie nicht das kleinste Detail. Wie eine Gefangene saß Tea in dieser Schweizer Klinik fest. Mit erpresserischen Methoden war sie hierher geschleppt und zur Abtreibung gezwungen worden. Allein hockte sie nun da und hatte keine Möglichkeit, den Mann zu sprechen, den sie liebte.

«Wie ich dich hasse, Mama!» Sie sprach ihr Gefühl laut aus und hoffte, ihre schneidenden Worte würden Marta treffen, wo immer sie sich aufhielt. Diesmal war es ihr wirklich gelungen, sie festzunageln. Es hatte alles vor einer Woche begonnen, als Tea sich einen Moment lang der Illusion hingegeben hatte, den Willen ihrer Mutter beugen zu können.

«Ich bin schwanger», hatte sie ihr gestanden und gehofft, die Nachricht würde Marta wie ein Blitz treffen. Ihre Mutter hatte aber nicht einmal mit der Wimper gezuckt.

«Ach ja?» erwiderte sie völlig desinteressiert.

«Bist du denn gar nicht überrascht?»

«Bei der Brunst, die du im Leib hast, und dem Verstand, der dir abgeht, wundert mich nur, daß das Unabwendbare nicht schon viel früher passiert ist. Darf ich fragen, wer der Verantwortliche ist?»

«Oberleutnant Marcello Belgrano», erwiderte Tea.

«Das hätte ich mir denken können. Du und dein Held aus dem Dreigroschenroman», bemerkte sie verächtlich.

«Ich möchte ihn heiraten», sagte Tea, um sie aus der Reserve zu locken.

Marta lächelte. «Traumhochzeit: Dumme Gans und Hungerleider geben sich heute das Jawort.»

«Ich erlaube dir nicht, so zu reden», schrie Tea und lief vor Wut rot an.

«Die reiche Erbin und der Reitlehrer. Klassisch!» Sie dachte an das unvergeßliche Gesicht und das aristokratische Auftreten des Grafen Belgrano di Sele, und dabei kamen ihr auch die Gerüchte in den Sinn, die man sich über ihn erzählte. Er hatte sich freiwillig bei der Armee verpflichtet, um sich ein Pferd leisten zu können. Seine Familie gehörte zum alten Adel und hatte schon glanzvolle Zeiten erlebt, war jetzt aber völlig verarmt. Er selbst lebte zur Miete in der Mansarde eines Palazzo, der seinem Vater gehört hatte. Er war knapp über dreißig, benahm sich wie ein feiner Herr, aber das einzige, was bei ihm reichlich floß, war der Alkohol, von dem er abhängig war. Alles in allem eine ausgezeichnete, aber leider verlorene Partie.

«Ich liebe ihn», entgegnete Teolinda und verfiel immer mehr in Banalitäten und Floskeln. Aber sie verteidigte eine wundervolle Utopie, was ihr Aufbegehren in gewissem Sinne rechtfertigte.

Marta versetzte ihr einen harten Schlag ins Gesicht, der sie halb betäubte.

«Auch ich liebe dich», sagte sie mit boshaftem Lächeln. «Und ich habe die Pflicht, dich zu schützen. Deshalb wirst du abtreiben.»

«Das werde ich nie tun.»

«Dann nehme ich deinem schönen Kavalier das bißchen, was ihm noch übrig geblieben ist. Ich trete ihn, bis er mit dem Arsch auf dem Boden sitzt, wenn mir diese beschönigende Umschreibung gestattet ist.» Das Mädchen wußte, daß Marta nie leere Drohungen aussprach.

Tea hatte sicher geglaubt, daß sogar ihre schreckliche Mutter, einmal vor vollendete Tatsachen gestellt, ihre Schwangerschaft akzeptieren würde. Statt dessen war sie mit Erpressungen und Drohungen in die Knie gezwungen worden. Hätte sie sich nur gleich an ihren Vater gewandt. Dann wäre die Sache vielleicht anders ausgegangen.

Jetzt aber mußte sie Ermes zu Hilfe eilen, denn diesmal war er es, der Hilfe brauchte.

Sie trat auf den Korridor. Bläuliche Lampen tauchten den langen Gang, auf den sich die Türen der verschiedenen Zimmer öffneten, in eine eisige Atmosphäre. Wenn sie sich recht entsann, lag rechts am unteren Ende das Büro von Professor Willy Kebler, der sie während eines sehr formellen Gesprächs am Vortag streng gemustert hatte. In seinen Augen war die kalte Verachtung des Calvinisten angesichts der Sünde zu lesen gewesen, obwohl er natürlich den stattlichen Betrag, den ihm die Sünde einbrachte, nicht verschmähte. Auf seinem Schreibtisch stand ein Telefon mit eigenem Anschluß, ein Apparat, der nicht an die Telefonzentrale der Klinik gekoppelt war.

Die Tür des Büros war nicht abgeschlossen und gab einem leichten Druck von Tea nach. Das Mondlicht schien durchs

Fenster und beleuchtete die metallenen Einrichtungsgegenstände. Einen Augenblick, der ihr wie eine Ewigkeit vorkam, blieb sie reglos stehen, gelähmt von dem Gedanken, womöglich überrascht zu werden, denn dann hätte sich ihr auch der letzte Fluchtweg verschlossen. Sie starrte auf die weiße Stellwand, hinter der sich der Gynäkologenstuhl mit den Fußstützen befand, auf dem sie vor dem Eingriff untersucht worden war.

Langsam nahm sie den Hörer ab und wählte eine Nummer. Gleich nach dem ersten Klingeln meldete sich die müde, sorgengequälte Stimme von Oberleutnant Marcello Belgrano.

«Wo bist du?» fragte er erleichtert. «Ich suche dich seit drei Tagen.»

«Du mußt mir helfen, Marcello», flehte Teodolinda und begann zu schluchzen. «Sie haben unser Kind getötet, und jetzt wollen sie meinen Vater ruinieren.»

5

Marcello Ottavio Belgrano war leise an ihre Seite geglitten, ohne daß eine Menschenseele in der Klinik seine Anwesenheit bemerkt hätte.

«Marcello, komm her und umarme mich», flüsterte das Mädchen und fühlte sich bereits weniger gefangen.

Er lächelte sie an. In der einen Hand hielt er einen Strauß Maiglöckchen, in der anderen die Griffe einer Plastiktüte von Gucci. Er stellte die Tasche auf den Boden und reichte Tea, die ihn wie einen rettenden Engel ansah, die Blumen.

«Nur du konntest in so einem Moment an Blumen denken», schluchzte sie und legte ihre Arme um seinen Hals. Er drückte sie fest an sich. «*Sie* hat mich dazu gezwungen», klagte sie ihre Mutter an. «Ich wollte nicht abtreiben», fügte sie unter Tränen hinzu.

«Jetzt ist alles vorbei», sagte er, um sie zu beruhigen.

«Sie hat mich richtig dazu gezwungen», wiederholte sie, «verstehst du?» Sie sagte ihm nicht, daß ihre Mutter ihn ruinieren wollte, falls sie sich geweigert hätte, aber er begriff auch so viel mehr, als das Mädchen ahnen konnte. Er begriff, daß Marta unter Einsatz ihrer Autorität Tea erpreßt hatte, aber genauso gut wußte er, daß er selbst sich Tea gegenüber nicht viel anders verhalten hatte. Und er empfand Mitleid für dieses Mädchen, das gerade dem Kindesalter entwachsen und nun den ersten Gefühlsanstürmen der Jugend ausgesetzt war, ständig hin- und hergerissen zwischen einer übermächtigen Mutter und einem heruntergekommenen Aristokraten, der nach dem rettenden Strohhalm suchte. Sicher, auf seine Weise liebte Marcello Belgrano sie, aber hätte er ihr ohne die Aussicht auf eine großzügige Mitgift je mehr als einen Blick geschenkt?

«Denk nicht mehr daran», sagte er mit sanfter Stimme und trocknete ihr die Tränen ab. «Ich habe dir Kleider mitgebracht. Zieh sie an, damit wir losfahren können.»

«Und meine Papiere? Wie soll ich ohne Reisepaß nach Mailand zurückkommen?» fragte sie besorgt.

«Deine Mutter ist in Sankt Moritz.»

«Na und?»

«Ich werde dich zu ihr bringen. An diesem Punkt würde ein Skandal keinem etwas nützen», sagte er nachdenklich. «Ihren Zweck hat sie im Grunde doch erreicht, oder?»

Auf Teodolindas leidendem Gesicht erschien ein strahlendes Lächeln.

«Oberleutnant Belgrano», sagte sie und schniefte wie ein kleines Kind, «du bist einfach großartig. Wenn es dich nicht gäbe, müßte man dich direkt erfinden.»

Marcello verfügte über solide Argumente, die das Gegenteil bewiesen, und war felsenfest davon überzeugt, daß es keinen großen Verlust für die Welt bedeuten würde, wenn er nie existiert hätte, ganz abgesehen von den Problemen, die dann Tea erspart geblieben wären. Ja, er war so überzeugt von diesem Gedanken, daß er schon zweimal ernsthaft in Erwägung gezogen hatte, für immer vom Erdboden zu verschwinden.

«Du darfst mich nicht so überschätzen, Kleine», sagte er lachend, während er ihr half, sich anzuziehen. Das Kleid, das er bei Gucci für sie ausgesucht hatte, paßte ihr wie angegossen und brachte ihre noch fast kindliche Figur gut zur Geltung.

«Ich liebe dich», sagte Teodolinda und strich ihm über die eingefallenen Wangen.

«Ich weiß», sagte er und küßte ihr Haar. Daß es soweit kommen mußte, war eigentlich auch seine Schuld. Nein, es war hauptsächlich seine Schuld. Er hatte sie benützt wie all die andern Männer in ihrem Leben. Und unter allen war er der übelste gewesen, denn er hatte sie bewußt schwanger gemacht, in der Absicht, sie zu heiraten, um ein für alle Male das Problem seines Fortkommens zu lösen. Er hatte sie zufällig kennengelernt, mit kalter Berechnung umworben und aus eigener Notwendigkeit heraus geschwängert. Doch jetzt fühlte er, daß er sie liebte, und zwar mit seinem ganzen Wesen. «Hat es sehr weh getan?» fragte er und drückte sie an sich.

«Es geht», erwiderte sie und schmiegte ihren Kopf an seine Schulter. Sie fühlte sich wohl in seiner Nähe, denn er vermittelte ihr ein Gefühl von Sicherheit, das sie seit den Tagen ihrer Kindheit, als ihr Vater noch zu Hause wohnte, nicht mehr erlebt hatte. «Hast du gesehen, was sie mit Papa gemacht haben?» fragte sie.

«Ich habe die Zeitungen gelesen», sagte er, und tatsächlich wußte er nicht mehr.

«Glaubst du die häßlichen Dinge, die über ihn erzählt werden?»

«Ich weiß nicht», gab er ausweichend zur Antwort.

«Jemand möchte ihn ruinieren, und ich weiß auch wer und warum», behauptete sie mit fester Stimme. «Ich muß zu ihm. So schnell wie möglich.»

6

Um Mitternacht war das übliche Feuerwerk abgebrannt worden, um das neue Jahr zu begrüßen. Lautes Hundegeheul in der Nachbarschaft hatte die Böllerschüsse begleitet. Die lärmenden Programme der verschiedenen Fernsehsender waren mittlerweile beendet.

Die letzten Feiernden kehrten mit voll aufgedrehten Autoradios nach Hause zurück.

Elena Dionisi rief aus Barbados an.

«Ein gutes neues Jahr», sagte sie fröhlich.

«Willst du mich auf den Arm nehmen?» fragte Giulia.

«Ironie ist deine beste Waffe», erwiderte Ermes' Anwältin, die auch ihre Freundin war.

«Was soll ich machen?» Das war eine Frage, auf die es keine Antwort gab, und das wußte sie.

«Abwarten und nicht den Mut verlieren», riet ihr Elena. «Ich fliege in einer Stunde ab.»

«Was mag bloß dahinterstecken?» fragte Giulia im Hinblick auf die verleumderische Anklage, die zu Ermes' aufsehenerregender Verhaftung geführt hatte.

«Es könnte sich um einen Irrtum handeln. Oder um einen Racheakt. Ich bin von Ermes' Unschuld genauso überzeugt wie du. Du weißt doch, daß heutzutage die Aussage eines Kronzeugen genügt, um selbst einen Ehrenmann ins Gefängnis zu bringen.»

Elenas Worte hatten sie für ein paar Minuten vom Alptraum dieser schlaflosen Nacht befreit. Kurz vor Tagesanbruch nahm Giulia zwei Beruhigungstabletten und schlief ein.

Das Klingeln des Telefons riß sie aus dem Schlaf.

«Hallo, Mami, gutes neues Jahr», hörte sie Giorgio sagen. Seine Stimme, bald silberhell wie die eines Kindes, bald rauh wie die eines jungen Mannes, klang so nahe, deutlich und klar, als befände sich der Junge im Zimmer nebenan statt im fernen Wales.

«Das wünsche ich dir auch, mein Junge», gab sie zurück und versuchte, ihrer schlaftrunkenen Stimme einen fröhlichen, natürlichen Klang zu geben.

«Sag mir ganz ehrlich: Habe ich dich aufgeweckt?»

«Aber nein», schwindelte sie.

«Was hast du gestern abend gemacht?» wollte er wissen. Er kannte sie zu gut, um nicht zu merken, daß etwas nicht stimmte. «Salinda hat mir ausgerichtet, du würdest zurückrufen, aber du hast dich nicht gemeldet.»

Giulia versuchte, sich zu rechtfertigen. «Ich hatte wahnsinnig viel zu tun und war erst so spät fertig, daß ich nicht mehr anrufen wollte.»

«Ist Ermes bei dir?» fragte der Junge besorgt.

«Nein, ich bin alleine», sagte sie den Tränen nahe.

«Warum bist du nicht Skifahren gegangen?» bohrte er weiter.

Sie dachte sich eine Notlüge aus, was sie große Mühe kostete, denn im Schwindeln war sie noch nie besonders gut gewesen.

«Ich bin mit meinem neuen Roman ziemlich hinterher und muß viel nachholen», sagte sie zu ihrer Entschuldigung. Dann erfand sie noch eine ganze Reihe glaubwürdiger Ausreden, und als sie sich schließlich verabschiedeten, war Giorgio wieder ruhig und fröhlich.

Sich aufzuregen hätte auch ihr nichts genützt, geschweige denn, daß es zur Lösung ihrer Probleme beigetragen hätte.

Sie nahm ihr gewohntes Frühstück ein: zwei große Tassen Filterkaffee und eine Scheibe Toast mit Honig. Dann zog sie sich eine graue Flanellhose und einen weißen Kaschmirpullover an, ging in ihr Büro im Erdgeschoß hinunter und setzte sich an die Schreibmaschine. Ein Blatt weißes Papier und ihre alte *Valentina* erweckten die Gebilde ihrer Phantasie zum Leben. Gewöhnlich gelang es Giulia, sich auf ihre Arbeit zu konzentrieren, selbst wenn um sie herum alles drunter und drüber ging: Giorgio, der vorgab, seine Hausaufgaben zu machen und statt dessen mit seinen Freunden herumtobte, Ambra, die mit dem Staubsauger lärmte, die Hunde, die in der Nachbarschaft bellten. Ein Schriftsteller muß, wo immer er sich befindet, in der Geschichte aufgehen, die er gerade schreibt. Giulia hatte jedoch zu viele Dinge im Kopf, die sie von ihrem Roman ablenkten, und so sehr sie sich auch bemühte, es wollte ihr einfach nicht gelingen, die Fäden der Erzählung wieder aufzunehmen, sich erneut in das Geschehen zu vertiefen und die Romanfiguren, die gerade zum Zug kommen mußten, in Bewegung zu setzen.

Sie dachte an Ermes, der die erste Nacht des neuen Jahres im Gefängnis verbracht hatte, an die Reportage im Fernsehen, die Schlagzeilen der Zeitungen, die kein Unschuldsbeweis je würde ungeschehen machen können. Sie dachte an sich selbst und an den großen Feind, den ihr Ermes entfernt hatte: wie ein Gespenst lebte er in ihr weiter und würde sich durch kein Gesundheitsattest der Welt vertreiben lassen. In Erwartung einer Erleuchtung schaukelte sie langsam auf der Woge ihrer Gedanken dahin, aber es blieb dunkel in ihrem Kopf.

Es war vor allem der Gedanke an die Krankheit, der sie erbarmungslos verfolgte und beherrschte wie eine Zwangsvorstellung – eine schleichende Gefahr, die sie zwar ahnte, aber noch nicht spürte, und die vielleicht nie wieder zum Ausbruch kommen würde. Warum mußte sie sich aber dann bestrahlen lassen? Es schien ihr alles so ungewiß und zweifelhaft. Das einzige, was sie sicher wußte, war die Tatsache, daß ihr Körper sie verraten hatte. Sie versuchte, sich das bewegte und hochkomplexe Universum aus sechzigtausend Milliarden von Zellen vorzustellen, aus denen sich der menschliche Körper zusammensetzt, und es schien ihr, als überschreite sie die Grenzen des Vorstellbaren. Von System zu System sich fortbewegend, schwebte sie in einer Galaxis, die einer zentralen Schaltstelle gehorchte – wenn sie ihr gehorchte. Diese steuert das Programm unseres Körpers, der sich selbst immer gleichbleibt, um die elf Milliarden Zellen, die wir jede Minute verlieren, immer wieder zu ersetzen. Jede Sekunde treten Millionen von anormalen Zellen auf, die sich zu Krebs entwickeln können. Aber nicht jeder bekommt Krebs, weil die Fehler vom Immunsystem, einer Art Generalkontrolle, aufgefangen, in der komplexen Landschaft unseres Organismus umgemodelt und dann entsprechend korrigiert wieder in den Strom des Lebens eingeleitet werden. So hatte es ihr Ermes ausführlich erklärt. Der Vergleich mit einer Landschaft hatte ihr gefallen, denn er erlaubte ihr, den perversen Mechanismus zu verstehen, der es dem großen Feind ermöglicht hatte, sich in ihr einzunisten. Sie stellte sich die Galaxis vor, die unaufhörlich in Bewegung war, den großen, langsam dahinfließenden Fluß, und versuchte die schwarzen Löcher ausfindig zu machen, von denen das, was ihr noch vom Leben blieb, aufgesogen werden konnte. Dabei entdeckte sie, daß sie sich selbst ohnmächtig liebte. Sie lauschte in ihren Körper hinein und hoffte, die faszinierenden, geheimnisvollen Signale aufzufangen, die den Zellen anzeigten, wie sie sich ihrer Funktion entsprechend zu teilen hatten. Warum hatte die zentrale Schaltstelle einen falschen Befehl ausgegeben? Was war kaputt? Wenn es ihr möglich gewesen wäre, festzustellen, wo diese Botschaften herkamen, dann hätte sie vielleicht eingreifen und mögliche Fehler ausmerzen können. Sie wußte über den großen Feind auch all die Dinge, die Patienten normalerweise auf keinen Fall erfahren durften und die vermutlich auch der Grund waren, warum Ermes die Entscheidungen, die er fällen mußte, so schwer fielen. Der Gedanke an Ermes verdrängte die Vorstellungen, die sie plagten. Vielleicht würde sie eines Tages Ermes' Leben und ihr eigenes erzählen, über die Licht- und Schattenseiten eines vielfältigen Lebens schreiben, über die Hindernisse eines steilen Aufstiegs, die Rückschläge und gemeinen Angriffe, die häßlichen Auswüchse des Egoismus, die großen Gesten, die Geschichte ihrer Beziehung, über ihre persönliche

Erfahrung als Frau, die mit vierzig Jahren die Liebe entdeckt. Und über den Tod.

Giulia streckte eine Hand nach der Porzellanvase auf der rechten Seite ihres Schreibtischs aus und entnahm ihr eine scharlachrote Rose. Der intensive Duft führte sie in die Vergangenheit zurück und ließ eine Erinnerung in ihr wach werden, die sich mit der Deutlichkeit eines Films vor ihrem inneren Auge abspielte. Sie war zehn Jahre alt und befand sich im Haus ihres Großvaters. Es war Sommer, und es herrschte eine brütende Hitze.

Die Hunde lagen mit heraushängender Zunge, reglos und träge in der Sonne. Insekten schwirrten in der Luft, die kein Windhauch bewegte. Unentwegt zirpten die Zikaden. Sie war alleine in der großen Küche. Nachdem sie jeden Winkel untersucht hatte, überquerte sie die verlassene Tenne, die in der prallen Sonne lag, erreichte das Tor und postierte sich hinter dem knotigen Stamm eines Rosenbusches, der sich an den Torpfosten hinaufrankte. Der betörende Duft der Rosen und das Summen der Insekten, das die heiße Luft erfüllte, bildeten den Hintergrund zu ihren Gedanken, die zuerst verschlungen waren, dann jedoch gen Himmel stiegen wie die Äste der Pflanze, hinter der sie sich vor den Blicken der wenigen Passanten versteckte. Das geschnittene Gras verwandelte sich an der Sonne zu Heu und verströmte seinen angenehmen Duft. Auf der Landstraße passierten kaum Autos, aber Karren, die von geduldigen Ochsen oder Pferden gezogen wurden, Fahrräder und Lastwagen. Giulia mochte keine Lastwagen. Sie waren häßlich, dröhnten laut und wirbelten Staub auf, so daß man kaum noch atmen konnte. Sie machten ihr Angst. Die vor die Wagen gespannten Tiere dagegen taten ihr leid: sie schwitzten, waren traurig und müde und wurden geschlagen. Giulia liebte Autos und hegte grenzenlose Bewunderung für ihre Insassen, die für sie Ausdruck eines ersehnten Reichtums, eines verbotenen Luxus' und eines unerreichbar scheinenden Wohlstandes waren. Sie sah sie vorüberfahren und bewunderte den Staub, der ihnen wie der Schweif des Kometen über der Hütte ihrer Weihnachtskrippe folgte. Ihr vermessenster Gedanke, ihr kühnster Traum bestand darin, sich vorzustellen, in einem solchen Auto über die Landstraße zu fahren, während ihr Großvater in der Rolle des Zuschauers stolz auf sie zeigte und zu den Schnittern sagte: «Das ist meine Enkelin.»

Plötzlich hielt ein großes, schwarz glänzendes Auto genau in Höhe des Tores, und Giulia sah, wie Zaira, die bildhübsche, achtzehnjährige Tochter einer Witwe aus der Nachbarschaft ausstieg. Ein Gruß, ein Lächeln, das Schlagen einer Wagentür, das Auto fuhr wieder ab, und Zaira überquerte ein Stück Wiese, wobei sie wegen ihrer hohen Absätze gefährlich schwankte und ihre großen prallen Brüste zu hüpfen anfingen, die eine ebenso unwiderstehliche Anziehungskraft auf Giulia ausübten wie die Autos, wenn auch auf andere Weise. Sie fuhr sich mit der Hand über die eigene magere Brust und fragte sich, wie wohl ihre Zukunft als Frau aussehen würde. Ob sie auch eines Tages einen so schönen und aufsehenerregenden Busen haben würde? Aber vielleicht war das zuviel verlangt. Zaira hatte schwarzes glattes Haar, das samtig glänzte und ihr in einer Flut auf die runden Schultern fiel.

Winzige Schweißperlen glitzerten wie Tautropfen auf der Haut des Mädchens. Zaira schwang ein Täschchen aus geflochtenem Bast in der Hand. Als es sich plötzlich in den Dornen des Rosenstrauchs verfing, war Giulias Geheimversteck entdeckt.

«Ciao», sagte Zaira. Es kostete sie Mühe, auf der holprigen Erde das Gleichgewicht zu halten. Sie schnaubte und machte ein bißchen Theater. Ihrem Körper entströmte ein vager Duft nach Salbei und Moschus. «Was machst du denn da hinten?» fragte sie.

«Ich gucke nur so», gestand Giulia kleinlaut und kroch aus ihrem Versteck. Zaira wippte von einem Absatz auf den anderen und durchbohrte sie mit dem schlauen Blick einer Frau, die etwas vom Leben verstand.

«Was gibt's denn hier groß zu sehen?» wollte sie wissen.

«Ich weiß nicht, was ich sonst tun soll», rechtfertigte sich Giulia, während sie Zairas Duft einsog und auf die großen

Schweißflecken unter ihren Achseln starrte. Sie hatte noch nie solche Flecken auf ihren Kleidern gesehen.

Sie selbst schwitzte nie, nicht einmal bei dieser Hitze.

«Willst du zu mir hochkommen?» schlug Zaira vor, während sie das Gatter aufstieß und auf die Tenne zuging.

Zairas Haus bestand aus einem Zimmer, das so groß war wie die Küche des Großvaters, einen Steinfußboden und eine Holzbalkendecke besaß. Aber hier atmete man eine andere Luft. Von Wand zu Wand waren Wäscheseile gespannt, an denen Spitzenunterwäsche zum Trocknen aufgehängt war. An der Wand neben dem Fenster hingen Fotos von Sängern. Giulia erkannte Harry Belafonte.

«Gefällt dir seine Musik?» fragte Zaira und summte die Melodie von *Banana Boat*. «Er hat die Rhythmen der karibischen Inseln in der ganzen Welt verbreitet», erklärte sie, stolz auf ihre Bildung.

«Ja, sie gefällt mir», gab Giulia schüchtern zur Antwort, aber ihr neugieriger Blick hing bereits an einem farbenprächtigen Regal voller Parfümfläschchen, Lippenstifte und Nagellacke.

Zaira schleuderte lässig ihre Sandalen in eine Ecke, warf ihr Täschchen auf einen Stuhl, stöhnte und begann sich zu entkleiden. Sie sprach über die Hitze und sagte, daß sie sich unbedingt etwas erfrischen müsse und andere Banalitäten, die Giulia wie Ambrosia von ihren Lippen trank. Sie hatte sich nicht weiter als bis zur Tür vorgewagt. Von der Schwelle aus beobachtete sie Zaira. Aus ihrem Mund kamen keine Worte, sondern Perlen, die mit wundervollem geheimnisvollen Klang auf dem Steinboden herumhüpften.

Zaira fing den begierigen Blick des Mädchens auf und lächelte ihr spitzbübisch zu.

«Hast du noch nie eine nackte Frau gesehen?» fragte sie.

Giulia schüttelte verschämt den Kopf. Noch nie hatte sie eine völlig nackte Frau gesehen, nicht einmal ihre Mutter, die sehr schüchtern, reserviert und keusch war. Giulia schämte sich, als sei sie es, die völlig nackt war, und nicht Zaira.

Zaira dagegen freute sich ihres geschmeidigen und aggressiven Körpers, der das kleine Mädchen in Staunen versetzte und ein unaussprechliches Gefühl in ihr auslöste, das über die bloße Neugierde hinausging. Zaira feuchtete einen weißen Lappen an und wusch sich damit unter den Achseln, während sie eine Melodie vor sich hinsummte, die gerade aus Amerika herübergekommen war: *Only you.* Als sie dann noch anfing, auf englisch zu singen, geriet Giulia völlig in Verzückung. Sie begriff kein einziges Wort, hatte aber das unzweifelhafte Gefühl, einem höheren Wesen gegenüberzustehen.

«Komm her», forderte Zaira sie auf, während sie ungestört fortfuhr, sich zu waschen. «Hast du gesehen, wie ich aus dem Auto ausgestiegen bin?» fragte sie.

«Ja», sagte Giulia mit einem Lächeln und weitaufgerissenen Augen.

«Es ist schön, nicht?»

«Wunderschön. Wem gehört es?» fragte sie neugierig.

«Einem Idioten, der mir an die Brust fassen wollte, nur weil er mich nach Hause begleitet hat.»

Giulia wurde rot. «Hat er dich angefaßt?»

«Ja, und eine Ohrfeige hat er auch dafür kassiert. Weißt du denn nicht, daß die Männer immer den Busen der Frauen anfassen möchten?»

Das Kind nahm seinen ganzen Mut zusammen und sagte: «Deiner ist aber schön.»

Zaira lächelte zufrieden.

«Du darfst ihn anfassen, wenn du möchtest.»

Giulia zögerte und wurde noch röter. Sie war verwirrt und wollte davonlaufen, blieb aber wie von einem Zauber gebannt stehen. Zaira faßte nach ihrer Hand und führte sie an ihren großen festen Busen. Ihre geschwollenen Brustwarzen hoben sich dunkel von dem hellbraunen Hof ab. Giulia spürte unter ihrer Hand die angenehme Wärme des pulsierenden Fleisches und hatte plötzlich das unerklärliche Gefühl, ein Sakrileg zu begehen. Erschreckt zog sie ihre Hand zurück. Da brach die junge Frau in lautes Gelächter aus und begann, sie zu necken.

«Hast du dich verbrannt? Oder hast du vielleicht Angst, ich

könnte dich fressen? Komm, sag's mir.» Während sie noch sprach, streckte sie sich auf einer Ottomane aus, die an der Wand stand. Daneben war ein Tischchen mit vielen Zeitschriften und einem großen Marelli-Radio. Sie hat eine heisere, träge Stimme, die Zaira, eine Stimme, die so weich ist wie ein Schwamm, und vielleicht eine dunkle Seele, dachte Giulia, die sich unwiderstehlich zu dem Mädchen hingezogen fühlte. Zaira erinnerte sie an ein schwülstiges Gemälde, das auf einem Buchdeckel im Arbeitszimmer ihres Vaters abgebildet war. Und im selben Moment, in dem sie an ihren Vater dachte, überkamen sie Schuldgefühle, und es wurde ihr klar, daß sie etwas Unerlaubtes sah und dachte, etwas, für das sie getadelt werden konnte, ja eine Sünde, für die sie ihr Vater bestrafen würde. Giulia floh, gefolgt von Zairas schallendem Gelächter.

Das Läuten des Telefons riß sie aus ihren Gedanken. Giulia mußte die Hand von ihrer kranken Brust nehmen, um nach dem Hörer zu greifen. Instinktiv hatte sie nach ihrem Busen gefaßt, genau wie damals, als sie zehn Jahre alt war und Zairas prall geschwollene Brüste gesehen hatte. Damals hatte sie mit einer Hoffnung gespielt, jetzt organisierte sie ihre Abwehr.

«Gutes Neues Jahr, Schatz», wünschte ihr eine Männerstimme am anderen Ende der Leitung. «Auch im Namen von Corinna», fügte er hinzu. Es war Leo, ihr Exmann, der Vater von Giorgio. Corinna hieß seine derzeitige Lebensgefährtin.

«Danke, gleichfalls», erwiderte sie kalt, um klarzustellen, daß ihr sein Anruf lästig war und daß sie sich nicht im geringsten für ihn und noch weniger für Corinna interessierte. Aber es war offensichtlich, daß Leo am ersten Tag des Jahres nicht anrief, um ihr seine guten Wünsche zu überbringen. An so etwas hatte er nie gedacht, nicht einmal, als sie noch verheiratet waren. Wie sollte er dann jetzt dazu kommen? Die Katze und der Fuchs wollten, daß man ihnen einen Gefallen tat, und sie sollte gleich erfahren welchen.

«Weißt du etwas von Giorgio?» fragte er mit dem Ton des liebenden Vaters.

Giulia mußte sich zusammennehmen. Die Versuchung zu explodieren war groß.

«Es geht ihm gut», erwiderte sie.

«Hast du Besuch?»

«Nein.»

«Ich möchte dich nicht stören», sorgte er sich mit dem üblichen gekünstelt-sanft-fürsorglichen Ton des beschützenden Patriarchen. Er wußte alles über sie: daß sie um diese Uhrzeit gewöhnlich arbeitete, daß sie alleine war und daß ihr sein Anruf lästig fiel. Und das wußte er, erstens, weil er ein gerissener Kerl war, und zweitens, weil er darauf gedrängt hatte, Giorgio nach Wales zu schicken.

«Du störst mich aber», gab sie offen zu, ohne ihm jedoch böse zu sein.

«Das tut mir leid.»

«Das ist dir völlig egal. Was möchtest du?»

«Naja, du weißt doch, daß Corinna und ich jetzt fest zusammen sind. Sie ist den ganzen Tag zu Hause und langweilt sich.»

«Ich würde mich auch gerne mal langweilen, aber ich finde einfach keine Zeit dazu», erwiderte sie.

Leo überhörte ihre Stichelei.

«So haben wir uns gedacht», fuhr er fort, «daß du sie vielleicht deinem Verleger als Übersetzerin vorschlagen könntest. Sie spricht sehr gut Deutsch. Ihre Mutter ist eine von Manstein. Ich glaube, das hatte ich dir bereits gesagt. Also...» Er begann einen Rosenkranz von Floskeln herunterzubeten, aber Giulia hörte ihm gar nicht zu. Er hatte sich schon immer durch seine Dreistigkeit ausgezeichnet. Sie war zutiefst verzweifelt, und da kam er daher, um für diese Halbdeutsche zu betteln, die nicht wußte, wie sie ihre Zeit totschlagen sollte. Typisch Leo.

Sie erinnerte sich an einen viele Jahre zurückliegenden Urlaub in Forte dei Marmi. Es war ein kühler Sommerabend gewesen. Sie saßen mit ein paar Freunden auf einer Terrasse, als plötzlich eine scharfe Brise aufkam. Leo tanzte mit einem Mädchen, das er gerade kennengelernt hatte. Irgendwann kam er dann auf sie zu, und Giulia hoffte, er würde sie aus dieser entwürdigenden

Situation befreien, indem er sie zum Tanzen aufforderte, nach Hause brächte oder sich einfach neben sie setzte. Statt dessen aber hatte er ihr sacht den Schal, den sie trug, von der Schulter gezogen und gesagt: «Du erlaubst doch? Der Dame, die mit mir tanzt, ist kalt.»

Sie fühlte eine maßlose Wut in sich aufsteigen über all die Jahre, die sie damit zugebracht hatte, seine Sklavin zu spielen.

«Scher dich zum Teufel, Leo», sagte sie eiskalt zu dem Mann, der einen Teil ihrer Jugend auf dem Gewissen hatte.

«Wie bitte?» Er tat, als habe er nicht verstanden, aber er hatte es sehr wohl.

Giulia hängte ein und fühlte sich gleich besser. Der Mut zur Wahrheit hatte ihr den inneren Frieden zurückgegeben. Sie war einfach nicht mehr bereit, noch für irgendeinen Menschen außer Giorgio und Ermes Geduld aufzubringen. Mit ihr war ja auch keiner geduldig gewesen, weder Leo noch die anderen Männer, die sie kennengelernt hatte, ihren Großvater Ubaldo, der ein Fall für sich war, einmal ausgeschlossen. Weder ihr Vater noch ihre Schwester oder ihr Bruder waren geduldig mit ihr gewesen. Immer wenn sie etwas aus der Reihe tanzte – und das passierte ihr öfters –, standen sie mit angelegtem Gewehr da und zwangen sie, sich wieder einzuordnen. Und sie waren nicht immer im Recht, ganz im Gegenteil, meistens waren sie es, die sich irrten. Noch dazu war ihre Wahrheit immer eingleisig, denn Giulias Vorstellungen kam sie nie entgegen.

Sie hatten versucht, Giulia in den Schoß der Familie zurückzuführen oder dazu zu bringen, daß sie die Regeln einhielt, auf die man bei den de Blascos so viel gab. Aber Giulia konnte nie so sein wie sie, denn sie gehörte einer anderen Rasse an.

Gestern
August 1945-1956

1

Es war wie ein Blitz aus heiterem Himmel gewesen. Carmen hatte sich in dem kleinen Innenhof ihres Hauses in der Via Tiepolo auf einen Liegestuhl gelegt und verschlang mit großem Appetit ein Butterbrot mit Zucker. Sie paßte kaum noch in den blumengemusterten Baumwollmorgenrock, so dick war ihr Bauch geworden.

Aus dem Fenster des Eßzimmers, das auch als Arbeitszimmer diente, tönte die etwas heisere Professorenstimme ihres Mannes, der gerade deklamierte: «*Superior stabat lupus, longeque inferior agnus* ... Wie wollen wir das übersetzen?» fragte er.

«Der Wolf stand oben und das Lamm viel weiter unten», antwortete zögernd ein Kinderstimmchen, das dem jüngsten Sohn des Metzgers gehörte. Der Vater bezahlte die ersten Grundlagen klassischer Kultur mit schmackhafter Mortadella aus Bologna, Käse und frischen Eiern. Professor Vittorio de Blasco gab sich die größte Mühe. Wenn der Junge im September versetzt würde, bestand Hoffnung auf eine Zulage.

Aus dem Keller dröhnten schwere Hammerschläge, die nur von den fröhlichen Stimmen ihrer beiden Kinder und dann und wann von der vollen Stimme ihres Vaters übertönt wurden. Der sechsjährige Benny und die vierjährige Isabella schauten ihrem Großvater Ubaldo zu, wie er einen hölzernen Kinderwagen für ihr neues Geschwisterchen schreinerte. Es war ein heißer Augustmorgen, und das Thermometer sollte noch weiter steigen.

Die Glyzinie welkte in der reglosen Luft dahin, und Carmen meditierte zwischen zwei Bissen über die absolute Windstille, die die Hitze noch unerträglicher machte, als eine jähe Kontraktion sie aus ihren Träumereien riß. Wie ein Blitz aus heiterem Himmel. Dann war wieder alles normal. Sie hoffte, es sei nur Einbildung gewesen oder irgendein harmloses Symptom, das jedenfalls nichts mit ihrer Schwangerschaft zu tun hatte. Wenn ihre Berechnungen stimmten, würde das Kind in den ersten Septembertagen zur Welt kommen. Und jetzt war erst der 13. August, wie sie an ihren Fingern abzählte. Zwanzig Tage zu früh? Ob sie den Termin falsch berechnet hatte? Ein vager Verdacht kam in ihr auf, aber sie verdrängte ihn sofort. Sie legte ihr Brötchen auf den Metalltisch, und diese instinktive Verzichthandlung zeigte an, wie wichtig sie ihren Zweifel und das Symptom trotzdem nahm. Nur ein sehr ernster Anlaß konnte sie dazu bewegen, das schöne weiße, mit Zucker bestreute Butterbrot wegzulegen, eine Delikatesse, an die sie sich nach den langen Kriegsjahren, in denen die Lebensmittel rar und schlecht gewesen waren, noch nicht gewöhnt hatte.

Wie kam sie bloß darauf, einem leisen Anzeichen, das sie sich vielleicht nur eingebildet hatte, so viel Bedeutung beizumessen? Aber nein, sie hatte sich nicht getäuscht. Eine neuerliche Kontraktion, die von starken Rückenschmerzen begleitet wurde, bestätigte ihre Befürchtung und zeigte an, daß die Geburt unmittelbar bevorstand. Der Verdacht, den sie vorher gehegt hatte, verlor sich im Untergrund ihres Bewußtseins und mischte sich unter all die anderen verdrängten Gedanken.

Carmen rief ihren Mann, der sich verärgert am Fenster zeigte.

«Warum sagst du deinem Vater nicht, er soll endlich mit diesem Lärm aufhören. Das ist ja unerträglich», sagte er in vorwurfsvollem Ton, als habe sie die Schuld an dieser Störung. «Ich habe schließlich zu arbeiten», fügte er von seiner Bedeutung durchdrungen hinzu.

Carmen achtete nicht auf seine Worte.

«Geh und sag der Hebamme Bescheid», befahl sie in einem Ton, der keine Widerrede erlaubte.

«Der Hebamme?» fragte er verwundert und besorgt. «Warum?»

«Weil ich das Gefühl habe, es geht los», sagte sie und strich sich über den riesigen Bauch.

Der Professor wurde rot, verzog das Gesicht und stammelte ein paar unverständliche Worte. Das war alles zuviel für ihn. Dann machte er sich auf die Suche nach der Hebamme.

Carmen dagegen beruhigte sich wieder. Sie nahm sich die Zeit, ihr Zuckerbrot aufzuessen und schleppte sich dann ins Haus und die Treppen hinauf in ihr Schlafzimmer. Zum ersten Mal dachte sie über dieses neue Kind nach. Jetzt war sie wirklich gespannt darauf, sein Gesicht zu sehen. Außerdem war es ihr gar nicht unrecht, diese Last endlich loszuwerden. Einen solchen Bauch mit sich herumzuschleppen, noch dazu bei dieser Hitze, war wirklich kein Vergnügen.

«Wir werden sie Giulia nennen», sagte der Professor. «Wie Giulia Beccaria, die Mutter von Alessandro Manzoni.» Er wirkte steif und unbeholfen, wie er vor der Hebamme stand, einer stattlichen, robusten Frau mit breitem Lächeln, die ihm das schreiende Bündel entgegenhielt.

«Nehmen Sie das Kind doch», forderte sie ihn auf, aber er wagte nicht, die Hände danach auszustrecken. Diese letzte Tochter sah häßlich und böse aus. Die anderen beiden waren nach der Geburt nicht so blaurot gewesen und hatten auch nicht gebrüllt wie am Spieß.

Carmen beobachtete ihren Mann und wartete auf eine Reaktion. Doch sie kam nicht, vielleicht würde sie niemals kommen. Von den Anstrengungen der Geburt war Carmen schweißgebadet.

Der Professor entschloß sich, die Kleine nun doch auf den Arm zu nehmen. Aber das Bündel begann nur noch lauter zu brüllen.

«Giulia de Blasco», wiederholte der Professor und trat ans Fenster, um das Baby besser betrachten zu können. Das matte Licht der Abenddämmerung warf seine langen Schatten in das

Zimmer, aber er wollte das Wesen richtig sehen, für das er den vornehmen Namen Giulia ausgesucht hatte. Giulia paßte ausgezeichnet zu dem adligen Familiennamen de Blasco, der eine uralte Tradition hatte und bis auf die Spanier zurückging. Auch Teresa de Blasco, die Großmutter Manzonis, die mit Cesare Beccaria verheiratet gewesen war, hatte ihn getragen. Das jedenfalls glaubte Professor Vittorio de Blasco, der sich aufplusterte wie ein Gockel, wenn er über sein berühmtes Geschlecht sprach.

«Adliges Blut», sagte er gern, «braucht keine Reichtümer, um sich zu zeigen.» Dann warf er sich für gewöhnlich in die Brust und fügte hinzu: «Ich fühle es in meinen Adern fließen, das blaue Blut meiner Urahnen.»

Carmen beobachtete vom Bett aus das ewig ernste Gesicht ihres Mannes, der angestrengt das schreiende Neugeborene untersuchte, um irgendeine Ähnlichkeit mit den de Blascos festzustellen.

«Sie sieht mir ganz nach einem kleinen Störenfried aus», urteilte er dann. «Sie kam vor der Zeit zur Welt, und wie sie schreit...»

In diesem Moment erschien in der Tür zum Schlafzimmer ein imposanter Mann mit dichtem blondem Haar, slawischen Augen und unerschrockenem Lächeln.

«Komm, Papa», sagte Carmen und atmete erleichtert auf. Er sah aus, als sei er der jüngere Bruder ihres Mannes. Er war neunundvierzig Jahre alt und hatte den Gesichtsausdruck eines Jungen.

«Man hat mir gesagt, es sei ein Mädchen.» Es lag kein Bedauern in seiner Stimme, nur etwas Wehmut, denn er hatte sich einen Jungen gewünscht. «Und wie sie sich anhört, wird sie sich einmal Respekt verschaffen.» Er wirkte zufrieden, beugte sich zu Carmen hinunter und drückte ihr einen Kuß auf die Wange. Dann wandte er sich mit ausgebreiteten Armen seinem Schwiegersohn zu: «Gib sie mir. Ich kann mit Mädchen umgehen.»

Dem Professor war es nur recht, daß er das lärmende Bündel abgeben konnte.

«Nicht weinen, *bambina*», flüsterte Ubaldo Milkovich. «Es gibt doch keinen Grund zum Weinen, wenn Menschen da sind, die dich lieben.»

Bei diesen Worten beruhigte sich das Kind in den Armen des Großvaters, die er zu einer Wiege geformt hatte, und verzog die kleinen Lippen zu einer lustigen Schnute, in der man auch ein Lächeln hätte sehen können.

«Wir werden sie Giulia nennen», wiederholte der Professor zu seinem Schwiegervater. «Giulia, wie die Mutter von Alessandro Manzoni.»

«Wir werden sie Giorgio nennen», sagte der Großvater leise und dachte an den Namen, den er für den Jungen vorgesehen hatte, der ihm nie geboren wurde. Dann reichte er Giulia an ihre Mutter weiter, die sie an ihre Brust legte.

Carmen betrachtete das Kind. Es war weich und rosa und saugte selig ihre Milch und Liebe. Es hatte glattes schwarzes Haar und lange Wimpern.

«Gefällt dir Giulia?» Der Professor ließ nicht locker, denn er erwartete Beifall für seine gelungene Wahl.

«Sicher, das klingt gut», erwiderte sie zerstreut.

Carmen betrachtete ihren Mann, ihren Vater und das Kind mit anderen Augen. Ihre Gedanken waren weit weg in einer schönen Blockhütte, über die sich die reine Stille eines kalten Bergmorgens legte. Sie roch wieder den Duft des Feuers, der Milch und des Brotes, den Duft des Lebens, und es war derselbe, den auch das Kind verströmte, das in ihren Armen lag. Noch einmal sah sie Gordon vor sich und entdeckte ihn im Gesicht der kleinen Giulia.

«Giulia Zani», dachte sie, hütete jedoch ihr süßes Geheimnis wie einen Schatz.

Es war August. Es war heiß, und der Atem der Stadt schien unter der Hitze zu stocken, aber es ging ein neuer Wind, der die Welt und die Menschen ergriffen hatte. Sie berauschten sich an Freiheit und Liebe und tanzten noch immer in den Innenhöfen, die endlich wieder beleuchtet wurden, damit die Wunden, die der Krieg auch ihren Seelen zugefügt hatte, schneller verheilten.

«Giulia de Blasco», sagte der Professor mit Nachdruck.

«Giulia Zani», wiederholte Carmen im stillen, damit ihr einziger Liebestraum nie zu Ende gehen würde.

Inzwischen waren auch Benny und Isabella in der Schlafzimmertür erschienen und betrachteten neugierig den Neuankömmling.

«Kommt rein, Kinder», forderte der Vater sie auf. «Habt ihr gesehen, was uns der Storch gebracht hat?»

Als die Wehen begonnen hatten, waren die beiden Kleinen zu den Nachbarn geschickt worden, denn der Professor war der Meinung, das Stöhnen und die Schreie der Gebärenden könnten eine traumatische Wirkung auf sie haben. Vor allem wollte er jedoch vermeiden, daß sie in ihrem Alter bereits etwas über das Mysterium der Schwangerschaft und Geburt und somit der Zeugung erführen.

Giulia war eingeschlafen. Der Großvater kramte aus den Tiefen seiner Hosentasche, in der sich vom Jagdmesser bis zur Pfeife alles mögliche befand, ein Kettchen mit einem Anhänger hervor: ein kleiner, weißer, herzförmiger Topas mit einer blauen Emailfassung, in die viele winzige Saphire eingelassen waren. Es sah ganz nach einem alten Ohranhänger aus.

«Das hängst du ihr um, wenn die Zeit gekommen ist», sagte er zu seiner Tochter und deutete auf Giulia.

«Danke, Papa.» Carmen lächelte und fragte wohlweislich nicht nach der Herkunft des Schmuckstücks.

«Jetzt muß ich aber gehen», sagte er und zwinkerte ihr spitzbübisch zu. «Der Zug nach Modena fährt in einer Stunde ab.» Wenn er ihn verpaßte, hätte er bei seiner Tochter übernachten müssen. Nichts wäre ihm lieber gewesen als das, vor allem jetzt, wo es auch Giulia gab, aber dem Herrn Professor wollte er lieber aus dem Weg gehen. Zwischen den beiden Männern lagen Welten.

Carmen dankte ihm für alles. Mit Vorräten beladen, war er gerade an dem Tag eingetroffen, an dem Giulia beschlossen hatte, zur Welt zu kommen, und beim Anblick der kleinen Enkelin, die einfach nicht Giorgio heißen wollte, hatte er das große Geheimnis seiner Tochter erahnt und sich beinahe darüber gefreut.

«Besser eine rauflustige und hitzköpfige Zani-Milkovich als eine blutarme de Blasco», hatte er bei sich entschieden.

2

Giulia brach in Tränen aus. Sie war verstört und verängstigt. Sie hatte Pipi ins Bett gemacht. Was für eine Schande. Sie erinnerte sich an die Worte ihres Vaters: «Sieben Jahre sind sieben Jahre, und mit sieben Jahren darf man bestimmte Schwächen und Unartigkeiten einfach nicht mehr durchgehen lassen.» Sie war sich klar darüber, daß es bestimmte Dinge gab, die in ihrem Alter nicht mehr erlaubt waren und die sie deshalb nicht machen durfte, und doch war ihr das Pipi wieder ins Bett gegangen. Sie hatte geträumt und war glücklich gewesen. Sie hatte das erregende Gefühl gehabt, mit den Schenkeln einen glatten warmen Baumstamm zu umklammern, an dem sie schwerelos in Richtung der goldenen Birnen hinaufkletterte, die sich im leuchtenden Laubwerk versteckten. Aber die erregende Spannung, die von ihr Besitz ergriffen hatte, entlud sich ausgerechnet in dem Moment, als sie die Hand nach der goldenen Birne ausstreckte, um sie zu pflücken. Gerade als sie nach ihr greifen wollte, war sie aufgewacht, und der zarte Spiegel ihres Glückes war in tausend Scherben zersprungen. Die Wärme, von der sie geträumt hatte, war das warme Pipi, das ihr die Beine hinunterlief und sofort kalt und unangenehm wurde. Was für eine Schande!

Carmen kam an ihr Bett, beugte sich über sie und fuhr ihr mit einer vertrauten Handbewegung durchs Haar.

«Warum weinst du?» fragte sie leise und liebevoll.

«Ich habe Pipi gemacht», gestand sie reuevoll und wagte nicht, sich zu rühren.

Die Mutter legte den Zeigefinger der rechten Hand an ihre Lippen und bedeutete ihr zu schweigen.

«Du weißt ja, was los ist, wenn Papa uns hört», flüsterte Carmen kaum vernehmbar.

Giulia gehorchte und trocknete sich mit dem Handrücken die Tränen ab. Der Gedanke, ihr Vater könne entdecken, daß sie wieder ins Bett gemacht hatte, versetzte sie in Angst und Schrecken. Sicher würde er ihr beschämendes Mißgeschick wieder sofort herumerzählen, um sie vor allen zu demütigen.

«Meine Tochter macht mit sieben Jahren noch ins Bett», erzählte er oft vor Freunden und Verwandten. «Daran ist natürlich auch ihre Mutter schuld», erläuterte er sodann. «Wenn sie ihr, statt sie zu verwöhnen, öfter mal den Hintern versohlen würde, kämen bestimmte Unartigkeiten bald nicht mehr vor.» Und dann wies er darauf hin, daß es mit Benny und Isabella in dieser Hinsicht nie Probleme gegeben hatte.

Jede Gelegenheit war ihm recht, um Giulias Andersartigkeit hervorzuheben. Sie verhielt sich einfach nicht, wie es sich für eine de Blasco gehörte. Der Verdacht, daß seine Letztgeborene womöglich die Frucht eines Seitensprungs seiner Frau sein könnte, war ihm natürlich nie gekommen. Der übermäßige Stolz der de Blascos hätte einen solch entwürdigenden Zweifel nie aufkommen lassen. Denn das hätte bedeutet, das wankende Gerüst einer großen Illusion zum Einsturz zu bringen.

Carmen hatte das Mädchen zu einem Kinderarzt gebracht, um es gründlich untersuchen zu lassen.

«Das Kind ist gesund», hatte ihr der Arzt versichert. «Ihr nächtliches Bettnässen kann nicht als Krankheit bezeichnet werden. Vermutlich hängt es von psychologischen Faktoren ab.»

«Gibt es dagegen keine Medizin?»

«Doch, es gibt zwei: Liebe und Zeit. Lassen Sie Giulia spüren, daß Sie sie gern haben, und vor allem schimpfen Sie nicht mit ihr, wenn sie ins Bett macht», hatte ihr der Arzt abschließend geraten.

Der Professor war auf beide wütend gewesen, aber diesmal hauptsächlich auf seine Frau, die für einen völlig unbrauchbaren Rat gut zweitausend Lire ausgegeben hatte.

Es war Winter, und Carmen überlegte sich, ob nicht auch die Kälte etwas mit Giulias Problem zu tun hatte. Das Haus in der Via Tiepolo, das der Großvater ihres Mannes Anfang des Jahrhunderts hatte errichten lassen, besaß keine Heizung. Das einzige warme Zimmer im Haus war die Küche, in der ein Backofen war, mit dem sich kostensparend sowohl kochen als auch heizen ließ. Im Jahre 1952 lebte die adlige Familie de Blasco schlechter als die Bauern in ihren Gehöften auf dem Land.

Carmen wechselte Giulia den Schlafanzug, wickelte sie in ein Frotteetuch und nahm sie in ihr eigenes Bett mit, das noch ihre Körperwärme gespeichert hatte.

Jetzt fühlte Giulia sich wieder glücklich. Der Professor war bereits in der Küche und würde nicht mehr heraufkommen, um sie mit erhobenem Zeigefinger aus dem Bett zu vertreiben, weil Kinder seiner Ansicht nach spartanisch erzogen werden mußten. Vor ein paar Jahren hatte er noch «römisch» gesagt.

Carmen war der Ansicht, daß ihr Leben nicht spartanisch, sondern schlicht und einfach ärmlich genannt werden mußte, mit dem einzigen Unterschied, daß die Armen nicht zu den Riten eines widerwärtigen und heuchlerischen Formells gezwungen wurden.

Benny kam ins Zimmer. Er schnitt Giulia ein paar Grimassen und stellte sich dann auf die Zehenspitzen, um seiner Mutter einen Kuß zu geben. Beim Anblick seiner Kleider schnürte es Carmen das Herz zusammen. Seine Schulkameraden machten sich über ihn lustig, weil er alte Schuhe von ihr trug, denen der Professor den Absatz hatte absägen lassen. Nach dieser Änderung zeigten nun die Spitzen in die Höhe.

Dann war Isabella an der Reihe. Um den Saum ihres hellblauen Mäntelchens zu verlängern, hatte Carmen ein altes Schaffell zerschnitten und angesetzt. Isabella kniff Giulia, die sie am Zopf zog, ins Ohr. Sofort entstand eine wilde Rauferei. Carmen trennte sie, und die beiden Großen gingen hinaus.

«Du gehst heute nicht zur Schule», entschied die Mutter.

«Ich darf bei dir zu Hause bleiben?» freute sich Giulia und sperrte ihre großen schwarzen Augen mit den langen seidigen Wimpern auf.

«Wir gehen zusammmen in die Stadt und kaufen uns etwas Schönes», verkündete Carmen und zeigte Giulia mehrere Tausendlirescheine, die sie aus der Tasche ihrer geblümten Schürze gezogen hatte.

«Die sind von Großvater Ubaldo, stimmt's?» fragte die Kleine, obwohl sie die Antwort gut wußte.

Der ehemalige Partisane hatte sich aus dem politischen Leben zurückgezogen und war zu einem Hundeabrichter geworden, von dem sogar die Fachzeitschriften sprachen. In den vergangenen Jahren hatte er auf den bekanntesten Wettbewerben in klassischer Jagdkunst Preise gewonnen, und die wohlhabendsten Kunden rissen sich um ihn. Aber er, Ubaldo Milkovich, der für seine sportlichen Verdienste mit dem Ritterorden ausgezeichnet worden war, traf eine sehr rigorose Auswahl: er beschäftigte sich ausschließlich mit den Hunden, die ihm sympathisch waren, und hatte es zu seinem Prinzip erhoben, nur zu arbeiten, wenn er Lust dazu hatte. Eine kleine Unterstützung für Carmen und Giulia sprang jedoch immer heraus.

Der Professor schimpfte jedesmal fürchterlich über dieses Geld und das andere Zeug, dessen Herkunft – und da konnte Carmen ihm nicht widersprechen – überaus dubios war. Zu den Leuten, mit denen Ubaldo Milkovich verkehrte, gehörten sogar Diebe und Betrüger, zwielichtige Gestalten, die ansonsten allerdings ausgesprochen sympathisch und geistreich waren. Ihr Vertrauen und ihre Wertschätzung für den Freund brachten sie darin zum Ausdruck, daß sie ihn in ihre dunklen Geschäfte einbezogen. Diese Trickdiebe und Langfinger vertraten zudem die einhellige Ansicht, Ubaldo Milkovich besäße wahre Goldhände, mit denen er im gegebenen Fall in Aktion treten konnte, getreu dem legendären Grundsatz «den Reichen nehmen, um den Armen zu geben», und das immer unter Verzicht von Gewaltanwendung.

Der herzförmige Anhänger, den Giulia um den Hals trug, entstammte einer Schmuckschatulle auf der Frisierkommode im Schlafzimmer der Marchesa Ludina Manodori-Stampa, einem Wesen von seltener Schönheit, in dem Faszination, Adel und Leidenschaft zu einer glücklichen Harmonie gefunden hatten. Und schließlich war sie es ja gewesen, die den lächelnden Jäger in ihr Schlafzimmer eingeladen hatte. Er hatte dann unter all den Schmuckstücken in dem Kästchen das am wenigsten wertvolle ausgesucht, einfach weil es schön war und ihm gefiel. Der Marchesa, deren blaues Blut die verbotene Leidenschaft zum Kochen gebracht hatte, war der Verlust des Kettchens mit dem Topasherzen wahrscheinlich gar nicht aufgefallen: vorher waren ihre Gedanken mit etwas anderem beschäftigt gewesen, und danach hatte sie eine wundervolle Erinnerung, der sie nachhängen konnte.

«Einen Mantel für mich?» fragte Giulia aufgeregt.

«Einen für dich und einen für die Mama», sagte Carmen lächelnd. Sie hielt es für ihr gutes Recht, sich einmal ein anständiges Kleidungsstück zu leisten. Sie war jetzt zweiunddreißig Jahre alt und wollte nicht länger zulassen, daß ihr die Jugend wie Sand durch die Finger rann. Oft verspürte sie den unwiderstehlichen Drang, die ganze sinnlose Achtbarkeit, zu der sie ihr Mann anhielt, obwohl sie nur formal existierte, über Bord zu werfen. Sie war die einzige, die nach der Befreiung nicht auf der Straße tanzen durfte, weil das dem Ansehen der de Blascos geschadet hätte, dabei brodelte sie innerlich vor Abenteuerlust und überschäumender Freude. Die Schuld lag natürlich auch bei ihr, da sie der Sicherheit wegen eine bürgerliche Existenz gewählt hatte. Andererseits war sie davon überzeugt, mittlerweile genug für ihren jugendlichen Irrtum gebüßt zu haben. Sie schaute Giulia an, die sie unvernünftiger- und ungerechterweise ihren Geschwistern vorzog. Nicht zuletzt, weil sie sie an die einzige große Leidenschaft ihres Lebens erinnerte, an die Tage, in denen sie sich in den Armen eines Jungen vergessen hatte, der in der Zwischenzeit zu einem wichtigen Mann geworden war: Armando Zani war jetzt Abgeordneter, ein hochangesehener

Politiker mit großer Zukunft. Ihre Geschichte war unwiderruflich zu Ende. Aber Carmen spürte, daß unter der Asche dieser Liebe eine Glut schwelte, die nicht zu löschen war.

Im Nebenzimmer durchwühlte Giulia die Schubladen ihrer Kommode auf der schwierigen Suche nach einem ansehnlichen Kleidchen. Sie zog das beste heraus, um mit ihrer Mutter auszugehen. Ein rührendes Einvernehmen bestand zwischen der noch jungen, aber bereits resignierten Frau und dem seltsamen Mädchen mit den großen verträumten Augen voller Angst. Sie lebten in einer eigenen Welt, die von den anderen mit Mißtrauen betrachtet wurde.

«Mami, ich bin fertig», verkündete Giulia von der Türschwelle zum Schlafzimmer aus. Sie trug ein braunes Mäntelchen, das ihre Schwester abgelegt hatte, und eine hellblaue Wollkappe, die ihr der Großvater zu Weihnachten geschenkt hatte.

Carmen fuhr mit einem Ruck herum. Giulia hatte sie dabei überrascht, wie sie tief in Gedanken versunken in einer alten Keksdose nach einem etwas verblichenen Foto suchte.

«Warum lachst du, Mama?» fragte das Kind und ging auf sie zu.

Carmens Augen glänzten, und die Rührung zwang sie zu einer Grimasse, die Giulia für einen Ausdruck der Freude hielt.

«Weil du so hübsch bist und ich stolz auf dich sein kann», schwindelte sie und war beruhigt, daß Giulia nichts gemerkt hatte.

«Wie schön», staunte das Kind, als es die Dose sah, auf deren Deckel Rosen gemalt waren. «Ist die neu?»

«Nein, die habe ich schon viele Jahre», erwiderte Carmen und versuchte, der Sache ihre Bedeutung zu nehmen.

«Darf ich sie mal anschauen?»

Jetzt war es zu spät, um die Dose mit ihren Geheimnissen vor dem Kind zu verstecken, das so lieb und neugierig danach fragte. Genau besehen war Giulia, außer ihr selbst, ja auch die einzige, die ein Anrecht darauf hatte.

«Natürlich darfst du», sagte sie lächelnd und schob die Dose

Giulia zu, die ihren Deckel öffnete und den Inhalt betrachtete: eine glänzende Mundharmonika, eine alte Ausgabe von Maxim Gorkis Roman *Die Mutter* und ein leicht verblichenes Foto.

«Geht die?» fragte sie und zeigte auf das Instrument.

«Versuch es doch mal», forderte Carmen sie auf.

Giulia legte die Mundharmonika an die Lippen und entlockte ihr ein paar Töne.

«Gehört die dir?» wollte Giulia wissen, wagte aber nicht zu fragen, ob sie sie ihr schenkte.

«Ja, und eines Tages wird sie dir gehören», sagte die Mutter, die in ihren Gedanken gelesen hatte.

«Ehrlich?» erwiderte sie glücklich und legte das Instrument behutsam an seinen Platz zurück.

«Reicht es jetzt, Fräulein Naseweis?» sagte Carmen belustigt.

«Darf ich das Foto sehen?»

Carmen reichte ihr den kleinen Schnappschuß, der sie glücklich neben einem wunderhübschen Jungen mit windzerzaustem Haar zeigte.

«Das bist ja du», rief Gulia aus. «Und wer ist der da?» forschte sie weiter.

«Ja, das bin ich», bestätigte Carmen, ohne auf ihre Frage einzugehen.

«Wie jung du da warst.»

«Und du warst noch gar nicht geboren. Ich habe den Großvater besucht. Im Gebirge.»

«Und der?» ließ Giulia nicht locker.

«Das ist ein Partisane. Er hieß Gordon», erklärte Carmen, wobei sie das wertvolle Andenken wieder an sich nahm und so vorsichtig in die Dose zurücklegte, als handle es sich um eine Reliquie.

«Was für ein komischer Name. Hast du deswegen gelacht?» fragte die Kleine argwöhnisch. Es war das erste Mal, daß Giulia ihren Vater gesehen hatte.

3

Das erste Mal, als Giulia ihren Vater traf, war sie elf Jahre alt. Sie war in Modena, und der Großvater hatte sie ausnahmsweise ins Café Molinari mitgenommen, das angesehenste und meistbesuchte Lokal des Ortes, das im Herzen der Altstadt an der Via Emilia lag, gleich hinter den Portici del Collegio, nur zwei Schritte entfernt vom Dom und der Ghirlandina. Dort gab es die köstlichsten Konditoreiwaren und Giulias Lieblingseis.

Ubaldo Milkovich bestellte einen *Caffè Corretto* für sich und eine Riesentüte Eis für das Mädchen. Das war ein Leben für die kleine Giulia! Ganz anders als der graue Alltag in der Via Tiepolo. Alles lachte und begrüßte den Großvater, fröhliche Worte flogen von einem Tisch zum anderen. Er wurde von allen geschätzt, der alte Zigeuner, der sich zur rechten Zeit auch als Held bewiesen hatte und dem Tod mit einem Lächeln auf den Lippen entgegengetreten war. Jetzt lebte er mit seinen Hunden und seinen Träumen auf einem kleinen Hof am äußersten Stadtrand.

Plötzlich verebbte der Lärm des Cafés, und tiefe Stille trat ein. Es dauerte nur wenige Augenblicke, dann erhob sich das Stimmengewirr wieder. Auf der Schwelle war ein schöner Mann erschienen. Er mochte wohl dreißig Jahre alt sein, hatte ein lachendes Gesicht und sehr lebendige, durchdringend blickende Augen. Sein erstklassig geschnittener und hervorragend verarbeiteter Anzug war von unauffälliger Eleganz. Trotzdem merkte man ihm seine bäuerliche Herkunft an, die sich vor allem in den großen, kräftigen Händen zeigte.

Der Mann hatte sich mittlerweile Giulia und ihrem Großvater genähert.

«Dieser flotte Hecht war einmal ein Partisane», sagte Ubaldo dem Angesprochenen ins Gesicht, der in freundschaftlich anlächelte, obwohl er Verachtung erntete, die vielleicht aber nur gespielt war.

«Jeder ist glücklich, der dich wiedersieht», sagte Armando zur Begrüßung. «Ich melde mich wenigstens ab und zu, wenn ich aus Rom komme, aber du läßt überhaupt nichts von dir hören.»

«Wir sind eben zwei sehr beschäftigte Menschen», meinte der Großvater ironisch. Er dachte an die letzte Schlacht: die Überlebenden ihrer Formation waren in den Löchern, die sie in den Berg gegraben hatten, eingenickt. Er und Gordon lagen auf dem kalten Boden. Der Morgen dämmerte. Weißliche Pinselstriche hellten den Horizont auf. Zwei große Wolken mit lilafarbenem Rand hingen reglos am lautlosen Himmel. Ein einziger kleiner Stern, den die Nacht vergessen hatte, funkelte noch schwach, und bald sollte auch er verblassen. Die verlassene Straße, die sich in Serpentinen den Berg hinaufschlängelte, glich einem grauen Band, das sich in der Endlosigkeit zu verlieren schien. Die Straße führte nach Norden, und sie warteten auf die Deutschen. Zum letzten Mal. Der Kreis schloß sich mit der zähen Unerbittlichkeit eines Lavastroms um den fliehenden Feind. Die Erde bebte, und die Herzen der Männer, die auf der Lauer lagen, schlugen wie Glocken zum Fest. Das letzte Mal. Danach würde es wieder ein Zuhause geben. Ein richtiges Haus, ein richtiges Bett. Eine Frau. Leute auf den Straßen, die die Heimkehrer begrüßten.

Eine Wildtaube hatte sich auf dem Ast eines nahen Baumes niedergelassen. Sie hatte ein schönes aschfarbenes Gefieder und weiße Ringe um den Hals. Ihre flinken schwarzen Augen schauten bald zur einen, bald zur anderen Seite. Dann war sie wieder aufgestiegen, und Ubaldo Milkovich hatte ihr lächelnd nachgeblickt, als sei sie die Verkünderin des Friedens. Die letzte Schlacht. Die Wagenkolonne, die sich langsam den Berg hinaufquälte, verschwand streckenweise hinter den Biegungen der Straße, um dann wieder aufzutauchen, immer größer, immer näher. In den Windschutzscheiben spiegelte sich das Licht der aufgehenden Sonne. Es waren sechs Lastwagen, auf denen sich Soldaten mit glänzenden Helmen drängten. An der Spitze fuhr ein Auto mit zwei Offizieren, das unter den Einschlägen der Handgranaten als erstes umstürzte. Die erste hatte Komandant Kauz geworfen, die zweite Gordon. Er war entschlossen und intelligent, der Junge, und er hatte unglaublichen Mut.

Ubaldo betrachtete nun Armando Zani hier im Café, und bald sah er anstelle seiner eleganten Erscheinung deutsche Soldaten vor sich, die von Gewehrsalven niedergemäht wurden und blutüberströmt über dem Rand der Lastwagen zusammenknickten. Andere lagen auf der Straße und im Gras. Die schon heiße Aprilsonne stand hoch am Himmel, und die Straßen waren voller Menschen, die freudetrunken mit Fähnchen und Taschentüchern winkten. Die Partisanen kehrten nach Hause zurück und wurden von Frauen umarmt, die sie noch nie gesehen hatten. Im ganzen Tal wurden riesige Freudenfeuer angezündet. Der Krieg war zu Ende.

«Und wer ist dieses hübsche Mädchen?» fragte Armando.

«Carmens Tochter», erwiderte der Großvater.

Die Selbstbeherrschung des Mannes, der es gewohnt war, Gefühle zu verbergen und immer die Fassung zu wahren, setzte noch im selben Moment ein. «Kompliment», sagte er. «Sie sieht ihrer Mutter sehr ähnlich.» Er sah Carmen, die er in der Berghütte geliebt hatte, vor sich, wie sie an einem traurigen Wintertag auf dem Fahrrad davonfuhr.

«Dieser flotte Hecht war einmal ein Mann», sagte Ubaldo zu Giulia. «Jetzt ist er nur noch ein Politiker. Ich stelle dir den Abgeordneten Signor Armando Zani vor. Ein Vertreter des Volkes, wie man gerne sagt.»

«Wie heißt du?» fragte Armando und beugte sich zu ihr hinunter.

«Giulia», erwiderte sie und lief rot an.

«Ein bedeutender Name. Giulia kommt von dem griechischen Wort *joulos*», erklärte Armando mit einem Lächeln. «Das heißt ‹flaumig›. Bist du denn flaumig?» fragte er im Scherz.

«Ich glaube nicht», antwortete das Mädchen. ‹Flaumig› war das geheimnisvolle Dreieck auf Zairas Unterleib. Aber sie hütete sich, das zu sagen.

«Nein, du bist nur hübsch», schmeichelte ihr der Mann.

Viele Gäste des Café Molinari begrüßten den Abgeordneten Armando Zani. Manche betrachteten den Mann und das Kind, aber keinem fiel auf, wie sehr sich die beiden ähnelten: es waren dieselben tiefgründigen schwarzen Augen, dieselben langen und seidigen Wimpern, dasselbe spontane Lächeln, das ihren Gesichtern einen wachen, intelligenten Ausdruck verlieh. Giulia fühlte sich unwiderstehlich zu diesem Mann hingezogen. Aber sie gehorchte dem strengen Blick ihres Großvaters, der ihr gebot, Abstand zu halten.

Jetzt saßen sich die beiden Männer gegenüber. Das Mädchen folgte fasziniert ihrem ungewöhnlichen Gespräch.

«Ich bin vorbeigekommen in der Hoffnung, dich hier zu finden», sagte Armando.

«Du bist vorbeigekommen, weil ich dich bestellt habe», verbesserte Ubaldo.

«Je älter du wirst, desto unerträglicher, finde ich, wirst du.»

Der Großvater stieß den Freund mit dem Ellbogen an, und sie verließen das Café. Sie überquerten die Straße und spazierten, gefolgt von Giulia, die Portici del Collegio entlang.

«Ich wollte dir Giulia vorstellen», sagte der Großvater.

«Das hast du getan, und ich freue mich sehr darüber», erwiderte Armando.

«Ich werde alt», gestand Ubaldo wehmütig.

«Das hatte ich doch schon gesagt.»

«Und sie», er zeigte auf Giulia, «hat noch ein langes Leben vor sich. Könnte sein, daß sie dich einmal braucht, wenn ich nicht mehr da bin. Und du wirst ihr helfen», fügte er mit bestimmtem Ton hinzu, «wie ein Vater.»

In dem Gespräch wurde nicht einmal Carmens Name erwähnt, noch wurde irgendeine Erinnerung wach. Die beiden Männer schüttelten sich die Hand.

Heute

1

Armando Zani spritzte sich ein paar Tropfen *Floris 89* in die Handflächen und fuhr sich damit übers Gesicht. Seit zwanzig Jahren benützte er nur dieses englische Eau de Cologne mit dem leichten Zitronenduft, das ihm Giulia bei einem zufälligen Treffen auf dem Flughafen Linate geschenkt hatte.

Giulia war ein bildhübsches Mädchen gewesen. Wie ein Verliebter hatte er sich in ihren ausdrucksvollen Augen gespiegelt, in denen kleine gelbe Flämmchen zuckten, genau wie damals in den Augen Carmens. Nur daß das goldene Funkeln im Blick des Mädchens ein Ausdruck des Zorns war. Sie hatte vergeblich auf einen Mann gewartet, mit dem sie am Flughafen verabredet war. Als sie dann zufällig Armando begegnete, hatte sie ihm einfach das elegante Päckchen überreicht, auf dessen Einwickelpapier der Namen einer Londoner Parfümerie zu lesen war.

«Das war für jemanden gedacht, der nicht kam. Darf ich es Ihnen schenken?»

Er fühlte sich zu Giulia hingezogen, und doch war ihm in ihrer Gegenwart immer etwas unwohl. Wahrscheinlich wußte sie von der alten Geschichte zwischen ihm und ihrer Mutter, aber er hatte nie richtig herausfinden können, was das für sie bedeutete.

Er rückte sich den Knoten der Krawatte zurecht, ließ sich von seinem Butler in den Kamelhaarmantel helfen, nahm seine Aktentasche zur Hand und verließ die sonnendurchflutete Diele seines Appartements in Rom, das auf die Piazza Navona hinausging. Einer seiner Leibwächter erwartete ihn an der geöffneten Tür des Aufzugs. Seit den Jahren des Terrorismus wurde er ständig von einer Polizeieskorte begleitet.

Im Auto dachte er weiter über Giulia und ihr letztes Treffen auf dem Friedhof von Modena nach. Was hatte sie ihm gleich in bezug auf den Weihnachtsstern gesagt, den er auf Carmens Grab gestellt hatte? «Zu Lebzeiten hätte sie sich bestimmt sehr darüber gefreut. Jetzt kommt die Huldigung etwas spät.»

Was hätte er denn tun sollen? Hätte er sie vielleicht auf einem weißen Pferd entführen sollen? Sie war verheiratet, Mutter von zwei Kindern und älter als er. Er konnte doch nicht seine ganze Zukunft aufs Spiel setzen. Und wer wußte denn, ob sie ihm – prinzipientreu wie sie war – überhaupt gefolgt wäre? Er schämte sich für seine Gedanken, die gut in einen Groschenroman gepaßt hätten. Die Bedeutung dieser Geschichte lag ja gerade darin, daß sie wie das kurze Auflodern eines Strohfeuers gewesen war. Bei Kriegsende war er zwanzig Jahre alt gewesen und hatte sie sofort vergessen. Ja, sie stellte eine wichtige Episode seines Liebeslebens dar, vielleicht die wichtigste überhaupt, und er hatte viele erlebt, aber die Frauen waren für ihn nie mehr gewesen als ein mehr oder weniger angenehmer Zeitvertreib. Die eine oder andere Geschichte mochte wohl etwas bedeutender gewesen sein, aber im Vordergrund hatte stets sein Kampf um Erfolg gestanden. In den wilden Jahren des Aufbegehrens und der Frauenbewegung hatte eine prominente Feministin, mit der er ins Bett gegangen war, in einem Bekenntnisinterview erzählt, daß er als Liebhaber nicht viel tauge. Doch die Geschichte lag nun weit zurück, und er konnte über sie lächeln.

Die Limousine des Ministers quälte sich mühsam durch den chaotischen Verkehr der Hauptstadt. Aber er war so tief in seine Gedanken versunken, daß er es gar nicht merkte.

Nein, Carmen war nicht in Vergessenheit geraten wie die anderen. Denn sie war seine erste wirkliche Liebe, die Tochter Ubaldo Milkovichs und Giulias Mutter, dieses seltsamen Mädchens, dem er jeden Sommer begegnete, wenn er in seine Heimatstadt fuhr, und das er auch das Jahr über durch eine Reihe unerklärlicher Zufälle immer wieder traf. Und nun schien dieses Mädchen, das mittlerweile zur Frau geworden war, in Modena plötzlich die Rolle der Anklägerin übernommen zu haben.

Im Büro empfing er zerstreut die ersten Besucher. Nicht einmal die atemberaubende Mitarbeiterin eines geldgierigen Unternehmers, der seine Zustimmung zu einem großen Geschäft haben wollte, konnte seine Aufmerksamkeit erregen.

«Sollten wir das Thema nicht etwas eingehender besprechen, Herr Minister, vielleicht am nächsten Wochenende?» schlug die hübsche Blondine mit einem eindeutigen Lächeln und vielversprechendem Blick vor. Unter ihrem Leopardenmantel trug sie ein scharlachrotes Kleid, das farblich auf ihren Lippenstift abgestimmt war und ihren wohlgeformten Körper zur Geltung brachte.

Es war bekannt, daß Armando Zani gewisse Vergünstigungen nur dann gewährte, wenn es sich um saubere und für die Gesellschaft nützliche Geschäfte handelte, und wenn sich die Summe, die als Gegenleistung an seine Partei bezahlt werden mußte, mit seinen moralischen Prinzipien vereinbaren ließ. Zugegeben, dies war eine etwas ungewöhnliche Art, die Dinge zu sehen, aber seiner Meinung nach nicht die schlechteste, um das politisch höchst brisante Problem der Parteienfinanzierung zu lösen. Da er persönlich unbestechlich war, schien für manche die einzige Möglichkeit, wie sie doch etwas bei ihm erreichen konnten, darin zu bestehen, daß sie ihm eine Frau ins Bett steckten.

«Das Privatflugzeug meiner Firma steht für einen eventuellen Ortswechsel zur Verfügung», flötete mit zuckersüßer Stimme die Blondine, denn sie glaubte, eine positive Reaktion wahrgenommen zu haben. Abgesehen davon, daß sie von ihrem Chef eine entsprechende Belohnung erhalten würde, versetzte sie schon der Gedanke, in die Intimsphäre einer so mysteriösen Persönlichkeit eindringen zu können, in höchste Erregung.

«Wissen Sie, wenn man einmal so alt ist wie ich, dann sind die sogenannten Beratungswochenenden nicht mehr so interessant», erwiderte er ihr in möglichst freundlichem Ton. «Ich wage nicht, mir vorzustellen, was Sie jetzt von mir halten», fügte er mit gespielter Besorgnis hinzu. «Aber bemühen Sie sich erst gar nicht um eine Erklärung. Ein Mann, der so viel Anmut zurückweist, verdient nur Verachtung. Trotzdem wäre mir ein Projekt lieber, das auch dem Allgemeininteresse Rechnung trägt, und nicht nur dem persönlichen Interesse Ihres Geschäftsführers, obwohl ich anerkennen muß, daß er seine Generalvollmacht einer ganz bezaubernden Dame übertragen hat», sagte Armando Zani abschließend und erhob sich, um sie zu verabschieden.

Er spielte seine Rolle gut, aber das konnte nicht über die tiefen Ringe unter seinen Augen und die vielen Falten hinwegtäuschen, die sich bei Übermüdung auf seiner Stirn abzeichneten. Er war wirklich müde. Und enttäuscht. Der Gedanke an Ubaldo Milkovich, an Carmen und an Giulia wollte ihn einfach nicht in Ruhe lassen. Sein dunkler, forschender Blick, der Feinde und Gegner erzittern ließ, zeigte erste Anzeichen von Resignation. Er hatte sein Leben damit verbracht, den steilen Berg der Macht zu erklimmen, hatte sich einen Panzer gegen jede Art von Angriffen zugelegt, und das auf einem Terrain, in dem alle Kampfmittel erlaubt waren. Und doch reichte schon die Erinnerung an eine Liebe, der Gedanke an einen Freund, der scharfe Ton in Giulias Stimme aus, um seine unterdrückte Sensibilität wachzurufen, den Teil seiner selbst, den er zusammen mit dem albernen Decknamen Gordon in den Bergen zurückgelassen hatte.

Er drückte auf eine Klingel, und im nächsten Augenblick öffnete ein dienstbeflissener Sekretär die Tür seines Büros. Eine unmißverständliche Aufforderung, ein eindeutiger Hinweis, der die Begegnung für beendet erklärte. Die Dame knöpfte ihren Leopardenmantel zu, setzte ein starres, unverbindliches Lächeln auf, schüttelte dem Minister die Hand und entfernte sich so würdevoll, wie es die hohen Absätze ihrer Stöckelschuhe und das enganliegende rote Kleid erlaubten. Der Sekretär schloß die Tür hinter der Besucherin.

«Ein Anruf für Sie aus Mailand», meldete ein anderer Mitarbeiter.

«Wer ist am Apparat?»

«Signora de Blasco.»

Armando fuhr sich mit der Hand über die Stirn und fischte aus einem silbernen Behälter auf seinem Schreibtisch eine Zigarette, die er sich an die Lippen führte, um sie dann wieder zurückzulegen. Es war ein Elend mit den Ärzten und ihren Gesundheitsvorschriften.

«Soll ich sagen, Sie seien nicht hier?» fragte der Sekretär, der sah, daß Armando unentschlossen war.

«Nein. Stellen Sie sofort durch», bat er mit ernstem Gesicht. Er war mehr als gespannt, denn es war das erste Mal, daß Giulia ihn in Rom anrief.

«Giulia», rief er, kaum daß er ihre Stimme hörte. «Wie geht es dir?»

«Ich brauche Hilfe», antwortete sie ohne Umschweife und einleitende Floskeln.

«Was ist denn so Schlimmes passiert?» wollte Armando wissen.

«Kennen Sie Ermes Corsini?»

«Natürlich, wer kennt ihn nicht? Vor allem nach den letzten Vorfällen ist er doch in aller Munde. Aber was hast du mit ihm zu schaffen?» fragte er besorgt.

Giulia erzählte ihm so kurz, klar und knapp wie möglich alles, was sie wußte.

Armando erklärte, er habe verstanden.

«Werden Sie etwas für ihn tun können?» fragte sie ängstlich.

«Ich werde alles tun, was in meinen Möglichkeiten steht.»

«Dafür werde ich Ihnen ewig dankbar sein.»

«Versuche, dich zu entspannen, wenn du kannst», riet er ihr. «Wenn es einen Weg gibt, um ihn aus diesem Schlamassel zu befreien, dann finde ich ihn.»

Giulia wußte, daß er ihr helfen würde.

2

Armando nahm Platz in dem Flugzeug, das ihn nach Mailand bringen sollte. Eine Stewardeß hatte ihn erkannt und lächelte ihm freundlich zu. Er erwiderte ihr Lächeln und ging dann seinen Gedanken nach. Giulias Anruf, die Geschichte, die sie ihm erzählt hatte, ihre Bitte um Hilfe, all das hatte die Tür zur Vergangenheit wieder aufgestoßen. Er wollte im Geiste noch einmal die wichtigsten Etappen seines Lebens Revue passieren lassen. Vor sich sah er den Partisanen Gordon, den mageren Jungen mit den riesigen Händen und dem Kindergesicht, der er mit zwanzig Jahren gewesen war.

War etwas von diesem Jungen in ihm geblieben? Nein. Und dies nicht nur, weil ein paar Zellen gealtert waren und seine Gesichtszüge sich verändert hatten, sondern weil es ihm jetzt an Illusionen fehlte. Der junge Gordon, ein Träumer, der über alles staunen konnte, hatte sich in Luft aufgelöst. Ja, es war, als hätte er nie existiert. Die Realität des politischen Lebens zwang Armando dazu, sich bestimmten Schemata und Rhythmen unterzuordnen, die oft genug nicht mit den lauteren moralischen Prinzipien zu vereinbaren waren, deretwegen er sich der antifaschistischen Bewegung angeschlossen hatte. Jetzt, wo der Kommandant Kauz tot war, verband ihn nur noch Giulia mit seiner großen Utopie.

Unter Mißachtung der Ratschläge, die ihm die Ärzte erteilten, rief er den Bordsteward, bat um eine Zigarette und zündete sie sich an. Gleich darauf schämte er sich jedoch seiner Schwäche und drückte sie im Aschenbecher wieder aus.

«Giulia», murmelte er. Sie war ihm das liebste seiner Kinder. Endlich hatte er den Gedanken, den er seit langer Zeit vergeblich versuchte zu verdrängen, offen ausgesprochen. Im Grunde wußte er seit Jahren, seit Ubaldo Milkovich ihn nach Modena bestellt hatte, daß Giulia seine Tochter war.

Ja, Giulia war seine Tochter, auch wenn er sich, um sein eigenes Leben und das von Carmen nicht zu erschüttern, aus Großzügigkeit und aus Angst, oder ganz einfach aus politischen Erwägungen heraus, damit begnügt hatte, ihr aus der Ferne zu folgen, um sich keine Blöße zu geben, um Komplikationen aus dem Weg zu gehen, um nicht sein Inneres, in dem die Erinnerungen an eine Welt voller Gefühle und Liebe dahinwelkten, erforschen zu müssen.

Crissy, seine amerikanische Ehefrau, die er vor dreißig Jahren aus intellektuellem Snobismus geheiratet hatte, und nicht etwa, weil er sich zur Ehe berufen fühlte, war schon vor langer Zeit nach Boston zurückgekehrt und hatte ihre beiden Kinder mitgenommen: John unterrichtete jetzt Mathematik an der Universität von Massachusetts, Linda studierte Gesang und lebte in Los Angeles mit einem Regisseur zusammen, der zu engagiert und zu wenig geschäftstüchtig war, um kassenfüllende Kinoschlager zu produzieren. Crissy hatte in zweiter Ehe einen Rechtsanwalt geheiratet und kam einmal im Jahr in Rom vorbei, weil die italienische Hauptstadt eine obligatorische Station auf ihrem Europatrip war.

Crissy, John und Linda gehörten wie der Partisane Gordon und Carmen der Vergangenheit an. Giulia jedoch verkörperte die Gegenwart, sie war eine Projektion seiner besten Tage.

Er öffnete den schwarzen Lederkoffer, zog eine Akte heraus und begann, sie zu lesen. Sie enthielt Informationen über den Untersuchungsrichter, der den Haftbefehl gegen Ermes Corsini erlassen hatte und sein Verhör leitete. Ein Privatdetektiv und eine Gruppe von Mitarbeitern hatten ihm in kürzester Zeit eine detaillierte Personenbeschreibung des Mannes geliefert, dessen eigentümlicher Nachname ihm sofort aufgefallen war: Cesena. Amilcare Cesena. Einen solchen Namen konnte man nicht vergessen. Auf den wenigen maschinengetippten Seiten stand alles über ihn: sein Leben, seine Karriere, persönliche Laster und offizielle Tugenden. In der knappen und klaren Zusammenfassung entdeckte Armando Hinweise auf eine Leiche, die der Untersuchungsrichter in seinem Keller hatte. Es war genau das, was er suchte. Eine wirksame Waffe ist vor allem im Kampf um eine gerechte Sache unentbehrlich, und «unschuldig» ist die Verfassung, die sich am schwersten beweisen läßt, wenn die Anklage gut aufgebaut ist.

In Mailand stieg er im Hotel Manzoni ab, wo für ihn seit Jahren dieselbe Suite reserviert wurde. Sie war ruhig, gemütlich eingerichtet und besaß einen eigenen Telefonanschluß, der es ihm ermöglichte, Gespräche zu führen, ohne daß ungebetene Lauscher sich einschalteten. Einer der Jungs aus seiner Eskorte, ein Spezialist auf dem Gebiet, kontrollierte jedesmal systematisch, ob die Anlage sauber war.

Er wählte eine Nummer und fragte die Frau, die sich am anderen Ende der Leitung meldete: «Wo kann ich unseren Freund treffen? Rein zufällig, versteht sich.»

«Um acht Uhr zwanzig. Beim Abendessen im Toulà.»

«Da gönnt er sich aber einen ziemlichen Luxus.»

«Das ist eine Ausnahme. Er wird in Begleitung einer Dame sein, an der ihm besonders gelegen ist.»

«Um wen handelt es sich?»

«Um das Fotomodell. Sie wissen, wen ich meine.»

«Veranlassen Sie, daß sie nicht kommt», ordnete Armando mit der Selbstverständlichkeit eines Mannes an, der wußte, daß man ihm Folge leistete.

Und so kam es, daß Dottore Amilcare Cesena, als er von einem Maître geführt das Restaurant durchquerte, um zu einem vor indiskreten Blicken geschützten, abseits gelegenen Tisch zu gelangen, auf den Minister Armando Zani stieß, der an einem kleinen Tisch mitten im Lokal saß und sich scheinbar nur für seinen bernsteinfarbenen Aperitif interessierte.

«Verzeihen Sie, wenn ich Sie anspreche», sagte Armando, «aber Sie sind doch Dottore Amilcare Cesena, der Großkopfjäger», fügte er mit freundlicher Bewunderung hinzu. «Erlauben Sie mir, daß ich Ihnen mein Kompliment ausspreche.» Er reichte ihm seine große Pranke und schüttelte die schmächtige, kalte Hand des Untersuchungsrichters. «Wirklich lobenswert. Und ich muß sagen, daß das Foto, das die Zeitungen von Ihnen veröffentlicht haben, weit hinter der Realität zurücksteht. Möchten Sie nicht an meinem Tisch Platz nehmen?» fragte er, ohne ihm Zeit zu lassen, etwas zu erwidern. «Es wäre mir wirklich ein großes Vergnügen. Außerdem hätten wir so Gelegenheit zu einem fruchtbaren Meinungsaustausch.»

Für den Richter, der den einflußreichen Politiker natürlich sofort erkannt hatte, wäre es in jedem anderen Augenblick eine große Ehre gewesen, mit Armando Zani an einem Tisch zu sitzen. Doch ausgerechnet heute abend erwartete er Diana Brown, ein amerikanisches Fotomodell, das er vor kurzem kennengelernt hatte und in dessen Begleitung er nicht gesehen werden wollte. Warum mußte es gerade heute, wo er sich ausnahmsweise einen nächtlichen Ausflug gönnte, zur Begegnung mit einer so wichtigen und – unter den gegebenen Umständen auch unbequemen – Persönlichkeit kommen?

«Die Sache ist nur die, daß ich auf jemanden warte», sagte Dottore Cesena entschuldigend, während er nervös auf seine Uhr blickte.

«Dann lassen Sie uns doch Ihre Wartezeit etwas verkürzen», lud Zani ihn mit unwiderstehlicher Freundlichkeit ein. «Setzen Sie sich einen Moment zu mir und probieren Sie einen Schluck von diesem echten Albana di Romagna. Trocken», schwärmte er, «goldfarben, sonnig und sympathisch wie Ihre Heimat. Er stammt aus einem ganz besonderen Jahrgang», fügte er in verschwörerischem Ton hinzu, so daß der Politiker, der als ein ernsthafter und strenger Mann bekannt war, in einem völlig neuen Licht erschien. «Hier haben sie immer einen kleinen Vorrat für mich im Keller», verriet Armando, während seine Augen spitzbübisch lächelten.

«Sie schmeicheln mir, Herr Minister.» Cesenas große, fleischige Nase begann in dem kleinen Gesicht mit den Kuhaugen nervös zu zucken, was ausgesprochen komisch wirkte. Eine Art Tick, der ihn immer befiel, wenn er sehr nervös war oder sich besonders unwohl fühlte. «Aber so viel Ehre kann ich gar nicht annehmen», fügte er hinzu, um sich im letzten Moment doch noch zu retten.

«Natürlich können Sie das annehmen», ermutigte Armando ihn und gab dem Maître ein Zeichen, worauf dieser sich beeilte, einen Stuhl zurechtzurücken, damit Cesena Platz nehmen konnte.

«Das ist doch ein Zufall», bemerkte Armando so überzeugend und gemessen wie ein geborener Schauspieler. «Wissen Sie, daß ich gerade in dem Moment, in dem Sie durch die Tür traten, an Sie gedacht habe?»

Der Maître goß den Wein in das bereitstehende feine Kristallglas.

«Wirklich ein komischer Zufall», sagte Cesena ohne Begeisterung. Er hätte die schmeichelhafte Geschichte dieses Schlitzohrs gerne geglaubt, aber er merkte zu gut, daß Zani auf ein Ziel zusteuerte, das bislang noch im dunkeln lag. Sein schöner Abend war jedenfalls dahin.

«Wirklich ein gelungener Streich», ereiferte sich Armando. «Ein gemeines Individuum wird seiner gerechten Strafe zugeführt. Und kurze Zeit später bietet sich mir die Gelegenheit, Ihnen gratulieren zu dürfen.»

«Ein Zufall», erwiderte der Richter, dem inzwischen klar war, daß Zanis Gegenwart an diesem Ort und zu dieser Stunde alles andere als zufällig war.

«Bravo, Dottore Cesena.» Armandos Kompliment wirkte echt, seine Anteilnahme überzeugend. «Ein Zufall. Aber nur den Zufall können wir als Botschaft empfangen. Voraussehbare Ereignisse sind stumm. Nur der Zufall spricht zu uns. Und wir sollten versuchen, ihn auszulegen, wie die Zigeuner den Kaffeesatz.»

Was wollte der Minister von ihm? Cesena verschluckte sich

an seinem Albana und mußte sich die Serviette vor den Mund halten, um einen Hustenanfall zu unterdrücken.

«Kann sein», röchelte er.

«Ermes Corsini», fing der Politiker aufs neue an, aber sein Gesichtsausdruck und seine Stimme hatten sich jetzt verändert. «Eine über jeden Verdacht erhabene Persönlichkeit. Die Massenmedien werden über Jahre hinweg ein ganz bestimmtes Bild verbreiten, das für immer in die Geschichte eingeht.»

«Gut möglich», sagte der Richter, ohne jedoch genau zu begreifen, ob sein Gesprächspartner mit seinen zeitlichen und räumlichen Projektionen wirklich das Ansehen des Chirurgen meinte oder auf sein eigenes anspielte. Er mußte auf der Hut sein. Er gab sich gefaßt und beherrscht, nur der Gesichtstick verriet seine innere Spannung. Mit der Schnelligkeit eines Computers rief sein Geist alle Informationen zum Fall Corsini ab.

«Trotzdem irgenwie schade», fuhr Armando fort. Jetzt hatte er aufgehört zu lächeln. Ernst und Strenge waren an die Stelle von Gutmütigkeit und Offenheit in sein Gesicht getreten. «Was mag bloß diesen Chirurgen, um den uns die ganze Welt beneidet, dazu getrieben haben, ein so gemeines Verbrechen zu begehen? Ein ungewöhnlicher Mann», fügte er hinzu und hielt sein Kristallglas gegen das Licht, um die goldbraune Farbe des Albana besser betrachten zu können. «Ein genialer Forscher mit einem musterhaften Lebenswandel. Eine blendende Karriere, internationales Ansehen. Und dann begeht dieser Mann plötzlich und völlig unerklärlich für eine Handvoll Geld das gemeinste aller Verbrechen: er schlägt Profit aus der Not anderer. Aber was sage ich», meinte er und verlieh seinen Worten Nachdruck, «es handelte sich ja nicht um allgemeine Not. Es ging um die Not und das Leben eines Kindes, um die verzweifelte Situation einer Familie.» Er sprach jetzt so leise, daß man ihn kaum noch verstehen konnte, aber seine Stimme war voller Zorn.

Dottore Cesena starrte ihn mit großen Kuhaugen an. «Leider sprechen die Tatsachen gegen ihn», sagte er fast entschuldigend.

«Und wenn diese Tatsachen von jemandem, der seinen Namen in den Dreck ziehen wollte, konstruiert worden wären?»

«Entschuldigung, aber hier ist weder die Camorra noch die Mafia oder ein Kronzeuge im Spiel», sagte Cesena. «Wie die Sache aussieht, hat er seinen Namen selbst in den Dreck gezogen.»

«Und wenn ich Ihnen mein Ehrenwort darauf gäbe, daß Ermes Corsini unschuldig ist? Wenn ich Ihnen sagen würde, daß er Opfer einer verleumderischen Intrige ist, würden Sie mir dann glauben?»

Amilcare Cesena fühlte sich in die Enge getrieben. Er betrachtete Armando, der jetzt schwieg, und begriff, daß sein Gegenüber ein paar Asse im Ärmel versteckt hielt, die er im richtigen Moment ausspielen würde. Er wußte, daß er auf Diana Brown nicht mehr zu warten brauchte und daß Armando Zani bestimmte Geheimnisse aus seinem Leben kannte, die vielleicht gar nicht so unbedeutend waren. Ermes Corsini war zur heißen Kastanie in einem Feuer geworden, das der Politiker aus unerklärlichen Gründen mit größtem persönlichen Einsatz schürte.

«Als Mensch», gab er zurück, «könnte mich nichts in der Welt dazu bringen, an Ihrem Ehrenwort zu zweifeln, aber als Jurist brauche ich Beweise. Klare, handfeste Beweise.»

«Wie die, die zu Corsinis Verhaftung nötig waren?» fragte Zani herausfordernd.

«Wie die, aufgrund derer ein gerichtliches Verfahren eingeleitet werden mußte. Ich würde einen Bürger nie seiner persönlichen Freiheit berauben, wenn ich von seiner Schuld nicht felsenfest überzeugt wäre.» Er hatte diesen Halbgott von seinem Podest gestürzt, was einem Sakrileg gleichkam, aber die Wahrheit stand auf seiner Seite, und für sie würde er seine Karriere riskieren. Er verfügte über erdrückende Zeugenaussagen und brauchte deshalb nichts und niemanden zu fürchten. Und seine sexuellen Eskapaden betrafen schließlich nur sein Privatleben, wie er sich gerne einredete, um sein Gewissen zu beruhigen.

«Ich hege grenzenlose Bewunderung für Menschen, die ihrer Sache sicher sind», sagte Armando. «Sie wissen, was Sie wollen.»

«Das scheint mir nur recht und billig. Schließlich habe ich die Wahrheit auf meiner Seite.»

Armando nahm genüßlich einen Schluck von seinem Wein.

«Manche Leute vertreten die Auffassung, die Wahrheit hänge oft nur vom Blickpunkt des Betrachters ab», erklärte er dann. «Es heißt auch, daß die Wahrheit immer siegt, aber das entspricht wiederum nicht der Wahrheit.»

Worauf wollte dieser Gauner mit den weißen Handschuhen bloß hinaus? Wann würde er endlich das Trumpfas seiner gezinkten Karten ausspielen? Warum verteidigte er diesen verdammten Halbgott so hartnäckig?

Überraschend enthüllte Armando ein erstes Geheimnis aus dem Leben des Richters. «Ihre Mutter wäre auch so gestorben», sagte er ruhig. «Keiner hätte sie mehr retten können. Die Ärzte haben ihre Pflicht getan, glauben Sie mir. Ihr Haß ist unbegründet. Sie verwechseln Rache mit Gerechtigkeit.»

Früher einmal legten die Menschen ihr Geschick und ihre Ängste in die Hände von Priestern und flehten sie um ein Wort des Trostes, um ein Zeichen an. Dann waren die Ärzte mit ihren aseptischen Kathedralen gekommen und hatten den Platz der Priester eingenommen, indem sie Heilung und Unsterblichkeit versprachen. Cesena hatte selbst erlebt, daß diese neuen Priester in ihren Heiligtümern freisprachen oder verurteilten, wie es ihnen gerade gefiel. Er erinnerte sich an den fürchterlichen Todeskampf seiner Mutter, und sein Magen krampfte sich wie unter einer eisernen Hand zusammen. Er war überzeugt, daß die allmächtigen Schamanen, die einen Wirbelsäulentumor nicht erkannt und seine Mutter auf Arthrose behandelt hatten, an ihrem Tod schuld waren.

Das zerknitterte Gesicht des Richters, das von der großen Nase beherrscht wurde, nahm eine gräuliche Farbe an. «Wie ich sehe, wissen Sie alles über mich», zischte er.

«Und über Ihre Liebschaften, Dottore Cesena. Möglich, daß mir das eine oder andere entgeht, aber eigentlich habe ich mich ziemlich eingehend mit dem Thema Ihrer sexuellen Neigungen befaßt.»

«Jetzt sind wir also bei Erpressung angelangt», erwiderte Cesena voller Verachtung.

«Aber nein», meinte Armando freundlich, «wir sind an einer Wende angelangt, die einen Ausweg bietet.»

Der Richter beugte sich nach vorn und stützte sich mit beiden Händen auf die Tischplatte.

«Ich werde bis zum äußersten gehen», warnte er.

«Davon kann ich Sie nicht abhalten», sagte Armando. «Aber gerade weil ich Sie schätze, möchte ich Sie vor einem Fehler bewahren, der Ihre Karriere negativ beeinflussen und Ihrem Ansehen als Richter schaden könnte.»

«Sie verschwenden Ihre Zeit, Herr Minister Zani», erwiderte Cesena und machte Anstalten, aufzustehen.

«Schenken Sie mir nur noch einen Augenblick Ihre Aufmerksamkeit», bat ihn Armando. «Stellen Sie sich vor, jemand wäre bereit zu bezeugen, Sie hätten Diana Browns kleine Schwester in eine Falle gelockt und vergewaltigt. Ein Richter, der einer Fünfzehnjährigen Gewalt antut. Ist das kein gemeines Verbrechen?»

«Das ist eine Verleumdung!» brauste Cesena auf. «Ich hatte ...»

«Einen kompletten Sexualverkehr? Das ist die richtige Definition.»

«Der Sexualverkehr vollzog sich unter Einwilligung der beteiligten Person.»

«Dank der Beihilfe und Vermittlung der großen Schwester, die sich davon Vergünstigungen erhoffte, zu der ihr nur ein Mann in Ihrer Lage und Position verhelfen konnte. Auch diese Version der Dinge würde, wenn sie Ihren Vorgesetzten zu Gehör käme, Ihre berufliche Position nicht gerade stärken. Ich will erst gar nicht die Moral ins Spiel bringen, die hier völlig fehl am Platze wäre. Aber nehmen wir einmal den Fall an, einer Ihrer Kollegen hätte den sicheren Beweis einer erfolgten Vergewaltigung vorliegen. Eine Aussage, die von mindestens zwei vereidigten Zeugen gemacht wurde. Wie würde er sich wohl verhalten?»

«Aber ich weiß mit Sicherheit, daß ich unschuldig bin.»

«Ihr Kollege würde Sie jedoch für schuldig halten. Genau wie

Sie Ermes Corsini, dessen völlige Unschuld sich während des Prozesses herausstellen wird, für schuldig halten. Sparen Sie sich jetzt empörte Worte», sagte Armando und erhob sich, so daß sein Gesicht über das seines Gesprächspartners ragte. «Überlegen Sie lieber, wie Sie Ermes Corsini auf schnellstem Wege aus dem Gefängnis holen. Wenn er nicht sofort freigelassen wird, werden Sie am eigenen Leib erfahren, was es heißt, unschuldig angeklagt zu sein.»

Die wie ein Keil über dem Gesicht vorspringende Stirn des Richters legte sich in zahllose wellige Falten.

In seinen wässrigen Augen waren Trauer und Resignation zu lesen.

«Das wird nicht so einfach sein», sagte er, um Zeit zu gewinnen.

«Ich vermute, daß es auch nicht einfach war, Ermes Corsinis Verhaftung zu veranlassen. Und doch ist es Ihnen gelungen.»

«Ich werde mein Bestes tun», sagte er, am Boden zerstört.

«Daran habe ich keinen Moment gezweifelt», schloß Armando und ließ ihn stehen. Vor der Tür wurde er von seinen Leibwächtern erwartet. Zehn Minuten später teilte er Giulia mit, daß ihr Alptraum wohl bald vorüber sei.

3

Giulia machte sich ganz, ganz klein und schmiegte sich in Ermes' Arme. Er war ihr guter Riese, etwas angeschlagen zwar, aber immer noch in der Lage, ihr das zu geben, was sie brauchte: Hilfe, Schutz, Vertrauen und Sicherheit. In wenigen Tagen hatte er den ganzen Schrecken des Gefängnisses und seiner entwürdigenden Rituale erlebt. Ein paar Spalten in der Zeitung und eine Fernsehreportage von knapp einer Minute hatten genügt, um das Prestige und die Glaubwürdigkeit eines großen Arztes, der nur für Wissenschaft und Forschung lebte, zum Einsturz zu bringen. Solange das Verfahren nicht abgeschlossen war, durfte Ermes seinen Beruf nicht ausüben und war einstweilen aller Ämter enthoben.

«Wie geht es dir?» fragte er und drückte Giulia an sich.

«Und das fragst ausgerechnet du?» erwiderte sie und bedeckte seinen Hals und seine Schulter mit vielen kleinen Küssen. «Sie haben dich wie einen Verbrecher behandelt. Mein armer Schatz.»

«Wenigstens bin ich jetzt wieder draußen. Du glaubst gar nicht, was diese Worte für jemanden bedeuten, der drinnen ist», sagte er mit einem Anflug von Ironie und streichelte ihren nackten Rücken. Giulia überlief ein wohliger Schauer.

Sie hatten es vermieden, sich am Ausgang des Gefängnisses zu treffen, nachdem Ermes aufgrund eines unerwarteten Beschlusses auf freien Fuß gesetzt worden war. Der Untersuchungsrichter hatte die Nachricht diesmal streng geheim gehalten, so daß bei Ermes' Entlassung weder Fotografen noch Journalisten anwesend waren. Jetzt war er frei. Zwar nur provisorisch, doch immerhin frei. Obwohl die verleumderische Anklage weiter an ihm haftete und der Prozeß erst noch bevorstand, gab es inzwischen wenigstens die Möglichkeit, sich zu verteidigen und der Wahrheit auf die Spur zu kommen.

Giulia hatte ihn zu Hause aufgesucht. Ermes war alleine gewesen. Sie hatte sich in seine Arme geflüchtet, und dann hatten sie sich mit jener Hingabe geliebt, die auf Schmerz und Tränen folgt. Erst jetzt, da sie erschöpft, wenn auch nicht besänftigt, dalagen, fanden sie sich auch in ihren Worten wieder.

«Was wirst du machen?» fragte sie besorgt.

«Urlaub. Einen langen, unverdienten Urlaub», scherzte er und bemühte sich, dabei so heiter und entschlossen wie gewöhnlich zu wirken. Er machte den Eindruck, als wären die letzten Ereignisse spurlos an ihm vorübergegangen. «Es ist das erste Mal seit meinem Studium, daß ich frei über meine Zeit verfügen kann. Ich werde deinen Rat in Sachen Tourismus und Geographie benötigen, da ich es bisher nie geschafft habe, über geschlossene Kongreßgelände hinauszukommen. Von den größten Städten der Welt habe ich nicht mehr als ihre Flughäfen und überfüllten Vortragssäle gesehen. Fürchterlich öde, findest du nicht?»

«Es wäre mir lieber, wenn du Ärger, Haß und Wut zeigen würdest. Das täte dir vielleicht gut», meinte Giulia.

«Was sollte das nützen?» entgegnete Ermes. Wie oft wäre er angesichts eines hoffnungslosen pathologischen Befundes am liebsten in Wut ausgebrochen, aber es war ihm stets gelungen, seine Gefühle zu beherrschen. Wut führte seiner Ansicht nach zu nichts, ja, sie machte einen blind für Lösungsmöglichkeiten.

«Aber sie haben dich unschuldig verhaftet.»

«Allerdings.»

«Sie haben dich zu Unrecht angeklagt.»

«Das hängt davon ab, wie man die Sache betrachtet», meinte Ermes.

Giulia richtete sich im Bett auf und starrte ihn ungläubig an.

«Also, jetzt verstehe ich überhaupt nichts mehr», sagte sie kopfschüttelnd.

«Versetz dich doch einmal in die Lage des armen Mannes, der seinen Sohn verloren hat. Da er den lieben Gott nicht anklagen kann, klagt er in seiner Verzweiflung mich an, denn ich bin weder unverwundbar noch allmächtig und außerdem greifbar», sagte Ermes, der sich bemühte, die Sache für seinen Teil nicht allzu tragisch zu nehmen.

«Und was ist mit dem Vorwurf der Unterschlagung?» fragte Giulia weiter.

«Ein schwerwiegender, heimtückischer Vorwurf, der sich jedoch nicht aufrechterhalten läßt, denn er ist frei erfunden. Er stammt von einem Assistenten, den ich in aller Öffentlichkeit beleidigt habe. Er hat sich rächen wollen.»

«Ist es möglich, daß ein Arzt so weit gehen kann?»

«Ein Arzt ist auch bloß ein Mensch», sagte Ermes, stand auf und streifte sich einen Frotteekimono über. Er ließ im Geiste die Kollegen an sich vorüberziehen. Er kannte sie alle in- und auswendig. Da war der Moralist, der Schüchterne, der Pragmatiker, der Oberflächliche, der Gute, der Böse, der Intelligente, der Perverse, der Zyniker, der Gleichgültige. Leider gab es keine menschliche Tätigkeit, die frei von Ambitionen, Liebe, Haß, Groll und Rache war.

«Wohin gehst du?» fragte Giulia, als sie sah, daß Ermes das Zimmer verlassen wollte. «Läßt du mich alleine?»

«Ich bin hungrig. Willst du mich auf meiner Expedition begleiten, oder möchtest du lieber, daß der große Jäger mit seiner Beute zu dir kommt?»

Ersilia, die Haushälterin, hatte sich in kluger Voraussicht zurückgezogen und ihnen das Feld überlassen. Nach einem Ausflug in die Küche ließen sie sich auf dem Sofa im Wohnzimmer nieder, aßen Obst und unterhielten sich, wobei sie dem zentralen Problem, das sie beängstigte, immer näher kamen. Als sie am wunden Punkt angelangt waren und Worte nichts mehr nützten, berührte Ermes zärtlich ihre Brust.

Giulia entzog sich ihm mit einer brüsken Bewegung. Seit dem Tag ihrer Operation wollte sie sich nicht mehr anfassen lassen. Es war ihr plötzlich klar geworden, daß die Brust nicht nur ein besonders gefährdeter Teil ihres Körpers war. Sie hatte auch in psychologischer Hinsicht eine große Bedeutung. Ihre erste Funktion erfüllte sie, in den Dienst der Fortpflanzung gestellt, während der Stillzeit. Danach bekam sie weitere, symbolische Funktionen, die um so wichtiger wurden, je weiter die physiologischen in den Hintergrund traten.

Jetzt, da sie Angst hatte, ihre Brust zu verlieren – und in gewissem Sinne kam es ihr vor, als habe sie sie bereits verloren –, wurde ihr klar, daß ihre Brust auch in der Beziehung zu Ermes eine große Rolle spielte, und zwar nicht nur, was ihre erotische Funktion innerhalb des Liebesspiels oder bei direkter Stimulierung betraf. Sie war einfach ein Bestandteil ihres Körpers, ohne den sie sich nicht als Frau fühlte.

Anfänglich hatte sie Ermes erlaubt, die Operationswunde zu behandeln, aber nachdem diese verheilt war, hatte sie sich nicht mehr von ihm anfassen lassen. Nur auf der Krankenbahre war es ihm möglich gewesen, sie zu untersuchen. Giulia hatte zwischen ihrer verletzten Brust und dem Rest der Welt eine Mauer errichtet, indem sie jeden spontanen und natürlichen Kontakt, selbst mit Ermes, zu unterbinden suchte. Wahrscheinlich hätte die Lage besser ausgesehen, wenn die Sache mit dem chirurgischen Eingriff abgeschlossen gewesen wäre, aber die bevorstehende Bestrahlungstherapie zwang sie zu einer langen Auseinandersetzung mit ihrer Krankheit und dem körperlichen Handikap, das diese mit sich brachte. Und doch hatte sie manchmal das Gefühl, als berge die Verzweiflung auch die Hoffnung in sich, als träten mit der Depression auch positive Aspekte zutage. So genoß sie ihr Leben jetzt viel intensiver und konnte sich über die unbedeutendsten Alltagsereignisse freuen. Sie fühlte sich wie auf einer Fahrt mit der Achterbahn, wie das Opfer eines Mechanismus, der sie mühsam in die Höhe zog, um sie gleich darauf in schwindelerregende Tiefen zu stürzen: ein Auf und Ab, das ihr den Atem verschlug und ihr Gleichgewicht bedrohte. So suchte sie

Halt an ihren eigenen und an Ermes inneren Ressourcen. Als Paar waren sie jetzt, wo sie einen gemeinsamen Feind zu bekämpfen hatten, sogar noch enger verbunden.

Ihre Brust war wie alle Dinge im Leben in dem Moment wichtig geworden, in dem Gefahr drohte, sie zu verlieren. Im Lauf der Jahre und mit zunehmender Erfahrung hatte ihre Brust immer mehr Bedeutungen angenommen. Zunächst war sie nicht mehr als ein Körperteil gewesen, das in Verbindung zur Sexualität, zur Erotik, zu Partnerbeziehungen stand, ein Körperteil, um den Giulia die anderen Mädchen beneidete und den sie sich sehnlichst herbeiwünschte. Als Kind hatte sie Isabellas großen, festen Busen angeschaut und dann mit ihren eigenen Brüstchen verglichen, die sich gerade erst abzuzeichnen begannen und überhaupt noch nicht attraktiv waren. «Du wirst dich wohl damit abfinden müssen, meine Liebe», hatte ihre Schwester mitleidig gemeint, wobei sie ihre eigenen schweren Brüste in die Hand nahm und Giulia mit einem herausfordernden Lächeln anblickte. «Du bist eben ausgetrocknet, arme Giulia. Sicher, ein schöner Busen ist das ein und alles für eine Frau. Stell dir mal vor, wie ein Kleid an mir aussieht. An dir dünner Bohnenstange würde überhaupt keines sitzen.»

Giulia glaubte den Grund für diesen körperlichen Mangel zu kennen. Es war ihre Schuld. Sie ging immer gekrümmt und machte einen Buckel, statt mit vorgeschobener Brust frei und ungehemmt einherzuschreiten, wie es ihr Zaira vorgemacht hatte. Zaira, deren Busen nach Butter und Zucker schmeckte, Zaira, die nach Salbei, nach frisch geschnittenem Gras und Moschus roch, Zaira mit der samtenen Haut, Zaira, die zärtlich an ihren kleinen Brustwarzen saugte.

«Du sollst sehen, was für schöne Titten du kriegst, wenn ich ein bißchen daran sauge», sagte sie mit ihrer trägen, etwas heiseren Stimme, die jetzt leidenschaftlich und sinnlich klang.

Giulia hatte nicht einmal mehr die Kraft zu atmen, so verwirrt war sie über das, was Zaira mit ihr machte. Heiß wallte ihr das Blut in den Adern und ließ ihr das Herz bis zum Hals schlagen. Es war ein unaussprechlicher Genuß. Sie schloß die Augen und sah ein Feuerwerk von Farben explodieren, als Zairas Mund endlich so leicht wie ein Schmetterlingsflügel ihren Bauch streifte und ihre erfahrenen Finger sich in den Bereich jenseits der Schamhaare vortasteten. Jetzt war jede Kraft von Giulia gewichen.

«Gefällt es dir so?» fragte das Mädchen. «Gib zu, daß es schön ist», fügte sie hinzu.

Giulia nickte. Ihre Wangen glühten, ihr Herz schlug wild, aber sie hielt weiter die Augen geschlossen, um noch ein wenig die Farben zu genießen, die sich wie Sternschnuppen allmählich im Dunkel verloren. Sie starben weit weg, auf dem Meer, die herrlichen Rosen des Großvaters, doch ohne weder Sehnsucht noch Trauer zu hinterlassen, so wie ein Verlangen stirbt, nachdem es gestillt ist.

«Du kriegst wunderschöne Titten, du wirst schon sehen», versprach Zaira. «Aber denk daran: die Brust immer raus», ermahnte sie Giulia. «Jetzt bist du noch ein Mädchen, aber wenn du einmal achtzehn bist wie ich, wirst du ein richtiges Appetithäppchen sein», flüsterte sie Giulia mit ihrer trägen, etwas heiseren Stimme zu und öffnete ihren geblümten Morgenmantel.

Sie lagen auf Zairas Bett, das zwischen der Wand und dem Ofen stand. Das unablässige Zirpen der Zikaden drang mit dem Rauschen des heißen Spätsommerwindes durch die halbgeöffneten Fensterläden. Außer ihrem Atem und Zairas Stimme, die so sinnlich war wie ihre große Brust und ihr nach Salbei und Moschus riechender Schoß, war kein Laut zu vernehmen.

«Glaubst du, du kannst dasselbe bei mir machen, was ich bei dir gemacht habe?» fragte das Mädchen.

«Das hast du nicht nötig. Dein Busen ist doch schon groß», sagte Giulia zögernd. Der Gedanke, nun ihrerseits die Initiative ergreifen zu müssen, erschreckte sie.

«Aber so bleibt er schön. Wußtest du das nicht? Es ist wirklich schlimm mit dir, Giulia. Du hast von nichts eine Ahnung. Denk immer dran: von den Küssen der Frauen bekommt man schöne Titten, die der Männer machen sie runzlig. Laß dich nie von den Männern anfassen. Die verstehen uns nicht. Hast du kapiert?»

Giulia nickte und begann ungeschickt und lustlos an Zairas Brustwarzen herumzumachen.

«Du stellst dich wirklich fürchterlich an, Kleines», sagte Zaira ärgerlich. Mit einem Ruck stand sie vom Bett auf und machte den Gürtel um ihren Morgenmantel wieder zu.

«Und jetzt steh auf», befahl sie dann. «Gleich kommt meine Mutter nach Hause. Die andern dürfen nichts von unseren Spielen erfahren. Sie müssen ein Geheimnis zwischen uns beiden bleiben. Vergiß das nie.»

Zaira sprach mit ihr, als wäre sie blöd. Dabei war sie aufgeweckt und voller Neugierde. Für Zaira selbst interessierte Giulia sich überhaupt nicht, dafür um so mehr für die Spiele, die das Mädchen für sie erfand. Sie sündigte, ohne die Sünde zu kennen. Erst lange Zeit später, während der Schwangerschaft und dann nach Ausbruch ihrer Krankheit, plagten sie fürchterliche Schuldgefühle, denen sie unheilbringende Wirkung zuschrieb, auch was die Verbreitung anormaler Zellen betraf.

Etliche Jahre später sollte sie einen sehr üppigen Busen bekommen, aber nur für kurze Zeit, nach der Geburt von Giorgio, der sich verbissen an ihre Brustwarzen hängte und sie vor Schmerzen zum Weinen brachte. Als der Kleine abgestillt war, entzündete sich ihre Brust. Sie wurde hart wie Stein und tat ihr schrecklich weh. So wurde ihr Busen, der seine erotische Funktion in ihrem Liebesleben eingebüßt hatte, zu einem Quell des Schmerzes und der Angst, bevor sich die Situation wieder normalisierte. Aber es mußten Monate vergehen, bevor Leo, ihr Mann, sie wieder liebkosen durfte. Jetzt ging es ihr genauso.

Sie schaute Ermes an, der den Kopf schüttelte.

«Ich rede mit dir, aber du hörst gar nicht zu», warf er ihr in sanftem Ton vor.

«Ich höre dir sehr wohl zu», protestierte sie.

«Dann laß mich mal sehen», sagte er.

«Was?»

«Siehst du, daß ich recht hatte? Ich rede, und du hörst mir nicht zu. Ich muß deine Brust untersuchen.»

«Nein», sagte sie, zog abwehrend ihre Knie an die Brust und

verharrte in dieser Haltung auf dem Sofa. «Ein anderes Mal.»

«Das Problem ignorieren heißt, vor ihm davonzulaufen.»

«Aber wenn ich doch nichts mehr habe.» Sie suchte verzweifelt nach einer Rechtfertigung.

«Ein Grund mehr, mich ein bißchen tasten zu lassen», hielt er ihr vor. Seine Stimme klang so sanft, als spräche er mit einem kleinen, unvernünftigen Kind.

«Was für ein Tasten meinst du?» fragte Giulia mißtrauisch.

«Ein erotisch-professionelles», garantierte er ihr und gab sich Mühe, sie zu überzeugen.

Giulia ließ ihn schließlich gewähren, war aber immer noch ein bißchen angespannt. Ermes prüfte die Narben, untersuchte mit den Fingerkuppen das tiefer gelegene Gewebe und ging den Lymphsträngen in ihrer Achselhöhle nach. Er schien zufrieden.

«Wie sieht es aus?» fragte sie besorgt.

«Wie ich dir gesagt habe. Ausgezeichnet. Weißt du, daß sie dich morgen in der Klinik erwarten, um das Programm für die Bestrahlung zu machen?»

«Ich bin wieder krank, stimmt's?» Sie sank in sich zusammen wie eine Marionette, deren Fäden man losgelassen hat.

«Wenn du das wärst, würde ich mit dem Kopf gegen die Wand rennen», brauste er auf. Er war aufrichtig zu ihr. «Das ist nur eine zusätzliche Garantie. Eine Prozedur, die protokollarisch vorgeschrieben ist, um ein für allemal auszuschließen, daß sich die Sache wiederholt.»

«Können wir nicht ein bißchen damit warten?» schlug Giulia vor. «Ich möchte, daß du zuerst aus diesem Schlamassel herauskommst», sagte sie, um Zeit zu gewinnen.

«Tu so, als wäre ich bereits draußen, und tu, was ich dir sage.» Jetzt war er wieder der unfehlbare Arzt, der Halbgott, der sie in seine Obhut nahm, und Giulia fühlte sich plötzlich so wohl wie eine Katze, die sich in der Sonne räkelt und den Moment genießt, ohne der Vergangenheit nachzutrauern, ohne Angst vor der Zukunft und vor dem Tod, der ihr unsicheres Leben überschattet. In diesem Moment kam ein Anruf von Elena Dionisi. Sie war vor Begeisterung kaum zu bremsen.

«Amilcare Cesena ist zurückgetreten», verkündete sie. «Ermes, ich glaube wirklich, daß uns ein Schutzengel hilft.»

Dieser Schutzengel hieß Armando Zani. Aber das wußten Elena Dionisi und Ermes nicht. Nur Giulia wußte es.

4

Von einer Dampfwolke umgeben entstieg Marta der rosaroten Wanne des großen Badezimmers ihrer Suite im Palace Hotel von Sankt Moritz. Sie griff nach dem Kamm und dem Scherchen, die auf der Glasplatte über dem Waschbecken lagen, und begann, sich die Schamhaare zu kämmen und zurechtzustutzen. Dann schlüpfte sie in einen weichen Bademantel, steckte den Fön ein und richtete den Heißluftstrom auf das perfekte kleine Dreieck, wobei sie den blonden Flaum unablässig kämmte, um ihn duftig und bauschig zu machen. Sie dachte an den jungen Reporter, der Jagd machte nach Sensationsmeldungen aus der High Society. Sie hatte ernstlich vor, ihn abzuschleppen. Er gefiel ihr, denn er war jung und stark. Außerdem konnte er ihr noch einmal nützlich werden.

Sie zog den Bademantel aus und rieb sich den ganzen Körper mit *First* Creme ein, wobei sie Knöchel, Knie und Ellbogen besonders sorgfältig massierte. Als sie damit fertig war, betrachtete sie sich im Spiegel. Sie war perfekt, ohne eine Spur von Fett oder den geringsten Ansatz zu Zellulitis. Nur ihr Bauch hatte seine Elastizität verloren, und selbst die Gymnastik zur Stärkung der Muskulatur konnte den Schaden, den die Jahre angerichtet hatten, nicht mehr gutmachen. In wenigen Tagen feierte sie ihren achtundvierzigsten Geburtstag. Sie mußte sich dringend wieder beim Schönheitschirugen anmelden, um ihren Bauch etwas herrichten zu lassen.

Marta war Perfektionistin und ließ nicht zu, daß Situationen eintraten, die sich womöglich unabhängig von ihren präzisen Vorstellungen entwickelten. Wenn diese Gefahr drohte, machte Marta sich sofort daran, sie mit allen ihr zur Verfügung stehenden Mitteln abzuwenden. So hatte sie es mit Teolinda gemacht, die naiv genug gewesen war, sich schwängern zu lassen, und nicht anders wollte sie mit Ermes verfahren, der die Frechheit besessen hatte, den Bund der Ehe aufzulösen, nur weil er sie bei einem Striptease überrascht hatte. Dabei hatte sie so viel für ihn und für seine Karriere getan. Ihr mächtiger Vater hatte jedes Hindernis beseitigt, das sich ihm auf dem Weg von seiner miserablen Ausgangsposition bis zu den Höhen des Erfolgs in den Weg stellte. Sie schlüpfte in ein schwarzes Kreppkleid, das ihren perfekten Busen, die schlanke Taille und ihre goldfarbenen Locken vorteilhaft zur Geltung brachte. Dann legte sie zwei diamantenbesetzte Armbänder und Diamantohrringe an. Aus dem Spiegel blickte ihr eine schöne, elegante Frau mit einem bezaubernden Lächeln entgegen. Marta war zufrieden. Sie lief in den Salon hinüber, der ihr Schlafzimmer von dem Gianni Macchis trennte, um noch ein paar Telefonate zu führen, bevor sie zum Abendessen hinunterging. Nach dem Essen wollte sie diesen jungen, in allen Dingen so unentschlossenen Arzt abservieren. Das war ein Mann ohne Zukunft und ohne Rückgrat, ein unbequemer, störender Mensch, ein Komplize, den sie jetzt nicht mehr brauchte.

Sie rief ihren Vater an, der auf Urlaub in Kenia war. Natürlich hütete sie sich davor, ihm zu berichten, was Ermes passiert war. Sie wollte ihm ihre Version von der Geschichte erzählen, wenn er zurückkam, und es so einrichten, daß der alte Lehrstuhlinhaber nicht in den Skandal verwickelt würde. Sie erwartete ihn erst in einem Monat zurück und hoffte, daß er in der Zwischenzeit keine italienische Zeitung in die Hand bekam.

Dann war die Privatklinik Villa Azzurra in Locarno an der Reihe.

«Ich bin Signora Montini», sagte sie zu der Telefonistin. «Verbinden Sie mich mit meiner Tochter.»

Sie spürte gleich, daß etwas nicht in Ordnung war, als die Frau ihr nicht wie gewöhnlich mit «Sofort, Signora» antwortete, sondern «Einen Moment, bitte» sagte.

Als sie die Stimme eines Mannes hörte, zuckte sie leicht zusammen.

«Hier spricht Corrado Mambretti, der Direktor. Ich bin außer mir, Signora Montini. Ihre Tochter ...»

«Ist abgehauen», sagte Marta und beendete den Satz für ihn.

«Dann wissen Sie also ...»

«Ich habe es dem Ton Ihrer Stimme entnommen», erwiderte sie schroff. «Haben Sie eine Ahnung, wohin sie gegangen ist?» fragte sie.

«Nein, Signora Montini. Ich bin völlig außer mir», beeilte er sich noch einmal zu beteuern.

«Wann ist sie verschwunden?»

«Am Nachmittag. Die Krankenschwester hat ihr ein Beruhigungsmittel gegeben, mit dem sie bis zum Abendessen hätte schlafen sollen. Glauben Sie mir ...»

«Sie sind außer sich, ich weiß. Aber diese Geschichte wird ein Nachspiel haben, seien Sie sich darüber im klaren», sagte Marta mit drohender Stimme und hängte ohne einen Gruß ein.

Vielleicht konnte ihr dieser Nichtsnutz Gianni Macchi doch noch einen letzten Dienst erweisen, bevor er für immer aus ihrem Leben verschwand. Die Verbindungstür war abgeschlossen. Sie klopfte, erhielt aber keine Antwort. Wahrscheinlich hockte er immer noch in der Bar und ließ sich vollaufen. Sie entschloß sich, hinunterzugehen, und verwünschte im stillen Macchi, aber auch Teolinda, diese Schlange von einer Tochter, und Ermes, den gemeinen Schuft. Teolinda ist genau wie ihr Vater, dachte sie. Immer bereit, noch einmal zuzubeißen, auch wenn man glaubte, sie erledigt zu haben. Das bezaubernde Lächeln war von ihrem Gesicht verschwunden, die Lippen waren zu einem dünnen Strich zusammengeschrumpft, und ein wütendes Zucken ihrer Mundwinkel verriet ihr Bedürfnis nach Rache. Vor einem Spiegel in der Empfangshalle blieb sie stehen und setzte ein liebenswürdiges, verträumtes Gesicht auf. Normalerweise konnte sie es besser, aber auch diese Blitzkorrektur war nicht schlecht. Es gelang ihr vor allem, bestimmte Falten zu glätten, die das ganze aufwendige Lifting zunichte machten, wenn sie zornig war.

Gianni Macchi war weder in der Bar noch im Restaurant. Er war aber auch nicht ausgegangen, denn sein Schlüssel lag nicht im Fach.

«Soll ich ihn suchen lassen?» bot der Portier, dem Marta immer sehr großzügige Trinkgelder zusteckte, dienstfertig an.

«Nein, lassen Sie nur», erwiderte sie und zwängte sich gerade noch in den Aufzug, dessen Türen sich bereits schlossen.

Dieser Idiot ist womöglich eingeschlafen, dachte sie wütend.

Wenn sie ein Problem hatte, war es keinem gestattet, sich zurückzuziehen. Alle mußten zur Stelle sein, um es so zu lösen, wie sie es für richtig hielt.

Sie fuhr in ihr Stockwerk hinauf und klopfte an die Tür, die auf den Korridor ging. Keine Antwort. Sie drückte die Klinke herunter, und die Tür öffnete sich. Gianni Macchi saß in einem Sessel vor dem Fenster, genau neben dem Bett, und blickte ihr mit starrem Lächeln entgegen.

«Du bist ja stockbesoffen», sagte sie eisig. «Aber das macht dich weder stärker noch männlicher.» Sie hob ein Whiskyglas auf, das auf den Teppichboden gerollt war, und stellte es neben eine halbleere Flasche auf den Couchtisch. «Was findest du eigentlich so lustig?» fuhr sie ihn an. Sein unbewegtes, spöttisches Lächeln trieb sie zur Weißglut. Zornig ging sie auf ihn los, um ihm eine Ohrfeige zu verpassen, aber als sie ihn aus der Nähe sah, schlug sie sich die Hand vor den Mund, um einen Schrei zu unterdrücken. Lähmendes Entsetzen befiel sie angesichts der makabren Starre seines leblosen Blicks.

In nur wenigen Sekunden hatte sie die nötige Kaltblütigkeit zurückerlangt.

Außer dem Telefon berührte sie nichts in dem Zimmer.

«Rufen Sie sofort einen Arzt», sagte sie zum Portier. «Dottore Macchi fühlt sich nicht wohl.»

Der Hotelarzt stellte nur noch seinen Tod fest. Marta sah den

Notizblock neben dem Telefon, auf den Gianni eine Nachricht gekritzelt hatte: «Ich möchte als Mann sterben, denn ich habe als Schuft gelebt. Ich bitte alle um Verzeihung und besonders Ermes Corsini.»

Marta riß das Blatt ab und konnte es gerade noch rechtzeitig zerknüllen und in der Hand verstecken, bevor eine Gruppe von Menschen das Zimmer betrat. Unter ihnen befand sich auch der Sensationsreporter. Heute abend würde er zum ersten Mal über einen Selbstmord berichten.

5

Giulia stand auf der Aussichtsterrasse und schaute zu, wie das Flugzeug mit der Leichtigkeit einer Riesenlibelle dahinschwebte, um dann auf der Landebahn auszurollen und zur Abfertigungszone einzubiegen. Als sich die Türen öffneten, begann sie vor Aufregung zu zittern. Mit angestrengten Augen versuchte sie, ihren Sohn in der Menge von Passagieren zu entdecken, aber ihre fast schon panische Erregung hinderte sie lange daran, ihn unter all den Menschen herauszufinden. Endlich sah sie einen dichten, blonden Haarschopf, einen blauen Anorak, einen Nylonrucksack und glaubte, schon auf diese Entfernung Giorgios weiche Gesichtszüge erkennen zu können. Ihr Herz begann vor Freude zu hüpfen, und sie mußte an den Großvater denken: «Es gibt doch keinen Grund zu weinen, wenn Menschen da sind, die dich lieben», hatte er gesagt, wenn ihr Tränen in die Augen traten. Jetzt, nachdem auch Giorgio nach Hause zurückgekehrt war, sah sie wieder eine Zukunft.

In der Ankunftshalle konnten sie sich endlich umarmen, und Giulia fiel auf, daß Giorgio in den wenigen Tagen wieder ein Stück gewachsen war. Mit seinen vierzehn Jahren überragte er sie mittlerweile um Haupteslänge.

«Du hast ja ganz schön zugeschlagen mit Mars-Riegeln, Ketchup und Coca-Cola», sagte sie zum Empfang.

«Was für ein netter Willkommensgruß», erwiderte er mit gesenktem Kopf.

«Habe ich etwa nicht recht?»

«Doch, du hast ins Schwarze getroffen», gab er zu. «Aber wie hast du das bloß gemerkt?» fragte er mit einem resignierten Lächeln. Er konnte ihr auch wirklich gar nichts verheimlichen, und das machte ihn rasend.

«Das lese ich dir am Gesicht ab. Diese ganzen Pickel sind nicht nur Pubertätsakne.»

«Ab morgen halte ich Diät. Versprochen», schwor der Junge feierlich und legte die Hand auf sein Herz. Er vertagte seine guten Vorsätze immer auf morgen.

Während der Fahrt über die Autobahn von Malpensa nach Mailand lieferte Giorgio einen spannenden Bericht über alles, was er während seiner kurzen Weihnachtsferien erlebt hatte: von dem stürmischen Meer, das gegen die Küsten von Wales anbrandete, von boshaften, kleinen Gören, die ihn mit ihrer aufdringlichen Frage *Are you virgin?* so durcheinander brachten, daß er rot wurde. Ja, er war noch Jungfrau, aber er sprach nicht gerne darüber. Giulia erfuhr von einem strategischen Rückzug vor einer Bande gefährlicher Punks und von einer ruhmvollen Niederlage im Darts-Werfen. Mister Mattu hatte ihn natürlich geschlagen. Sie ergötzte sich an seiner kindlich lustigen Beschreibung des Neujahrsfestes und bekam bis ins kleinste Detail erklärt, wie man Curryhähnchen zubereitete.

«Und wie hast du die Feiertage verbracht?» fragte Giorgio dann. Sie hatten gerade die Mautstelle passiert und fuhren in Richtung Corso Sempione.

«Ich?» erwiderte sie, um Zeit zu gewinnen, als habe er sie nach der Entfernung zwischen der Erde und dem Andromedanebel gefragt. Während seiner Erzählung war Giulia wie auf Wolken geschwebt, aber seine Frage hatte sie auf den harten Boden der Wirklichkeit zurückgeholt.

«Ich habe es übrigens bereut, dich alleine gelassen zu haben», gestand Giorgio ihr und streichelte ihren Arm.

«Wirklich?» sagte sie und unterdrückte ein Schluchzen.

«Stimmt etwas nicht?» fragte Giorgio besorgt. Das gespannte Gesicht seiner Mutter drückte innere Unruhe aus.

Aber wie hätte sie ihm von dem großen Feind erzählen können, der sich in ihr eingenistet hatte, von der gerade vereinbarten Bestrahlungstherapie, von Ermes' Verhaftung und dem Berufsverbot, das man aufgrund der Unterschlagungsanklage über ihn verhängt hatte? Giulia fühlte sich außerstande, Giorgio eine so komplexe Situation zu erklären, die er vielleicht noch gar nicht verstehen konnte.

«Hast du keine andere Frage auf Lager?» fragte sie statt einer Antwort zurück.

«Mama, ich bin kein Kind mehr. Wenn etwas mit dir los ist, habe ich das Recht, es zu erfahren», protestierte Giorgio mit solchem Nachdruck, daß Giulia ihn überrascht anblickte.

«Die Katze ist ausgerissen», verkündete sie. Das war immerhin auch ein Unglück, eine schlechte Nachricht, mit der sie testen konnte, wie sensibel der Junge war.

«Warum hast du sie davonlaufen lassen?» fuhr er sie an. In bestimmten Momenten ähnelte Girogio seinem Vater sehr: auch Leo hatte sie immer gleich angegriffen, ohne eine Erklärung abzuwarten.

«Ich habe sie nicht davonlaufen lassen», gab sie wütend zurück. «Sie ist selbst ausgerissen. Sie ist aus dem Fenster im Erdgeschoß gesprungen.»

«Und wie ist es ausgegangen?»

«Schlecht.»

«Wie schlecht?» fragte er mit düsterem Gesicht.

«Sehr schlecht. Sie wurde von einem Auto überfahren. Ambra und ich konnten nur noch ihren toten Körper auflesen», fuhr Giulia leise fort.

«Oh, nein!» schrie der Junge und hämmerte mit den Fäusten auf das Armaturenbrett ein.

«Hör auf damit, Giorgio», mahnte sie ihn. «Auch ich habe sehr an ihr gehangen und war traurig. Aber es gibt nun mal unabänderliche Dinge, mit denen man sich abfinden muß. Mit deinen hysterischen Anfällen machst du sie auch nicht wieder lebendig. Wir sind alle sterblich. Auch deine Mutter ist es.»

«Aber jetzt ist die Katze tot. Und du lebst», sagte Giorgio fast vorwurfsvoll. Seine Bemerkung war von unerbittlicher Logik. Giulia beschloß, das Thema zu beenden und keine weiteren Überlegungen anzustellen, die sie doch nur wieder in den Teufelskreis der Depressionen und Gefühlsschwankungen getrieben hätten.

Kurze Zeit später saßen alle drei – Giulia, Giorgio und Ambra – um den Küchentisch und starrten auf eine große Suppenschüssel voll Risotto Milanese. Der gelbe Reis war mit Butter und Parmesankäse angerichtet, wie Giorgio ihn so gern mochte, und duftete herrlich. Aber keiner wollte essen.

«Dann wärmen wir es eben heute abend in der Pfanne auf», meinte Ambra. Ihr gesunder Menschenverstand sagte ihr, daß der Junge schon bald wieder den besten Appetit haben würde.

Giorgio beschloß, das Grab der Katze aufzusuchen. Es befand sich im Garten, dort wo im Frühling der Krokus blühte und mit seinem gelbgeäderten Blau das Blumenbeet überzog. Der Junge verzog das Gesicht, um nicht zu weinen, dann brach er in ein befreiendes Schluchzen aus. Zehn Minuten später schlich er bereits gierig um die Risottoschüssel herum.

Nachdem Ambra gegangen war, rief Giorgio zuerst bei seinem Vater und danach bei den Mattus an, um ihnen zu sagen, daß er gut zu Hause angekommen war. Dann umarmte er Giulia, wie er es als Kind gemacht hatte.

«Verzeih mir», flüsterte er ihr ins Ohr.

«Warum denn?» sagte sie lächelnd. Giorgios spontane Zärtlichkeit machte sie glücklich.

«Ich weiß, das mit der Katze ist nicht deine Schuld. Warst du deshalb so ernst?» fragte er.

«Auch deshalb.»

«Und weshalb noch?»

Irgend etwas mußte sie ihm nun sagen, und so entschloß sie sich für Ermes' Geschichte, die einfacher zu erklären und zu verstehen war.

«Gegen Ermes läuft ein Prozeß», sagte sie geradeheraus.

«Warum?» fragte er entrüstet. Seine Augen funkelten vor Wut.

«Es wird behauptet, er habe einem armen Mann Geld abgeknöpft. Er ist angeklagt, dem kranken Sohn dieses Mannes nicht die Sorgfalt gewidmet zu haben, die er brauchte. Der Junge ist gestorben.»

«Das ist natürlich alles erstunken und erlogen», sagte Giorgio voller Überzeugung.

«Die Anklage ist völlig unbegründet.»

«Ist er im Gefängnis?»

«Er war ein paar Tage drin. Aber das ist nicht das Problem. Man hat ihn all seiner Ämter enthoben und... Oh, Liebling...» Giulia flüchtete sich hilfesuchend in die Arme ihres Sohnes, wie sie es als Kind bei ihrer Mutter getan hatte.

«Es wird alles gutgehen, Mama. Ermes ist hart im Nehmen. Ermes ist *first quality*», tröstete er sie und streichelte das dichte Haar seiner Mutter, die sich bei seinen Worten beruhigt hatte. «Du wirst sehen, daß er glänzend aus dieser Sache herauskommt.»

«Das hoffe ich. Er ist hart im Nehmen, wie du sagst, aber ein Berufsverbot würde ihn umbringen. Ohne seine Arbeit ist er wie ein Fisch ohne Wasser.»

«Du liebst ihn sehr, stimmt's?»

«Ja, ich habe ihn sehr gerne.»

«So gerne wie mich?» fragte er mißtrauisch.

«Das sind zwei verschiedene Arten von Liebe.»

«Paß auf, daß ich nicht eifersüchtig werde», sagte Giorgio halb im Scherz und halb im Ernst.

«Dazu hast du nicht den geringsten Grund», sagte sie zärtlich.

«Außerdem kennen wir beide uns ja schon seit vierzehn Jahren», gab er fröhlich zurück. «Ermes ist erst eine junge Liebe.»

«Oh, nein», widersprach sie ihm. «In diesem Punkt irrst du dich. Ich war fünfzehn, als ich ihn zum ersten Mal getroffen habe.»

«Das hast du mir aber nie erzählt», brummte Giorgio schmerzlich berührt.

«Dann könnte ich es ja jetzt tun, wenn du willst», lockte sie ihn.

«Wirklich?» freute er sich und kuschelte sich neben sie auf das Sofa, wie er es als Kind in freudiger Erwartung einer langen Geschichte aus Giulias unerschöpflichem Schatz an Erzählungen gemacht hatte.

Gestern
1960

1

Giulias starke Erkältung hatte als Entschuldigung ausgereicht, um nicht zur Messe gehen zu müssen, die sie trotz allen guten Zuredens fürchterlich langweilig fand. Sonntag war der Tag der Kopfschmerzen, der rituellen Formalitäten, der Moralpredigten, des Familienausflugs der de Blascos, der Begrüßungen auf dem Kirchplatz, der neuesten Klatschgeschichten, die in und vor der Kirche hinter vorgehaltener Hand weitergegeben wurden. Nach der Messe kehrte man kurz in eine Bar ein. Der Professor trank seinen unvermeidlichen Camparino, Benny und Isabella stand ein Aperol zu, und sie, Giulia, durfte eine Limonade trinken. Carmen verfolgte unbeteiligt das öde Zeremoniell, das stets damit endete, daß Vittorio als Familienoberhaupt einen Pappteller mit fünf Schillerlocken als Nachtisch zum Mitnehmen bestellte. Giulia zog dieser öden Prozedur bei weitem ihre schwere Erkältung vor, die sie sich wahrscheinlich bei dem plötzlichen Wettersturz zugezogen hatte. Die Temperaturen waren auf herbstliche Werte gesunken, obwohl gerade erst der Juni begonnen hatte. Aber das konnte der kalte Wind, der mit wolkenbruchartigen Regenfällen einherging, natürlich nicht wissen.

Giulia hatte eine rote Nase, tränende Augen und mußte laufend niesen. Dafür hatte sie wenigstens zwei Stunden lang ihre Ruhe und war die uneingeschränkte Herrin über das stille Haus.

Sie schob ihre Hand zwischen Rost und Matratze und zog ein

Buch hervor, das sie am Abend zuvor dort versteckt hatte, einen verbotenen Roman von Henry Miller, *Wendekreis des Krebses*. Eine Freundin hatte ihr das Buch ausgeliehen, das sie nun heimlich verschlang. Für die Schule hatte Giulia nicht viel übrig, aber sie war eine ausgesprochene Leseratte. Als Kind hatte sie, vom Großvater unterstützt und gegen das Verbot ihrer Eltern, damit begonnen, Salgari, Verne, Raphael Sabatini und Jack London zu lesen. Um der geradezu liturgischen Eintönigkeit des Familienlebens zu entrinnen, steigerte sie sich in die Abenteuer des «roten Freibeuters» hinein und stellte sich vor, ein Edelfräulein zu sein, das von den Piraten der Karibik entführt wurde. Oder aber sie schloß sich einer Gruppe von Forschern an, die auf der Suche nach dem Schatz des König Salomon waren, und speiste an einem Tisch mit Kapitän Nemo an Bord seiner *Nautilus*. Dann hatte sie begierig alle Bücher verschlungen, die sie zu Hause fand: die großen Franzosen, die großen Russen. Vor einem Jahr hatte sie die Amerikaner entdeckt. Jetzt brachte Henry Miller sie zum Staunen und Erröten.

Giulia legte sich einen Wollschal um die Schultern und schlug das Buch dort auf, wo sie am Abend zuvor stehengeblieben war. Sie war gerade an einer besonders heiklen Stelle angelangt, als sie plötzlich von einem Geräusch gestört wurde. Es kam aus dem Garten. Blitzschnell schlug sie das Buch zu und versteckte es unterm Kissen. Sie war nicht alleine. Dem ersten Schlag folgten weitere, diesmal entschlossener und kräftiger. Sie kletterte aus ihrem warmen Bett, ging zum Fenster und schob die Gardinen zurück. Im Garten sah sie einen jungen Mann, der gerade dabei war, mit einer schweren Axt die kranke und zum Absterben verurteilte Pinie zu fällen. Der Professor hatte den schmerzlichen Entschluß gefaßt, und nun wurde sein Urteil vollstreckt. Einen Augenblick lang fühlte sich Giulia als Lady Chatterly, aber dann überwog ihr gesunder Realismus, und sie fragte sich, wer dieser Verrückte war, der trotz der Kälte mit nacktem Oberkörper dastand und den armen Baum bearbeitete. Er wirkte wie ein degenschwingender Ritter aus alten Zeiten.

Als sich der junge Mann umdrehte, erkannte sie ihn. Es war

Ermes, der Sohn einer Hausgehilfin, die Carmen dann und wann ein paar Stunden zur Hand ging, seit sich die finanzielle Lage der Familie de Blasco etwas gebessert hatte. Der Junge hatte eine hervorragende Figur. Ihre Kunstgeschichtslehrerin hätte ihn seiner harmonisch-sanften Männlichkeit wegen sicher mit dem Apollon von Praxiteles verglichen.

Die Erkältung trieb ihr Tränen in die Augen, hinderte sie aber nicht daran, Betrachtungen ästhetischer Natur anzustellen. Ein Schauer überlief sie beim Anblick dieses seltsamen Menschen, der mit nacktem Oberkörper über die arme, kranke Pinie herfiel. Sie seufzte und beendete das Thema mit einem Schulterzukken. Jetzt, wo sie wußte, daß keine Gefahr im Anzug war, konnte sie beruhigt in ihr warmes Bett zurückkehren und in aller Ruhe weiterlesen. Sie holte das Buch hervor, schlug es auf, klappte es dann aber, noch bevor sie einen Absatz zu Ende gelesen hatte, wieder zu. Ihre Augen waren von Tränen verschleiert, ihre Nase juckte, und in ihrem Kopf hallte es wie in einem leeren Zimmer. Sie schloß die Augen und merkte, daß sich ihr der nackte Oberkörper des Jungen und sein schönes Gesicht, das an einen griechischen Helden erinnerte, mit photographischer Genauigkeit eingeprägt hatten. Sie ging zum Fenster zurück, um ihn zu betrachten. Die Gewißheit, nicht gesehen zu werden, steigerte ihr Verlangen. Vorher hatte sie nicht bemerkt, daß er ein Halstuch trug. Erst jetzt, als er es abnahm, um sich den Schweiß von der Stirn zu wischen, wurde sie es gewahr.

Der junge Mann verkehrte schon seit ein paar Tagen in ihrem Haus, und der Professor hatte ihn mehrmals bei Tisch erwähnt, um seinen Fleiß und seine Intelligenz der geradezu verwerflichen Faulheit und Gleichgültigkeit Isabellas gegenüberzustellen.

«Er ist der Sohn einer Putzfrau, das stimmt», hatte er in salbungsvollem Ton gesagt. «Er kommt aus einer zerrütteten und zudem bitterarmen Familie und kann doch so viel Griechisch und Latein wie ich, der ich diese Fächer immerhin unterrichte. Und du, eine de Blasco, bist im Begriff, durchzufallen.

So eine Schande!» Giulia erinnerte sich jetzt bis ins kleinste Detail an alles, was sie über ihn gehört hatte. Wie ein Blitz aus heiterem Himmel war er in ihr Herz und in ihre Gedanken eingedrungen.

«Wenn er doch so gut ist, warum nimmt er dann bei dir Privatunterricht?» hatte Isabella, die sich unter größtem Widerwillen auf das Abitur vorbereitete, aufmüpfig zurückgegeben.

«Weil er sich um ein Stipendium bewerben möchte, um die Universität zu besuchen. Statt einer Bezahlung hilft er mir im Garten.»

Mit der Nase schniefend und genüßlich niesend zog sich Giulia rasch an, ging in die Küche hinunter und öffnete die Tür zum Garten. Ermes hackte mit kräftigen Axthieben auf den Baum ein. Giulia bewunderte das Spiel seiner Muskeln unter der glänzenden Haut. Da er mit dem Rücken zu ihr stand, mußte sie regelrecht brüllen, um sich Gehör zu verschaffen. Endlich drehte er sich um. Seine blauen Augen versprühten Blitze, so schien es ihr wenigstens, und sie verharrte einen Augenblick andachtsvoll vor seinem wundervollen Gesicht, das von kühner, strenger Schönheit war.

«Hast du etwas gesagt?» fragte er auf die Axt gestützt, nachdem er sie abgesetzt hatte.

«Ich habe dich gefragt, ob du einen Kaffee möchtest.»

«Gerne», rief er und lächelte erfreut.

«Dann komm rein», sagte sie und strich sich mit ihrer typischen Handbewegung über den langen Zopf.

«Ruf mich, wenn er fertig ist», erwiderte er und machte sich wieder über den armen Baum her.

«Er ist schon fertig!» schrie sie. Die unbekümmerte Selbstsicherheit des Jungen irritierte sie.

Ermes unterbrach seine Arbeit und streifte sich ein Baumwollhemd über. Dann setzten sie sich gemeinsam an den Küchentisch.

«Papa sagt, du bist zwanzig Jahre alt. Stimmt das?» fragte sie.

Ermes schlürfte langsam und genüßlich seinen Kaffee und schaute sie an, aber es war, als sähe er sie gar nicht. Er nickte geistesabwesend. Es war offensichtlich, daß er sich in diesem Moment nur für den duftenden, schwarzen, süßen und kochendheißen Kaffee interessierte.

«Papa sagt, du wärst ein prima Schüler», fing sie von neuem an.

«Wenn er meint...»

«Aber warum machst du erst jetzt Abitur, wenn du doch so prima in der Schule bist?»

«Ich bin erst mit acht in die Volksschule gekommen.»

Giulia unterdrückte mit Hilfe ihres Taschentuchs ein lautes Niesen und bedauerte, dem Drang nicht frei nachgeben zu können, wie sie es normalerweise tat.

«Warum?»

«Warum was?»

«Warum bist du erst mit acht zur Schule gegangen?»

«Meine Mutter hat ganz einfach vergessen, mich hinzuschikken. Außerdem war ich nicht gerade versessen aufs Lernen.»

Caterina, seine Mutter, suchte in billigem Fusel den Ausgleich für ein Leben, in dem Elend und Verzweiflung herrschten. Ihr Mann war die meiste Zeit im Gefängnis, wo er Strafen für kleine Diebstähle und Betrügereien absaß. Sie war oft betrunken und vergaß dann einfach, eine liebevolle Mutter, eine Person, ein menschliches Wesen zu sein. Giulia wußte diese Dinge, aber es war das erste Mal, daß sie sich dafür interessierte.

«Warum heißt du Ermes?» fragte sie ihn weiter aus.

«Das war eine Idee meines Vaters», antwortete er. «Nach Hermes, dem Götterboten», erläuterte er. «Meine Aufgabe besteht allerdings eher darin, den Wachhund zu spielen. Ende der Pause», verkündete er dann, während er mit dem Kaffeelöffel den Zucker, der auf dem Boden der Tasse zurückgeblieben war, zusammenkratzte und wie ein Bonbon im Mund zergehen ließ.

«Danke», sagte er beim Hinausgehen und blickte sie noch einmal mit seinen sanften blauen Augen an.

Giulia folgte ihm in den Garten. Sie war überzeugt, daß es auf der ganzen Welt keinen schöneren Jungen gab als Ermes, und obwohl sie ihn schon seit längerer Zeit kannte, war ihr, als habe sie ihn heute zum ersten Mal richtig gesehen. Draußen hatte es aufgehört zu regnen.

«Wieso besteht deine Aufgabe darin, den Wachhund zu spielen?» drang sie weiter in ihn, nachdem sie einmal kräftig geniest hatte.

Ermes ging nicht auf ihre Frage ein. «Hast du es schon mit einem Nasenspray versucht?» wollte er wissen.

«Die nützen nichts. Außerdem ist heute bereits der dritte Tag. Morgen bin ich wieder gesund. Komm, erzähl mal, warum du den Wachhund spielen mußt.»

«Mein Vater hat mir diese Aufgabe zugeteilt», erwiderte Ermes und schlug mit der Axt in die schon tiefe Kerbe am Fuß des Baumstamms. Er ließ das Werkzeug im Holz stecken, spuckte in seine Hände und rieb sie kräftig aneinander.

«Und weiter?» Giulia ließ nicht locker.

Ermes blickte ihr kampflustig in die Augen.

«Bist du sicher, daß du die ganze Geschichte erfahren willst?» fragte er, um sie zu warnen.

«Geschichten gefallen mir. Ich höre gern zu, und ich erzähle gern welche. Und die mit dem Wachhund ist sicher spannend.»

«Ich muß auf meine Mutter aufpassen», erklärte er.

«Warum?»

«Weil sie jedesmal, wenn Papa im Gefängnis war, schwanger wurde. Sie hat sechs Kinder, jedes von einem anderen Mann.» Die Trauer, die dabei aus seinen hellen Augen sprach, stand in krassem Gegensatz zu dem spitzbübischen Lächeln, das um seine weichen, schön gezeichneten Lippen spielte. Warum erzählte er diese grausamen Dinge aus seinem Leben ausgerechnet ihr, dem kleinen Mädchen mit dem schwarzen Zopf und den dunklen Samtaugen?

Giulia reagierte eher gerührt als schockiert auf Ermes' arglose Offenheit.

«Ich bin wirklich eine dumme Gans», sagte sie, beschämt darüber, ihm mit ihren naiven Fragen ein so unangenehmes Geständnis abgerungen zu haben. «Wenn ich meinen Mund aufmache, richte ich nur Unheil an.»

Ermes lächelte und verzieh ihr mit einem leichten Schulterzucken.

«Das sind Dinge, die sind im ganzen Viertel bekannt», sagte er. «Alle sprechen darüber, obwohl sie so tun, als hätten sie von nichts eine Ahnung. Alle wissen, daß meine Mutter trinkt und auch, was sie sonst noch macht. Ich hätte dir irgendeinen Bären aufbinden können, aber du bist zu anständig. Du hast keine Lügen verdient. Trotz allem habe ich meine Mutter gern und auch meinen Vater, als dessen rechtmäßigen Sohn ich mich betrachte. Ercole Corsini war kein schlechter Vater für mich, auch wenn er nicht von einer illustren Adelsfamilie abstammt.»

«Reden wir lieber nicht von Familienabstammung», sagte Giulia erschrocken und dachte an den wahren oder mutmaßlichen Ursprung der de Blascos.

«Bist du denn nicht schockiert?» fragte Ermes.

«Wieso sollte ich? Papa meint, du wärest sehr intelligent und wüßtest eine Menge», sagte sie, um das Thema zu wechseln.

«Hör mal, Kleines, jetzt muß ich aber diese Arbeit fertig machen. Danach gehe ich nach Hause zum Lernen. Wollen wir unser Gespräch nicht lieber fortsetzen, wenn ich mein Abitur hinter mir habe?»

«Ich weiß zwar nicht genau, was ich will, aber ich will es sofort, wie mein Großvater immer sagt. Im Juli bin ich nicht hier. Ich fahre nach Modena», erklärte Giulia.

Da tat Ermes etwas, womit sie nicht gerechnet hatte. Mit einem kräftigen Hieb rammte er die Axt in den Baum, nahm ihr vom Fieber gerötetes Gesicht zwischen seine kräftigen warmen Hände, schaute ihr tief in die Augen und sagte: «Du bist ein wundervolles Geschöpf, wie es sie selten gibt, Giulia. Auch mit der roten Nase und deinen armen, geschwollenen Augen. Du bist naiv wie ein kleines Mädchen und intelligent wie eine Frau. Und sympathisch bist du auch noch», schloß er und gab ihr einen Kuß auf die Nasenspitze.

Giulia mußte in diesem Moment an Zaira denken, an ihre warmen, seidigen Lippen, aber den wohligen Schauer, der sie jetzt überlief, hatte ihr nicht einmal die sanfte Freundin vermitteln können. Sie faßte nach den Armen des Jungen und spürte unter ihren Fingern den weichen Flaum seiner blonden Haare. Sie umklammerte seine Handgelenke, als könne sie damit den zauberhaften Moment festhalten.

«Du weißt, wie man Frauen in Verwirrung bringt», sagte sie ein bißchen altklug, während sie ihn durch einen Tränenschleier, der diesmal nicht nur von ihrer Erkältung herrührte, hindurch anlächelte.

«Ich habe keine Zeit für Mädchen, vor allem wenn sie sind wie du.»

«Was haben denn Mädchen wie ich an sich?»

«Sie hindern Jungen wie mich daran, ihre Arbeit zu erledigen.»

«Sag doch gleich, daß ich dir nicht gefalle.»

«Du gefällst mir, auch wenn du sonst noch viel schöner bist als heute.»

«Warum zeigst du mir das nicht?» sagte sie provozierend und schloß die Augen.

Da beugte sich Ermes über sie, berührte mit seinen Lippen die ihren und befeuchtete sie ganz leicht mit seiner Zungenspitze. Giulia hielt den Atem an und spürte, wie sie weiche Knie bekam. Mit fünfzehn Jahren war sie von einem Mann so unendlich zärtlich geküßt worden, wie es kein anderer Mensch, nicht einmal Zaira, jemals tun konnte.

«Millionen von Viren sind jetzt in meinen Organismus übergegangen. Zwei Tage Inkubationszeit, und ich werde mit derselben Erkältung im Bett liegen wie du. Genügt das, um dir zu zeigen, wie sehr du mir gefällst?»

«Du bist wunderbar, Ermes», gestand sie ungeniert. Sie hatte eine rote Nase, verschwollene, tränende Augen, eine Brummstimme, sie war aufgeregt und einfach umwerfend lächerlich, aber sie hatte sich noch nie so glücklich, noch nie so schön gefühlt.

Der Junge drehte sich um und ging zu seiner kranken Pinie zurück, um sie endgültig zu fällen.

«Geh ins Haus, sonst erkältest du dich noch mehr», riet er ihr.

Giulia rannte zurück und schloß sich in ihrem Zimmer ein. Sie wollte alleine sein, um von der ersten richtigen Liebeserfahrung ihres Lebens zu träumen. Kurze Zeit später hörte sie den dumpfen Aufschlag der gefällten Pinie.

2

Jeden Abend arbeitete Ermes von fünf bis acht bei einem Metzger in der Via Beato Angelico, der ihn wie einen ausgelernten Gesellen bezahlte, weil er seiner Meinung nach eine begnadete Hand besaß. Keiner, nicht einmal der Meister selbst, zerlegte das Fleisch so geschickt wie Ermes. In seinen Händen verwandelte sich das Messer in einen Zauberstab, und das Ergebnis war jedesmal ausstellungsreif.

Alle Stücke schnitt er tadellos zurecht: Koteletts, Nuß und Oberschale, hohe Rippe und Bug, Roastbeef und Filet, Hüfte und Kluft, Brustspitze und Lendensteaks.

Die Kundinnen rissen sich förmlich um ihn, da er schön und tüchtig war. Mit der Zeit kamen sie nur noch abends in die Metzgerei, wenn sie sicher sein konnten, Ermes anzutreffen.

«Hör mal, Junge, warum wirfst du die ganzen Bücher nicht einfach weg und arbeitest fest bei mir?» hatte ihm der Metzger, ein großer, hagerer Mann mit Pferdegesicht, Triefaugen und einem lächerlichen Charlie-Chaplin-Bärtchen, eines Tages vorgeschlagen.

«Ich arbeite ja gerade, um mir die Bücher kaufen zu können. Ich will nicht Metzger werden.»

«Was willst du dann werden?»

«Chirurg.»

«Was bist du denn jetzt anderes?» fragte der Meister, um sich einmal von der ironischen Seite zu zeigen. «Hier bist du doch auch Chirurg und hast noch dazu den Vorteil, daß sich deine Patienten nie über dich beschweren. Glaub mir, hier kannst du einen Beruf ergreifen, der pures Gold wert ist. Ich habe keine Kinder. Eines Tages könntest du den Laden übernehmen. Das ist doch eine Zukunftsperspektive!»

Dem Alter nach hätte der Mann sein Vater sein können, aber seine Gesichtszüge schlossen jede Verwandtschaftsbeziehung aus. Trotzdem, wenn man es sich recht überlegte, bedeutete die Möglichkeit, Besitzer einer der einträglichsten Metzgereien des Viertels zu werden, für Ermes, der im Elend geboren und aufgewachsen war, einen bedeutenden Aufstieg. Caterinas Sohn ein Geschäftsinhaber! Ermes mußte lächeln.

«Ich will mir's überlegen», schwindelte er, um ein Thema abzuschließen, das ihn nicht interessierte.

Giulia war, seit jenem denkwürdigen Sonntag im Juni, eine der treuesten Besucherinnen der Metzgerei geworden, in der Ermes arbeitete. Wenn sie dort einkaufte, ließ sie die Kundinnen, die nach ihr kamen, immer vor, um ihn vom Rücken einer fülligen Hausfrau geschützt, länger anschauen zu können. Wenn er sie bediente, hatte er immer ein Lächeln für sie bereit. Ein Augenzwinkern erinnerte sie an den ersten Kuß, den auch er nicht vergessen zu haben schien. Wenn sie sich dagegen in Giulias Haus in der Via Tiepolo begegneten, schien Ermes sie überhaupt nicht wahrzunehmen, so sehr war er mit den bevorstehenden Prüfungen beschäftigt.

Giulia konnte dem Gefühl, das sie für ihn hegte, keinen Namen geben, aber sie sehnte sich mit jeder Faser nach ihm, und wenn sie einen Wunsch frei gehabt hätte, dann hätte sie sich gewünscht, daß er sie noch einmal küßte wie an jenem kalten Junisonntag.

«He, Mädchen, wach auf!» rief Carmen. Sie hatte Giulia dabei überrascht, wie sie Ermes betrachtete, der im Garten saß und für ihren Vater die *Annalen* des Tacitus übersetzte.

«Was ist denn?» fragte Giulia und fuhr herum. Tiefe Schamröte stieg ihr ins Gesicht.

«Er ist wirklich ein schöner Junge», meinte Carmen und legte ihr liebevoll die Hand auf die Schulter. «Aber ich habe das Gefühl, daß er mit ganz anderen Dingen beschäftigt ist», fügte sie dann hinzu und ertappte sich dabei, wie sie ohne ihren Willen den professoralen Ton ihres Ehemanns nachahmte.

«Wenn ich mir vielleicht die Haare schneiden würde», überlegte Giulia und fuhr sich mit ihrer typischen, anmutigen Handbewegung über ihren langen Zopf. «Oder wenn ich mir die Lippen anmalen würde wie Isabella», fuhr sie fort und schürzte die Lippen, wie es ihre Schwester immer tat.

«Ich glaube nicht, daß das etwas nützen würde», erwiderte ihre Mutter. «Dieser Junge hat etwas ganz anderes im Kopf. Und du, mein Mädchen, bist noch so jung.» Sie küßte Giulia aufs Haar und ließ ihren Blick auf der Suche nach einer Vergangenheit, die sich inzwischen in einen Traum verwandelt hatte, in die Ferne schweifen.

«Ist es denn normal, daß ich immer nur an ihn denke?» fragte Giulia.

«Ja, das ist ganz normal und richtig so. Dein Alter ist das Alter der ersten großen Liebe», sagte Carmen mit einem Lächeln und einem Anflug von Wehmut über ihre eigene verlorene Liebe.

«Glaubst du, daß ich verliebt bin?»

«Das glaube ich allerdings. Aber ich bin sicher, daß die Quelle deiner Liebe mit dieser ersten Erfahrung noch lange nicht versiegt ist. Du wirst dich noch oft verlieben, bevor du den richtigen Mann findest», prophezeite Carmen ihr und hoffte, daß es den richtigen Mann für ihre Tochter tatsächlich irgendwo gab. «Komm, laß uns nach oben gehen», forderte sie Giulia dann auf und schob sie sanft zur Treppe. «Du mußt deinen Koffer pakken. Oder hast du schon vergessen, daß wir morgen zu Großvater fahren?»

«Aber wenn ich nach Modena fahre, kann ich ihn nicht wiedersehen», sagte Giulia und blieb auf dem ersten Treppenabsatz stehen, als wäre er eine Kreuzwegstation. Ihr Gesicht drückte tiefste Betrübnis aus.

«Du wirst ihn wiedersehen, wenn du zurückkommst», beruhigte ihre Mutter sie. «Du kannst nicht einfach sagen: haltet die Welt an, ich will aussteigen, nur weil du in irgendeinen Jungen vernarrt bist, der gar keine Augen für dich hat.»

«Oh, doch Mama. Das würde ich tun, wenn ich nur könnte», gestand Giulia und flüchtete sich in ihre Arme. Carmen drückte sie fest an sich.

«Wahrscheinlich bin ich nicht der geeigneteste Mensch, um dir Ratschläge zu erteilen, und außerdem können die jungen Leute ihre Irrtümer gut alleine begehen», sagte sie. «Aber inzwischen», fügte sie hinzu, um sich bewußt eines weiteren Allgemeinplatzes zu bedienen, «kann ich ja von Frau zu Frau mit dir sprechen. Was ich dir sagen will, ist nur: opfere nie etwas für einen Mann. Es ist die Mühe nicht wert.»

3

Carmen verkündete, daß sie sich nicht länger als einen Tag in Modena aufzuhalten gedenke, und gab auch dem Drängen des Großvaters nicht nach, der sie überreden wollte, mindestens eine Woche zu bleiben. Ubaldo Milkovich wirkte im Vergleich zum letzten Jahr gealtert, auch wenn er immer noch vital und unternehmungslustig war und nichts von seiner geistigen Beweglichkeit eingebüßt hatte. Giulia und ihrer Mutter gegenüber zeigte er sich weiterhin zuvorkommend und großzügig. Carmen hatte in der Lokalzeitung gelesen, daß sich der Abgeordnete Armando Zani in der Stadt aufhielt. Es war zwar höchst unwahrscheinlich, daß man sich begegnete, aber die Möglichkeit bestand, und Carmen wollte ihr aus dem Weg gehen, denn sie fürchtete, ein zufälliges Treffen könnte die alte, nie ganz verheilte Wunde wieder aufreißen.

«Ich frage mich, warum du überhaupt einen Koffer mitgebracht hast, wenn du vorhattest, nur eine Nacht zu bleiben», schimpfte der Großvater am Morgen nach ihrer Ankunft.

«Ich werde zu Hause gebraucht», sagte sie auf der Suche nach einem Alibi.

«Du willst mir doch nicht erzählen, daß ein erwachsener Mann, eine erwachsene Frau und ein leibhaftiger Schulmeister noch eine Mama brauchen, die auf sie aufpaßt», gab Ubaldo zurück. Seine Worte waren auf Benny, Isabella und den Ehemann seiner Tochter gemünzt, den er wie immer verächtlich betitelte und bewußt aus der Kategorie der Familienangehörigen ausschloß.

Carmen war bereit zur Abfahrt. Sie trug ein schönes dunkles Seidenkleid mit großen rosaroten Blumen. Das enganliegende Oberteil und der weite Glockenrock brachten ihre schlanke Figur, die außerdem von einem breiten Gürtel und hochhackigen Riemchenschuhen unterstrichen wurde, vorteilhaft zur Geltung. Das dichte, schwarze Haar hatte sie hochgesteckt, so daß die weiche Linie ihres Nackens zum Vorschein kam. Giulia schaute sie bewundernd an.

«Ich begleite dich zum Bahnhof», sagte das Mädchen.

«Glaubst du, ich kenne den Weg nicht?» gab Carmen scherzend zurück.

«Es sieht ganz so aus», bemerkte der Großvater bissig. «Wenn du ihn kennen würdest, kämst du vielleicht öfters und würdest vor allem etwas länger bleiben.» Er hatte gerade ein Zwiebelomelette verdrückt, trank den letzten Schluck Wein aus seinem Glas und wischte sich mit dem Handrücken den Mund ab. Das war sein Frühstück.

«Müssen wir uns unbedingt streiten, Papa?» Carmen setzte ein versöhnliches Lächeln auf und hoffte, ihr Vater würde nicht weiter insistieren.

Ubaldo stand vom Tisch auf, streckte sich und brummte: «Los, Giorgio. Deine Mutter hat heute morgen Feuer unterm Hintern. Gehen wir.»

Vom Haus des Großvaters bis zum Bahnhof war es eine halbe Stunde. Der Weg führte die Via Emilia entlang, über die Pradella-Brücke hinweg und dann rechts ab in die große Allee, vorbei an den Grünanlagen. Das Schlechtwettertief hatte sich verzogen, der kalte Wind hatte sich gelegt, und der warme Atem des Sommers belebte wieder die Stadt.

Sie fuhren mit dem Fahrrad. Giulia kletterte zu ihrem Großvater auf die Stange, der Koffer wurde auf den Gepäckträger geschnallt, und Carmen setzte sich auf das alte Bianchi-Damenrad, das ihrer Mutter gehört hatte und jetzt das Lieblingsrad ihrer Tochter war. Sie überquerten die Tenne, fuhren die kurze

Auffahrt hinauf und waren auf der Via Emilia. Als sie die Stadt erreichten, öffneten gerade die ersten Geschäfte ihre eisernen Rolläden.

Vor der Pradella-Brücke mußten sie an einer Ampel warten, und Giulia erkannte Armando Zani, der genau vor ihnen die verlassene Straße überquerte.

«Guten Morgen, Herr Abgeordneter», rief sie mit ihrem fröhlichen Stimmchen. «So sehen wir uns also auch dieses Jahr wieder.»

Armando lächelte erfreut über die unerwartete Begegnung und winkte Ubaldo zum Gruß mit der Hand. Erst dann erkannte er Carmen, die dem Großvater und seiner Enkelin in kurzem Abstand folgte.

Armando Zani ging auf das Grüppchen zu und starrte Carmen an, als wäre sie eine Fremde. Dann kamen ihm jedoch nach und nach in Augenblicken, die eine Ewigkeit zu dauern schienen, die Erinnerungen an den Krieg zurück. Sie drehten sich um eine Liebe, die wie ein Strohfeuer aufgelodert und verbrannt war.

Giulia konnte sich das betretene Schweigen nicht erklären. Es fiel ihr jedoch auf, daß Armando Zani neben ihrer Mutter, die sie doch nie für alt gehalten hatte, wie ein Junge wirkte.

«Du siehst gut aus», sagte er und blickte sie lange an.

Carmen betete innerlich, er möge nicht ihre Falten zählen, und stellte gleichzeitig fest, daß die Sprache des Partisanen Gordon jeglichen Dialekteinschlag verloren hatte. Mit gesenkten Augen blickte sie auf die Pedale ihres Fahrrads, als genüge diese kindliche Geste, um die Röte zu verbergen, die ihr ins Gesicht gestiegen war.

«Du siehst blendend aus», gab sie zurück. Sechzehn Jahre waren vergangen, seit sie an einem traurigen Winterabend mit dem Versprechen ewiger Liebe voneinander geschieden waren. In all den Jahren hatten sie sich weder gesehen noch miteinander gesprochen.

Nun herrschte ein gespanntes Schweigen zwischen ihnen, eine Stille, die geladen war mit Gefühlen und Worten, die sie nicht aussprachen, mit Gesten, die sie nicht zeigten. Es war der Großvater, der sie schließlich in die Wirklichkeit zurückholte.

«Ich sehe, du hast geheiratet», sagte er und deutete auf den Ehering, der an Armandos Hand glänzte.

Giulia erinnerte sich an das Foto, das ihre Mutter in einer alten Keksschachtel in der Schublade ihrer Kommode aufbewahrte und eifersüchtig hütete, und sie verstand das betretene Schweigen, die Spannung und den Schmerz ihrer Mutter. Das Bild zeigte einen Jungen und ein Mädchen mit windzerzaustem Haar, die glücklich lächelten.

«Die Jahre vergehen», sagte Armando fast entschuldigend. «Irgendwann ist man das Vagabundenleben einmal satt und möchte ein festes Zuhause haben.» Jetzt war er es, der den Blick auf die Spitze seiner eleganten Schuhe senkte, um seine Verlegenheit zu verbergen.

«Addio, Gordon», sagte Carmen und reichte ihm zum Abschied ihre Hand.

Einen Augenblick lang hielt er sie fest in der seinen. Ihre Hände übertrugen kein Schaudern und kein Kribbeln, nur ein ganz leichtes Vibrieren, so schwach wie ihre Hoffnung auf einen Neuanfang. Aber das war ein unmöglicher Traum.

«Hast du die kleine Mundharmonika noch?» fragte er leise.

«Was für eine Frage», gab sie ausweichend zur Antwort und ließ ihn im Zweifel. Dann aber entschloß sie sich, deutlicher zu werden, vor allem, damit er sich schuldig fühlte. «Ich habe auch noch ein Foto», sagte sie.

«Ein Foto?» wiederholte er gedankenverloren.

Er hatte Carmen vergessen. Aber schließlich waren so viele Jahre vergangen, er hatte sich geändert, war sehr beschäftigt und mußte an tausend Dinge denken. Nur sein jugendliches Aussehen hatte er beibehalten.

«Macht nichts», sagte sie und schüttelte den Kopf. Sie befreite ihre Hand aus der seinen, packte den Fahrradlenker, stieß sich mit dem Fuß ab und fuhr weiter in Richtung Bahnhof. In kurzem Abstand folgten ihr Giulia und der Großvater, die sich in aller Eile von Armando Zani verabschiedet hatten.

Als sie am Bahnhof angelangt waren, setzten sich Carmen und Giulia nebeneinander auf eine Bank im Wartesaal der zweiten Klasse, während der Großvater einen Abstecher in die Bar machte, um einen *Caffè corretto* zu trinken und mit seinen Freunden, den Gepäckträgern, ein Schwätzchen zu halten.

Carmen wirkte zerstreut. Ein gedankenverlorenes Lächeln spielte um ihre Lippen. In Wirklichkeit versuchte sie die Flut lange unterdrückter Erinnerungen einzudämmen, das Gefühl der Scham und der Demütigung zu unterdrücken, weil sie sich durch ihr Erröten verraten hatte und weil sie in Vergessenheit geraten war.

«Hast du an Armando Zani gedacht, als du mir sagtest, ich soll nie etwas für einen Mann opfern?» fragte Giulia.

Carmen zuckte mit der Schulter, statt ihr eine Antwort zu geben. Ihre Oberlippe zitterte vor Erregung, und sie hatte Angst, in Tränen auszubrechen, wenn sie den Mund aufmachte.

Giulia hatte begriffen, daß zwischen ihr und Armando etwas sehr Wichtiges passiert war. Sie fragte sich, ob Carmen für ihn dasselbe empfunden habe, was sie für Ermes empfand. Wer wußte, ob der Partisane Gordon ihre Mutter geküßt hatte, wie Ermes sie geküßt hatte? Dann schämte sie sich jedoch für ihre unanständigen Gedanken. Es war völlig unvorstellbar. Carmen, die Frau von Professor Vittorio de Blasco, hätte sich nie eine solche Ausschweifung erlaubt.

«Armando Zani ist dein Vater», gestand ihr Carmen. Ihre Worte kamen wie gehaucht. Sie schluckte, als säße ihr ein Kloß im Hals. Diese Worte hatten sie unglaubliche Überwindung gekostet.

«Mein Vater ...», stammelte Giulia, die kaum den Sinn dieser Worte verstand.

«Du kannst offen sagen, was du jetzt von mir denkst», entgegnete Carmen, um ihr Mut zu machen, ihre Gedanken auszusprechen.

«Oh, Mama!» Giulia drückte sie fest an sich. «Weiß er das?»

«Ich glaube nicht», erwiderte Carmen. «Und ich möchte, daß er es nie erfährt.»

Obwohl sie nur das Nötigste gesagt hatte, begriff Giulia die tiefe Bedeutung ihrer Worte. Eine Lautsprecherstimme verkündete die Ankunft des Zuges, der wenige Minuten später einfuhr.

«Ich hab dich sehr lieb, Mama», sagte Giulia und küßte ihre Mutter, bevor sie den Zug bestieg.

Carmen packte den Koffer, den ihr Ubaldo reichte, und verschwand im Gang ihres Waggons. Giulia und der Großvater warteten vergeblich darauf, daß sie sich an einem Fenster zeigte. Als sich der Zug in Bewegung setzte, weinte Carmen in einer Toilette der zweiten Klasse.

In den folgenden Tagen dachte Giulia viel über das Geständnis ihrer Mutter nach und durchlebte dabei die unterschiedlichsten Gemütszustände.

Endlich tauchte sie wie aus einem Nebel auf, und es wurde ihr klar, daß sich ab diesem Moment eine Antwort auf die Fragen abzeichnete, wer sie war und woher sie kam – wie auch immer die Antwort ausfallen mochte. Sie mußte sich erst an die neue Lebenssituation gewöhnen. Aber jetzt hatte sie wenigstens eine Ausgangsbasis, einen Fixpunkt, auf den sie sich bei der Suche nach ihrer wirklichen Identität verlassen konnte.

Eines Nachmittags fuhren der Alte und das Mädchen die Via Emilia in östlicher Richtung entlang. Giulia trat locker in die Pedale, denn sie fühlte sich zum ersten Mal wieder glücklich.

«Fahren wir nach Hause?» fragte sie.

«Hast du Lust, einen kleinen Ausflug zu machen?» fragte Ubaldo zurück.

«Immer», erwiderte Giulia.

«Dann bieg nach rechts ab», rief der Großvater. «Wir fahren zum Gut von Marchese Mandori Stampa.»

«Was machen wir da?»

«Ich soll einen englischen Setter des Marchese abrichten.»

Bei strahlendem Sonnenschein fuhren sie viele Kilometer über die Via Vignolese dahin. Nach Vaciglio erreichten sie endlich ein schmiedeeisernes Tor. Sie durchquerten es und fuhren die lange, mit alten Pappeln bestandene Auffahrt hinauf, an deren Ende man in fast magischer Perspektive die Villa des Marchese erkennen konnte, die ganz in Grün gebettet dalag.

Je näher sie dem Gebäude kamen, desto größer wurde es. Doch als sie fast den Vorplatz erreicht hatten, bog der Großvater in einen Seitenweg ein, der um die Villa herumführte.

«Gehen wir denn nicht in das große Haus?» fragte Giulia enttäuscht.

«Wir müssen zum Hundezwinger. Der liegt hinter den Pferdeställen», erklärte der Großvater geduldig. Sie fuhren an einem Garten vorbei, in dem eine Gruppe von Gärtnern damit beschäftigt war, Hecken, Beete und Bäume in perfekte geometrische Ordnung zu bringen. Der zarte Duft der Linden schwebte in der Luft. Nachdem sie ganz um die Villa herumgefahren waren, ließen sie das Gebäude hinter sich und gelangten in den Bereich der Stallungen, die sich bis zu einer mit Buschröschen bewachsenen Ringmauer erstreckten. Auf einem kleinen Platz entdeckte Giulia den Hundezwinger.

Ein Angestellter war gerade dabei, einen Brei aus Reis und Fleisch für die Tiere anzurühren. Er war mittleren Alters und ging leicht gebeugt, als Folge der harten Arbeit und einer Arthritis. Seine kleinen, tiefblauen Augen verliehen dem von Sonne und Wind gegerbten Gesicht mit dem schwarzen Bart, den buschigen Augenbrauen und den abstehenden Ohren einen merkwürdigen Ausdruck. Er trug einen speckigen Filzhut auf dem Kopf, der fest auf seinem kräftigen muskulösen Hals saß. Als er den Großvater sah, legte er sofort den Rührlöffel aus der Hand und kam ihnen entgegen, um Ubaldo mit respektvoller Herzlichkeit zu begrüßen.

«Bist du wegen dem Setter gekommen?» fragte er.

«Ja», erwiderte der Großvater und stieg vom Rad. «Ich möchte mir den Neuankömmling mal ansehen.» Die Hunde hatten Ubaldo bereits erkannt und näherten sich winselnd und schwanzwedelnd dem Metallgitter ihres Zwingers.

«Und dieses hübsche Fräulein ist wohl deine Helferin?»

«Das ist meine Enkelin. Der Abstammung nach aus Modena, zufallshalber aus Mailand. Sie heißt Giorgio.»

«Giorgio?» fragte der Hundewärter erstaunt, zog sich den Hut vom Kopf und ging ihr entgegen, um sie zu begrüßen. Dann stellte er sich ihr sehr förmlich und mit etwas umständlichem Gehabe vor: «Lieto, Signorina, sehr erfreut.»

«Ich heiße Giulia», sagte sie, um die Situation zu entkrampfen, und schüttelte seine kräftige, schwielige Hand.

«Lieto, sehr erfreut», wiederholte der Mann.

«Er ist nicht nur erfreut, deine Bekanntschaft zu machen», erklärte der Großvater, «sondern er heißt auch so: *Lieto*, ‹erfreut›, obwohl, wenn man es sich richtig überlegt, er bei dem Gesicht, das er hat, eher traurig sein sollte.» Giulia lachte über das Wortspiel.

«Den Setter hat die Signora Marchesa», verkündete Lieto, und ein Funken von Ironie trat in seine bauernschlauen blauen Augen. «Sie sagt, du sollst zu ihr kommen», fuhr er dann fort und deutete in Richtung der Stallungen.

Giulia stellte ihr Fahrrad neben dem des Großvaters ab. Dann gingen sie gemeinsam in die angegebene Richtung.

«Ich habe dir noch nicht gesagt, wer die Signora Marchesa ist», raunte ihr der Großvater zu, als wolle er ihr im nächsten Moment ein großes Geheimnis enthüllen.

«Die Marchesa bin ich», sagte eine Stimme, die aus einer der Pferdeboxen kam. Giulia kannte die schleppende, sinnliche, etwas heisere Stimme gut.

In der Stalltür erschien der schöne, vornehme Kopf eines Pferdes mit hellem Fell und daneben Zaira, die sanfte Zaira mit der Samthaut. Sie wirkte unglaublich elegant in ihrem Amazonenanzug. Das seidige schwarze Haar fiel ihr offen auf die Schulter. Sie sah phantastisch aus.

«Ciao, Giulia», grüßte sie mit warmem Lächeln und ging ihr entgegen. Giulia hielt ihr die Wange zum Kuß hin, aber die junge Frau machte eine Bewegung zur Seite, so daß sie mit ihren weichen Lippen Giulias Mund berührte.

4

«Du bist groß geworden», stellte Zaira fest.

«Und du bist eine Marchesa, eine Gräfin, geworden», erwiderte Giulia, die mittlerweile Zaira fast über den Kopf gewachsen war. Sie blickte ihr tief in die Augen, um ihre Seele zu ergründen, eine Liebesbotschaft oder irgendeine andere Regung zu entdecken, in der sie Zaira hätte wiedererkennen können.

«Im Gegensatz zu dir bin ich aber keinen Zentimeter gewachsen», scherzte Zaira.

«Trotzdem hast du dich verändert.»

Giulia freute sich über das unerwartete Treffen. Die letzten Tage waren schwierig für sie gewesen. Seit ihre Mutter sie in das geheime Buch ihrer Vergangenheit hatte blicken lassen, war sie zu ernsten Einsichten gelangt und sehr nachdenklich geworden. In Zairas sinnlichem Blick dagegen standen nur kleine, konkrete Dinge geschrieben.

«Worin habe ich mich denn verändert?» fragte Zaira und drehte sich auf den Zehenspitzen.

«Dein Geruch hat sich zum Beispiel geändert», erhielt sie überraschend zur Antwort.

«Nein, was du riechst, ist nur der Duft des Reichtums», sagte Zaira. Dabei hob sie ihre Hand, an der ein schön geschliffener Diamant funkelte, und legte sie Giulia auf den Ausschnitt. «Aber hier hat sich auch etwas verändert.» Sie bildete mit ihrer Hand eine Schale und zeigte ein spitzbübisches Lächeln.

Giulia entzog sich instinktiv den groben Annäherungsversuchen, mit denen Zaira sie einst in ihren Bann geschlagen hatte.

«Wie elegant du bist», sagte sie dann, um sich mit einem Kompliment zu entschuldigen.

Während sie miteinander sprachen, unterzog Ubaldo auf der Wiese hinter den Stallungen den Hund einer Prüfung. Er ließ ihn nach Stöckchen laufen, um seine Schnelligkeit, seine Manieren und seine Reaktionen zu testen.

«Ich habe eine riesige Garderobe», sagte Zaira, um Giulia neidisch zu machen. «Wenn du möchtest, darfst du meine schönsten Kleider anprobieren.»

Giulia fühlte sich unwohl, wußte aber nicht, woran es lag. War es der Ort, die Gegenwart des Großvaters, die neue Zaira? War es das Geheimnis, das ihr Carmen vor kurzem anvertraut hatte, oder der Gedanke an Ermes?

«Ich kann so elegante Kleider gar nicht tragen», erwiderte Giulia im Ton einer Erwachsenen und wunderte sich selbst über ihre Worte.

«Schön, wie du bist, könntest du als Mannequin auftreten», schmeichelte Zaira und warf ihr einen begehrlichen Blick zu.

«Ja, ausgerechnet ich», gab Giulia errötend zurück.

«Hast du die Villa schon gesehen?» Das war mehr eine Aufforderung als eine Frage. «Es würde sich lohnen, glaub mir», fügte Zaira hinzu.

«Ich glaube, wir müssen jetzt gehen», sagte Giulia, um der Frage, die ihr die erfahrene Freundin nicht ohne Hintergedanken gestellt hatte, auszuweichen. Nicht nur äußerlich, sondern auch innerlich hatte sich eine unwiderrufliche Veränderung mit ihr vollzogen, und es gelang ihr nicht mehr, sich so unbefangen wie früher mit Zaira zu unterhalten.

«Du wirst doch wohl nicht eifersüchtig sein?»

«Wieso eifersüchtig?»

«Weil ich geheiratet habe.» Die schleppende, etwas heisere Stimme der jungen Frau spielte mit den leisen Tönen, und Giulia überlief, wie von einem zarten Windhauch berührt, eine leichte Gänsehaut.

«Nein, ich wundere mich nur», gestand Giulia, die das Gefühl der Eifersucht noch gar nicht kannte.

«Komm mit», forderte Zaira sie auf und packte sie energisch an der Hand. «Ich entführe Ihnen einen Moment Ihre Enkelin», rief sie Ubaldo zu, der gerade mit dem Setter zurückkam. Der Hund hechelte noch vom Laufen.

Ubaldo Milkovich schaute den beiden hübschen Mädchen nach: die eine dunkel und verwirrend, die andere sonnenhell und voller Staunen.

«Aber wirklich nur einen Moment, Marchesa», sagte der Alte, den Adelstitel spöttisch betonend, mit nachdrücklicher Stimme.

Sie durchquerten eine Flucht von Sälen und Salons, die Giulias Meinung nach aufgrund der perfekten Einrichtung, der herrlichen Bilder, Teppiche und Gerätschaften eine ehrfurchtsvollere Betrachtung verdient hätten. Aber Zaira eilte mit der typischen Gleichgültigkeit von Parvenüs, denen alles selbstverständlich erscheint, durch die vornehmen Räume.

«Und das ist mein Reich», verkündete Zaira und riß die Flügel einer hell lackierten Tür mit Goldverzierungen auf. Giulia blickte in ein Zimmer von etwas seltsamer Schönheit: kostbare, neoklassizistische Einrichtungsgegenstände waren geschmackvoll mit Empiremöbeln kombiniert. Doch mitten im Zimmer thronte auf einem wertvollen Tischchen mit vergoldeten Bronzebeschlägen aus dem letzten Jahrhundert das riesige Marelli-Radio.

«Na, was sagst du nun?» fragte Zaira.

«Ich finde, das ist eine Entweihung», erwiderte Giulia mit einem Blick auf das große Radiogerät.

Zaira ließ sich auf ein brokatbezogenes Sofa fallen und brach in ein schallendes Lachen aus.

«Du bist einfach umwerfend, Giulia. Das meine ich ehrlich. Stell dir vor, meine Schwiegermutter hat genau dasselbe gesagt, als sie das Radio sah. Eine Entweihung.»

Giulia blickte wie von einem Zauber gebannt um sich. Was hatte sie eigentlich in diesem Irrenhaus zu suchen? Das schöne

Märchen von Aschenputtel und dem Prinzen paßte nicht zu Zaira. Irgend etwas trübte den ganzen Glanz und Luxus, etwas Unheimliches steckte dahinter, ein Teufelspakt oder sonst ein verhängnisvolles Bündnis.

«Das ist nur meine persönliche Meinung», erklärte Giulia.

«Nein, du hast Klasse. Genau wie Ludina. Sie geht mir schrecklich auf den Geist, aber Stil hat sie, und darin ähnelst du ihr.»

«Ludina», murmelte Giulia. «Deine Schwiegermutter», fügte sie dann hinzu, als zweifle sie an den eigenen Worten, die ein Liebesabenteuer des Großvaters heraufbeschworen, über das sie hinter vorgehaltener Hand hatte reden hören, ohne der Geschichte jedoch jemals Glauben zu schenken.

«Kennst du sie?»

«Ludina Manodori Stampa?» fragte Giulia zurück und fuhr sich mit der Hand an den Hals, um sicherzugehen, daß der herzförmige Anhänger, ihr Talisman, gut unter dem Kragen ihrer Bluse versteckt war.

«Genau so heißt sie. Woher kennst du sie?» fragte Zaira neugierig.

«Ich habe nur von ihr gehört, wie alle hier in der Gegend. Aber gesehen habe ich sie noch nie, das schwöre ich», beteuerte Giulia und legte sich die rechte Hand aufs Herz. In den wenigen Minuten, die sie sich in diesem Haus aufhielt, waren mehr seltsame Umstände zusammengetroffen als in ihrem ganzen bisherigen Leben: Sie, Zaira, ihr zweideutiges Verhältnis, der Anhänger, die Marchesa, der Großvater – all das waren Steinchen ein und desselben komplizierten Mosaiks, das Giulia jedoch nur undeutlich wahrnahm, denn ihre Gedanken waren von der Erinnerung an Ermes überschattet.

«Komm her, setz dich neben mich», lud Zaira sie ein. «Ich bin immer noch dieselbe.»

Giulia rührte sich nicht vom Fleck. Wie konnte sie ihr nur erklären, daß sie nicht mehr das Mädchen von damals war? Daß sie sich in einen Jungen, in Ermes, verliebt hatte?

«Aber du, mein kleines Kätzchen, hast dich wirklich verändert», murmelte Zaira, die in der kühnen, taufrischen Schönheit Giulias allmählich etwas entdeckte, das ihr nicht mehr gehörte, als bewege sich die junge Freundin, die sie in die geheimen Freuden einer verbotenen Liebe eingeführt hatte, mittlerweile auf anderen Pfaden.

Das sagte ihr der Instinkt, dieser innere Trieb, von dem sie sich stets hatte leiten lassen, auch bei ihrem gesellschaftlichen Aufstieg von der untersten Sprosse der sozialen Leiter bis in die adlige Oberschicht.

«Ja, wahrscheinlich habe ich mich wirklich verändert», gab Giulia zu.

Zaira griff nach ihrem dicken Zopf und kniff sie in die Wange.

«Du hast dich verliebt», stellte sie fest.

«Ja, ich habe mich verliebt», gestand Giulia und blickte ihr in die Augen.

«Und siehst du auch, wenn er dich küßt, ein Feuerwerk von Farben explodieren?» hauchte Zaira auf Giulias Lippen.

«Das einzige Mal, daß er mich geküßt hat, habe ich die Sonne in Flammen gesehen», antwortete sie, auch wenn sie nicht sicher war, ob Zaira sie verstehen konnte.

Die Marchesa ließ ihre Fingerkuppen an Giulias Hals hinabwandern und auf ihre Brust gleiten, wo sie eine Spirale zeichnete, die in der Brustwarze endete.

«Erzähl mir von ihm», forderte sie das Mädchen auf.

«Wieso erzählst du mir nicht von deinem Ehemann?» gab Giulia zurück, während sie sich von der Freundin losmachte und an das Fenster trat, das auf den Park hinausging. Sie sah den Großvater, der sich auf einem langen, von Buchsbaumhecken gesäumten Kiesweg der Villa näherte. Er fuhr auf dem Fahrrad und führte den Setter des Marchesen an der Leine mit sich.

«Eines Tages werde ich dir meine Geschichte erzählen.»

«Warum nicht jetzt?» fragte Giulia voller Neugierde.

«Für den Moment kann ich dir nur eines sagen. Schau meine Brüste an. Sie sind schöner denn je, weil sie noch nie ein Mann angefaßt hat», erklärte Zaira und griff nach Giulias Händen, um sie auf ihr weißes Seidenleibchen zu legen.

Giulia riß sich mit Gewalt von ihr los.

«Dieses Spiel gefällt mir nicht», sagte sie mit Nachdruck. «Es gefällt mir nicht mehr.» Sie öffnete die Tür und rannte durch die alten Gemächer, die vom Klang ihrer Schritte auf den Mosaik- und Marmorfußböden wiederhallten. Hinter sich hörte sie die Stimme der Freundin, die ihren Namen rief, denn sie fürchtete, Giulia beleidigt zu haben. Aber Giulia war nicht beleidigt, nur glücklich. Glücklich, fünfzehn Jahre alt und verliebt zu sein.

Zaira mit der schleppenden, heiseren Stimme, Zaira mit der dunklen Seele und den seidigen Lippen, Zaira, die ihre Sinne geweckt und ihr Herz in Brand gesetzt hatte, so daß es sich wie ein toll gewordenes Feuerrad drehte – diese Zaira existierte nicht mehr. Jetzt gab es Ermes' sanfte Männlichkeit in ihrem Leben, eine strahlende Sonne, die am Morgenhimmel aufstieg.

Giulia und der Großvater fuhren bei Sonnenschein auf ihren Fahrrädern nach Hause. Der junge Setter hatte sich bei den Übungen auf dem Rasen ausgetobt und trottete jetzt brav neben seinem Abrichter her, den er ab und zu aus lieben, sanften Augen anblickte, als wolle er um Verständnis für das Nachlassen seiner Kräfte bitten. Giulia radelte schweigend vor sich hin. Sie war ernst und in Gedanken.

«Was ist los?» fragte der Alte.

«Nichts», log sie.

«Ist es wegen Zaira?» hakte der Großvater nach, denn er ahnte den Grund von Giulias Schweigen.

«Auch wegen ihr», gab sie zu.

«Hat sie dir von ihrem Ehemann erzählt?»

«Nein. Da scheint ein großes Geheimnis dahinterzustecken.»

«Das ist nur für dich ein Geheimnis, Kleine. Alle wissen, daß der junge Francesco arm dran ist. Er ist hier oben ein bißchen krank», sagte Ubaldo und klopfte sich mit der Hand, mit der er die Hundeleine hielt, an den Kopf.

«Ist er etwa verrückt?» wollte Giulia wissen.

«In gewissem Sinne», gab der Großvater, der gewöhnlich kein Blatt vor den Mund nahm, zögernd zur Antwort.

«Kannst du es mir nicht sagen?» fragte Giulia enttäuscht.

«Er ist kein richtiger Mann», gestand Ubald widerwillig, und wagte nicht, Giulia ins Gesicht zu sehen. «Er braucht gewisse Spiele, sagen wir einmal so. Aber er ist impotent. Deine Freundin akzeptiert ihn so wie er ist und macht bei allem mit. Juwelen, Reichtümer und Titel haben ihren Preis. Nicht jeder ist bereit, diesen Preis zu bezahlen.»

«Zaira schon», sagte Giulia traurig und dachte an die Freundin.

«Du würdest mir einen großen Gefallen tun, wenn du die Verbindung zu ihr abbrechen würdest», sagte der Großvater. «Ich wußte, daß wir sie heute morgen aller Wahrscheinlichkeit nach treffen würden. Ich wollte, daß du sie siehst, damit du sofort begreifst, wo der Hase langläuft.»

Giulia dachte an die erotischen Spiele, die sie zugleich gewollt und über sich ergehen lassen hatte. Jetzt fühlte sie sich schuldig.

«Ich werde sie nicht mehr treffen», versprach sie.

«Du bist ein braves Mädchen», lobte sie der Großvater. «Siehst du, die Reichen sind komische Leute», fuhr er fort. «Du weißt nie, wie du sie nehmen sollst», erklärte er. «Sie benützen dich, und dann werfen sie dich weg.»

«Auch die Marchesa Ludina?» fragte Giulia lächelnd.

Der Alte radelte weiter, als habe er sie nicht gehört.

5

«Ermes ist weg», sagte der Metzger.

«Wie, er ist weg?» fragte Giulia.

«Er arbeitet nicht mehr hier. Er ist fortgegangen.» Seine Stimme klang traurig und gekränkt wie die eines Ehemannes, der von seiner undankbaren Frau verlassen wurde.

Giulia war zum Sterben zumute. Den ganzen Juli und den halben August hatte sie damit verbracht, an Ermes zu denken und die Tage bis zu ihrer Rückkehr zu zählen, und nun war er einfach verschwunden.

«Hat er nichts für mich hinterlassen?» fragte sie, sich an eine letzte Hoffnung klammernd.

«Nein, wieso? Hätte er das sollen?»

«Er hat noch ein Buch von mir», sagte sie und wurde rot.

«Du kannst ja zu ihm nach Hause gehen», riet ihr der Metzger und betonte damit noch einmal, daß die Trennung von seinem ehemaligen Lieblingsangestellten tatsächlich endgültig war.

Giulia grüßte und rannte aus der Metzgerei. Sie war traurig, wurde unzugänglich und zog sich wie ein Igel in sich zurück. Die Geschwister ließ Giulias Verhalten völlig kalt, ihr Vater nahm sie überhaupt nicht wahr, und Carmen, die wußte, was los war, beobachtete sie und schwieg. Was hätte sie auch tun können, um diesen ersten brennenden Liebesschmerz zu lindern? Sie selbst verglich die Liebe immer mit einer bestimmten Sorte von kleinen Hotels, den sogenannten Familienpensionen, deren ganzer Luxus sich in der Eingangshalle konzentriert. Ihr kleines Mädchen war eben noch nicht bis in die heruntergekommenen Gästezimmer mit ihren schäbigen Möbeln, den klebrigen Linoleumböden und den fleckigen Tapeten vorgedrungen. Vielleicht war es falsch, ihre persönliche Erfahrung zu verallgemeinern. Vielleicht stand in Giulias Schicksal eine bessere Zukunft geschrieben. Für den Moment war ihre Tochter jedoch überzeugt, die unglücklichste Frau der Welt zu sein, und erst eine neue Liebeserfahrung konnte ihr über diese erste Enttäuschung hinweghelfen.

Carmen registrierte den großen Unterschied zwischen Giulia und ihrer Schwester. Isabella verliebte sich immer nur oberflächlich und ließ sich gefühlsmäßig gerade soweit ein, daß sie den größtmöglichen Genuß aus einer Beziehung ziehen konnte, ohne sich festlegen zu müssen. Sie hatte verschiedene Jungen an der Hand, denen sie abwechslungsweise die Ehre gab, und ging nur mit denen öfters aus, die ihrer Meinung nach die Voraussetzungen eines zukünftigen Ehemanns erfüllten. Isabella war ein Ausbund an Rationalität und Sachlichkeit. Sie war eine der Frauen, die alles verlangen und nichts geben. Giulia war anders. Ihre Gefühlswaage würde immer einseitig ausschlagen, denn sie gab grundsätzlich mehr, als sie bekam.

Es war September. In zwei Wochen sollte die Schule wieder beginnen. Mehr um ihrem Vater einen Gefallen zu tun als aus eigenem Lerneifer, las und interpretierte Giulia die ersten Gesänge des *Inferno* von Dante. Der Professor war der Ansicht, daß ihr diese Lektüre im Lauf des Schuljahres zugute kommen würde. Das stimmte sicher, aber sie hatte ihre Gedanken ganz woanders. Carmen strickte unter der Glyzinie und schaltete sich dann und wann ein, wenn sie den Eindruck hatte, daß Giulia nicht weiterkam. Jahrelang hatte sie Benny und Isabella vor allem in den klassischen Fächern Nachhilfeunterricht erteilt und oft genug ihrem Ehemann zugehört, so daß sie mittlerweile über eine gehörige Portion Bildung verfügte. Sie sannen gerade gemeinsam über den verzweifelten Schmerz nach, der das Herz des Grafen Ugolino bedrückte, weil er dazu verdammt war, das

Haupt des Erzbischofs Ruggieri zu verspeisen, als Giulia, deren Gedanken meilenweit von dem erhabenen Versen entfernt waren, plötzlich fragte: «Mama, darf ich zu ihm nach Hause gehen?»

«Nein», erwiderte Carmen trocken. Sie wußte gut, wen Giulia meinte.

«Und Caterina?»

«Sie wird wahrscheinlich nicht mehr zu uns kommen», antwortete Carmen kurz angebunden.

«Wie kann ich dann etwas über Ermes erfahren?» fragte Giulia, die damit den Namen des Jungen zum ersten Mal offen aussprach.

«Caterina ist mit einer schweren Leberkrankheit ins Hospital eingeliefert worden», teilte Carmen ihr mit.

«Wann?»

«Anfang August.»

«Und von Ermes weißt du nichts?»

«Er ist vor einer Woche vorbeigekommen, um sich bei deinem Vater für den guten Ausgang seiner Prüfungen zu bedanken.»

«Dann hast du ihn also gesehen!» rief Giulia aus. «Wie sah er aus?» fragte sie und wurde rot.

«Glücklich. Er hat sein Abitur mit hervorragenden Noten bestanden. Das Kreisblatt hat ihm sogar eine Spalte gewidmet.»

«Und das ist alles passiert, als ich nicht hier war», stellte Giulia todtraurig fest. «Ich werde verrückt, wenn ich ihn nicht sehen kann. Laß mich unter irgendeinem Vorwand zu ihm gehen.»

Aber Carmen gab nicht nach. «Er weiß, wo du wohnst», erwiderte sie. «Wenn er dich sehen möchte, kommt er hierher. Und hör auf, an dem armen Bleistift herumzukauen, als wäre er der Kopf von Erzbischof Ruggieri.»

«Warum gehst dann du nicht hin, um nach seiner Mutter zu fragen? Das wäre doch eine Geste christlicher Nächstenliebe», sagte Giulia unter Aufgabe des letzten Fünkchens Stolzes, das ihr noch geblieben war.

«Nein, das wäre gemeine Heuchelei», widersprach ihr Carmen. «Einem Mann nachzulaufen ist der sicherste Weg, um ihn zu verlieren. Mach das nie. Unter keinen Umständen.»

«Aber so riskiere ich, ihn niemals wiederzusehen», klagte Giulia verzweifelt.

«Das weiß keiner.»

«Willst du mir jetzt wieder mit dem Schicksal ankommen?»

«Das auch. Außerdem bist du doch noch so jung.»

«Wenn das die Gaben der Jugend sind, dann kann sie mir gestohlen bleiben.» Giulia begann zu weinen.

«Es gibt doch noch mehr Jungen auf der Welt», sagte Carmen, um sie zu trösten, und breitete ihre Arme aus. «Früher oder später wirst du dich in einen anderen verlieben.»

«Aber ihn gibt es nur einmal. Er ist einzigartig. Oh, Mama, ich will keinen anderen.» Dicke Tränen kullerten über ihre seidigen Wangen.

Sie verbrachte einen fürchterlich traurigen Herbst, während dem sie zusehends abmagerte und stundenlang Schallplatten mit den romantischsten Liebesliedern anhörte. Als der Winter kam, stimmte der Professor dem Vorschlag ihrer Mutter und des Großvaters zu, ihr einen kleinen Winterurlaub zu gönnen. Giulia fuhr nach San Vigilio di Lana an der Etsch, in der Nähe von Meran. Dort lernte sie den Skilehrer Karl Zuegg kennen und verliebte sich sofort in den lächelnden, athletisch gebauten Südtiroler. Als sie aus den Ferien zurückkehrte, weinte sie sich wieder an der Schulter ihrer Mutter aus und behielt diese gesunde Angewohnheit, sich das Herz zu erleichtern, auch in der Folgezeit bei, bis sie Leo kennenlernte. Mit ihm wurde sie zur Frau und lernte, Geheimnisse und Tränen für sich zu behalten.

Die Jahre vergingen. Sie wurde Mutter, erfuhr die Freuden und Leiden eines Ehelebens, um schließlich einzusehen, daß sie wieder einmal einen schwerwiegenden Fehler begangen hatte. Sie lernte andere Männer kennen, begehrte viele, verliebte sich auch in den einen oder anderen, aber jedesmal tauchte in einem kleinen Eckchen ihrer Erinnerung wieder das schöne Gesicht von Ermes auf, sein kräftiger Körper, sein offenes Lächeln, die betörende Sanftheit des ersten Kusses.

Aber davon erzählte Giulia niemandem, nicht einmal ihrer Mutter.

Ermes blieb fünfundzwanzig Jahre lang die schönste Erinnerung ihres Lebens.

Heute

1

Als das Interesse der Presse an Ermes und seiner ganzen leidigen Angelegenheit gegen ihn gerade zu verebben schien, gesellte sich ein unerwartetes Nachspiel zu dem Skandal um den «infamen Chirurgen». Sämtliche Zeitungen berichteten auf der Titelseite von seiner Liebesgeschichte mit Giulia und veröffentlichten mindestens ein Bild von dem Paar. Man hatte sie noch vor seiner Verhaftung über einen längeren Zeitraum hinweg an den unmöglichsten Orten aufgenommen.

Giulia konnte bei dieser Gelegenheit ihre Feinde zählen und wunderte sich, daß es so viele waren. Die größte Überraschung erlebte sie jedoch, als sie sich in einer ganzen Reihe von heimlich aufgenommenen Fotoreportagen an Ermes' Seite abgebildet sah: auf den Straßen von Mailand, in Paris, an einem Strand an der Costa Smeralda, bei einer Besichtigung der archäologischen Ausgrabungen in Morgantina, an Bord eines Bootes auf dem Hudson River und vor dem Buckingham Palast während der Wachablösung. Es gab Bilder von Giulia, wie sie das Tor des Palazzos passierte, in dem Ermes wohnte, und Fotos von Ermes, wie er Giulias Haus in der Via Tiepolo betrat. Die heimliche Liebesgeschichte zwischen dem angeklagten Chirurgen und der Schriftstellerin wurde zur Klatschnachricht Nummer eins, mit dem Ergebnis, daß selbst Giulias allererste Romane wieder in den Schaufenstern der Buchläden und in den Bestsellerlisten auftauchten.

«Was habe ich dir gepredigt, seit du ein kleines Mädchen warst: Halte dich von Männern fern. Sie ruinieren dir entweder die Existenz oder deine Titten», sagte die Marchesa Zaira Manodori Stampa, ließ sich in einen Sessel fallen und schlug ihre langen, schlanken Beine übereinander.

Bei der im Scherz dahingesagten Bemerkung verspürte Giulia einen stechenden Schmerz genau an dem Punkt, an dem Ermes den Knoten gefunden und entfernt hatte. Instinktiv griff sie sich mit der Hand an die Brust und wurde blaß.

«Du bist langweilig», murmelte sie verstört. «Langweilig und banal.» Wie konnte sie diesem Schandmaul verbieten, den Teil ihres Körpers zu erwähnen, der für sie zum Tabu geworden war, wenn die Freundin von ihrer Krankheit – zum Glück – gar nichts wußte?

«Früher konnte ich dich noch zum Lachen bringen», meinte Zaira gekränkt.

«Es war einmal und ist nicht mehr», sagte sie lächelnd in Anspielung auf ein altes Lied. Sie hatte sich zu Zaira gesetzt, um ihrer Pflicht als Gastgeberin nachzukommen, aber sie war keineswegs begeistert über den Besuch und fühlte sich unwohl.

In ein Silberfuchscape gehüllt, mit einem herrlichen Strauß dunkelroter Rosen in der einen und einer Schachtel Pralinen in der andern Hand, war Zaira bei Giulia aufgetaucht.

«Und doch bist du wieder mal auf dem falschen Dampfer gelandet», warf ihr Zaira vor, während sie ungeschickt an der Pralinenschachtel herumnestelte, um sie gleich darauf wieder wegzulegen.

«Was weißt du schon von meinem Leben?» fuhr Giulia sie an. «Was weißt du von der Beziehung zwischen einer Frau und einem Mann?» sagte sie mit ungewöhnlich lauter Stimme. Die Narbe auf ihrer Brust schmerzte immer stärker. Das Gespenst der Krankheit war allgegenwärtig und ängstigte sie.

«Ich habe auch einmal zu deinem Leben gehört», rief Zaira ihr in Erinnerung. «Und in die Kammer mit deinen Geheimnissen gehört auch eine kleine Ecke Zaira», setzte sie mit ernster, langsamer Stimme hinzu.

«Wer ohne Sünde ist, der werfe den ersten Stein», zitierte Giulia und blickte ihre Besucherin an. Im Grunde schätzte sie diese Frau: sie war mutig und intelligent, anpassungsfähig und phantasievoll und hatte mit ihren siebenundvierzig Jahren auch den schwierigsten Kampf ihres Lebens gewonnen: den gegen die Zeit.

Sie sah immer noch hinreißend jung aus. Im Elend geboren und ohne jede Bildung aufgewachsen, war sie heute eine der angesehensten Modeschöpferinnen. Mit Intelligenz, Phantasie und Instinkt hatte sie sich ein Vermögen erworben, das in die Millionen ging, während die Familie des Marchese Manodori Stampa ihren ganzen Reichtum für Hunde, Pferde und Feste, Spielkasinos und Fehlinvestitionen verschleudert hatte.

«Der einzige Mann, mit dem ich zusammengelebt habe», sagte sie nachdenklich, «hat mir reichlich wenig beigebracht, was die Beziehung zwischen Mann und Frau betrifft. Er war dazu gar nicht in der Lage. Aber selbst wenn er der vorbildlichste Gatte gewesen wäre, hätte er einer Ehefrau, die diese Rolle immer abgelehnt hatte, nicht viel beibringen können. Von all den Dingen, die du mir erzählst, Giulia, von der Liebe und dem Schutz, den dir ein Mann geben kann, habe ich keine Ahnung. Mich hat nie jemand geliebt», murmelte sie, während ihr Blick weich wurde. «Keiner hat mich beschützt. Alle haben mich benützt, so wie ich jeden benützt habe, den ich benützen konnte.» Sie sprach so leise, daß Giulia ihre Worte kaum verstand. «Ich kenne nur die erniedrigendste und die schmerzlichste Seite der Liebe: ihre Käuflichkeit und die Ablehnung. Ja, ich habe jemanden geliebt, den ich mit List herumgekriegt habe, aber nachdem dieser Jemand das Spiel und die Liebe entdeckt hatte, wollte er nichts mehr von mir wissen», gestand sie und blickte ihr tief in die Augen. Giulia sah eine Träne glänzen, aber Zaira entfernte sie sofort mit einem Taschentuch, damit sich ihre Wimperntusche nicht auflöste.

«Entschuldige, Zaira. Das wußte ich alles nicht», stammelte Giulia verwirrt.

«Ich habe über dich gesprochen, du Miststück», fuhr die

Marchesa sie an, wobei sie dafür sorgte, daß der Ton ihrer Stimme der Wahl ihrer Worte an Vulgarität nicht nachstand. «Aber mach dir nicht zuviel Illusionen. Wahrscheinlich habe ich dich geliebt, weil ich dich nie wirklich haben konnte.»

Giulia begriff, daß sie litt.

«Es tut mir trotzdem leid», sagte sie.

«Halb so schlimm», meinte die Freundin und grinste. Im nächsten Moment war sie wieder die alte Zaira, burschikos und spöttisch, mit ihrer schleppenden, etwas heiseren Stimme und dem lüsternen Blick. «Aber es ist doch herrlich, einen Skandal aufzuwirbeln.»

«Findest du?» entgegnete Giulia und ertappte sich dabei, daß sie völlig geistesabwesend war und den Worten ihrer Freundin kaum Gehör schenkte. Sie beneidete sie wahnsinnig um ihre geradezu unverschämt zur Schau getragene Gesundheit und vor allem um ihre heile Brust.

«Und was für ein Skandal!» fuhr Zaira begeistert fort. «Wirklich kein Kleinkram», sagte sie und unterstrich das Ausmaß der Affäre, indem sie Daumen und Zeigefinger der rechten Hand abwägend aneinander rieb. «Ja, liebe Giulia, laß es dir gesagt sein: in einem habe ich dich immer bewundert. Du bist eins von diesen ruhigen Wassern, die ganz unbemerkt anfangen zu brodeln, bis sie aufschäumen und in riesige Wasserfälle ausbrechen, in denen der Regenbogen aufgeht.»

Giulia sah in dem reißenden Strom ihrer Gedanken und Ängste keinen bunten Regenbogen aufgehen, sondern ein einziges schwarzes Trauerband, auf dem alle negativen Momente ihres Lebens verzeichnet waren. Dann rettete sie jedoch der Gedanke, daß die Verzweiflung auch den Keim der Hoffnung in sich trägt. Insgeheim war sie ihrer Freundin dankbar dafür, daß sie ihr half, die positiven Aspekte ihrer Lage zu sehen.

«Du bist wirklich eine Naturkraft», sagte Giulia lächelnd.

«Du vielleicht nicht? Mit vierzig Jahren bist du explodiert wie ein Feuerwerk und hast überall für Verblüffung und Neid gesorgt. Du hast dir den Mann genommen, den du immer geliebt hast. Und was für einen Mann! Laß dir das von einer sagen, die

Männer normalerweise mit größter Gleichgültigkeit betrachtet. Die Zeitungen reden über euch. Alle haben euer Bild vor Augen. Du erlebst ein Abenteuer, das die beste Hauptfigur deiner Romane vor Neid erblassen lassen würde. Jetzt brauchst du nur noch abzuwarten, bis ihn das Gericht von der Anklage freigesprochen hat, an die sowieso kein Mensch glaubt, und die Sache ist gelaufen. Für die Werbung, die du gratis gekriegt hast, muß unsereins Millionen ausgeben.»

Das war die optimistische Version eines ihrer Mißgeschicke, jenes Mißgeschicks, das Ermes betraf. Zaira betrachtete es mit den Augen eines Menschen, der daran gewöhnt ist, den eigenen Erfolg an dem Image zu messen, das die Massenmedien von ihm vermitteln. Die gleißenden Scheinwerfer der Werbung ließen Zairas Meinung nach alles Schlechte verschwinden, indem sie nur die positive Seite des Lebens hervorhoben.

Giulia dachte an den Anruf ihrer Agentin, einer unglaublich liebenswürdigen, intelligenten und faszinierenden Frau von geradezu unvergeßlicher Schönheit. Sie hatte sich vor kurzem bei ihr gemeldet, um ihr mitzuteilen, daß auch Giulias allerersten Romane wieder auf den Verkaufstischen und in den Schaufenstern der Buchläden lagen und, was das Wichtigste war, auf den obersten Plätzen der Bestsellerlisten rangierten.

Der positive Aspekt des Skandals ließ sich also nicht verleugnen, aber wenn der Preis, der dafür bezahlt werden mußte, Ermes' Karriere und Position waren, dann blieb es für sie trotzdem ein denkbar schlechtes Geschäft.

«Benütze den Optimismus als Reinigungscreme und wisch dir damit diesen Trauerschleier vom Gesicht», riet ihr Zaira zum Abschied. «Was da gegen Ermes läuft, ist doch alles nur Mache. Irgendein neidischer Kollege hat ihm einen gemeinen Streich gespielt. Aber für Ermes wird alles glatt ausgehen. Verlaß dich auf meinen Instinkt», sagte sie und umarmte Giulia zum Abschied.

Es war eine freundschaftliche Umarmung ohne Hintergedanken, mit der sie zum Ausdruck brachte, was sie fühlte und dachte. Und ihre Überzeugung, daß Ermes unschuldig war.

2

Seit Ermes seinen Beruf nicht mehr ausüben durfte, wollten die Tage für ihn nicht vergehen. Die Freundschafts- und Solidaritätsbezeugungen, die aus der ganzen Welt eintrafen, halfen ihm auch nicht über die Demütigung hinweg, die er mit dem einstweiligen Berufsverbot hatte einstecken müssen. Bis zum endgültigen Urteilsspruch war er zum Nichtstun verdammt. Giulia gegenüber gab er sich heiter und spielte die Rolle des starken Mannes, der auf die Justiz vertraut, denn Giulia brauchte Sicherheit. In Wirklichkeit bedrückte ihn jedoch seine Tatenlosigkeit und die feste Überzeugung, daß der Skandal, in den er verwikkelt worden war, das Ergebnis einer teuflischen Intrige sein mußte, die bis ins kleinste Detail geplant und nicht allein auf die Verzweiflung eines Vaters und die Rachsucht eines gekränkten Kollegen zurückzuführen war.

Weder Gianni Macchi noch der Vater des kleinen Camillo konnten die Informationen über seine Liebesgeschichte an die Zeitungen weitergegeben haben. Er dachte an Teolinda, seine Tochter, und wunderte sich, daß sie sich bisher noch nicht bei ihm gemeldet hatte. Er beschloß, sie anzurufen. Tea hatte Recht auf eine Erklärung, und Marta war sicher nicht die geeignete Person, um ihr ein objektives Bild von der Situation zu vermitteln.

In diesem Moment stellte ihm Ersilia ein Telefongespräch durch. Es war Elena Dionisi.

«Irgendwelche Neuigkeiten?» fragte Ermes.

«Ja, ich glaube, ich habe eine gute Nachricht für dich», begann seine Rechtsanwältin.

«Laß hören», erwiderte er. Ihr fröhlicher Ton stimmte ihn zuversichtlich.

«Also, paß auf», fuhr die Frau fort. «Die Person, die dich in Verruf bringen will, ist einen Schritt zu weit gegangen.»

«Inwiefern?»

«Insofern, als wir jetzt herausbekommen können, wer der Drahtzieher ist.»

Ermes hatte das Titelblatt einer Illustrierten vor sich, das folgendermaßen überschrieben war: *Der fröhliche Chirurg an den Ufern der Seine.*

Unter der Überschrift war ein Foto des kleinen Camillo abgebildet. Ein scheinheiliger, aber sehr geschickt verfaßter Kommentar gab zu verstehen, daß der «niederträchtige Onkologe», der dabei ertappt worden war, wie er dem schwerkranken Jungen das Geld aus der Tasche ziehen wollte, schuld an dessen Tod sei. Dann folgte eine Fotoserie über ihn und Giulia in Paris.

«Tu mir den Gefallen, und sag mir seinen Namen», forderte Ermes sie auf. Er gab sich keine Mühe, seinen Unmut zu verbergen.

«Ich habe erfahren, wer die Bilder, die in diesen Tagen von den Zeitungen veröffentlicht wurden, in Umlauf gebracht hat.»

«Mach es nicht so spannend, und sag mir endlich den Namen der Agentur.»

«*Capitol.* Die Serien haben sie intelligenterweise an die bekanntesten Zeitungen verteilt, den Kleinkram haben sie den unbekannteren überlassen.»

«Aber wer hat die Fotos gemacht? Wer hat ein Vermögen dafür ausgegeben, mich in der ganzen Welt verfolgen zu lassen, um in meinem Privatleben herumzuschnüffeln?»

Elena wurde nervös.

«Wir sind einen wichtigen Schritt weitergekommen, aber das ist erst der Anfang. Ich verstehe, daß du darauf drängst, alles sofort zu klären, aber wir dürfen nichts überstürzen», sagte sie.

«Und noch etwas», fuhr sie dann leicht verärgert fort. «Ich erwarte ja keinen Orden, aber über ein bißchen mehr Anerkennung für die geleistete Arbeit hätte ich mich doch gefreut.»

«Ich danke dir, Elena», sagte Ermes. «Und ich bitte dich um Entschuldigung. Aber wenn wir nicht einmal mehr unter uns ehrlich sein können, dann landen wir alle im Irrenhaus», gestand er ihr. «Lüge und Selbstkontrolle scheinen für unsereins inzwischen lebensnotwendig geworden zu sein.»

«Verzeih mir ebenfalls. Aber wir haben eben wirklich einen großen Schritt nach vorn gemacht. *Capitol* ist eine der größten Fotoagenturen. Jetzt müssen wir nur in Erfahrung bringen, von wem sie die Bilder hat. Das dürfte zwar etwas schwierig, aber nicht unmöglich sein. Verlaß dich auf mich.»

«Wenn ich das nicht täte, wäre ich nicht so ehrlich zu dir gewesen.»

In diesem Moment erschien Ersilia in der Wohnzimmertür.

«Brigadiere Caruso ist gekommen», flüsterte sie ihm zu.

Ermes hielt mit der Hand die Sprechmuschel des Telefonhörers zu. «Bitten Sie ihn herein», sagte er. Dann wandte er sich wieder Elena zu. «Du kannst mich jederzeit anrufen, wenn es Neuigkeiten gibt. Ich glaube, du hast recht: nichts ist unmöglich», sagte er, grüßte und hängte ein.

Carmine Caruso trat über die Schwelle zum Wohnzimmer, indem er vorsichtig einen seiner großen Füße vor den anderen setzte. Dies war aber auch das einzige Merkmal, das seinen Polizistenberuf verriet. Carmine war ein Sizilianer mit blauen Augen und blondem Haar, schlanker Statur und leicht gekrümmtem Rücken. Er wirkte so liebenswürdig wie ein dienstbarer Geist vom alten Schlag und bewegte sich so schüchtern wie ein Bauer aus früherer Zeit. Jahrelang hatte er die Häuser von Reichen überprüft, die – selten zu Unrecht – unter Anklage standen, und so nahm sein geübtes Auge auch hier in Ermes' hellem Wohnzimmer alles Wertvolle mit einem Blick wahr. Teppiche, Bilder, Möbel, antike und moderne Einrichtungsgegenstände hätte er ohne weiteres einordnen und schätzen können.

Ermes ging ihm entgegen und hoffte, Carmine würde ihm die Lösung des Geheimnisses bringen.

«Von den vielen Informationen, die uns interessieren, habe ich eine herausbekommen, Herr Professor. Nur eine einzige, aber die ist sicher und sehr interessant», begann er ohne längere Umschweife mit der knappen Präzision des erfahrenen Praktikers.

Er hatte Ermes gebeten, ein paar Nachforschungen anstellen zu dürfen, da er felsenfest von seiner Unschuld überzeugt war.

«Bitte setzten Sie sich», sagte Ermes.

Sie ließen sich auf einem breiten Sofa nieder.

«Nur einen Moment», sagte Carmine gleich. «In einer halben Stunde muß ich im Büro sein. Ich habe nicht viel Zeit», fügte er hinzu und zog aus seiner schwarzen Tasche einen großen Umschlag, den er Ermes reichte. «Hier drin finden Sie alles, was ich bisher herausgefunden habe. Ich habe mich damit eines Vergehens schuldig gemacht. Wenn das jemand herausbekommt, sieht es schlecht für mich aus.» Er lächelte. «Dann würden wir beide in der Patsche sitzen.»

Ermes hielt abwägend den dicken Umschlag in der Hand.

«Nur wir beide wissen davon», versicherte er ihm. Es war die reine Wahrheit. Er hatte nicht einmal mit Giulia darüber gesprochen.

«Man hat Sie beschatten lassen, Herr Professor. Egal, wo Sie waren», informierte er ihn. «Sie und Signora de Blasco sind von den Fotografen der *Detective International*, die in allen großen Städten der Welt eine Niederlassung hat, beobachtet und aufgenommen worden, und das seit vier Jahren. Da drin» – dabei deutete er auf den Umschlag – «finden Sie die ganze Geschichte von A bis Z.»

«Vier Jahre», wiederholte Ermes, dem es fast übel wurde. «Und der Auftraggeber?» fragte er dann.

«Heute abend werde ich einen Freund treffen, der mir mehr als einen Gefallen schuldet. Ich glaube, daß er in der Lage ist, mir den Namen der Person oder der Personen zu sagen, die diesen Schwindel veranlaßt haben.»

«Dann gehören also die Anklage und das ganze Pressetheater zu ein und demselben Plan», überlegte Ermes laut.

«Heute abend wissen wir genauer, wie die Dinge stehen, Herr Professor.»

Jede weitere Frage wäre überflüssig gewesen. Es blieb Ermes nichts anderes übrig, als abzuwarten. Er verabschiedete Caruso und rief bei Marta an, in der Hoffnung, Tea dort anzutreffen. Ein Hausangestellter teilte ihm mit, daß die beiden Damen nach Sankt Moritz gefahren seien. Daraufhin versuchte er es im Palace. Der Portier erkannte ihn sofort an der Stimme.

«Das Fräulein ist noch nicht eingetroffen», teilte er ihm mit. «Bisher ist nur Ihre Frau hier. Soll ich sie Ihnen geben?»

Ermes überhörte die Frage. «Ist die Ankunft meiner Tochter denn vorgesehen?» wollte er wissen.

«Nicht daß ich wüßte, Herr Professor.»

«Sollte sie doch noch kommen, dann richten Sie ihr bitte aus – aber bitte nur ihr», betonte er, «daß ich sie sprechen möchte.»

3

Piergildo Grandi, der aufgeweckte junge Reporter, den die Jagd nach Sensationsmeldungen über die Berühmtheiten der High Society nach Sankt Moritz geführt hatte, ließ sich im Prunkbett einer Suite des Palace-Hotels an Martas Seite gleiten. Er war nackt und erschöpft, gedemütigt und verletzt. Piergildo war das Schlimmste passiert, was einem Mann passieren kann: er hatte mehrmals hintereinander versagt. Eine gute halbe Stunde lang hatte er sich vergeblich abgemüht und zu den schändlichsten Tricks gegriffen, aber selbst die heißesten erotischen Phantasien hatten es nicht geschafft, seinen Freudenspender, der auch jetzt noch jämmerlich darniederlag, auf Trab zu bringen. Sein Gesicht bot denselben trostlosen Anblick wie sein Gemächte.

Das Abenteuer mit Marta hatte ihn zunächst in mehr als einer Hinsicht gereizt. Jegliche Erregung war aber in dem Moment von ihm gewichen, in dem er sie in ihrer ganzen wundervollen Blöße sah: ein perfekter Körper, der jedoch von langen Streifen vernarbten Gewebes überzogen war, vor allem unterhalb der Brust.

Piergildo Grandi, der unternehmungslustige Reporter, empfand eine geradezu heilige Scheu vor Narben. Das glänzende, leicht hervortretende Gewebe erinnerte ihn an eine ekelhaft glitschige, scheußliche kleine Schlange, die auf der Lauer lag, um jeden Moment vorzuschnellen und zuzubeißen.

Diese irrationale, völlig unbegründete Angst hatte er bei seiner ersten sexuellen Erfahrung entwickelt. Er war achtzehn Jahre alt gewesen, sie sechsunddreißig, eine attraktive Frau, die an der Schule, an der er gerade das Abitur machte, Turnunterricht gab. Als sie sich auszog, hatte er auf ihrem perfekten Körper, zwischen Bauchnabel und Schamhaar, die unheilvolle, widerliche kleine Schlange entdeckt. Sie ging auf einen Kaiserschnitt zurück, für Piergildo wurde sie jedoch zum Verhängnis. Sein bester Freund versagte ihm den Dienst, und er mußte seine Mannestaufe um gut zwei Jahre verschieben.

Bei Marta hatte er versucht, seine Phobie zu überwinden, aber sein Ehrgeiz als Mann führte nicht zu dem erhofften Resultat. Das vernarbte Gewebe nahm dem jungen Liebhaber allen Wind aus den Segeln. Als er dann noch ihren Busen streichelte, war es vollends um ihn geschehen. Unter der samtenen Haut fühlte er die plastikartige Konsistenz einer Silikonprotese. Das gab ihm den Rest. Am liebsten wäre er vor Scham im Erdboden versunken. Was für eine Blöße gab er sich vor dieser sanften, respektgebietenden Frau, die paradiesische Genüsse versprach!

«Entschuldige», murmelte er.

Marta schnellte aus dem Bett, streifte einen Morgenmantel über, nahm aus einem silbernen Etui eine Zigarette, zündete sie an und ging in den kleinen Salon hinüber, um sich vor den Fernseher zu setzen. Sie kochte vor Wut.

In den letzten Stunden war alles zusammengekommen. Dieser Idiot von Gianni hatte die Geschmacklosigkeit besessen, sich umzubringen, während er mit ihr im Urlaub war, die Schweizer Polizei hatte sie einem unverschämten Verhör unterzogen, und als sie schließlich hoffen konnte, wenigstens eine einigermaßen anständige Nacht zu verbringen, kam dieser brillante Reporter mit einem Getriebeschaden daher. Sie lauschte in Richtung ihres Zimmers, in der Hoffnung, ein Signal zu empfangen, das eine vernünftige Sinneswandlung angezeigt hätte, aber sie hörte nichts als die trostlose Stille der Nacht.

Marta riß die Tür auf.

«Heb deinen Arsch und verschwinde aus meinem Bett, du Versager», zischte sie und kehrte wieder um.

Piergildo Grandi erschien kurze Zeit später fix und fertig angezogen auf der Schwelle ihrer Tür.

«Ich hatte dich um Entschuldigung gebeten», sagte er mit weinerlicher Stimme. «Du hast kein Recht, mich zu beleidigen.»

«Ich habe dich beim richtigen Namen genannt. Oder weißt du einen anderen? Bist du vielleicht schwul? Aber nein. Wenn es den Schwulen an etwas nicht fehlt, dann ist es Potenz.» Es bereitete ihr unbeschreibliches Vergnügen, ihn zu beschimpfen.

Aber nun begann auch Grandi zu reagieren. «Vielleicht hätte ich dein ehrwürdiges Alter bedenken sollen», sagte er. «Aber wahrscheinlich ist das auch nicht das eigentliche Problem. Du hast Plastiktitten und trägst am ganzen Körper die Zeichen einer geduldigen Restaurierung. Wie alt bist du wirklich? Sechzig? Oder noch älter?» Es war zur offenen Auseinandersetzung gekommen. Sie schleuderten sich Schimpfworte und Obszönitäten ins Gesicht.

«Impotenter Schlappschwanz», brüllte sie.

«Und du bist nichts anderes als eine lüsterne alte Vettel, die aussehen möchte wie ein junges Mädchen.»

«Keiner hat es gewagt, mich so zu beleidigen», stöhnte Marta mit hochrotem Gesicht. Ihre himmelblauen Augen waren blutunterlaufen und sprühten vor Zorn.

«Dann war es höchste Zeit.»

Marta sprang ihn wie eine wildgewordene Katze an, schlug ihm die Fingernägel ins Gesicht und hinterließ vier tiefe Blutspuren auf seiner linken Wange. Grandi stieß sie rücksichtslos von sich, so daß sie auf den Boden stürzte, der glücklicherweise mit einem weichen Teppich versehen war. Auf den rechten Arm gestützt, richtete sie sich halb auf.

«Wenn du noch einen anderen Beruf auf Lager hast, dann fang an, dich umzuschauen. Deine Karriere als Journalist ist hiermit beendet», sagte sie, als verkünde sie ihm ein Urteil. Piergildo Grandi war beim Anblick des Blutes, das er sich mit einem Taschentuch vom Gesicht wischte, unerklärlicherweise wieder völlig ruhig geworden. Er drehte sich um, ging auf Marta zu und stellte ihr einen Fuß auf die Schulter, so daß sie nicht aufstehen konnte. Der junge Reporter, der sie noch vor wenigen Stunden demütig und unterwürfig angeblickt hatte, schenkte ihr jetzt ein grausames Lächeln. «Ich weiß, daß du zu allem fähig bist, aber gegen mich wirst du mit Sicherheit nichts unternehmen», sagte er drohend. «Wenn du es wagst, auch nur einen Finger zu regen, erzähle ich der Polizei, daß du eine Botschaft von Gianni Macchi verschwinden lassen hast. Damit hast du dich eines Vergehens schuldig gemacht. Unterschlagung von Beweismaterial nennt man so etwas, das weißt du doch, oder? Ich kenne den Inhalt des Schriftstücks auswendig. Doktor Macchis Worte waren auch auf dem darunterliegenden Blatt noch sehr gut lesbar.»

«Du Schwein!» schrie sie. Aber er hörte sie nicht mehr, denn er hatte das Zimmer bereits verlassen und die Tür hinter sich geschlossen.

Marta fand nicht gleich die Kraft, sich wieder aufzurichten. Sie fühlte sich plötzlich alt und müde. Es war zweifellos wahr, daß sie es mit einem verklemmten, impotenten Schlappschwanz zu tun gehabt hatte, aber ebenso sicher stand fest, daß all ihre Versuche, sich an der Jugend festzuklammern, mit dem Blick in das ausdruckslose Gesicht dieses miesen Schreiberlings gescheitert waren. Sie begann leise vor sich hinzuweinen. Es war das erste Mal, daß es ihr richtig gut tat zu weinen. Was hatte dieses verzweifelte Bedürfnis nach Tränen zu bedeuten? Dieses Gefühl der inneren Leere und Unsicherheit? Sie war alt, eine geschickt restaurierte Attrappe. Und das mußte sie sich von diesem impotenten Blindgänger sagen lassen. Er hatte sie mit der schrecklichen Wahrheit vergewaltigt, die sie vergeblich versuchte zu verstecken.

«Du bist alt!» schrie sie sich selbst ins Gesicht. «Alt und ekelerregend!»

In diesem Zustand traf Tea sie an, als sie die Tür öffnete.

Marta richtete sich eilig auf und fuhr sich mit der Hand durch das zerzauste Haar.

«Warum bist du aus der Klinik abgehauen?» fragte sie.

«Das ist eine lange Geschichte.»
«Wer hat dich hierher gebracht?»
«Ich will zu meinem Vater.»

4

Oberleutnant Marcello Belgrano, Graf von Sele, saß, einen Ellbogen auf den Tresen gestützt, auf dem hohen Hocker der American Bar und tarnte sein prekäres Gleichgewicht routiniert mit einer ungezwungen eleganten Haltung. Nur dem geübten Auge des Barkeepers, der vom vornehmen Schwips bis zum Vollrausch alle Stufen der Trunkenheit kannte, war aufgefallen, daß sich der junge Aristokrat, der verliebt in sein Whiskyglas blickte, zum Verlierer berufen fühlte und in einem Dauerzustand würdevoller Angesäuseltheit seinem Untergang entgegensteuerte.

Er war ihm vor einer halben Stunde in der Eingangshalle begegnet und hatte gesehen, wie er die blutjunge Teolinda Corsini zum Aufzug begleitete. Dann war der gutaussehende junge Mann schnurstracks auf die Bar zugegangen, zu der er sich so unwiderstehlich hingezogen fühlte wie eine Kompaßnadel zum Magnetpol. Dort hatte ihn der Barkeeper wiedergetroffen, als er seinen Kollegen vom Dienst ablöste. Der trübe Blick des jungen Mannes deutete auf eine vor kurzem eingesteckte Niederlage hin, vielleicht den letzten einer ganzen Reihe von Tiefschlägen. Er hätte die Trinkgelder eines Tages gegen ein Glas frisches Wasser gewettet, daß die unglückliche Verfassung seines Gastes mit der kleinen Corsini und ihrer Mutter Marta zu tun hatte, die vor ein paar Tagen mit einem jungen Begleiter angekommen war. Dieser hatte sich kurz darauf umgebracht und mitten in der Wintersaison fast einen Skandal heraufbeschworen. Ja, er war hinter den Bartresen halb Europas alt geworden. Seine immer noch flinken und weise dreinschauenden Augen hatten alles schon einmal gesehen, und seine scharfe Adlernase roch ein heraufziehendes Unheil auf kilometerweite Entfernung. Alle möglichen Menschen hatten sich ihm schon einmal anvertraut: Abenteurer, abgebrannte Scharlatane, skrupellose Schmarotzer, abgetakelte Potentaten, verschwenderische Milliardäre und sadistische Plutokraten, hervorragende Persönlichkeiten und fiese Typen. Sie knieten vor seinem Beichtstuhl nieder, umwarben und umschmeichelten ihn je nach Promillegehalt ihres Blutes und hatten am nächsten Tag, wenn sie wieder nüchtern waren, alles vergessen.

Manchmal irrte er sich in der Zuordnung der Männer zu bestimmten Kategorien. Millionäre und Scharlatane zum Beispiel waren leicht miteinander zu verwechseln, aber die beiden Grundtypen – Verlierer und Gewinner – erkannte er ganz sicher. Die Verlierer hatten den trüben Blick und die völlige Gleichgültigkeit – wenn auch nicht immer den Stil – des Gastes, der ihm in diesem Moment sein leeres Glas hinschob.

Der Barkeeper schenkte ihm nach. Zum vierten Mal in einer halben Stunde.

Der Gast streckte seinen linken Arm aus, um sein Handgelenk zu entblößen und auf die Uhr zu schauen.

«Hier war einmal eine Patek-Philippe», verkündete der Betrunkene. Er fühlte sich beobachtet.

«Es ist elf Uhr, mein Herr», sagte der Barkeeper diskret.

«Das Wetter ist schön», erwiderte Marcello mit einem Lächeln. «Und Teolinda ist hübscher denn je», setzte er dann hinzu und erhob sich, um Tea zu begrüßen, die in diesem Moment hereinkam.

«Liebling, ich fahre mit Mama nach Mailand zurück», teilte sie ihm mit, wobei sie ihn ernst anblickte.

Marcello beugte sich vor und gab ihr einen Handkuß.

«Wie du möchtest, meine Liebe», sagte er, ohne ihre Entscheidung in Frage zu stellen.

«Brauchst du irgend etwas?» fragte Teolinda besorgt.

«Nur die Gewißheit, daß es dir gut geht», antwortete er. In Wahrheit hatte er seine Patek-Philippe verpfänden müssen, um nach Locarno zu fahren, Tea in der Klinik abzuholen und nach Sankt Moritz zu bringen, und die Chancen, die Uhr je wieder einlösen zu können, standen schlecht. Aber das hätte er ihr nie gesagt.

«Der Rat, den du mir gegeben hast, war sehr wertvoll», sagte das Mädchen dankbar. «Ich habe meine Freiheit und meinen Paß zurückerhalten.»

«Das ist wirklich eine gute Nachricht», freute sich Marcello.

«Und du?» fragte Tea mehr aus Höflichkeit als aus echtem Interesse.

Marcello Belgrano wurde klar, daß das ein Abschied war.

«Mir bleibt das Vergnügen, dir beigestanden zu haben, als du mich brauchtest», murmelte er mit seiner tiefen Stimme.

Tea küßte ihn auf die Wange und verabschiedete sich mit der Gleichgültigkeit von Kindern aus reichem Hause, deren Launen wechseln wie das Wetter im April.

«Laß mal was von dir hören, wenn du wieder in Mailand bist», sagte sie leidenschaftslos und ungerührt.

Die Abtreibung, die Flucht, die erlittenen Demütigungen gehörten bereits der Vergangenheit an.

«Ich werde mich melden», erwiderte er ausdruckslos.

Teodolinda drehte sich um und verschwand.

Oberleutnant Marcello Belgrano, Graf von Sele, sah mit ihr seine Hoffnung auf eine einträgliche Heirat schwinden, die es ihm erlaubt hätte, sein verrostetes Wappen etwas aufzupolieren. Teodolinda, die schlechteste seiner Schülerinnen, würde wohl nie richtig reiten lernen. Ihm selbst blieb nichts übrig, als auch weiterhin beim Heer zu dienen, um sich ein Pferd leisten zu können und schönen Erinnerungen nachzuhängen. Er hatte sie aus Berechnung geschwängert, aber jetzt liebte er sie wirklich.

Er blickte in Richtung der Tür, durch die Teodolinda verschwunden war, und vollführte dann mit dem Arm noch einmal die altgewohnte Bewegung, um auf die Uhr zu schauen.

«Hier war einmal eine Patek-Philippe», wiederholte er an den Barkeeper gewandt. «Ein wertvolles, altes Familienstück. Sie wird wohl nie mehr an ihren Platz zurückkehren», fügte er mit einem wehmütigen Lächeln hinzu.

«Das ist nicht gesagt, mein Herr», warf der Barkeeper ein, um ihn zu trösten.

«Ich gehe am Bettelstab», bekannte Marcello.

«Das sind Dinge, die eben passieren, aber meistens gehen sie wieder vorbei.»

«Du bist ein sehr weiser und geduldiger Mann», sagte Marcello anerkennend und reichte ihm seinen letzten Hundert-Franken-Schein.

«Und Sie sind mein sympathischster Gast am heutigen Tag», gab der Barkeeper zurück, um das Kompliment zu erwidern. «Wenn Sie also erlauben», fuhr er fort und wies das Geld zurück. «Die Getränke gehen auf Kosten des Hauses.»

5

Durch die verschneite Landschaft rauschte ein roter Ferrari die Serpentinenstraße entlang, die von Sankt Moritz ins Tal hinunterführte. Marta hatte ihre innere Sicherheit und ihr Selbstvertrauen wiedererlangt und lenkte den schnittigen Wagen mit viel Gefühl. Je schneller sie den Abstand zwischen sich und dem Ort, an dem sie einen so verheerenden Einbruch erlitten hatte, vergrößern konnte, desto besser war es. Für sie war Sankt Moritz ein abgeschlossenes Kapitel.

Teodolinda beobachtete das fein geschnittene Profil ihrer Mutter. Vor ihrer Abfahrt vom Palace hatten sie eine Art Waffenstillstand geschlossen. Trotzdem hegte sie tiefe Verachtung für Marta.

«Du hast mir immer noch nicht gesagt, wie du es geschafft hast, aus der Klinik abzuhauen und hierherzukommen», hatte Marta gesagt, als sie sich in dem kleinen Salon ihrer Suite gegenübersaßen.

«Ein toller Coup, was?» hatte das Mädchen spöttisch erwidert. «Noch dazu ohne Kleider, ohne Geld, ohne Paß. Jetzt rate mal?» Tea war bleich vor Erschöpfung, aber die traurige Blässe gab ihrem Gesicht etwas Weiches und machte es noch schöner.

«Da steckt ein Mann dahinter, das dürfte klar sein. Wahrscheinlich dieser Lüstling von Marcello.»

«Er war fabelhaft. Uneigennützig und fabelhaft.» Tea ließ während der Auseinandersetzung mit ihrer Mutter unaufhörlich den Blick umherschweifen und versuchte, sich die Unordnung, die in dem Zimmer herrschte, zu erklären. «Er wartet unten auf mich. Ich habe immer noch große Lust, ihn zu heiraten.»

«Du weißt genau, daß ich ihn ruinieren könnte.»

«Ja, das weiß ich. Aber in zwei Jahren kann ich frei über mein Vermögen verfügen, und zwei Jahre sind schnell vorbei. Ich bin sicher, daß Papa mir helfen würde. Aber selbst wenn auch er dagegen ist, könnte ich bei dem Vermögen, das mich erwartet, leicht jemanden finden, der mir einstweilen über die Runden hilft. Wenn ich mir die Sache schon vor ein paar Tagen mit etwas mehr Ruhe überlegt hätte, würde ich bestimmt nicht abgetrieben haben. Aber ich kann ja andere Kinder bekommen, wenn ich heirate.»

«So, wie du mich ansiehst und mit mir sprichst, könnte man meinen, du wärst meine schlimmste Feindin.»

«Wir wollen lieber nicht nach Definitionen suchen, Mama.»

«Ich bin aber deine Mutter und habe die Pflicht, an deine Zukunft zu denken.»

«Nichts als Worte.»

«Glaubst du denn wirklich, dieser adlige Taugenichts liebt dich?» Sie hatte tiefe Schatten unter den Augen und zerrauftes Haar. Sie war todmüde. Am liebsten hätte sie alles hingeworfen und jeden zum Teufel gejagt. Sie nahm einen großen Schluck Whisky, zündete sich eine Zigarette an und fand allmählich zu ihrer alten Form zurück.

«Marcello liebt mich», behauptete Tea.

«Marcello liebt mich», äffte Marta sie nach. «Was für ein herrliches Melodrama! Aber als du abgetrieben hast, hat er keinen Finger gerührt. Warum hat er nicht protestiert? Warum hat er keinen Krach geschlagen? Warum hat dich dein Prinz nicht entführt? Er kannte meine Einstellung, und trotzdem hat er keinen Mucks gemacht. Nicht einmal ein Anruf, um einen schwachen, aristokratischen Protest anzumelden.»

«Er wußte von nichts.» Die Boshaftigkeit ihrer Mutter machte sie rasend.

«Er wußte alles, und er hat nichts dagegen unternommen.

Wenn du mir jetzt erzählen kannst, daß er bald verrückt geworden ist, als du ihn vor die vollendete Tatsache gestellt hast, daß er sich vor Verzweiflung die Haare ausgerauft hat und ein Massaker veranstalten wollte, wenn du mir das erzählen kannst, dann nehme ich alle Anschuldigungen zurück und sage dir: heirate ihn, du hast meinen Segen, dieser Säufer liebt dich wirklich.» Mit diesem Zweifel ließ Marta ihre Tochter alleine und verschwand im Badezimmer. Sie brauchte eine heiße Dusche, um ihrer Nervosität Herr zu werden.

Tea umarmte ein anonymes Hotelkissen und dachte an die Nacht, in der sie ihren geliebten Teddybären weggeworfen hatte, weil ihr Vater endgültig von zu Hause fortgegangen war. Dann ließ sie sich noch einmal die Worte ihrer Mutter durch den Kopf gehen. Marcello hatte angesichts der Nachricht von dem Verlust ihres Kindes tatsächlich weder Verzweiflung noch Protest zum Ausdruck gebracht. Er hatte sich darauf beschränkt zu lächeln und zu sagen, es sei nichts passiert. Marta hatte recht, auch er liebte sie nicht. Marcello hatte sie aus Berechnung verführt, ihre Mutter lehnte sie ab, und ihr Vater hatte sie verlassen. Im Grunde war sie ein kleines Mädchen, das sich verzweifelt nach etwas Schutz und Zuneigung sehnte. Marcello Belgrano mochte sie vielleicht auf seine Art ganz gern, mehr aber auch nicht. Er hatte ja nicht einmal mit ihr über den Verlust eines Menschenlebens geweint.

Als Marta angezogen und perfekt geschminkt wieder erschienen war, hatte Teodolinda zu ihr gesagt: «Bring mich nach Hause zurück. Ich will zu meinem Vater. Mit Marcello Belgrano ist alles aus.»

Marta mußte sich ein triumphierendes Lächeln verkneifen. Aber es würde noch genug Gelegenheit zum Feiern geben.

Jetzt waren sie unterwegs nach Mailand. Tea beobachtete ihre Mutter und fragte sich, warum sie bislang keinerlei Kommentar abgegeben hatte zu dem Skandal um ihren Vater und zu den Fotoreportagen, die in den Zeitungen erschienen. Zu gerne hätte sie gewußt, was in ihrem Kopf vor sich ging, aber Martas Gesicht verriet keine Regung. Und doch war Tea sicher, daß ihre Mutter gerade den schwierigsten Moment ihres Lebens durchmachte. Gianni Macchi hatte sich in einem Zimmer, das an ihre Suite angrenzte, umgebracht, und bei aller Naivität mußte ihr doch klar sein, daß diese Geschichte ein Nachspiel haben würde. Ihr Vater machte mit einem aufsehenerregenden Skandal von sich reden und lieferte den Stoff für kitschige Fotoromane, und sie, ein Klatschweib und Lästermaul ersten Ranges, erging sich diesmal in vornehmem Schweigen.

«Papa hat die Frau seines Lebens gefunden», sagte Tea. Hinter ihren ironischen Worten verbargen sich Eifersucht und Haß auf Giulia.

«Diese Sache geht uns nichts an», erwiderte Marta.

«Kompliment», sagte Tea. «Ich hätte nicht gedacht, daß man es in der Kunst des Lügens zu einer solchen Perfektion bringen kann.»

«Die erotischen Eskapaden deines Vaters gehen uns nichts an.»

«Und die Anklage wegen Unterschlagung? Die Schande seiner Verhaftung? Du kennst ihn gut. Du weißt, daß er nie so etwas getan hätte.»

«Überlaß diese Entscheidung nur ruhig dem Gericht. Wir haben jedenfalls mit dem ganzen Schlamassel nichts zu tun.»

«Du vielleicht nicht, aber ich bin seine Tochter.»

«Und ich bin immer noch Signora Corsini, wenn wir uns schon auf Verwandtschaftsbeziehungen berufen. Bislang gibt es kein Urteil, das unsere Scheidung offiziell bestätigt.»

«Warum trägst du dann diese vornehme Gleichmut zur Schau, anstatt entsetzt zu sein?» sagte Tea provozierend. «Das Fernsehen und die Zeitungen zeigen deinen Mann in Handschellen, und du gibst dich so gelassen wie die Königin von England. Ich durchschaue dich, und ich habe durchschaut, daß sich hinter deiner angeblichen Gleichgültigkeit im Grunde Schadenfreude verbirgt. Aber ich bin auch eine Frau und kenne die Eifersucht. Du kannst mir nicht weismachen, daß dich Papas Liebesaffäre mit dieser Schriftstellerin tatsächlich kalt läßt. Es sei denn ...» Sie führte ihren Satz nicht zu Ende.

«Es sei denn?» wollte Marta wissen.

«Es sei denn, du kennst die Wahrheit schon lange, und hattest Zeit, dich an den Gedanken zu gewöhnen», kam Teas überraschende Antwort.

«Du bist ja verrückt», zischte Marta, die plötzlich alles andere als gelassen war.

«Kann sein», meinte Tea lächelnd. «Kann aber auch nicht sein», fuhr sie nachdenklich fort. Komisch, daß sie sich erst jetzt an ein Telefongespräch ihrer Mutter mit einem anonymen Anrufer erinnerte: «Er ist im Ritz abgestiegen. Immer mit dieser Giulia de Blasco», hatte sie Marta sagen hören. War es Monate oder Jahre her? Die Episode lag jedenfalls weit zurück, so weit wie die Trennung von ihrem Teddybären. Erst im nachhinein wurde ihr klar, daß Marta mit der Person, die «immer mit Giulia de Blasco» zusammen war, ihren Vater gemeint hatte.

«Du hast es schon lange gewußt», sagte sie, um ihren Gedankenfaden laut aufzunehmen.

«Was habe ich gewußt?» fragte Marta.

«Daß Papa mit dieser Schriftstellerin zusammen ist», sagte sie vorwurfsvoll. Natürlich, deshalb hatte sie so gelassen reagiert. «Und vielleicht weißt du noch viel mehr.»

«Würde es dir etwas ausmachen, dich um deinen eigenen Kram zu kümmern?» fragte Marta und gab sich Mühe, freundlich zu bleiben.

«Ich frage mich, woher du die Energie nimmst, dich an allen Fronten zu schlagen», sagte Tea herausfordernd. «Woher kommt diese ganze Boshaftigkeit, der ganze Haß? Du willst sehen, wie mein Vater im Dreck liegt. Du willst sehen, wie er krepiert!» schrie sie ihre Mutter an.

Marta wurde blaß.

«Kümmre dich um deinen eigenen Scheiß!» zischte sie und ließ sich einen Augenblick lang vom Fahren ablenken. Der Ferrari steuerte genau auf einen Wagen zu, der ihnen entgegen kam. Marta riß das Steuer nach rechts, um einen Zusammenstoß zu verhindern, und bekam das Fahrzeug wieder unter Kontrolle. Hinter ihnen ertönte ein wütendes Hupkonzert.

«Das tue ich ja», erwiderte Tea.

«Du bist eine richtige kleine Hure.»

«Dein Sprachniveau steigt von Minute zu Minute.»

«Was willst du deinem Vater sagen?» fragte Marta, die sich in die Enge getrieben fühlte.

«Daß du ihn schon seit einer guten Weile ausspionierst. Seit er dich sitzen lassen hat, um genau zu sein», gab Tea zurück. Aber sie hatte noch ganz andere im Verdacht, über die sie mit Ermes sprechen wollte.

6

Carmine Caruso parkte seinen blauen Fiat 127 mit etwas Abstand hinter dem roten Panda, dem er vom südlichen Stadtrand hierher auf den Vorplatz des Friedhofs von Lambrate nachgefahren war. Seine Augen folgten dem Ehepaar mittleren Alters, das aus dem Panda ausgestiegen war, und als es hinter dem Friedhofstor verschwand, verließ auch er seinen Wagen und ging auf die riesige Totenstadt zu, in der ein hektisches Treiben von Bulldozern, Gabelstaplern und Preßlufthämmern herrschte. Der ohrenbetäubende Krach der Baumaschinen, mit denen neue Gräber ausgehoben wurden, entweihte die sprichwörtliche Stille des Ortes.

Caruso beobachtete die Frau und den Mann. Sie war klein, etwas mollig und mochte auf die Fünfzig zugehen. In der Hand hielt sie ein geflochtenes Körbchen, aus dem viele kleine Margeriten herausschauten. Er war etwas größer als sie und trug eine Plastiktasche vom Supermarkt. Beide hatten schwere graue Mäntel im selben Farbton an. In einem Polizeibericht hätte Caruso sie als Durchschnittspersonen definiert. Aber von der Untersuchung, die er in diesem Moment durchführte, hatte er kein Protokoll anzufertigen.

Er betrat das Büro des Friedhofswächters und bat, telefonieren zu dürfen.

«Ich befinde mich auf dem Friedhof, Herr Professor», sagte er. «Kommen Sie, so schnell es geht. Ja, sie sind angekommen.

Pünktlich wie immer. Folgen Sie dem Plan, den ich Ihnen gegeben habe. Sie können sich nicht verlaufen.»

Caruso ging unauffällig in die Nähe des Grabes. Der Mann war gerade dabei, mit einem Wollappen den Grabstein zu polieren. Die Frau ließ sacht ihre Finger über die Fotografie gleiten, die einen schönen, traurigen Jungen mit großen, verträumten Augen zeigte. Caruso, der wenige Meter entfernt von ihnen stehengeblieben war, konnte auf dem weißen Marmor den in goldenen Buchstaben eingravierten Namen lesen: «Camillo Leva – nur neun Jahre.». Der Korb mit den Margeriten stand am Fuß des Grabsteins.

«Merkst du, wie kalt es heute ist, mein Junge?» sagte die Mutter. Ihre Augen blickten freundlich, ihr Gesicht wirkte heiter. «Stell dir vor, auf dem Piazzale Loreto zeigt das Thermometer minus fünf Grad», fügte sie hinzu.

Der Mann warf ihr einen traurigen, resignierten Blick zu, während er die Wachsdose und die Lumpen einsammelte, mit denen er den Grabstein poliert hatte.

«Heute hat uns deine Lehrerin besucht», fing die Frau von neuem an. «Sie hat der Klasse das Multiplizieren von Brüchen erklärt. Ich bin sicher, du würdest das sofort verstehen, so intelligent, wie du bist.»

«Das reicht für heute», sagte der Mann, nahm sie an der Hand und wollte sie fortziehen. «Bei dieser Kälte holst du dir noch eine Grippe.»

«Hörst du deinen Vater?» fuhr sie fort. «Er ändert sich nie. Immer gehetzt, immer in Eile. Ein Glück, daß du mir nachschlägst. Du bist ruhiger, nachdenklicher.»

Der Mann richtete sich auf, biß sich auf die Unterlippe und schüttelte den Kopf.

«Komm, Laura», drängte er sie.

«Laß uns noch ein bißchen hierbleiben», bat sie ihn. «Uns geht es gut.»

«Er hört dich nicht, Laura. Er kann dich nicht mehr hören», versuchte der Mann ihr begreiflich zu machen.

Als einzige Antwort erhielt er eine abwehrende Handbewegung, die ihn aufforderte, das Gespräch nicht zu stören. Denn sie lebte mit ihrem Sohn, und ihr Sohn mit ihr. Sie sprachen miteinander und verstanden sich. Und so würde es bleiben bis zum großen Tag der Auferstehung. Der Mann gab auf und zog sich zurück.

Das war der Moment, in dem Carmine Caruso sich entschloß, ihn anzusprechen. Es war ein Risiko, das er lange abgewägt hatte. Jetzt oder nie.

«Signor Leva, nicht wahr?» fragte er.

Der Mann nickte. « Was wollen Sie?» gab er mürrisch zurück.

«Ich bin Carmine Caruso.»

«Der Kerl, der mich mit seinen Telefonanrufen verfolgt», fauchte der Mann ihn mit leiser, wuterfüllter Stimme an. «Gehen Sie. Alles, was ich zu sagen hatte, habe ich schon den Carabinieri und dem Untersuchungsrichter erzählt.»

«Ich komme als Freund, nicht als Carabiniere. Als Freund von Professor Corsini und als Ihr Freund», sagte Caruso in freundlichem Ton und schenkte ihm ein versöhnliches Lächeln.

«Wenn Sie Corsinis Freund sind, dann können Sie nicht gleichzeitig mein Freund sein», zischte der Mann. «Da sehen Sie, was Ihr lieber Freund gemacht hat», fügte er hinzu und deutete auf Camillos Grab. «Haben Sie wenigstens vor den Toten Respekt. Und vor ihm. Und vor dem Schmerz dieser armen Frau. Sehen Sie denn nicht, daß sie völlig von Sinnen ist? Gehen Sie!» sagte der Vater, jetzt schon etwas lauter. Seine Stimme klang drohend.

Die Frau setzte ihr rührendes, verrücktes Gespräch mit dem Sohn fort. Was um sie herum passierte, nahm sie nicht im geringsten wahr.

Carmine ließ sich nicht entmutigen. «Sie sind ein Ehrenmann, Signor Leva», sagte er. «Was ich von Ihnen erwarte, gerade hier, vor dem Grab Ihres Sohnes und im Angesicht der Verzweiflung Ihrer Frau, ist ein ehrliches Geständnis. Warum haben Sie Professor Corsini angezeigt?»

«Weil er ein Mörder und ein Dieb ist. Er hat meinen Sohn umgebracht und mein Geld gestohlen.»

«Corsini hilft den Kranken, gesund zu werden. Er hat meine Frau geheilt, und er hätte auch Ihren Sohn geheilt, wenn das möglich gewesen wäre.»

«Verschwinden Sie!»

«Außerdem haben Sie ihm nie auch nur einen Heller bezahlt, denn Sie schuldeten ihm nichts. Noch hat er jemals Geld von Ihnen verlangt.» Carusos Anklage war hart.

Der Mann packte ihn am Kragen seines Mantels.

«Verschwinden Sie!» wiederholte er. «Sonst hole ich die Polizei, haben Sie verstanden?»

Obwohl er ihn so brutal anfaßte, sprach innerer Schmerz aus seinen Worten und Gesten.

Aber Caruso drang weiter erbarmungslos in ihn: «Ihr Sohn hat sehr an Professor Corsini gehangen. Glauben Sie, er wäre mit Ihrem Verhalten einverstanden gewesen?» fragte er ihn.

«Dieser Mann hat meinen Sohn getötet», sagte Leva mit anklagender Stimme und blickte Caruso in die Augen. «Und dafür wird er bezahlen.»

Die eigensinnige Beharrlichkeit des Vaters, der ihn sicher nicht belügen wollte, ließ Caruso in seiner Überzeugung schwankend werden. Und wenn Leva recht hatte?

Corsini hatte seine Frau behandelt und geheilt. Wenn er aber trotz der vielen positiven Fälle, die für ihn sprachen, und entgegen allem Anschein doch schuldig war? Wenn er in bestimmten Momenten einer perversen Ader gefolgt und schwach geworden wäre? Diese Gedanken begannen Caruso langsam zu quälen, auch wenn sie noch keine konkrete Form angenommen hatten.

Feiner Nieselregen hatte eingesetzt. Die stechende Kälte drang ihnen bis in die Knochen. Der Bulldozerfahrer, der in ihrer Nähe gearbeitet hatte, stellte den Motor ab und rief einen Kollegen zu sich. Dann fuhren sie beide auf einer Vespa davon.

«Er trägt die Schuld», behauptete Leva beharrlich und mit Tränen in den Augen. «Er hat sich geweigert, ihn zu operieren.»

Die Frau, die bis jetzt am Grab ihres Sohnes gekauert war, stand auf. Am Ende des Friedhofsweges sah sie einen großen, stattlichen Mann, der – die Hände in den Taschen seines Kamelhaarmantels vergraben und mit hochgeschlagenem Kragen – auf sie zusteuerte. Je näher er kam, desto vertrauter erschienen ihr sein Gesicht und seine Gestalt. Als er nur noch wenige Schritte von ihr entfernt war, erkannte sie ihn und streckte ihm die Arme entgegen.

«Professor Corsini», rief sie erfreut und lächelte. Ermes erinnerte sich, daß Camillo dasselbe Lächeln gehabt hatte.

«Wie geht es Ihnen?» fragte er mit ehrlichem Interesse.

Die Frau drehte sich nach dem Grab um.

«Hast du gesehen? Der Professor ist gekommen, um dich zu besuchen», rief sie der Fotografie ihres Sohnes zu. «Der Professor hat dich immer sehr gemocht, stimmt's? Ihr beide seid dicke Freunde.»

Ermes und Caruso blickten sich verständnislos an, während Leva versuchte, seine Frau fortzuziehen.

«Komm, wir gehen», sagte er.

«Aber nein, der Professor ist doch hier. Haben Sie gesehen, Herr Professor, wie schön sie ihn versorgt haben?» fragte sie mit einem Lächeln.

«Dann wissen Sie also, daß Professor Corsini Ihren Camillo gern hatte?» schaltete sich Caruso ein.

«Natürlich weiß ich das. Er ist sogar mitten in der Nacht aufgestanden, um ihn zu behandeln. Und vor allem hat er ihm immer die Schmerzen genommen. Das ist nämlich eine ganz fürchterliche Sache mit den Schmerzen.»

«Ihr Mann denkt da aber anders», bemerkte Ermes.

«Nehmen Sie es ihm nicht übel. Man muß ihn verstehen», sagte sie, um ihn zu entschuldigen. «Er hat einen Sündenbock gebraucht.»

«Der Professor wurde aber von Ihrem Mann angezeigt und ist daraufhin ins Gefängnis gekommen», warf Caruso ein.

«Angezeigt? Eingesperrt? Warum denn das?»

«Weil Ihr Mann ihm die Schuld am Tod Ihres Sohnes gibt», fuhr Caruso fort.

«Professor Corsini soll die Schuld haben?»

«Ja, und noch mehr, er soll auch Geld dafür verlangt haben, daß Camillo in die Klinik aufgenommen wurde.»

Die Frau blickte ihren Mann mit nachsichtig vorwurfsvollen Augen an, doch ohne Groll.

«Siehst du jetzt, was du angerichtet hast mit deiner verrückten Idee, den Professor bestrafen zu wollen? Diese Leute haben dir dummes Zeug eingeredet. Er ist schlimmer als ein Kind», sagte sie an Ermes gewandt. «Und dann behauptet er, ich würde mich komisch benehmen.»

«Was für Leute?» fragte Caruso rasch.

Die Frau überhörte ihn.

«Er will nicht, daß ich mit Camillo rede», erklärte sie Ermes. «Aber ich rede trotzdem mit ihm, und er hört mich, weil er hier bei mir ist. Und dann läßt er seine Wut an Ihnen aus, nur weil ihm irgend jemand eingeredet hat, Sie seien schuld daran, was unserem Sohn passiert ist. Und erst die Sache mit dem Geld – es ist wirklich nicht zu fassen. Da hast du etwas Schönes angerichtet», sagte sie zu ihrem Mann und streichelte ihm übers Haar. «Und ich hatte von nichts eine Ahnung.»

Ermes legte ihr sanft einen Arm um die Schulter und geleitete sie zum Friedhofsausgang. Ihr Mann und Caruso folgten ihnen.

«Sie können sich gar nicht vorstellen, wie gut Sie mir mit Ihren Worten getan haben», sagte Ermes dankbar.

«Denn sehen Sie, Herr Professor», sagte sie, ohne sich von ihren Gedanken abbringen zu lassen, «Camillo kam spät zur Welt. Wir hatten die Hoffnung schon aufgegeben, noch Kinder bekommen zu können. Er war ein Geschenk des Himmels. Gott hat ihn uns gegeben, Gott hat ihn uns genommen. In dem anderen Krankenhaus hat irgend jemand meinem Mann eingeredet, daß Camillo gesund geworden wäre, wenn Sie ihm sofort das Bein abgenommen hätten. Ich habe den armen Mann in seinem Glauben gelassen. Er mußte einfach jemandem die Schuld geben, auch wenn es der Falsche war. Aber ich hätte nie geglaubt, daß er so weit gehen würde, die Carabinieri und das Gericht einzuschalten. Und erst das Gefängnis! Können Sie ihm je verzeihen?»

«Wären Sie bereit, Signora, das, was Sie gerade mir gesagt haben, auch dem Untersuchungsrichter zu sagen, wenn ich Sie darum bitten würde?» fragte Ermes.

«Ich schon. Aber wird man dann nicht meinen Mann verurteilen?»

«Wahrscheinlich schon», gab Ermes ehrlich zu. «Aber die Richter werden sicher Gnade vor Recht gehen lassen. Und vielleicht schicken sie ihn nicht wie mich ins Gefängnis. Sie werden die Verzweiflung eines Vaters verstehen, wie auch ich sie verstanden habe.»

7

Giulia kam aus dem Bunker der Abteilung für Nuklearmedizin.

«Es ist alles nur ein Problem der Geduld und der Methode», erklärte ihr Professor Mauro Pieroni. «Da ist überhaupt nichts Magisches und Mysteriöses dabei. Es stimmt zwar, wir haben die modernsten Geräte, die es gibt, trotzdem sind wir ständig hinter den Patienten her und versuchen ihnen begreiflich zu machen, daß es ohne regelmäßge Kontrollen nicht geht. Das Wichtigste ist, daß die Tumore so frühzeitig erkannt werden, daß sie operiert werden können und auf die Bestrahlungstherapie ansprechen.»

Für Giulia waren die Worte des weißhaarigen Mannes, den sie insgeheim den «Wächter des Bunkers» nannte, ein großer Trost. Nach Ermes war er der einzige, der ihr Vertrauen einflößen konnte, der einzige, der ihr half, den Teufelskreis der Depression zu sprengen, in den sie jedesmal zu geraten drohte, wenn sie diesen Ort aufsuchte, der in ihren Augen eine Art Atomschutzkeller für die Bestrahlungstherapie war.

Mauro Pieroni hatte ihr erklärt, wie er dazu gekommen war, gerade diesen Beruf zu wählen.

«Während des Krieges war ich mit der Savoyer Kavallerie in Rußland», erzählte er. «Während ich über die Steppe ritt, verlor mein Pferd plötzlich ein Hufeisen. Ein Hufschmiedelehrling der dritten Schwadron hielt an, um mir zu helfen. Er war Sizilianer und reichte mir gerade bis an die Schulter. Er hieß Connestabile.

Sein größter Wunsch war es, eines Tages Gefreiter und Hufschmied zu werden.» Pieroni mußte bei der Erinnerung lächeln. «Connestabile holte seine Tasche hervor, beschlug mein Pferd, und ich konnte mich wieder meinem Regiment anschließen. Wenn er weitergeritten wäre, statt abzusteigen, stünde ich jetzt wahrscheinlich nicht hier, um Ihnen diese Geschichte zu erzählen.»

«Was weiter?» fragte Giulia gespannt.

«Nichts weiter, liebe Giulia.» Er redete sie wie eine junge Freundin liebevoll mit Du an. «Sonst lande ich noch geradewegs in einem deiner Romane. Jedenfalls habe ich an diesem Tag angefangen, etwas zu begreifen», fuhr er fort. «Wenn man den Leuten auf ihrem Weg durch die Steppe beistehen will, muß man anhalten und ihnen zu Hilfe eilen.»

Er liebte seine Arbeit und war stolz auf die hochmodernen Geräte, über die seine Abteilung verfügte. Das Prunkstück war jedoch der Microtron, ein Apparat, der Lichtquanten und Elektronen produzierte.

Giulia begriff den Mechanismus der Maschine, als Pieroni ihr folgendes Beispiel gab: « Du mußt dir die Elektronen wie kleine Steine vorstellen. Wenn du einen Stein direkt aus der Faust schleuderst, gibst du ihm eine gewisse Kraft. Wenn du ihn aber mit einer Schleuder abschießt, verleihst du ihm eine noch viel größere Gewalt. Du kennst ja das Gleichnis von David und Goliath. Nun, unser böser Riese ist die Krankheit. Nicht zufällig heißen die runden Beschleuniger ‹Elektronenschleuder›. Wir werden dich heilen Giulia», versprach er ihr und lächelte zuversichtlich.

Als Giulia gerade die Schutzzone verließ, kam eine Krankenschwester auf sie zugelaufen.

«Signora de Blasco», rief sie ihr in einem Ton zu, der sie sofort in Alarmbereitschaft versetzte.

«Was gibt's?»

«Sie werden am Telefon verlangt», teilte ihr das Mädchen mit, das sie gut kannte und ihre Romane mit Begeisterung las.

«Man hat mich hier angerufen?» wunderte sich Giulia.

«Ja. Gott sei Dank habe ich Sie gefunden. Es scheint um etwas sehr Dringendes zu gehen. Der Anruf kommt von Zuhause.»

Giulia wurde blaß, und ihr Herz begann wie verrückt zu schlagen. Das Blut pochte ihr in den Schläfen. «Giorgio», dachte sie und geriet in Panik, während sie zu dem Apparat rannte, den ihr die Schwester gezeigt hatte. In den wenigen dramatischen Sekunden, die vergingen, bis sie atemlos das Telefon erreichte, wurde ihr klar, daß ihr Sohn das einzige war, was wirklich für sie zählte. Sie sah ihn im Geiste schon von einem Auto überfahren, von einem Lastwagen zerquetscht, von einem Wüstling vergewaltigt, von der Kugel eines Bankräubers oder eines Polizisten durchbohrt, von einer Bombe zerfetzt.

Ihr Herz klopfte zum Zerspringen und ihre Beine wollten fast nachgeben, als sie schließlich mit hochrotem Kopf das Telefon erreichte, das sich in einem kleinen Büro der Abteilung befand. Der Hörer lag scheinbar unschuldig auf der glänzenden Tischplatte eines weiß grundierten Schreibtischs.

«Ja», hauchte sie.

«Wer ist denn bitte am Apparat?» fragte eine Frauenstimme am anderen Ende der Leitung.

«Hier ist Giulia», antwortete sie und gab sich Mühe, ruhig zu klingen.

«Bist du's wirklich?» hörte sie Ambra mit heiterer Stimme sagen. «Was ist denn los mit dir?»

«Giorgio ... wo ist er?» fragte Giulia, die sich vor Aufregung in den Worten verhaspelte. «Was ist ihm passiert?»

«Beruhige dich», beschwichtigte Ambra sie. «Dein Sohn ist in der Schule. Es geht ihm ausgezeichnet. Ich rufe dich nicht seinetwegen an», fuhr sie mit ruhiger Stimme fort.

Giulia kam wieder zu Atem. Ihr Herz begann langsamer zu schlagen, und auch ihr Blut zirkulierte jetzt wieder normal. Tiefe Müdigkeit befiel sie plötzlich. Sie setzte sich auf eine Ecke des Schreibtischs und versuchte, wieder klar zu denken.

«Was gibt's denn, Ambra?» fragte sie. Giorgio war in Sicherheit. Trotzdem mußte es sich um eine ernste Angelegenheit handeln, sonst hätte sie ihre treue Freundin nicht in der Klinik suchen lassen und selbst der Krankenschwester gesagt, es gehe um etwas Dringendes.

«Ermes' Haushälterin hat angerufen», teilte Ambra ihr mit. «Sie wollte wissen, ob der Professor bei uns sei. Er ist nach einem Telefonanruf wortlos aus der Wohnung gerannt. Jetzt wird er dringend im Krankenhaus gesucht. Du weißt nicht zufällig, wo er sein könnte?»

«Meinst du das Krankenhaus, in dem ich bin?»

«Ja, deshalb habe ich dich angerufen.»

«Ich habe keine Ahnung, wo er ist.» Was konnten sie so Dringendes von ihm wollen? Er stand doch unter Anklage und war einstweilen seines Amtes enthoben. «Trotzdem danke, Ambra. Ich werde versuchen, etwas in Erfahrung zu bringen.»

Die Krankenschwester, die sie ans Telefon gerufen hatte, stand in der Tür des kleinen Büros. Giulia schaute sie ratlos an.

«Sucht irgend jemand Professor Corsini?» fragte sie.

Das Mädchen wußte von nichts. Giulia kannte den Weg in die Chirurgie, wo sie bestimmt den Schlüssel zur Klärung des Rätsels gefunden hätte, aber sie fragte sich, ob es klug sei, sich in der Abteilung blicken zu lassen, in der sie alle kannten: als Patientin und als Geliebte des Chefarztes, gegen den polizeilich ermittelt wurde. Sie hatte keine Lust, Aufsehen zu erregen. Was hatte es außerdem für einen Sinn, etwas herausbekommen zu wollen, das sie vielleicht gar nichts anging?

Ermes würde sich mit seinen Kollegen in Verbindung setzen, sobald er nach Hause kam oder mit ihr gesprochen hatte.

«Kann ich mal telefonieren?» fragte sie die Krankenschwester.

Sie rief Elena Dionisi an.

«Die Frau Rechtsanwältin ist beim Untersuchungsrichter», teilte ihr die Sekretärin mit. «Professor Corsini war mit ihr zusammen.»

«Ich danke Ihnen.»

«Wissen Sie schon, daß die Anklage zurückgezogen wurde, Signora de Blasco?»

Nein, das hatte sie noch nicht gewußt. Es war eine Offenbarung, die sie nach Stunden und Tagen der Spannung in ein befreites Lachen ausbrechen ließ. Sie lachte zuerst nur verhalten, dann immer lauter und schließlich aus vollem Halse. Die Krankenschwester schaute sie aus großen Augen besorgt an. Das sind die Schrullen der Künstler, dachte sie. Immer noch lachend durchquerte Giulia die große Eingangshalle, in der es von Besuchern, Krankenschwestern und Ärzten wimmelte. Sie alle blickten der eleganten, glücklichen Frau hinterher.

Als sie vor der gläsernen Eingangsloge vorbeikam, rief sie der Pförtner, der sie gut kannte, zu sich.

«Signora», sagte er, «die chirurgische Abteilung sucht dringend den Professor. Sie suchen ihn überall.»

Giulia war zu glücklich, um den besorgten Ton in seiner Stimme wahrzunehmen. Ihr Sohn war in der Schule, Ermes war beim Untersuchungsrichter, weil die Anklage selbst ihn entlastet hatte, Mauro Pieroni hatte sie über den großen Feind beruhigt, den er mit den Schleuderwürfen seiner Antikrebsmaschine töten würde.

«Ich habe wirklich keine Ahnung, wo er sein könnte», gestand sie fröhlich lächelnd. «Aber was gibt es denn so Dringendes?»

«Ein Autounfall», verkündete der Pförtner. «Die Tochter des Professors schwebt in Lebensgefahr.»

8

Teodolinda nahm um sich herum ein hektisches Treiben wahr, dessen Grund sie nicht kannte und auch gar nicht kennen wollte. Es interessierte sie nicht, was jenseits der Dunkelheit geschah, die sie wie ein schützender Wattemantel umgab. Sie wollte nur ihren Teddybären wiederfinden. Wo war er bloß geblieben? Das einzige, an was sie sich deutlich erinnerte, war der rechteckige Fensterausschnitt, durch den der Teddy wie ein Blatt in die Nacht hinausgesegelt war

Vom Fenster ihrer Wohnung am Corso Venezia schaute sie drei Stockwerke hinab auf den Gehweg, doch ohne etwas zu sehen. Es war dunkel, aber der weiße Teddy hätte sich irgendwie von dem dunkelgrauen Asphalt abheben müssen, wenn er dort gewesen wäre.

Und wenn sie ihn gar nicht zum Fenster hinausgeworfen hatte? Wenn er aus freien Stücken gegangen war, wie ihr Vater? Papa war fortgegangen und hatte die Wohnungstür mit solcher Macht hinter sich zugeschlagen, daß die Scheiben des Bücherschrankes im Wohnzimmer geklirrt hatten.

Nun erinnerte Tea sich wieder. Es roch stark nach Oleander, und vom Meer wehte eine sanfte, salzige Brise. Von der Villa, die ganz im Grünen lag, sah man bunt und einladend die Bucht von Portofino und die Fischerboote, die vor Anker lagen. Es war wie auf einem Gemälde von Cascella. Tea trug einen Kimono, den ihr der Großvater aus Tokio mitgebracht hatte. Papa war aus Mailand angekommen. Sie rannte ihm entgegen. Er lachte über den komischen und viel zu weiten Kimono. Wie alt war Tea damals? Gerade acht.

«Wo ist Mama?» fragte Ermes.

Tea lachte und legte den Zeigefinger der rechten Hand auf die Lippen.

«Pssst! Wir dürfen sie nicht stören», mahnte sie. «Sie hat mir befohlen, mich nicht blicken zu lassen. Weißt du, sie ist mit einem Freund zusammen.»

Das Mädchen spielte, und der Vater schaute ihr zu.

«Kennen wir diesen Freund?»

«Ich glaube nicht.»

Ermes schien nachzudenken.

«Weißt du, was wir beide jetzt machen?» Seine Stimme klang vielversprechend. «Wir gehen ins Splendido-Hotel, lassen uns ein schönes Zimmer geben, ziehen unsere Badeanzüge an, und dann springen wir ins Schwimmbad. Wie findest du meinen Vorschlag?» fragte er.

«Toll!» jubelte sie.

Als sie in die Villa zurückkamen, war es bereits Abend. Marta saß im Wohnzimmer und hörte brasilianische Musik. Auch Tea gefiel der Sambarhythmus sehr.

«Ich muß mit Mama sprechen», sagte Ermes. «Geh jetzt schlafen.»

Sie tat so, als ginge sie weg, wie sie es oft bei ihrer Mutter gesehen hatte. Dann kehrte sie auf Zehenspitzen zurück und lauschte an der Tür.

Ermes Stimme klang leise und scharf.

«Wenn du schon nicht darauf verzichten kannst, dich wie eine läufige Hündin bespringen zu lassen», sagte er giftig, «dann tue es wenigstens mit der gebotenen Rücksicht und paß auf, daß unsere Tochter nicht in der Nähe ist.»

Marta lachte.

«Der Asket hat gesprochen», gab sie zurück. «Ab und zu erinnerst du dich offensichtlich daran, noch eine Frau zu haben. Du verbringst sechzehn Stunden am Tag im Krankenhaus. Was soll ich deiner Meinung nach in dieser Zeit tun? Für dich existiert nur deine Karriere. Aber du hast es so gewollt, oder? Mir soll es recht sein. Aber laß mich mein Leben leben.» Mamas Stimme klang höhnisch und beißend. «Glaubst du, ich weiß nicht, daß du mich nur deiner Karriere zuliebe geheiratet hast? Vielleicht habe ich dir nicht einmal gefallen. Aber ich war eben die Tochter von Attilio Montini, und das kam dir verdammt gelegen. Wie ein Wurm bist du vor dem Halbgott herumgekrochen. Herr Professor hier, Herr Professor da. Darf ich atmen, Herr Professor? Und jetzt, wo du Klinikdirektor und Lehrstuhlinhaber bist, willst du plötzlich den Schulmeister mit mir spielen. Großzügig geschätzt, schuldest du fünfzig Prozent von dem, was du bist und was du hast, meiner Wenigkeit, während ich dir überhaupt nichts schulde. Das ist der Grund, weshalb ich meine, jeder von uns sollte sein eigenes Leben leben.»

«Ich habe von Tea gesprochen. Was du mit dir selbst anfängst, geht mich nichts an. Aber das eine sage ich dir: wenn es noch ein einziges Mal vorkommt, daß das Kind in deine schmutzigen Geschichten hineingezogen wird, reiche ich die Scheidung ein.»

«Und ich ruiniere dich, wenn du auch nur einen einzigen Schritt in Richtung Scheidung unternimmst.»

«Die Heirat mit dir hat mir gewisse Vorteile gebracht, aber heute profitierst du davon, Signora Corsini zu sein. Mein Name ist inzwischen bekannter als deiner. Wenn du das Mädchen noch einmal in deine Affären verwickelst, dann nehme ich dir dieses Privileg von einer Minute auf die andere.»

Warum müssen sie immer streiten? dachte Tea. Alle beide sagen doch, daß sie mich gern haben. Sie rannte in ihr Zimmer und umarmte ihren Teddybären. Sie und ihr Bär stritten nie. Sie hatten sich wirklich lieb, anders als Papa und Mama. Aber warum hatte sie ihn dann zum Fenster hinausgeworfen?

Jetzt erinnerte sie sich wieder. Jahre waren vergangen. Sie besuchte inzwischen die erste Klasse der Oberschule. Papa und Mama waren mit zwei amerikanischen Ärzten zur Eröffnung der Opernsaison in die Scala gegangen.

Tea wachte spätnachts auf und hörte Stimmen aus dem Wohnzimmer. Kurz darauf öffnete sich die Tür zu ihrem Zimmer, und Tea nahm in der Dunkelheit den Geruch ihres Vaters wahr. Für sie war es der Geruch der Stärke und der Sicherheit. Ermes gab ihr einen Kuß.

«Sind die Gäste gegangen?» fragte das Mädchen.

«Nein, noch nicht. Aber ich gehe schlafen. Und du schläfst jetzt auch.»

«Wie war die Oper?»

«Ganz anständig.»

«Die Leute?»

«Langweilig.»

«Und das Abendessen?»

«Fürchterlich.»

Tea lachte vergnügt.

«Du bist bärig, Papa, bäriger als mein Bär.»

«Papa Bär und Tochter Bärchen», scherzte Ermes und drückte sie an sich.

«Wann gehen die Amerikaner?» fragte Tea. «Sie müssen doch auch früh aufstehen, oder?»

«Natürlich. Aber sie sind noch jung. Sie können es sich leisten, wenig zu schlafen. Ich aber bin ein alter Opa, das weißt du doch.»

«Einundvierzig Jahre ist nicht wenig. Das ist sogar ziemlich viel. Aber du siehst gar nicht aus wie ein alter Opa. Alle meine Freundinnen finden dich toll.»

«Gute Nacht, kleine Klatschbase.» Ermes gab ihr einen Kuß aufs Haar und ging hinaus.

Es war das brasilianische Lied, das ihr so gefiel, weshalb sie aufwachte. Der Wecker auf ihrem Nachtkästchen zeigte zwei Uhr. Tea stand auf, verließ ihr Zimmer und ging den langen Korridor entlang. Durch die angelehnte Wohnzimmertür drang Licht und Sambarhythmus. Tea näherte sich der Tür und sah durch den Spalt ihre Mutter, die tanzte und sich beim Tanzen zum Klang der Musik auszog. Die beiden Amerikaner tranken und lachten. Ihr Magen verkrampfte sich, ihre Augen füllten sich mit Tränen. Auf den Boden gekauert, begann sie zu schluchzen. In diesem Moment merkte sie, daß ihr Vater neben ihr stand. Er riß die Wohnzimmertür auf und sagte: «Raus hier, ihr zwei!» Und dann an Marta gewandt: «Zieh dich wieder an. Ich halte mein Versprechen: ab diesem Moment bist du nicht mehr meine Frau.» Damit drehte er sich zu Tea um, nahm sie auf den Arm und trug sie in ihr Bett zurück.

Am nächsten Morgen war ihr Vater nicht mehr da. Ohne ein Wort zu sagen, war er für immer gegangen und würde dieses Haus nie wieder betreten. Tea packte ihren alten, abgewetzten, heißgeliebten Teddybären und warf ihn zum Fenster hinaus.

Jetzt sah Teodolinda wieder den Himmel im Ausschnitt ihres Fensters vor sich. Sie beugt sich hinaus und fällt ins Nichts, langsam und taumelnd wie ein Blatt im Herbst. Und endlich sieht sie ihren Bären wieder. Da ist er – weiß, abgewetzt und mit einem Lächeln kommt er auf sie zu. Plötzlich merkt sie, daß es nicht der Teddy ist. Es ist ihr Vater.

Ermes trägt einen grünen Kittel und eine Chirurgenmaske. Tea lächelt, aber keiner merkt es.

«Tea, hörst du mich?» fragt Ermes mit eindringlicher Stimme.

Das Mädchen öffnet die Augen und macht sie gleich wieder zu.

«Du hast mich gehört, stimmt's mein Kleines? Jetzt wirst du schlafen, Tea, und wenn du wieder aufwachst, ist alles vorbei.»

Wie ein Herbstblatt sank Tea in die Nacht, tiefer und tiefer. Dann trat eine Stille ohne Farben und ohne Töne ein, das absolute Nichts der Anästhesie.

9

Ermes betrachtete die Röntgenaufnahmen von Teas Brustkorb, auf denen die Schäden, die sie sich bei dem fürchterlichen Autounfall zugezogen hatte, genau zu erkennen waren. Nachdem er sich den Befund eingeprägt hatte, sagte er: «Gut. Wir können anfangen.»

Rechts von ihm stand Franco Rinaldi, einer seiner Assistenzärzte, links Luigi Tosi, Facharzt für Thoraxchirurgie. Ihm gegenüber hatte die OP-Schwester ihren Platz eingenommen, und am Kopf des Operationstisches saßen die Anästhesistin und ihr Assistent.

Ermes, der von seinem Amt suspendiert war, hätte von Rechts wegen eigentlich nicht hier sein dürfen. Aber als Marta und Tea im Krankenhaus eingeliefert worden waren, hatte Tosi, angesichts des Zustandes, in dem sich das Mädchen befand, sofort angeordnet: «Rufen Sie Corsini an. Suchen Sie ihn, und bestellen Sie ihn hierher.»

«Selbst wenn wir ihn finden, kann Corsini nicht operieren, Herr Professor», warf Rinaldi mit geübter Ergebenheit ein. Dabei war unklar, ob er sich mit seiner Bemerkung auf die Legitimität des ärztlichen Eingriffs oder auf die Unwahrscheinlichkeit einer positiven Lösung des Falles bezog.

«Ich habe Sie nicht nach Ihrer Meinung gefragt», gab Tosi scharf zurück.

Der ehrgeizige junge Chirurg hatte sich daraufhin beeilt zu

gehorchen, auch wenn das Mädchen für ihn eine Todeskandidatin war und der Chefarzt für Thoraxchirurgie seiner Meinung nach völlig umsonst das Risiko einging, der Mittäterschaft angezeigt zu werden.

Marta Montini stand unter Schock. Bis auf eine leichte Gehirnerschütterung und ein paar Prellungen hatte sie praktisch keine Verletzungen von dem schrecklichen Zusammenstoß mit einem Lastwagen an der Ortseinfahrt von Mailand davongetragen. Ermes hatte sie im Vorübergehen einen Augenblick gesehen, aber er war nicht einmal stehengeblieben, um sie zu untersuchen. Jetzt hatte er sie völlig vergessen. Vor seinen Augen lagen Tea und die Röntgenaufnahmen mit dem Befund ihrer Unfallverletzungen. Ermes rief sich die wenigen Eingriffe dieser Art in Erinnerung, die er vor vielen Jahren während einer Hospitanz an einem New Yorker Krankenhaus durchgeführt hatte, und wenig später in der Abteilung für Unfallchirurgie, in der er nach seiner Rückkehr aus den Vereinigten Staaten gelandet war.

«Wie stehen die Chancen?» hatte er von Tosi wissen wollen. Es war im Grunde eine überflüssige Frage, auf die er selbst besser als jeder andere die Antwort wußte.

«Vierzig, vielleicht fünfzig Prozent», hatte ihm der Thoraxchirurg ehrlich erwidert. «Es ist ein schwieriger Fall», hatte er hinzugefügt.

«Ein nahezu aussichtsloser Fall», hatte Ermes präzisiert.

Er sah wieder die behandelten Fälle vor sich: dieselbe Art von Läsionen, dieselben Brüche. Langwierige, komplizierte Operationen. Wenige hatten überlebt.

Gespannt und nervös standen die Ärzte um das Mädchen herum, das zwischen Leben und Tod schwebte. Jeder von ihnen hatte es täglich mit Notfällen zu tun, von schweren Blutungen bis zum Herzstillstand, aber Tea gegenüber reagierten sie alle anders als gewöhnlich. Sie war keine normale Patientin, sie war die Tochter von Professor Corsini.

Zweimal hörte Teas Herz während der Operation auf zu schlagen, und zweimal setzte Ermes es wieder in Gang, indem er die wunderbare Pumpe, die ihren Dienst versagen wollte, mit seinen Händen bearbeitete. Er dachte an die wenigen Male, die er im Operationssaal die Maske abgenommen und das Skalpell hingeworfen hatte, weil das Herz eines Patienten endgültig zum Stillstand gekommen war. Das durfte und konnte einfach nicht mit Tea geschehen.

Im Vorzimmer des OP-Traktes wartete Giulia schon seit fünf Stunden auf den Ausgang der Operation. Sie war es gewesen, die Ermes aufgespürt und ins Krankenhaus gerufen hatte. Sie hatte ihm als erste die schreckliche Nachricht überbracht. Als sie schließlich alleine war, hatte sie kurz Giorgio angerufen, dann aber sofort wieder ihr geduldiges, banges Warten aufgenommen.

Hier fand Ermes sie vor. Sie saß auf einer Kunststoffbank. Er nahm sich die Maske ab und setzte sich zu ihr. Giulia schaute ihn an.

«Sie lebt», verkündete er. Das war alles, was er ihr sagen konnte. Dann küßte er Giulias Hand und fügte hinzu: «Geh und ruh dich ein bißchen aus. Wir sehen uns morgen.»

Giulia ging nach Hause, und Ermes eilte auf die Intensivstation, auf die Tea nach der Operation gebracht worden war. Er dachte an die Worte eines seiner Lehrer: es gibt keine Abteilung im Krankenhaus, außer vielleicht der Unfallchirurgie, in der die menschliche Nähe und der Einsatz eines Arztes so wichtig sind wie auf der Intensivstation. Tea lag auf einem Spezialbett, das an komplizierte Geräte angeschlossen war, die für sie atmeten, ihren Blutdruck, ihren Herzschlag und ihre Hirnfunktion kontrollierten.

Ermes traf Rinaldi und die Anästhesistin an, die für diesen Notfall zuständig war.

«Die Parameter sind normal», sagte die Anästhesistin.

Ermes hatte alles getan, was in seiner Macht stand, und er wußte, daß nur die Zeit eine endgültige Antwort geben konnte. Er blieb am Fußende des Bettes stehen.

«Gehen Sie sich ausruhen», forderte er Rinaldi auf. «Kann sein, daß ich Sie heute nacht noch einmal brauche.»

Der junge Arzt zog sich folgsam zurück.

«Danke», sagte Ermes, als der junge Kollege schon in der Tür war. «Ich danke Ihnen allen.»

«Wir stehen Ihnen jederzeit zur Verfügung», erwiderte der Arzt leise.

Ermes hoffte, nicht auf sein Angebot zurückkommen zu müssen, und betete, daß alles gut verlaufen und Tea langsam ins Leben zurückkehren würde. Die Parameter sind normal, hatte die Anästhesistin gesagt. Wenigstens im Augenblick. Aber dann? Was war normal in der Medizin? Hatte er wirklich alles Nötige getan, um sie dem Tod zu entreißen? Er ging im Geiste noch einmal die verschiedenen Phasen der Operation durch, so wie man ein Buch durchblättert, das man auswendig kennt. Was würde Tosi an seiner Stelle getan haben? Der Monitor gab beruhigende Signale von sich. Tea mußte durchkommen. Was für einen Sinn hätte sein Leben sonst gehabt?

Warum hätte ein Mann wie er, der im Elend geboren und in der Verzweiflung aufgewachsen war, es sonst zum Spitzenmediziner bringen sollen? Aus welcher abwegigen Vorsehung des Schicksals? Wie nach Giulias Operation, so stand er jetzt fassungslos dem gequälten Körper seiner Tochter gegenüber. Alle Kenntnisse aus vielen Jahren des Studiums und der Arbeit waren vonnöten gewesen, um die Verletzungen zu behandeln. Es hatte Jahre des Opfers bedurft, Jahre kleiner Freuden und großer Enttäuschungen, Jahre des Aufruhrs und der Kompromisse, Jahre unendlicher Geduld. Ermes hatte einen weiten Weg zurückgelegt. Zweimal hatte er das Herz seiner Tochter in den Händen gehalten und wiederbelebt. Einen weiten, weiten Weg. Er war eine Kämpfernatur, und nichts war schlimmer für ihn als Tatenlosigkeit. Aber jetzt konnte er nur abwarten. Und er fühlte sich so müde.

Gestern
1960

1

«Jetzt haben wir schon wieder Mittag», sagte Adone mit einem Blick auf seine verchromte Uhr.

Zwei Totengräber waren damit beschäftigt, das Grab zuzuschaufeln. Mit dumpfem Klang fielen die Schollen auf den Sarg. Ermes dachte an den Berg von Erde, der nun auf der Brust seiner Mutter lasten würde, und es kam ihm eine lateinische Inschrift in den Sinn, die irgendein Römer einem Freund auf den Grabstein hatte meißeln lassen: *Sit tibi terra laevis*. Ob diese dunkle Decke der armen Caterina wohl Trost spenden würde? Ihr hartes Leben war voll Drangsal gewesen. Vielleicht würde sie nun, in der grenzenlosen Stille des Nichts, endlich Frieden finden. Er suchte nach tröstenden Tränen, fand aber nur düstere Beklommenheit, die wie ein Stein sein Herz bedrückte. War das der ganze Schmerz, den er angesichts des Todes seiner Mutter empfinden konnte? Er sah sie noch einmal vor sich, zuerst als junge Frau, voll jugendlicher Unruhe, dann als krankes altes Weib. Was sich nie geändert hatte, war der sehnsüchtige Glanz in ihren Augen. Zeitlebens hatte sie sich fieberhaft an eine Hoffnung geklammert, die aus dem zerbrechlichen Stoff der Träume war.

Caterinas Begräbnis wohnten nur Adone, ihr ältester Sohn, und Ermes, ihr Jüngster, bei. Ermes hatte ihr im Krankenhaus bis zum Schluß die Hand gehalten. Auch ein Pfarrer und ein gelangweilter, unaufmerksamer Ministrant waren anwesend.

Der Geistliche murmelte flüchtig einen Segen vor sich hin, den keiner verstand. Ercole Corsini, Caterinas Ehemann, befand sich in San Vittore. Das Gefängnis war praktisch zu seinem Hauptwohnsitz geworden. Die anderen vier Kinder hatten es nicht für nötig gehalten, ihre Termine abzusagen, um einer Totenfeier beizuwohnen, die sowieso nur für die Lebenden veranstaltet wurde, und den Toten völlig gleich war – wie Minerva festgestellt hatte, die zusammen mit ihrem Lebensgefährten einen Fischstand auf dem Markt ihres Stadtviertels unterhielt.

«Schon Mittag!» rief Ermes erschrocken. Um eins begann sein Dienst im Krankenhaus, und er mußte die ganze Stadt mit öffentlichen Verkehrsmitteln durchqueren, was eine lange Reise bedeutete.

«Wir haben unsere Pflicht getan», seufzte Adone und schickte sich zum Gehen an. Er war knapp dreißig, etwas kleiner als Ermes, ziemlich stämmig gebaut und hatte gütig blickende Augen. Der wache Ausdruck seines rundlichen Gesichtes deutete darauf hin, daß er das Leben kannte.

«Dann können wir ja gehen», sagte Ermes und hoffte, Adone würde ihm anbieten, ihn in seinem nagelneuen, perlgrauen Fiat 600 mitzunehmen. Er betrachtete die gelben Blätter, die von den Bäumen fielen und durch die Herbstluft segelten.

Gefolgt von seinem Ministranten, war der Pfarrer bereits gegangen.

«Also *ciao*», sagte Adone und streckte ihm die Hand hin. «Wir sehen uns in den nächsten Tagen. Du hast viel für unsere Mutter getan», sagte er anerkennend. «Ich danke dir.»

«Das war doch selbstverständlich», wehrte Ermes ab.

«Ja, solche Dinge passieren nun einmal», erwiderte Adone und blickte so ungeduldig auf seine Uhr, als säße er auf Kohlen. «Ich muß jetzt wirklich gehen. *Ciao.*» Kein Wort von Mitnehmen, ja er eilte Ermes sogar voraus zum Friedhofsausgang, damit dieser ihn nicht noch darum bitten konnte.

Ermes führte den überstürzten Abgang seines Bruders auf entsprechende Anweisungen von dessen Frau zurück, einem unsympathischen und häßlichen kleinen Weib, das ihren Mann als persönliches Eigentum betrachtete und ihn mit ihrer dominanten Persönlichkeit beherrschte. Adone war der einzige Sohn Caterinas, der tatsächlich von Ercole stammte, und er war auch der einzige mit einem Beruf und einer richtigen Familie: er war Facharbeiter, seine Frau Schneiderin; sie hatten ein wohlerzogenes, fleißiges Kind und eine Wohnung auf Kredit.

Ermes konnte sich gut vorstellen, welche Ermahnungen ihm seine Frau, die wahrscheinlich im Auto sitzen geblieben war, mit auf den Weg gegeben hatte: «Und daß du ihm ja nicht anbietest, ihn mitzunehmen. Wenn du denen den kleinen Finger gibst, wollen sie die ganze Hand.»

Es war neun Uhr abends, als Ermes durch das Tor eines alten Mehrfamilienhauses in der Via Beato Angelico im ärmsten Viertel der Stadt ging. Umgeben von dem unangenehmen, abgestandenen Geruch des Treppenhauses, der ihm so vertraut war, begann er die unzähligen Stufen zu der Wohnung hinaufzusteigen, die er nun verlassen würde. Jetzt, da seine Mutter tot war, hatte es keinen Sinn mehr, noch länger hier zu wohnen.

Nach fünf Treppenabsätzen lehnte er sich an ein Geländer, das auf den Innenhof hinausging. Über ihm war der freie Himmel. Tief sog er die frische Luft ein. Es fröstelte ihn in seinem alten, ziemlich ausgebeulten Wollpullover. Er dachte daran, daß er Geld sparen mußte, um sich anständige Kleidung für die bevorstehende Kälte kaufen zu können.

Unter der Wohnungstür begegnete ihm Achille, einer seiner anderen Brüder, ein hübscher Kerl. Er roch penetrant nach billigem Duftwasser und hatte es offensichtlich eilig.

«Ciao!» rief Achille, der sich für umwerfend elegant hielt und angeblich großen Erfolg bei den Frauen hatte. «Wo warst du den ganzen Tag?» Es war eine überflüssige, rein formale Frage, auf die er keine Antwort erwartete.

Ermes gab sie ihm trotzdem.

«Zuerst bei Mamas Beerdigung, dann bei der Arbeit.»

«Bravo, bravo», erwiderte Achille, aber wahrscheinlich hatte er die Worte seines Bruders gar nicht gehört. Achille war der Reichste in der Familie. Er verschacherte Autos am Rande der Legalität und bewies seine Großzügigkeit dadurch, daß er für alle die Miete bezahlte. «Also *ciao*», sagte er und ging.

«Ich ziehe aus», rief Ermes ihm nach.

«Gut so. Bravo. Erhol dich ein bißchen. Du hast es nötig.»

Auf dem Küchentisch, der mit einem braun-weiß karierten Wachstuch belegt war, fand Ermes sein Abendessen vor. Die Schüssel war mit einem Teller abgedeckt, um das Essen warm zu halten. Ermes nahm ihn ab, worauf ihm der Geruch der mittlerweile kalten, etwas verkochten Gemüsesuppe in die Nase stieg. Trotzdem zog er die Minestrone immer noch dem Mortadellabrötchen vor, das er mittags aß. Er tauchte seinen Löffel in die Suppe und begann zu essen, lustlos, aber methodisch jeden einzelnen Bissen kauend, denn er mußte sich schließlich ernähren. Er war kein Feinschmecker und auch kein großer Esser. Ihm war alles recht, wenn es nur genießbar war.

In der Küchentür erschien aus dem Nebenzimmer Diana, ein hübsches fünfundzwanzigjähriges Mädchen im Morgenmantel und mit unfrisiertem Haar.

«Wie schmeckt's?» fragte sie.

«Gut», antwortete Ermes mit vollem Mund.

Diana war ein sanftes, gutmütiges Mädchen, das unerreichbaren Träumen und rücksichtslosen, gewalttätigen Männern verfallen war. Sie setzte sich ihm gegenüber an den Tisch, stützte die Ellbogen auf das Wachstuch und gähnte.

«Fragst du mich sonst gar nichts?» sagte Ermes laut. Seine Stimme klang verärgert.

«Sprich leise», mahnte sie ihn. «Ich habe einen Freund nebenan», fügte sie hinzu und deutete auf die Tür des anderen Zimmers, «er schläft.»

Ermes konnte sich den Kavalier gut vorstellen. Wahrscheinlich war er nach stürmischen Umarmungen, die nur Diana Liebe nannte, wie ein Stein eingeschlafen.

«Willst du mich nicht nach unserer Mutter fragen?» sagte er etwas leiser, aber in eindringlichem Ton. Caterina hatte sie für immer verlassen, aber dies schien hier keinen zu kümmern. Und doch hatte sie Ermes und seine Geschwister zur Welt gebracht und alles für ihre Kinder getan, was in ihren Kräften stand. Jedem von ihnen hatte sie einen Teil von sich selbst gegeben. Ercole war immer dann eingeschaltet worden, wenn sie wieder ein Kind bekommen hatte: «Welchen Namen willst du ihm geben?» fragte Caterina jedesmal, und dann wählte ihr Mann, der mit Begeisterung antike Heldensagen las, unter Göttern und Halbgöttern einen Namen aus. «Du wirst ihn Achille oder Ermes nennen.» Und wenn es ein Mädchen war: «Du wirst sie Diana oder Terpsichore nennen.» Er hatte sich damit abgefunden, der harmlose Hühnerdieb, mehr Jahre im Innern als außerhalb des Gefängnisses verbringen zu müssen, und er akzeptierte seine Frau wie all die anderen Unglücksfälle, die ihm das Schicksal beschert hatte, mit fatalistischem Gleichmut.

«Unsere Mutter ist tot, die Arme», war Dianas Kommentar. «Frieden ihrer Seele. Was kann man schon für jemanden tun, der tot ist?» Ihr Zynismus war nicht ohne Logik.

«Aber bis vor zwei Monaten hat sie sich für uns alle abgerakkert», bemerkte Ermes.

«Und vollaufen lassen. Sie hat gesoffen wie ein Loch, Gott habe sie selig.»

Diana fuhr sich müde durch das ungekämmte Haar, dann schenkte sie Wein in Ermes' Glas und nahm ein zweites für sich.

Sie stießen auf Caterina an und sprachen über sie. Auch das war eine Art, das Andenken ihrer Mutter zu ehren, die jetzt unter einem klaren Herbsthimmel in der frischen Erde ruhte.

«Ich bin gekommen, um meine Sachen abzuholen. Ich gehe», verkündete Ermes und schob den inzwischen leeren Teller von sich weg.

«Aber du kommst doch wieder?» sagte Diana.

«Nein, ich gehe für immer.»

«Dann bleiben nur Achille und ich», stellte sie fest und dachte an den zusätzlichen Platz, der ihr zur Verfügung stehen würde.

«Vergiß Ercole nicht. Das ist auch sein Zuhause.»

«Ercole», sagte sie mit einer wegwerfenden Handbewegung.

«Der hält es zu Hause nie lange aus. Aber du kannst ganz beruhigt sein. Mamas Bett wird keiner anrühren.»

Ermes holte von einem Regal über der Eingangstür einen Stoffsack herunter und begann, ihn mit seinen Sachen vollzustopfen.

«Wohin ziehst du?» wollte seine Schwester wissen.

«In ein möbliertes Zimmer», antwortete Ermes. «In der Nähe der Porta Romana. Ich habe es mit einem Arbeitskollegen zusammen gemietet. Wir teilen uns die Kosten.»

«Was denn, du arbeitest?»

«Ich habe immer gearbeitet», sagte Ermes und fuhr fort, seine wenigen Habseligkeiten in den Sack zu stecken.

«Ich meine, hast du eine feste Arbeit?»

«Ja», sagte er, ohne sie anzusehen.

Es war ein ungewöhnliches Gespräch, denn normalerweise wurde keiner aus der Familie von besonderer Neugierde für den anderen getrieben. «Jeder für sich, und Gott für uns alle», war das Motto der Corsinis.

«Wo arbeitest du?» fragte Diana und übertrat damit entschieden die Normen der gewohnten Zurückhaltung.

«Im Krankenhaus. Ich mache alles. Ich putze Klos und was weiß ich. Ich setze die Kranken auf die Schüssel und fahre sie auf den verschiedenen Stationen herum.» Seit seine Mutter vor zwei Monaten ins Kreiskrankenhaus eingeliefert worden war, arbeitete er dort.

«Und das gefällt dir?» fragte Diana verwundert.

«Es ist immerhin eine Arbeit», gab er schulterzuckend zurück.

«Bei deiner ganzen Studiererei hätte ich gedacht, du würdest etwas Besseres finden. Einen höheren Posten, Angestellter oder so was», meinte sie enttäuscht.

Wie konnte er ihr nur begreiflich machen, daß eine Reifeprüfung in den humanistischen Fächern zu keinerlei Anstellung berechtigte? Er hatte Griechisch und Latein, Geschichte und Philosophie, Naturwissenschaften und Literatur gelernt, aber all dies ohne einen unmittelbaren praktischen Nutzen. Diese

Fächer stellten lediglich einen soliden Grundstock dar, auf den er jetzt aufbauen konnte. Die Schule hatte ihm geholfen, seinen Geist zu schärfen und sich Zugang zur Universität zu verschaffen. Hätte er jedoch einen Geschäftsbrief verfassen oder ein Überweisungsformular ausfüllen müssen, so wäre er ziemlich ratlos gewesen. Aber es hatte keinen Sinn, dies seiner Schwester erklären zu wollen. Sie hätte ihn doch nur für verrückt erklärt, und das völlig zu Recht.

Ermes wollte Arzt werden, und ein guter Arzt, hatte man ihm gesagt, müsse das humanistische Gymnasium besucht haben. Schon als kleines Kind hatte für ihn festgestanden, welchen Beruf er einmal ergreifen würde. Der Mensch, den er in seinem Viertel am meisten bewunderte, war der Arzt, Doktor Ronchi. Er bewohnte ein hübsches Häuschen mit Garten in der Via Cicognara und wurde von allen verehrt und mit größtem Respekt behandelt. Er war von einer magischen Aura umgeben, und Ermes war überzeugt, er brauche einen Kranken nur zu berühren, um ihn zu heilen.

«Ich habe mich an der Universität eingeschrieben», sagte Ermes schließlich ohne weitere Erkärungen.

«Dann ist bei dir wirklich eine Schraube locker», gab Diana kopfschüttelnd zurück.

Ermes achtete nicht auf sie.

«Ich habe da drüben noch ein paar Bücher, die ich brauche.»

Aus dem anderen Zimmer ertönte ein Grunzen.

«Ich hole sie dir schnell», bot Diana ihm an. «Mein Freund ist sowieso aufgewacht.»

«Kenne ich ihn?» fragte Ermes, der aufgehört hatte, die Liebhaber seiner Schwester zu zählen.

«Ich glaube nicht. Ein Neuer», sagte Diana sanft.

Kurz darauf kam sie mit ein paar Büchern zurück, die Ermes in seinen Sack steckte.

«Also *ciao*», sagte er dann.

«Sehen wir uns wieder?» fragte sie.

«Sicher», erwiderte Ermes, obwohl er wußte, daß sie vielleicht nie wieder etwas voneinander hören würden.

Er ging schon die Treppe hinunter, als sie ihn noch einmal aufhielt.

«Beinahe hätte ich es vergessen.»

«Was?» fragte er und blieb stehen.

«Ein Mädchen war hier und hat nach dir gefragt.»

«Wann?»

«Vor ein paar Tagen.»

«Hat sie dir gesagt, wie sie heißt?»

«Gianna oder so ähnlich. Nein, ich glaube Giulia. Aber sie ist gleich wieder davongerannt.»

Ermes hörte Giulias Namen und dachte an die unendlich sanften Gesichtszüge des Mädchens, an die großen unruhigen Augen, an die schlanke, zerbrechliche Gestalt.

«Danke», meinte er.

«Sagt dir der Name Giulia nichts?» wollte Diana wissen.

«Nichts, das der Rede wert wäre», log er.

Dann ging er weiter die Treppen hinunter. Es paßte ihm gar nicht, daß diese Erinnerung einen Moment lang seine wohlgeordneten Gedanken durcheinandergebracht hatte.

Die Vorstellung, daß Giulia ihn gesucht hatte, wirkte stärker auf ihn als irgendein Kompliment. Aber er war sich klar darüber, daß er keine Zeit für sie hatte. Was trieb ihn dann zu dem kleinen Haus der de Blascos? Was veranlaßte ihn dazu, vor der Gartenmauer stehenzubleiben? Vor allem die Gewißheit, daß er das unberechenbare kleine Mädchen nicht treffen würde: es war zehn Uhr abends und sehr kalt. Dann der Wunsch, sie sich noch einmal in dem kleinen Garten vorzustellen, wie sie vor der rosablauen Hortensie stand, Nase und Augen von der schweren Erkältung gerötet, und ihn mit dem unschuldigen, freundlichen Gesicht anblickte, in das er sich so verliebt hatte. Wenn er je eine Frau lieben sollte, dann würde das Giulia de Blasco sein, das wußte er genau. Aber für den Moment war dieses Mädchen nicht der passende Deckel auf seinen Topf, wie der Professor gesagt hätte.

Seufzend setzte er seinen Weg fort und ließ die kleine Villa in der Via Tiepolo mit einem Gefühl von Heimweh und Traurigkeit hinter sich, wie er es selbst beim Verlassen der Mietskaserne in der Via Beato Angelico nicht empfunden hatte. Vor ihm lag eine neue Welt, die es zu entdecken galt.

2

Ermes öffnete das dicke Lehrbuch für vergleichende Anatomie und strich sorgfältig die erste Seite glatt. Er hatte sich in das saubere und gemütliche Büro von Schwester Alfonsa zurückgezogen, die ihn wie einen Sohn liebte. Schwester Alfonsa war eine imposante Erscheinung. Sie war so kräftig gebaut wie ein Hafenarbeiter, besaß das Durchsetzungsvermögen eines Mannes, hatte einen schwarzen Schnurrbart und buschige Augenbrauen. Sie hatte nicht nur das Krankenhauspersonal, sondern auch die gesamte Ärzteschaft unter ihrem Kommando. Selbst der Chefarzt stand stramm, wenn sie mit ihm redete.

Wenn in einem Krankensaal irgend etwas nicht funktionierte, was nicht selten vorkam, legte sie sich sogar mit dem lieben Gott an.

«Herr, wir brauchen deine Hilfe», betete sie auf den Knien und hob die Augen zum Kruzifix. «Dann hilf uns aber auch, verflixt noch mal!»

Wenn sie ihre mächtige Stimme in voller Lautstärke ertönen ließ, war sie sicher bis in den Himmel zu hören, und Ermes zweifelte nicht daran, daß selbst der Allmächtige zu zittern begann, wenn Schwester Alfonsa ihm zu Leibe rückte.

Sie war wirklich aus hartem Holz geschnitzt. Nur wenn sie mit Ermes sprach, wurde ihre Donnerstimme weich und ihr Blick milde. Sie bereitete ihm Kaffee mit geschlagenem Eigelb und viel Zucker zu, denn ein so armer Junge, der gleichzeitig studierte und arbeite, mußte etwas Kräftiges in den Magen bekommen, wie sie sagte. Aus demselben Grund ergänzte sie auch das eintönige Kantinenessen mit dick belegten Brötchen.

Als Ermes seine erste Prüfung mit Auszeichnung bestanden hatte, war der mächtige Busen von Schwester Alfonsa unter dem blütenweiß gestärkten Brustschleier vor Stolz geschwollen. Ihre großen schwarzen Augen hatten geglänzt wie Weintrauben nach dem Regen.

«Aus dir wird noch ein großer Mann, mein Sohn», war ihr herausgerutscht, als sei Ermes tatsächlich der Sohn, den sie sich unbewußt gewünscht und endlich gefunden hatte.

«Ich weiß nicht, ob ich ein großer Mann werde», hatte Ermes lächelnd erwidert. «Mir würde es reichen, Arzt zu werden.»

In Schwester Alfonsas kleinem Zimmerchen konnte der junge Mann studieren, wann er wollte, auch nachts, in den Pausen und nach Schichtende. Hier saß er im Warmen, während der Raum, den er mit seinem Arbeitskollegen teilte, klein, kalt und ungemütlich war. Er lebte praktisch im Hospital.

Ermes studierte mit einer Leidenschaft, die auf innere Berufung schließen ließ. Was ihn jedoch am meisten anspornte, war die Überzeugung, daß die Tätigkeit eines Arztes die angesehenste Tätigkeit überhaupt war. Er hatte beobachtet, wie das Gesicht seiner armen Mutter zu leuchten begann, wenn ein Arzt mit ihr sprach, aber auch große und wichtige Persönlichkeiten verhielten sich den Ärzten gegenüber nicht anders. Er hatte sie ja täglich vor Augen, die Chefärzte, die Lehrstuhlinhaber, die Halbgötter in Weiß – vornehme Männer, denen man überall mit Ehrfurcht und Respekt begegnete. Sie waren so etwas wie Priester im Besitz einer geheimnisvollen Macht und lebten in einer Welt der magischen Worte, zu der man als normaler Sterblicher keinen Zugang hatte. Ermes hatte mit eigenen Augen gesehen, wie schwerkranke Menschen beim bloßen Anblick eines solchen Halbgotts ihren Lebenswillen zurückgewonnen hatten, wie sich plötzlich wieder in ihnen der Wunsch und sogar die Fähigkeit regte, gesund zu werden. Ermes hatte im stillen beschlossen, eines Tages einer von diesen Auserwählten zu sein.

Jetzt, da er die ehrwürdigen Pforten der Universität durchschritten hatte, wußte Ermes, daß er nicht nur irgendein Arzt werden wollte. Er wollte einer von den Spezialisten werden, von denen die Leute sprachen und die Zeitungen berichteten.

Ein Klopfen an der Tür des kleinen Zimmers riß ihn aus seinen ehrgeizigen Träumereien.

«Ermes, mach auf», forderte ihn die herrische Stimme der Nachtschwester auf.

Er erhob sich, öffnete die Tür und schaute auf den Gang hinaus, auf dem ihm die Krankenschwester bereits vorauseilte.

«Komm, schnell», sagte sie.

«Was ist los?» fragte er. Es mußte sich um einen dringenden Notfall handeln, wenn es die Schwester so eilig hatte.

Der Linoleumboden des Korridors glänzte in der dämmrigen Nachtbeleuchtung. Sie erreichten ein kleines Einzelzimmer am Ende des Ganges, in das Totkranke und Quarantänepatienten gelegt wurden, manchmal auch Häftlinge, die ärztlich behandelt werden mußten. Ein Carabiniere stand vor der Tür.

«Da ist einer, der sagt, er wäre dein Vater», teilte ihm die Krankenschwester mit ungläubiger Miene mit und machte Platz, damit Ermes in das Zimmer treten konnte.

Ja, es war wirklich der alte Ercole Corsini. Sein Gesicht war bleich wie Wachs, die Wangen waren eingefallen, die Backenknochen hervorgetreten unter den in tiefen Höhlen liegenden Augen. Er wirkte noch kleiner und schmächtiger als sonst.

«Was ist los, Papa?» fragte Ermes, als nehme er den Faden eines erst vor kurzem unterbrochenen Gesprächs wieder auf.

«Ich weiß nicht. Sie sagen, ich hätte eine innere Blutung. Dir geht's gut, wie ich sehe. Du hast es zu was gebracht, he?» Ein schwaches Lächeln erschien auf seinen Lippen, bevor ihm der Schmerz das Gesicht verzerrte.

Ein Arzt kam herein, untersuchte ihn gründlich und betrachtete die Röntgenaufnahmen.

«Können Sie mich einen Augenblick nach draußen begleiten?» fragte er Ermes.

Ermes folgte ihm auf den Korridor.

«Magenkrebs in der Endphase», lautete das Urteil. «Tut mir leid. Wir können nur eine Schmerztherapie einleiten.»

«Was hat er dir gesagt?» fragte Ercole seinen Sohn, als Ermes wieder neben dem Bett seines Vaters stand.

«Daß sie dich heilen werden», log er. «Die sind gut hier, weißt du?»

«Sie sind Lügner.»

«Wieso?»

«Weil ich im Sterben liege.» Seine schonungslose Offenheit überraschte Ermes. «Und abgesehen von der nicht gerade belanglosen Tatsache, daß ich sterben muß, soll ich auch noch so tun, als würde ich einem Scheißkerl von Sohn glauben, wenn er mir Lügen erzählt.» Er konnte nur mühsam sprechen, und sein Atem ging schwer.

«Du strengst dich zu sehr an, Papa», sagte Ermes leise.

«Ich will aber reden», fuhr er fort. «Ich will über meinen Tod reden. Ich habe es satt, immer das zu sagen, was die anderen von mir erwarten. Ich sterbe, Ermes. Ich habe dir nie etwas gegeben, aber ich habe auch nie etwas von dir verlangt. Bleib bei mir, bis das Licht ausgeht.» Sein Sohn ergriff seine Hand und drückte sie.

«Ja, Papa», versprach er ihm.

Ercole Corsini starb bei Anbruch der Morgendämmerung.

3

Während Ermes' Studienzeit ereigneten sich aufsehenerregende Dinge: Yuri Gagarin umkreiste als erster Mensch die Welt in einem Raumschiff, Hemingway und Marilyn Monroe schieden auf tragische Weise aus dem Leben, und die Beatles betraten die Szene. Amerika zerstörte an einem tragischen Novembertag in Dallas den Kennedy-Mythos, den es selbst geschaffen hatte. Ermes glaubte, die Symptome sämtlicher Krankheiten, mit denen er durch sein Studium in Kontakt kam, an sich selbst zu entdecken. An dem Krankenhaus, an dem er arbeitete, erfuhr er alles, was es über das Leben und den Tod, über Freuden und Leiden überhaupt zu erfahren gab.

Er träumte von den Vereinigten Staaten, wo die Möglichkeit bestand, ein schnelles «Intensivtraining» zu absolvieren. Sein Traum verwirklichte sich, als er ein Stipendium gewann, mit dem er nach New York reisen und als *Research fellow* an der Columbia University arbeiten konnte. Die Tätigkeit in der Abteilung für Unfallchirurgie war sehr hart. Ermes machte teilweise bis zu fünfzig Stunden ununterbrochen Dienst. Er lernte in den unmöglichsten Lagen Schlaf zu finden, schlimmstenfalls an die Toilettentür gelehnt, wenn er nur ein paar Minuten Zeit hatte. An seinen freien Tagen konnte er fünfzehn Stunden durchschlafen. Er war mit verschiedenen Mädchen zusammen, fand aber nie Zeit für eine ernsthafte Beziehung. Er hatte viele Kollegen und wenige Bekannte. Sein bester Freund war ein

Österreicher namens Adolf Schneiter, ein hervorragender Mediziner.

Ermes lernte die verschiedenen Operationsmethoden der Thorax- und Bauchchirurgie kennen, führte Eingriffe im Magen-Darm-Bereich durch, operierte Gallenblasen, Dickdärme und Bauchspeicheldrüsen. Er nähte Löcher von Revolverkugeln zu und schloß offene Knochenbrüche. Er wurde so gut, daß ihm die Columbia University nach sechs Monaten ein Gehalt bezahlte.

Als er nach Italien zurückkehrte, war er der erfahrenste Chirurg, den sich ein Krankenhaus überhaupt wünschen konnte. Außerdem erfüllte er alle formalen Voraussetzungen, um Assistent an der Universitätsklinik zu werden. Dasselbe Krankenhaus, das ihn mit zwanzig Jahren als Faktotum beschäftigt hatte, gab ihm nun eine Stelle in der Abteilung für Unfallchirurgie. Nur daß er jetzt den Beruf ausüben durfte, der für ihn das Höchste war: Chirurg. Er wußte, daß er ohne Operationssaal nicht mehr auskommen konnte, trotzdem wollte er nicht in einer Struktur versanden, die ihm keine Aufstiegsmöglichkeiten bot. Er wollte hoch hinaus, wie es immer sein Traum gewesen war. Er strebte eine Oberarztstelle an, aber die Stellenverteilung in der Unfallchirurgie war ein abgekartetes Spiel, an dem er nicht teilnehmen durfte, obwohl er der Beste von allen war.

Ermes brauchte einen Förderer, einen Gönner, die Protektion eines einflußreichen Mannes, der ihm den Weg bereiten und im Rahmen des Möglichen Zugang zu einer Universitätskarriere verschaffen konnte, denn er wollte sich nicht nur den Kranken, sondern auch der Forschung und Lehre widmen. Ermes hatte sich ein Ziel gesetzt, und das wollte er erreichen. Er mußte die Augen offen halten und darauf warten, daß irgend jemand auf ihn aufmerksam wurde. Die beiden Chefärzte, mit denen er gerne gearbeitet hätte, waren bereits mit Oberärzten versorgt. Schließlich begann er sogar ernsthaft die Möglichkeit in Betracht zu ziehen, Professor Arturo Micheletti als freiwilliger Assistent nach Sassari zu folgen. In jener Zeit ergab es sich, daß Adolf Schneiter anläßlich eines Kongresses nach Mailand kam.

«Egal, wie gut du bist», sagte sein Freund zu ihm, «wenn du vorwärtskommen willst, mußt du tun, als hättest du noch eine Menge zu lernen. Das ist kein typisch italienisches Problem, wie du glaubst. Vielleicht ist es hier nur etwas ausgeprägter.»

«Micheletti würde mir gerne helfen», erklärte Ermes.

«Aber er kann dir nichts beibringen», entgegnete Schneiter.

«Der Erste ist nicht immer der Beste», fuhr Ermes fort. «Aber er lenkt den Karren. Es gibt keine Alternativen. Entweder du springst auf, oder du riskierst, dein Leben lang am selben Fleck zu bleiben.»

Sie gingen durch die Gassen der Altstadt. Hin und wieder wurde durch das Tor eines alten Palazzo ein blühender Garten oder ein schöner Innenhof sichtbar.

«Du bist wirklich gut», sagte Schneiter, der im Geiste die liebenswürdige Intimität Mailands mit der weitläufigen Pracht seiner Heimatstadt Wien verglich.

«Schade, daß nur wir beide das wissen», erwiderte Ermes lächelnd.

«Das stimmt nicht. Sag lieber, daß Verdienste allein nicht genügen, um es zu etwas zu bringen.» In Schneiters Stimme schwang Bitterkeit. «Du bist wie geschaffen für die Staaten, und Amerika für dich. Ich frage mich noch immer, aus welchem unerfindlichen Grund du nicht dort geblieben bist.»

Wie konnte Ermes ihm nur erklären, daß er hier etwas werden wollte, hier in Italien, in Mailand, wo er aufgewachsen war und bei Null angefangen hatte?

«Ich habe einen Auswandererkomplex.»

«Santa Lucia luntana?» sagte Schneiter mit Anspielung auf ein bekanntes Volkslied und tat, als zupfe er eine Mandoline.

«In gewissem Sinne, ja», gab Ermes zu.

«Wenn du es dir doch noch anders überlegst, dann weißt du ja, wo ich zu finden bin», sagte Schneiter zum Abschied.

«Ich weiß, daß ich auf dich zählen kann. Danke.»

Schneiter flog wieder nach Amerika zurück und ließ Ermes mit seinem Problem allein. Es war praktisch unmöglich, in die Hochburgen der Halbgötter einzudringen, die von zu allem bereiten Gefolgsleuten verteidigt wurden, wenn man nichts anderes vorweisen konnte als seine beruflichen Fähigkeiten.

Zu guter Letzt entschloß Ermes sich doch, als Assistent mit Micheletti nach Sardinien zu gehen, obwohl er seine Stadt nur ungern verließ. Da trat jedoch ein Ereignis ein, das seine Pläne radikal änderte und nicht nur seiner Karriere, sondern auch seinem Leben eine entscheidende Wende gab.

4

«Ein Anruf für Sie, Doktor Corsini», sagte die Oberschwester, als sie die Ambulanz betrat.

«Ich habe zu tun», erwiderte Ermes und suchte weiter nach einer Erklärung für den aufgeblähten, harten Bauch einer Patientin, die unter starken Schmerzen litt.

«Entschuldigen Sie, Herr Doktor, wenn ich Sie doch bitten muß», beharrte die Schwester mit schüchterner Ehrfurcht. «Aber am Telefon ist Professor Montini.» Attilio Montini besaß den Ruf eines Papstes und die Arroganz eines Diktators. Er war einer der letzten Chefärzte der alten Schule, ein hohes Tier, ein berühmter Arzt, ein scharfsinniger Kopf, ein durchtriebener Intrigant und ein Dauergast der Mächtigen.

«Richten Sie ihm aus, daß ich im Moment beschäftigt bin», sagte Ermes und ließ sich nicht von seiner Patientin ablenken, die ein Magenleiden, aber auch eine Lungenentzündung haben konnte.

«Das soll ich ihm ausrichten?» fragte die Oberschwester erschrocken.

«Wenn Sie nicht wollen, soll es ihm von mir aus jemand anderes sagen», gab Ermes ironisch zurück. «Ich und die Signora hier haben ein kleines Problem zu lösen.» Er lächelte seine Patientin an.

Die Frau warf ihm einen dankbaren Blick zu, als sie seine Worte hörte.

«Ich kann ihm ja sagen, Sie hätten einen Notfall», meinte die Oberschwester zaghaft, obwohl sie wußte, daß für Professor Montini nur die eigenen Notfälle als Rechtfertigung galten.

«Sagen Sie ihm, was Sie wollen», erwiderte Ermes gelassen und setzte die Untersuchung fort. Montini bewegte sich in anderen Sphären, ihre Interessen würden sich nie treffen. Er war geradezu unverschämt überheblich und stieß selbst die angesehensten Kollegen mit seinem selbstherrlichen, großtuerischen Gehabe vor den Kopf.

Als Ermes nach Dienstschluß in den Umkleideraum ging, fand er einen Zettel, den ihm die Oberschwester an die Tür seines Spinds geheftet hatte: «Professor Montini erwartet Sie in seiner Praxis».

Das Allerheiligste von Professor Attilio Montini war ein sündhaft teuer und mit viel Geschmack eingerichtetes Appartement. Für Ermes, der in einem spartanischen Einzelzimmer wohnte, war Montinis Reich Ausdruck von unsagbarem Luxus.

Ermes fuhr mit dem Aufzug in den dritten Stock hinauf, durchquerte einen kleinen Empfangsraum mit holzvertäfelten Wänden und sah durch eine angelehnte Tür in einen strahlendweißen Raum. Eine elegante, auffallend hübsche, junge Sprechstundenhilfe, die sich ihrer Aufgabe wohl bewußt war, ließ ihn in einem Wartezimmer mit bequemen blauen Ledersesseln Platz nehmen. Die Wände waren mit honigfarbenen Leinentapeten verkleidet. Ein großer Guttuso, Frauenfiguren in einer sizilianischen Landschaft, prangte im Hintergrund in seiner ergreifenden, wilden Schönheit.

«Gefällt Ihnen das Bild?» fragte Montini. Er hatte Ermes beim Betrachten des Bildes überrascht, als er die Tür seines Sprechzimmers öffnete, um seinen Gast hereinzubitten.

«Es ist wunderschön», erwiderte Ermes.

«Was ich an Guttuso am meisten bewundere, ist seine Ausdrucksgewalt», sagte Montini, der auf der Schwelle stehengeblieben war und nun auch auf das Bild schaute. «In gewissem Sinne ähnelt er uns», fuhr er dann fort und fixierte Ermes mit seinen durchdringenden schwarzen Augen.

«Wer, Guttuso?» fragte der junge Arzt.

«Der Künstler im allgemeinen», erklärte Montini. «Und der Wissenschaftler im besonderen, der auf seine Art auch ein Künstler ist. Ein schönes Gemälde, ein großer Roman, ein feinsinniges Gedicht, ein heikler chirurgischer Eingriff. Sie alle resultieren aus einem überragenden Geist und finden Gestalt in perfektem Handwerk.»

«Eine faszinierende Hypothese», räumte Ermes ein.

«Ganz richtig, mein Freund», sagte Montini mit unerwarteter Liebenswürdigkeit.

«Ob er nun eine Kathedrale oder eine Atombombe baut, ein Gemälde anfertigt oder eine komplizierte Operation durchführt, für einen Künstler und Wissenschaftler läuft es aufs gleiche hinaus. Er ist in jedem Fall ein Mensch, der sich, wie jeder Mensch mit Genie, über das erreichte Resultat freut. Sie werden jetzt denken, ich sei eingebildet», sagte er mit einem Augenzwinkern. «Ich halte es allerdings für legitim, auf die eigenen Verdienste stolz zu sein. Aber ich will Ihnen nicht Ihre wertvolle Zeit mit meinen Bemerkungen stehlen», sagte er entschuldigend und bat ihn einzutreten. Er war freundlich und zuvorkommend, aber Ermes, der seine Kindheit in einer gleichgültigen, feindseligen Welt verbracht hatte, erkannte die Feindseligkeit und die Gleichgültigkeit, die sich hinter dem Lächeln des Lehrstuhlinhabers und hinter dem wohlwollenden Ausdruck seines runden Gesichtes verbargen. Der einzige deutlich erkennbare Hinweis auf seinen autoritären Charakter war die anmaßende, metallene Stimme, mit der er seine klugen Gedanken formulierte.

Montini nahm hinter einem breiten Schreibtisch Platz und bot Ermes einen großen ledergepolsterten Sessel an.

«Sie haben sich wahrscheinlich gefragt, aus welchem Anlaß ich Sie treffen wollte, Doktor Corsini», sagte der Lehrstuhlinhaber. Den Telefonanruf erwähnte er nicht.

«Wenn ich ehrlich sein soll, nein. Ich habe mich höchstens über die Einladung gewundert.»

«Man hat mir schon gesagt, daß Sie einen schwierigen Charakter besitzen», sagte Montini mit der Gelassenheit eines Mannes, der schon größere Dickschädel, als Ermes einer war, zur Vernunft gebracht hatte.

Ermes wartete schweigend den weiteren Gang der Dinge ab.

«Ich beobachte Sie schon seit längerer Zeit», fuhr der Professor fort.

«Das schmeichelt mir.»

«Gestern habe ich einen Mann gesehen, den Sie förmlich aus seinen Einzelteilen wieder zusammengeflickt haben.»

«Ja, er wurde wie durch ein Wunder gerettet», sagte Ermes und erinnerte sich an den Maurer aus Apulien, der nach einem Sturz vom Baugerüst in einem erbärmlichen Zustand in die Unfallchirurgie eingeliefert worden war. Er hatte ihn tatsächlich regelrecht zusammenflicken müssen. Es war ihm sogar gelungen, einen Hoden, den man wenige Meter von dem Verletzten entfernt aufgelesen hatte, wieder anzunähen.

«Sie sagen es», nickte Montini. «Durch ein Wunder gerettet. Nur daß dieses Wunder Sie vollbracht haben, und daß es eines von vielen ist. Unter Kollegen spricht man viel über Sie», sagte er im Gönnerton.

«Diese Berühmtheit hat mir bisher allerdings wenig genützt», erwiderte Ermes.

«Das könnte sich ändern», meinte Montini mit verheißungsvollem Blick. Dann verschwand das Lächeln von seinem runden Gesicht. «Wollen Sie bei mir arbeiten?» fragte er ihn geradeheraus.

Ermes schaute ihn ruhig an, ohne ein Wort zu sagen. Nie hatte er auch nur im Traum daran gedacht, dem Team des großen Montini beizutreten, abgesehen davon, daß er es für völlig ausgeschlossen gehalten hätte, jemals aufgenommen zu werden. Nun hatte sich die Situation jedoch plötzlich umgekehrt. Jetzt war es Montini, der ihn bat, bei ihm zu arbeiten, weil er ihn brauchte. Der Professor operierte wenig im Krankenhaus und viel in der Privatklinik. Man munkelte sogar, die Klinik gehöre ihm. Er präsentierte Rechnungen mit geradezu astronomischen Beträgen, aber seit einiger Zeit entsprachen die Leistungen nicht mehr ganz dem bezahlten Honorar. Vermutlich suchte er einen Chirurgen, der in der Lage war, Meisterwerke zu vollbringen, die er dann signierte. Es war die wahrscheinlichste Hypothese. Wenn diese Vermutung den Tatsachen entsprach, hatte Ermes eine Trumpfkarte gezogen, mit der er die Partie für sich entscheiden konnte. Nur, würde er die Kaltschnäuzigkeit besitzen, einen so hohen Preis zu bezahlen? Selbst das offenste und ehrlichste Bündnis wurde von der Gefahr der Mittäterschaft überschattet, das wußte er mittlerweile aus eigener Erfahrung.

Montini hielt Ermes' ruhigem Blick stand. Er hätte versuchen können, ihn mit der Aussicht auf ein hohes Einkommen zu locken, aber der junge Arzt hätte ihm wahrscheinlich geantwortet, Geld sei nicht das Problem.

«Schauen Sie, Doktor Corsini», erklärte er mit der Gewandtheit des Weltmannes, «ich meine, Sie sollten sich gut überlegen, was für eine Gelegenheit ich Ihnen da biete. Sie haben einen weiten Weg hinter sich, das weiß ich, und das ist mit ein Grund, weshalb ich Sie schätze», eröffnete er ihm in Anspielung auf seine Vergangenheit.

«Persönlich habe ich keinen Grund, um auf meine Herkunft stolz zu sein. Trotzdem, ich sehe, Sie wissen bestens Bescheid über mich», meinte Ermes.

Es war offensichtlich, daß ihn der berühmte Arzt brauchte. Sonst würde er nicht soviel Zeit und Worte auf ihn verschwendet haben.

«Ich liebe das Krankenhaus und die Forschung», sagte Ermes schließlich.

«Und ich biete Ihnen die Möglichkeit, Ihre großen Träume zu verwirklichen. Abgesehen davon, daß Sie in meiner Klinik operieren würden. Wie ich Sie kenne, bedeutet Geld nicht alles für Sie», sagte er und nahm Ermes damit das Wort aus dem Mund. «Aber nützlich ist es doch, darin stimmen Sie sicher mit mir überein.» Montini nahm sein Kinn zwischen Daumen und Zeigefinger, stützte den Ellbogen auf die Schreibtischplatte und gab sich den Anschein, gründlich nachzudenken.

«Für den Moment brauche ich einen Assistenten», fuhr er

dann fort. «Einen intelligenten, fähigen Mitarbeiter, der Oberarzt werden und so die Universitätslaufbahn einschlagen könnte. Damit habe ich Ihnen, glaube ich, alles gesagt», meinte er und lehnte sich zurück. «Jetzt sind Sie an der Reihe.»

«Lassen Sie mir etwas Zeit zum Nachdenken», erwiderte Ermes.

«Wieviel Zeit?» fragte Montini etwas säuerlich.

Die Vorsehung wollte, daß es genau in diesem Moment an die Tür klopfte, die sich gleich darauf einen Spalt breit öffnete, gerade so weit, daß Ermes eine niedliche kleine Frauengestalt erkennen konnte, einen rosa Fleck vor dem dunklen Hintergrund des Vorzimmers. Der Eindruck, den er gewann, war der eines flauschigen, wohlriechenden Wattebauschs.

«Störe ich?» Der Wattebausch hatte ein zuckersüßes Stimmchen, sanfte Rehaugen, ein strahlendes Lächeln und den entschlossenen Gang einer Herrin. «*Ciao*, Papa.» Sie begrüßte ihren Vater und maß Ermes interessiert mit den Augen.

Der junge Arzt konnte sie jetzt besser betrachten und mußte seinen ersten Eindruck korrigieren: Der Wattebausch war in Wirklichkeit ein kleines Pfefferkorn. Das Mädchen ähnelte seinem Vater und war nicht gerade eine Schönheit zu nennen, aber im Gegensatz zu Attilio Montini, der ausgesprochen abstoßend wirkte, auch wenn er versuchte, freundlich zu wirken, ging von ihr eine unwiderstehliche Faszination aus.

«Doktor Corsini, darf ich Ihnen Marta vorstellen», sagte Montini stolz. «Meine einzige Tochter.»

«Und dein größter Kummer», dachte Ermes bei sich. Er stand auf, reichte Marta die Hand und lächelte sie an.

«Sehr erfreut», sagte er und schenkte ihr einen bewundernden Blick. «Ich war gerade im Begriff zu gehen», erklärte er dann, um seinen Abgang vorzubereiten. «Ich werde Sie bald anrufen, Herr Professor», fügte er an Montini gewandt hinzu. «Spätestens morgen abend.»

Als er schon an der Tür stand, brachte ihn Marta mit einer Einladung zum Stehen, die wie ein Befehl klang: «Doktor Corsini, Sie müssen zu meinem Fest kommen.»

«Wenn es mir meine Patienten erlauben.»

Marta ließ sich nicht beirren. «Es findet am nächsten Samstag statt.»

«Ihre Einladung ist ein seltenes Privileg, aber im Moment kann ich leider nichts entscheiden.»

«Sie werden eine Menge interessante Leute kennenlernen. Unser Haus in Portofino ist der reinste Rummelplatz. Ich kann Sie abholen, wenn Sie möchten», meinte sie, während unter den weichen, leicht geöffneten Lippen ihre kleinen, perlweißen Zähne zum Vorschein kamen.

In Ermes Kopf blinkte ein Warnsignal auf. Irgend etwas an dem Mädchen zog ihn an, und gleichzeitig gebot ihm eine innere Stimme, Abstand zu halten.

«Meine Patienten wissen nicht, daß Sie nächsten Samstag ein Fest in Portofino geben», versuchte er sie zu überzeugen. «Ich bin ganz in ihrer Hand.»

«Ich weiß alles über Sie, Doktor Corsini», sagte sie zu seiner Überraschung. «Papa hat mir von Ihren außergewöhnlichen Fähigkeiten erzählt. Ich bin auch nicht zufällig hier hereingeplatzt, sondern absichtlich gekommen, um Sie kennenzulernen und zu uns einzuladen.»

«Sie wissen wirklich ziemlich viel über mich», erwiderte er abwehrend. Aber je mehr er sich gegen den Treibsand dieser neuen Allianz wehrte, desto tiefer versank er darin.

«Ich weiß auch, daß Samstag Ihr freier Tag ist. Also keine falschen Ausreden», schloß sie.

Drei Tage später ließ sich Ermes unter einem funkelnden Sternenhimmel am Strand von Portofino auf eine Affäre ein, in der sich Liebe und Interessen ununterscheidbar verquickten. Sie sollte sein künftiges Leben vorzeichnen und über seine berufliche Karriere entscheiden.

5

Ermes war mit neunundzwanzig Jahren Oberarzt der Chirurgie, Marta war Signora Corsini, und beide zusammen wurden sie die Eltern von Teodolinda. Das Mädchen kam in der Privatklinik seines Großvaters zur Welt und wurde noch im Moment seiner Geburt mit Millionen überhäuft: Fünfzig Prozent der Klinikaktien gehörten ab diesem Moment Tea. Sie war reich, wurde vom Großvater verwöhnt und von ihrem Vater auf Händen getragen, wann immer sein Beruf es ihm erlaubte. Von ihrer Mutter aber, die sich einen Jungen gewünscht hatte, wurde sie wenig beachtet.

Als Tea ein Jahr alt wurde, erhielt sie von ihrem Großvater eine Villa in Brianza zum Geschenk, die sie allerdings herzlich wenig interessierte. Marta erklärte ihrem Ehemann, der völlig in seiner Arbeit aufging, daß sie keine weiteren Kinder haben wolle. Probleme mit der Figur. Gleich darauf flog sie mit einer Freundin nach Barbados in den Urlaub. Der kurze Erholungsaufenthalt dauerte schließlich einen ganzen Monat, während dem Marta nicht ein einziges Mal anrief, um sich nach Ehemann und Kind zu erkundigen. Für Ermes war es ein hektisches Hin und Her zwischen Privatklinik und Krankenhaus, und er mußte einsehen, daß seine Familie leider ganz wie vorhergesehen funktionierte. Seine Ehe mit Marta war nicht mehr als eine Interessengemeinschaft, die auf einer fragwürdigen Allianz basierte. Alle hatten davon profitiert: Marta hatte den Ehemann bekommen, den sie wollte, Montini den Oberarzt und Partner, den er brauchte, und Ermes die Karriere, von der er geträumt hatte. Liebe war ein Wort, das in Kitschromane gehörte. Als sich Ermes mit der Zeit darüber klar wurde, daß seine Frau bei dem Leben, das sie führte, nicht gerade zur Kategorie der Mustergattinnen gerechnet werden konnte, schloß er mit ihr eine Art stillschweigendes Abkommen, das auf gegenseitiger Toleranz beruhte. Sie verlangte keine Erklärungen für seine Arbeit, die ihn mit Haut und Haaren auffraß, und er stellte keine Nachforschungen darüber an, wie Marta ihre Freizeit verbrachte.

Sie lebten zwar weiterhin zusammen in der Wohnung am Corso Venezia, die Montini seiner Tochter zur Hochzeit geschenkt hatte, schliefen aber schon seit geraumer Zeit in getrennten Schlafzimmern. Tea hatte man einer tyrannischen, despotischen und leicht sadistisch veranlagten Gouvernante anvertraut, die an die Stelle der immer abwesenden Mutter getreten war. Tea liebte ihren Vater heiß und innig, obwohl auch er sich nicht eben durch häufige Anwesenheit hervortat.

Eines Abends, als Ermes früher als gewöhnlich nach Hause kam, überraschte er seine Tochter vor dem Fernseher. Der Film, den sie sich ansah, war eine Mischung aus Sex und Gewalt. Ermes schaltete das Gerät ab und setzte sich zu ihr aufs Bett. Er fragte sich, was für Auswirkungen so obszöne Bilder wohl auf die Psyche eines sechsjährigen Kindes hatten.

«Wo ist Mama?» fragte er die Kleine.

«Weg», antwortete Tea. Sie war noch völlig verstört von den Szenen, die sie im Fernsehen gesehen hatte.

«Ist sie schon lange weg?» wollte er wissen.

«Seit ich gegessen habe.»

«Und Ina?» fragte Ermes weiter.

«Tanzen gegangen», teilte ihm das Mädchen mit. «Heute ist doch ihr freier Abend.»

«Ist denn überhaupt niemand zu Hause?» fragte er, plötzlich hellhörig geworden.

«Nein, Papa. Giovanna ist auch weg.» Giovanna war das Dienstmädchen.

Tea schien es gewöhnt zu sein, sich ganz alleine in dem großen Haus aufzuhalten. «Aber du hast natürlich keine Angst», sagte er in gespielt scherzhaftem Ton.

«Ein bißchen schon», gestand sie.

«Und deshalb kannst du nicht schlafen», sagte Ermes und mußte sich beherrschen, denn er hatte alle Mühe, sein Entsetzen zu verbergen.

«Ich sehe fern.»

«Und so kriegst du noch mehr Angst.»

Tea nickte heftig und verbarg ein Lächeln. Sie hätte Ermes zu dem, was sie gerade gesehen hatte, ein paar Fragen stellen wollen, traute sich aber nicht, sie auszusprechen.

«Jetzt schläfst du aber», sagte Ermes. «Ich bleibe bei dir», versprach er ihr.

Die Hand ihres Vaters in ihrer kleinen Hand haltend, schlief Tea sofort ein. Ermes war fürchterlich wütend auf Marta, weil sie das Kind alleine gelassen hatte, aber auch auf sich selbst, weil er nicht gemerkt hatte, in welchen Verhältnissen seine Tochter lebte. Er ging auf den Balkon seines Arbeitszimmers, sah auf den nächtlichen Verkehr hinunter und bemerkte dann ein Auto, das genau vor dem Eingang seines Hauses hielt. Marta stieg aus, wobei ihr ein Mann die Wagentür aufhielt. Er begleitete sie zur Haustür, küßte sie, wartete, bis sie im Haus verschwunden war und ging zu seinem Wagen zurück.

Die Tatsache, daß seine Frau den Abend mit einem anderen verbracht hatte, erweckte in ihm weder Eifersucht noch Verwunderung oder Empörung. Vielleicht liebte sie dieser Mann, während er nicht einmal wußte, ob er je in sie verliebt gewesen war. Er erinnerte sich an ihren ersten Kuß auf dem Fest in Portofino. Sie hatte die Initiative ergriffen und sich vor ihren Freundinnen damit gebrüstet, sich den bestaussehenden Mann und vielversprechendsten Chirurgen geangelt zu haben.

Er öffnete die Wohnungstür, bevor Marta den Schlüssel ins Schloß stecken konnte.

«Du bist früh zurückgekommen», sagte sie beinahe vorwurfsvoll.

«Nicht früh genug, um zu verhindern, daß das Kind vor Angst fast starb, weil es alleine war.» Seine Stimme klang hart und anklagend.

«Ich bitte dich, fang bloß nicht an, die Komödie des empörten Ehemanns zu spielen, dessen Frau die hilflosen Kindlein vernachlässigt», sagte sie ärgerlich, warf ihre Tasche auf ein Sofa neben der Eingangstür und ging ins Wohnzimmer.

«Leute wie du gehören ins Gefängnis!» brüllte er außer sich vor Wut. Marta schien gar nicht einzusehen, wie unmöglich ihr Verhalten war.

«So betrachtet, vernachlässigst du deine Tochter genauso», klagte sie ihn an, um sich zu verteidigen. «Du trägst dieselbe Verantwortung wie ich.»

«Lassen wir's gut sein», sagte er ohne große Überzeugung. Er wollte keinen Streit heraufbeschwören.

«Hör mal, als ich um halb neun aus dem Haus ging», fing sie kampfeslustiger denn je wieder an, «hat Tea geschlafen. Es stimmt zwar», räumte sie ein und zündete sich eine Zigarette an, «daß keiner zu Hause war. Aber ich hatte mir vorgenommen, früh zurück zu sein. Wie du siehst», meinte sie und dokumentierte ihre Worte mit einem Blick auf die Armbanduhr, «ist es jetzt gerade elf, und ich bin schon hier. Außerdem, was für dich gilt, gilt auch für mich. Warum sollte ich nicht genauso ausgehen wie du? Tu bloß nicht wie ein Heiliger. Alle wissen, daß du mit jeder ins Bett steigst, mit der du nur kannst.» Sie drückte die Zigarette im Aschenbecher aus, goß sich Whisky in ein Glas und nahm einen großen Schluck.

Ermes schämte sich zutiefst für sich und für seine Frau.

«Ab morgen wird ein Kindermädchen die Gouvernante ablösen», erklärte er. «Tea darf nicht alleine bleiben.»

Aber Marta hörte ihm schon gar nicht mehr zu und ging in ihr Zimmer zurück. Die Nachfolgerin der Gouvernante konnte zwar vielleicht eine Lücke schließen, das Problem selbst aber würde sie nicht lösen. Teas Angst rührte nicht daher, daß sie ab und zu allein zu Hause blieb, obwohl das sicher auch dazu beitrug. Sie hatte ihre Ursache vielmehr in dem Umstand, daß

Tea praktisch seit ihrer Geburt immer nur für sich alleine war, weil ihr Vater und ihre Mutter viel zuviel mit ihrem eigenen Leben zu tun hatten.

Heute

1

Giulia hatte einen Augenblick Angst vor dem Spiegel. Dann aber gab sie sich einen Ruck und schaute hinein. Das Resultat beruhigte sie. Sie lächelte beim Anblick ihrer Schönheit, die zwar nicht mehr taufrisch war, dafür aber reich an Nuancen. Trotz der Bestrahlungstherapie besaß sie immer noch dichtes, glänzendes Haar, das Vittorio so geschickt geschnitten hatte, daß es ihr etwas von der Aggressivität ihres Gesichtes nahm. Die Silberfäden, die hier und da zwischen den braunen Locken auftauchten, störten sie nicht im geringsten. Um nichts in der Welt hätte sie sich der aufwendigen Prozedur einer Färbung unterzogen. Für Giulia waren die ersten weißen Haare und die ersten Falten Merkmale eines intensiv gelebten Lebens. Sie kennzeichneten die einzelnen Etappen ihres abenteuerlichen Daseins und das Fortschreiten einer Existenz. Teresa hatte für sie ein diskretes Make-up gewählt, das die Tiefe ihrer großen dunklen Augen zur Geltung brachte und die Schatten der kräftezehrenden Therapie verwischte. Vittorio signierte sein kleines Meisterwerk mit einem zufriedenen Lächeln, half ihr in ihr Nerzcape und begleitete sie zum Aufzug. In die angenehme Frische des Winternachmittags gehüllt, spazierte Giulia durch die Straßen des Zentrums. An solchen hellen, klaren Tagen wie diesem liebte sie Mailand ganz besonders. Die Luft war so klar wie Kristall, als wolle sie sämtliche Katastrophenmeldungen über das Ausmaß der Umweltverschmutzung Lügen strafen. Sie empfand Mailand in solchen Augenblicken als ein Spiegelbild ihrer selbst, und sie wollte nur die positiven Seiten dieser liebenswürdigen Szenerie sehen.

Sie war mit Ermes verabredet und genoß die Vorfreude auf ihr Treffen. Sie hatten sich seit einer Woche nicht gesehen, seit dem Tag von Teas Operation. Das Mädchen hatte nun das Schlimmste überstanden und würde wieder völlig genesen.

Ermes hatte sie heute morgen sehr früh angerufen.

«Wie geht's?» hatte er wissen wollen. Er hatte ein schlechtes Gewissen, weil er sie etwas vernachlässigt hatte.

«Hier ist alles in Ordnung», hatte sie ihn beruhigt. «Sag mir lieber, wie es Tea geht.»

«Besser könnte es ihr angesichts der Umstände nicht gehen.»

«Du glaubst nicht, wie erleichtert ich bin, das zu hören.»

«Hast du ein bißchen Zeit für einen alten Freund?»

«Das ganze Leben.» Diese kategorische Bemerkung hatte sie plötzlich traurig gestimmt. Wie lange würde ihr Leben noch dauern? Aber der Gedanke war wie eine lästige Mücke nur kurz an ihr vorbeigeschwirrt und gleich wieder verschwunden. «Soviel Zeit, wie du willst», hatte sie hinzugefügt.

«Paßt es dir heute zum Abendessen?»

«Ausgezeichnet.»

«Im Toulà?»

«Perfekt.»

Ab diesem Moment hatte sich Giulias Stimmung geändert. Sie fühlte sich ruhig und glücklich. Sie blieb vor den Schaufenstern stehen und schaute sich interessiert schöne Kleider, kostbaren Schmuck und ausgefallene Accessoires an, was sie seit Monaten nicht mehr getan hatte. Das war ein gutes Zeichen. Als sie bei Brigatti vorbeikam, nahm sie sich vor, sich für das nächste Mal, wenn sie wieder ins Fitneßstudio ging, zwei schicke Aerobic-Anzüge zuzulegen. Außerdem beschloß sie an diesem Nachmittag, sich ein hübsches Chanel-Kostüm zu kaufen. Dann erinnerte sie sich, daß sie noch zu Caravelle auf dem Corso Europa gehen mußte. Dort ließ sie ihr altes Celine-Umhängetäschchen mit dem kaputten Reißverschluß zurück und kaufte sich einen weichen Beutel in lebhaften Farben, der perfekt zu ihrem Pelzmantel paßte.

Am Abend kam ausgerechnet sie, die immer auf Pünktlichkeit pochte, mit zehn Minuten Verspätung und einem entsprechend schlechten Gewissen im Toulà an. Der Oberkellner eilte ihr dienstbeflissen entgegen, als er sie eintraten sah, und begrüßte sie mit einem formvollendeten Handkuß. Er wirkte heute ungewöhnlich besorgt um ihr Wohlbefinden. «Möchten Sie am üblichen Ecktisch Platz nehmen? Darf ich Ihnen einen Aperitif servieren?» Neugierige Augen, die in Giulia die Verfasserin spannender Romane und zudem die Protagonistin eines aufsehenerregenden Tagesereignisses erkannten, richteten sich auf sie.

«Nein, danke», erwiderte Giulia trocken und suchte das Lokal nach Ermes ab.

«Professor Corsini hat vor wenigen Minuten angerufen», teilte ihr der Oberkellner als Antwort auf ihre stumme Frage mit.

«Tja, diese Akademiker, immer haben sie Verspätung», sagte Giulia lächelnd und klammerte sich an eine letzte schwache Hoffnung.

«Er hat eine Nachricht für Sie hinterlassen», erwiderte der Oberkellner, der sich in seiner Rolle als Botschafter offensichtlich unwohl fühlte. «Ein unvorhergesehener Zwischenfall. Er läßt sich entschuldigen. Er läßt sich vielmals entschuldigen. Er ruft Sie morgen nachmittag zu Hause an.»

Giulias Glück platzte wie eine bunt schillernde Seifenblase. Zurück blieb tiefe Enttäuschung. Sie verspürte das Bedürfnis, in einen weichen Sessel zu sinken.

«Bieten Sie mir den Drink von eben noch mal an», sagte sie lächelnd. Sie hatte das Gefühl, sich irgendwo festhalten zu müssen, um nicht unterzugehen.

«Wünschen Sie etwas Bestimmtes?»

«Die Wahl überlasse ich Ihnen», antwortete sie mit gespielter Ironie.

«Selbstverständlich, Signora de Blasco.»

Der Oberkellner, der so geschniegelt und so tüchtig wie ein Topmanager aussah, servierte Giulia einen köstlichen Champagner-Cocktail, den sie so dankbar schlürfte wie Medizin. Sie verspürte einen Stich in der Brust und dachte daran, daß jedes Lebewesen achthundert Millionen anormale Zellen pro Minute produziert, die das körpereigene Immunsystem ausschalten kann, wenn das psychophysische Gleichgewicht stabil ist. Ihr Gleichgewicht aber lag in Scherben. Fürchterliche Gedanken quälten sie. Sie mußte auf der Stelle herausfinden, was los war.

«Seien Sie so nett und rufen Sie mir ein Taxi», bat sie den Oberkellner. Er wartete mit ihr auf die Ankunft des Wagens, begleitete sie bis zu dem Auto, öffnete ihr die Tür und schenkte ihr eine Rose.

Der Taxifahrer, dem sie die Adresse der Klinik angegeben hatte, ließ sich nicht davon abhalten, ihr unterwegs zwei sehr originelle Projekte auseinanderzusetzen, mit denen er das Problem der Arbeitslosigkeit und das der steigenden Inflationsrate lösen wollte, und gab sich damit als potentieller Ministerpräsident zu erkennen, der als banaler Angestellter des öffentlichen Dienstes seine außergewöhnlichen Fähigkeiten geradezu wie Perlen vor die Säue warf. Auf halbem Wege erklärte er ihr gar eine komplizierte Maschine, dank derer es ihm möglich sein würde, jede Spur von Umweltverschmutzung restlos zu tilgen. Giulia, die völlig in ihr eigenes persönliches Drama verstrickt war, interessierte sich jedoch im Augenblick herzlich wenig für Arbeitslosigkeit, Inflationsrate und Umweltverschmutzung.

Als sie endlich ankamen und Giulia die Fahrt bezahlen wollte, merkte sie, daß sie kein Geld bei sich hatte. Ihr Portemonnaie war in der alten Tasche geblieben, die sie bei Caravelle zurückgelassen hatte. Schließlich bezahlte der Klinikpförtner für sie, während der Taxifahrer auf die reichen Kunden schimpfte, die keinerlei Respekt vor der arbeitenden Bevölkerung hätten.

«Wo ist der Professor?» fragte Giulia.

«Im zweiten Stock», erwiderte der Pförtner mit übertriebener Höflichkeit. Er war ein typischer Subalterner, der vor Respektspersonen buckelte und Unbekannten die kalte Schulter zeigte.

«Im Zimmer seiner Tochter», fügte er hinzu, um zu zeigen, daß er über alles Bescheid wußte.

Giulia eilte zum Aufzug. Eines stand für sie fest: Tea war nichts Schlimmes passiert, sonst hätte es ihr der Pförtner sicher gesagt. Aber ihr Instinkt, der sie selten im Stich ließ, warnte sie vor einer Gefahr.

Eine Krankenschwester zeigte ihr Teas Zimmer. Vielleicht tat sie etwas, das sie nicht hätte tun dürfen, vielleicht hätte sie auf Ermes' Anruf warten sollen, aber jetzt war es für solche Überlegungen schon zu spät. Giulia öffnete die Tür einen Spalt breit. Ein Lichtstrahl fiel in das Zimmer, das im Halbdunkel lag. Sie erkannte sofort Ermes, der mit dem Rücken zu ihr stand.

«Ich werde tun, was du möchtest», versprach er.

«Ich kann es noch gar nicht glauben, daß wir wieder zusammen sind», hörte Giulia Tea sagen. Ermes umarmte eine kleine blonde Frau: Marta.

«Du könntest mir auch einen Kuß geben», wisperte sie. Sie sprach mit Ermes, aber ihre Augen waren auf Giulia gerichtet, die sie mit einem triumphierenden Lächeln anblickte.

Er küßte sie, und Giulia glaubte, sterben zu müssen.

«Jetzt sind wir wieder eine richtige Familie», sagte Marta dann. «Du, ich und Tea.»

Giulia schloß langsam die Tür und schwankte einen Augenblick, bevor sie wie betäubt mit kleinen, langsamen Schritten den Korridor zurückging. Die Welt war stehengeblieben und hielt mit ihr den Atem an. Es war das Ende. Sie nahm ihren ganzen Stolz zusammen, der sie in den schwierigsten und erniedrigendsten Situationen immer davor bewahrt hatte, zusammenzubrechen. Sie beschleunigte ihren Schritt, um Ermes für immer zu verlassen.

2

Ermes befiel plötzlich ein Gefühl von Übelkeit. Martas Parfum erinnerte ihn an die Widerwärtigkeit intimer Momente mit ihr, die er über sich ergehen lassen hatte. Er dachte an Giulia, die er mit dem Duft von Lindenblüten verband. Langsam, aber bestimmt löste er sich aus Martas Umarmung.

«Tut mir leid», sagte er zu seiner Tochter. «Ich kann einfach nicht. Verzeih mir.»

«Tea bittet dich lediglich, es noch einmal zu versuchen», warf Marta mit heuchlerischer Miene ein.

«Natürlich», sagte Ermes gedankenverloren.

Das Mädchen lächelte ihn an. «Komm, Papa», bat sie ihn.

Was sie spielten, war eine ekelhafte Schmierenkomödie, in der nur Teas neurotische Besessenheit echt wirkte. Seit ihrem Unfall träumte sie von nichts anderem als von der wiedervereinigten Familie.

Ermes wußte, daß die Sache nicht funktionieren konnte. Er liebte Giulia. Seine Geschichte mit Marta war ein Irrtum gewesen. Sie stellte ein Kapitel seines Lebens dar, das er endgültig abgeschlossen hatte. Aus Martas Augen funkelte Triumph. Sie dachte gar nicht daran, ihrer Rivalin das Feld zu räumen, um so weniger, als sie nach Jahren entdeckt hatte, wie attraktiv ihr Ex-Mann eigentlich war.

«Ein Versuch kostet ja nichts», sagte sie. Aus ihrer Haltung und Stimme sprach nur unterwürfige Unschuld.

Ermes tat instinktiv einen Schritt in Richtung Tür. Er hatte es eilig, wegzukommen. Er wollte Giulia sehen, er brauchte sie. «Denk jetzt nur daran, wieder gesund zu werden», forderte er seine Tochter auf.

«Ich will nicht, daß du wieder zu dieser Frau gehst!» schrie das Mädchen, erstarrte dann jedoch mit einem Mal, denn die Anstrengung hatte ihr einen stechenden Schmerz im Brustkorb verursacht.

Marta lächelte siegesgewiß, und Ermes wurde klar, daß es kaum einen Ausweg aus dem Labyrinth gab, in das er sich verrannt hatte. Er trat an das Bett seiner Tochter und setzte sich neben sie. Er konnte sie nicht ohne eine Erklärung verlassen. Giulia würde auf ihn warten.

«Was hast du gegen sie?» fragte er sanft.

«Ich hasse sie, Papa», erklärte Tea mit der brutalen Offenheit Jugendlicher, die sich nicht mit Halbheiten begnügen. «Ich hasse sie so sehr, daß ich wollte, sie wäre tot.»

Teas Wunsch würde mit großer Wahrscheinlichkeit in Erfüllung gehen. Ermes dachte an die Krankheit der Frau, die er liebte. Marta hatte es sich auf einem Sofa neben dem Fenster bequem gemacht. Um nichts in der Welt wollte sie sich diese Szene entgehen lassen.

«Ich verstehe dich», murmelte Ermes. «Aber ich fürchte, daß sich an unserer Situation nichts ändern läßt. So wie ich nicht verhindern kann, daß du sie haßt, kann ich auch nicht verhindern, daß ich sie liebe. Die Gefühle, die mich an dich binden, haben nichts mit den Gefühlen zu tun, die mich an sie binden. Es ist mir unmöglich, wieder mit deiner Mutter zusammenzuleben, nur um deiner Eifersucht nachzugeben. Du selbst würdest mir diese Heuchelei eines Tages vorwerfen.» Eigentlich hätte er sagen wollen, dieses Opfer. «Ich kann nicht etwas geben, was ich gar nicht habe. Für dich würde ich alles tun, aber ein Glück, das auf dem Unglück anderer gründet, ist von kurzer Dauer. Wenn ich täte, was du von mir verlangst, müßte ich mich über deinen Sinn für Ehrlichkeit und über deine Intelligenz hinwegsetzen. Denke jetzt nur daran, wieder gesund zu werden. Wenn du wieder ganz auf den Beinen bist, können wir ja noch einmal darüber reden.» Noch nie hatte er so lange und so offen mit seiner Tochter gesprochen.

«Ich brauche Zuneigung», erwiderte Tea mit kindlicher Hartnäckigkeit. «Auch ich brauche eine Familie, die mir Rückhalt gibt.»

«Wir alle brauchen Zuneigung. Du bist nicht anders als die anderen. Aber ich weigere mich einfach zu glauben, daß du eine Liebe akzeptieren könntest, die auf Lügen gründet.»

«Ich bin mit der Lüge groß geworden.»

Ermes blickte überrascht auf.

«Und ich war immer alleine», sagte Tea in anklagendem Ton. «Wo warst du, als ich klein war und dich brauchte? Wo warst du, als ich meinen ersten Geschlechtsverkehr hatte? Du hast dich um die leidende Menschheit und um deinen persönlichen Erfolg gekümmert. Auch sie war nicht da», fügte sie mit einem Blick auf ihre Mutter hinzu, die reglos wie eine Katze vor dem Sprung auf dem Sofa kauerte. Von ihr hatte Tea die wichtigsten Regeln der Kriegskunst gelernt: sie wußte, wo, wie und wann sie zuschlagen mußte, um weh zu tun und ein Zeichen zu hinterlassen.

Ihre erbarmungslose Anklage brachte Ermes ins Schwanken.

«Du meinst also, ich trage auch für diese Erfahrung die Schuld?» fragte er, denn er fühlte sich verantwortlich für die Irrtümer seiner Tochter.

Tea erkannte den tiefen Schmerz, der aus seinen Augen sprach, und begriff, daß sie ins Schwarze getroffen hatte.

«Ich war vierzehn Jahre alt», fuhr sie erbarmungslos fort. «Er war dreißig. Ich habe mich beschützt gefühlt. Vielleicht sah ich in ihm den Vater, den ich nie hatte. Du warst ja von zu Hause fortgegangen. Und sie», Tea deutete auf ihre Mutter, «rannte ihren Phantasien hinterher. Damals ging es mir sehr schlecht», fuhr sie fort. «Wir waren in Griechenland. Du hast mich ab und zu kurz angerufen. Mama war irgendwo auf einer Kreuzfahrt.» Tea wollte mit dem Gift, das sie verspritzte, beide Eltern treffen. «Ich habe ihm den Kopf verdreht. Er hat mit mir geschlafen, aber danach bekam er Angst, ich könnte schwanger geworden sein. Also rasten wir nach Athen, um die Spritzen aufzutreiben, die man danach gibt, um eine Schwangerschaft zu verhindern. Ich habe mich hundeelend gefühlt. Er war zu Tode erschrocken und hat mich auf schnellstem Wege nach Mailand zurückgebracht.» Teas Schilderung klang so gelassen, als beschreibe sie einen Schulausflug.

«Wir haben begriffen», unterbrach Marta sie. «Du brauchst nicht weiterzuerzählen.» Sie saß unbeweglich auf dem Sofa. «Deine erotischen Heldentaten interessieren uns nicht.»

«Wieso? Das ist erst der Anfang. Aber die Geschichte geht noch weiter und hat viele Knalleffekte. Ich verstehe natürlich, daß es für einen Vater und eine Mutter nicht sehr angenehm ist, diese Dinge zu erfahren», fügte sie kalt hinzu.

«Das reicht», sagte Marta. Der Ton ihrer Stimme klang sanft und ließ doch keine Widerrede zu. Dann wandte sie sich an Ermes: «Glaubst du nach all dem, was du gehört hast, immer noch, daß sich ein Versuch nicht lohnen würde? Eine zusammengeflickte Familie ist doch besser als gar keine, findest du nicht?»

Ermes ignorierte sie. «Was weiter?» fragte er seine Tochter, denn er dachte, wenn sich das Fenster des Beichtstuhls dieses Mal schloß, dann für immer. Seine Schwester Diana kam ihm in den Sinn. Die Männer, mit denen sie zusammen war, mochten rücksichtslos und brutal gewesen sein, aber vielleicht hatten sie ihr etwas gegeben, das sie von der zerrütteten Familie, aus der sie kam, nie bekommen hatte: Liebe.

Marta warf ihrer Tochter aus kalten, blauen Augen einen stummen Blick zu, der sie wie ein Blitzschlag treffen sollte. Tea war müde und schwach, aber sie wollte endlich etwas loswerden, das ihr wie ein Stein auf dem Herzen lag.

«Vor dem Unfall habe ich abgetrieben», gestand sie ihrem Vater. «In der Schweiz.»

«Das hast du veranlaßt», fuhr Ermes seine Frau an.

«Es war auch meine Schuld», stellte das Mädchen fest. «Sogar in erster Linie war es meine Schuld. Ich hatte am Ende den

Glauben an mich selbst verloren, und an das Leben, das in mir wuchs. Ich habe an der Liebe des Mannes gezweifelt, der an meiner Seite stand.»

Marta schaute ihren Mann an. Sein Gesicht war zu einer ausdruckslosen Maske erstarrt, hinter die sie nicht zu blicken vermochte. Aber sie kannte ihn gut genug, um zu ahnen, daß es in ihm tobte, auch wenn er nach außen die Fassung bewahrte. Vielleicht hatte sie ihr Spiel diesmal zu weit getrieben. Sie machte sich auf das Schlimmste gefaßt.

Tea hatte die Augen geschlossen und den Kopf zurückgelegt. Ermes sah das Gesicht eines müden, leidendes Kindes vor sich. Es war sein Kind. Ein Bündel physischen und moralischen Elends, eine Schiffbrüchige, die kaum die Kraft hatte, sich an das Wrack zu klammern, das sie vor dem Ertrinken retten konnte.

«Ich komme zu dir und zu Mama zurück», versprach Ermes mit gesenktem Kopf.

«Danke, Papa», sagte Tea.

Ermes überlief eine Gänsehaut, als er Martas Hand auf seiner Schulter fühlte. Die Berührung war ihm zuwider. Nur der Gedanke, daß er dem Wohl seiner Tochter zuliebe ein Opfer bringen mußte, half ihm über die trostlose Aussicht auf ein Leben mit Marta hinweg.

Vom Nachttisch ertönte das gedämpfte Klingeln des Telefons. Ermes nahm den Hörer ab.

«Herr Professor, ein Anruf für Sie», sagte die Dame von der Telefonzentrale. «Ein gewisser ...»

«Nein», unterbrach sie Ermes. «Ich möchte mit niemandem sprechen.» Er war müde und erschöpft.

«Es scheint aber um etwas sehr Dringendes zu gehen.»

«Also gut», sagte Ermes mit einem resignierten Seufzer.

«Hier spricht Caruso.» Die Stimme des Polizisten zitterte vor Aufregung.

«Was gibt's?» fragte Ermes matt.

«Die Untersuchungen waren schwierig, aber wir sind endlich zu einem Ergebnis gelangt. Damit will ich sagen, daß der Verursacher des Zeitungsskandals einen Namen hat. Sie können sich gar nicht vorstellen, um wen es sich handelt.»

Worüber sprach dieser Mensch? Ermes war mit den Gedanken ganz woanders, Lichtjahre entfernt von dem Gerichtsverfahren, das immer noch gegen ihn lief, und von den Skandalreportagen, die über ihn veröffentlicht wurden. Was für einen Sinn hatte es, auf dieses Thema zurückzukommen, wenn er auf Giulia verzichten mußte?

«Wer steckt dahinter?» fragte Ermes.

«Ihre Frau, Herr Professor», eröffnete ihm Caruso. «Sie war es, die Sie diese ganzen Jahre hindurch verfolgen ließ. Und sie hat auch die Fotos an die Agentur weitergegeben, die sie dann an die Zeitungen verteilt hat.»

«Ich bin Ihnen sehr dankbar», sagte Ermes nur und bohrte seinen Blick in Martas unschuldige Augen.

3

Von einer seltsamen Energie getrieben, lief Giulia mit schnellen Schritten durch die Straßen. Sie bewegte sich rasch und sicher wie ein streunender Hund, der mysteriösen Wegen zu unbekannten Zielen folgt. Sie wußte nicht, wohin sie ging, aber sie hatte es eilig. In Wahrheit lief sie vor einer fürchterlichen Enttäuschung, vor einem brennendem Schmerz davon.

Allem zum Trotz hatte die Welt nicht aufgehört zu existieren, die Häuser waren nicht eingestürzt, die Menschen lebten, das hektische Treiben der Stadt ging weiter, als sei nichts geschehen. Warum ließen der Himmel, die Luft, die vorübereilenden Passanten, die lärmenden Autos, die dröhnenden Lastwagen nicht wenigstens ein kleines Zeichen des Bedauerns über das Unglück erkennen, das sie getroffen hatte? Warum ignorierte diese abscheuliche Welt ihren Schmerz? Sie war nicht irgendein x-beliebiger Mensch, sie war Giulia. Giulia. In tiefster Verzweiflung, Giulia!

Ermes, ihr Mann, ihre erste Liebe, ihr Retter, ihr ein und alles, der sie vor wenigen Stunden angerufen hatte, um sie zum Essen einzuladen und mit ihr über die einzig sichere Sache ihres Lebens zu sprechen, das tiefe Gefühl, das sie miteinander verband, dieser Ermes umarmte wenige Stunden später am Krankenbett der Tochter seine Frau und wollte eine in Scherben gegangene Ehe wieder kitten.

Sie ging an einem Bettler vorbei, einem untersetzten Mann

mittleren Alters mit dichtem grauem Haar. Er hatte den Kragen seines dicken Mantels hochgeschlagen und stand vor einer Boutique unter den Arkaden am Anfang des Corso Matteotti. Der traurige Ausdruck seiner Augen strafte das wohlgenährte Gesicht Lügen. Seit Jahren schon stand er, in würdevolles, regloses Schweigen gehüllt, immer an demselben Platz, den Blick auf die Spitzen seiner gefütterten Stiefel gerichtet. Vor seiner Brust baumelte ein Schild, darauf der mitleiderregende Text von seiner Armut und der Verzweiflung seiner Kinder. Aus beruflicher Neugier war Giulia ihm eines Tages gefolgt, als er seinen Platz verließ und in die U-Bahn stieg. Sie hatte gesehen, wie er – entsprechend hergerichtet mit heruntergeschlagenem Mantelkragen und zusammengerolltem Schild – eine Bar betrat und sich von der Frau an der Kasse die Münzen in Geldscheine umwechseln ließ. Dann hatte er sich an einem Tischchen niedergelassen, eine *Bloody Mary* bestellt und begonnen, seine Tageseinnahmen zu zählen. Es kam eine mehr als ansehnliche Summe heraus, die noch dazu steuer- und sozialabgabenfrei war. Giulia hatte sich zu ihm gesetzt und ihm Geld gegeben, worauf der Bettler für sie eine Szenenfolge über die verschiedenen Grade des menschlichen Elends improvisierte, die er in geschlossener und lebendiger Darstellung vortrug. Giulia begriff, daß er im Grunde ein fröhliches Gemüt hatte und vielleicht gerade deshalb der Versuchung nicht widerstehen konnte, beständig das Mitleid seiner Mitmenschen zu erproben. Aus seinen fröhlichen braunen Augen, die ihn viel jünger erscheinen ließen als das graue Haar, sprühte Witz. Sie erfuhr, daß er jeden Sonntag ins Stadion ging, die Zeitschrift *Capital* und die *Gazzetta dello Sport* las, seiner Lieblingsmannschaft Inter Mailand manchmal sogar folgte, wenn sie auswärts spielte, daß er einen «schicken» und «bequemen» Fiat Uno des neuesten Modells besaß, den er in der Via Borgogna parkte, wenn er «arbeiten» ging. Damals hatte sie ihre Entdeckung köstlich amüsiert, aber heute erweckte dieser Mann, der sich bester Gesundheit erfreute, glücklich und zufrieden war und das Mitleid anderer mit einem nicht vorhandenen Leiden erregte, tiefe Empörung. Dieser abgetakelte Schauspieler wußte, was publikumswirksam war, und ließ sich seine erbärmlichen Lügen als die pure Wahrheit abkaufen, während sie, die wirklich litt, Bewunderung und Neid hervorrief.

«Giulia!» rief ihr eine Stimme nach, die ihr wohlvertraut war. Eine Hand legte sich auf ihren Arm.

Als sie sich umdrehte, begegnete sie zwei großen dunklen Augen, die sie zärtlich anlächelten. Wie sanft war dieser Blick, wie verständnisvoll die warme, samtene Stimme. Giulia fühlte sich gleich wohler. Sie mußte an ihre Mutter denken. Auch Carmen hatte sie immer so angeschaut, wenn sie wußte, daß Giulia in einer Krise steckte.

«Ah, Sie!» rief sie aus und hätte ihm am liebsten die Arme um den Hals geworfen und losgeheult.

«Ich habe dich überall gesucht», sagte Armando Zani vorwurfsvoll.

Giulias Gesichtsausdruck wurde sofort wieder hart, ihre Stimme kühl. «Ich glaube, ich habe mich noch nicht bei Ihnen dafür bedankt, daß Sie sich für Professor Corsini eingesetzt haben», sagte sie.

«Du mußt dich immer verteidigen», erwiderte er. «Warum versuchst du nicht, dich ein bißchen gehen zu lassen?» Sie gingen die Via Santo Spirito entlang. Armando hatte sich bei ihr untergehakt.

«Ich bin müde, Armando», murmelte sie und schmiegte sich an ihn. Es war das erste Mal, daß sie ihn beim Vornamen nannte und duzte.

«Warum hast du mir nicht von deiner Operation erzählt?» fragte er sanft. «Ich mußte es von anderen erfahren.»

«Ach, das ist doch schon lange vorbei.»

«Das rechtfertigt nicht dein Schweigen.»

«Stimmt», sagte sie lächelnd.

«Du weißt, wer ich bin, nicht?»

«Ich habe es immer gewußt.»

«Und hast du mir verziehen?» fragte Armando.

«Ich brauche dir nichts zu verzeihen. Nur daß wir jetzt nicht mehr so tun können, als wüßten wir von nichts», sagte Giulia.

«Meinst du, es ist zu spät für einen Neuanfang?» fragte er sie. «Ich brauche deine Zuneigung», fügte er dann noch hinzu.

Giulia unmarmte ihn.

Die wenigen Passanten, die an diesem kalten Winternachmittag an ihnen vorüberkamen, sahen und staunten, wie eine bildhübsche und elegante Frau in den Armen eines gutaussehenden Mannes mittleren Alters weinte. Wie ein Vater und seine Tochter, die sich nach langer Trennung wiedergefunden hatten.

4

Giulia kauerte mit geschlossenen Augen in einer Ecke des Taxis, das sie nach Hause bringen sollte. Hätte sie nur auch vor den düsteren Gedanken, die sie bedrängten, die Augen verschließen können, statt ihnen wehrlos ausgesetzt zu sein. Sie hatte lange mit Armando Zani, ihrem leiblichen Vater, gesprochen, aber die Stimme des Blutes hatte sich nicht mit der Eindringlichkeit geregt, die vertraute Empfindungen außer Kraft gesetzt hätte. Die Begegnung hatte ihn zwar zu Tränen gerührt und ihr ein bißchen Trost gespendet, aber es wollte ihr auch jetzt nicht gelingen, Armando als Vater zu betrachten. Er war eher so etwas wie ein Pate für sie, ein einflußreicher Freund, an den sie sich in Notfällen wenden und an dessen starker Schulter sie sich ausweinen konnte. Er hatte ihr von ihrer Mutter erzählt, von ihrer Begegnung in den Apenninen hinter Modena, von ihrer Liebesgeschichte, von der blutigen Schlacht auf dem Monte Giallo. Doch seine Erinnerungen waren inzwischen verblichen wie alte Fotografien.

Der Abend brach schnell herein. Es war ein kalter Winterabend, den der tintenschwarze Himmel mit Grauen erfüllte. Das kleine Haus in der Via Tiepolo war ganz in die zunehmende Dämmerung eingehüllt. Nur durch die Fensterläden von Giorgios Zimmer drang ein Lichtschimmer. Das Haus war geheizt, aber auch die Wärme konnte Giulia nicht trösten.

Ambra hatte auf dem Küchentisch eine Nachricht für sie

hinterlassen: 1. Stromrechnung bezahlen; 2. Autosteuer; 3. Rechnung des Gärtners, der sechs Stunden gearbeitet hat.

Sie heftete den Zettel an ein Brett neben die Kredenz. Aus Giorgios Zimmer im ersten Stock drang kein Geräusch. Sie hoffte, er würde lernen.

Giulia ging in ihr Arbeitszimmer und fand neben dem Telefon einen Zettel von Giorgio. Es kostete sie Mühe, das Gekritzel ihres Sohnes zu entziffern. Seine Schrift war so wirr wie seine jugendlichen Gedanken:

> *Ermes hat angerufen. Noch einmal Ermes. Ermes läßt nicht locker. Ermes mal wieder. Ermes geht mir langsam auf den Wecker. Schon wieder Ermes. Zum hundertsten Mal Ermes. Was für einen Mist baut Ihr beiden da?*

Sie ging ins obere Stockwerk hinauf. Die Tür zu Giorgios Zimmer war angelehnt. Der Junge dachte nicht im Traum daran zu lernen. Er saß vor seinem Computer und war in ein Fußballspiel vertieft. Normalerweise machte es sie rasend, wenn er seine wache Intelligenz mit den Programmen eines Elektronenhirns maß, aber in diesem Moment ließ sie die Lieblingsbeschäftigung ihres Sohnes völlig kalt.

Er brummte einen flüchtigen Gruß, ohne den Blick von den Computermännchen zu wenden. Sie schaute ihn an, unentschlossen, was sie als nächstes tun sollte. Es schien ihr, als habe sie vergessen, wie man lebt. Obwohl sie nun vierzig Jahre alt war, hatte sie diesen schwierigen Beruf immer noch nicht richtig erlernt. Angesichts ihres Alters und ihrer Lage bestand zudem wenig Hoffnung, die verlorene Zeit nachholen zu können.

Giorgio war noch ratloser als sie. Wenn ihn Giulia beim – wie er es nannte – Zwitschern mit seinen Videospielen erwischte, mußte er sich in der Regel auf einen Wutausbruch gefaßt machen.

«Hey, Mama, sagst du mir nicht guten Abend?» meinte er beleidigt. Er wußte überhaupt nicht, was er mit dem leeren Blick und dem seltsamen Verhalten seiner Mutter anfangen sollte.

«*Ciao*», antwortete Giulia und ging in ihr eigenes Zimmer.

Giorgio folgte ihr.

«Probleme?» fragte er.

Giulia ließ sich auf ihr Bett fallen. Sie war völlig fertig.

«Vielleicht.»

«Dir geht es nicht gut», sagte der Junge mit der einsichtigen Stimme eines Erwachsenen.

Giulia schaute ihn an, als sähe sie ihn zum ersten Mal. Er war ein bildhübscher Junge. Sein Engelsgesicht war eingerahmt von dichtem, honigfarbenem Haar. Er war größer als sie. Sein kräftiger, wohlgeformter Körper kam in dem ausgebeulten Sweatshirt und den verwaschenen Jeans gut zur Geltung. Er strotzte geradezu vor jugendlicher Lebensfreude, aber selbst das war Giulia kein Trost.

«Was heißt schon, mir geht es gut, mir geht es schlecht», meinte sie nachdenklich. «Das ist alles sehr relativ.» Sie wußte, daß sie sicher einen jämmerlichen Anblick bot. Vor ihrem Sohn brauchte sie wenigstens ihr Aussehen nicht zu verbergen, aber wie ehrlich konnte sie wirklich zu ihm sein?

«Ich finde, du redest einen fürchterlichen Scheiß zusammen», schimpfte er in seinem Straßenjungenjargon, dem die kindliche Stimme und die liebevolle Absicht, die dahinter steckte, allerdings etwas von seiner Schärfe nahm.

Giulias schwarze, unglückliche Augen füllten sich mit Tränen.

«Du versteckst doch etwas vor mir», sagte Giorgio mit sanftem Vorwurf. Er zog den Lederpuff ans Bett seiner Mutter und setzte sich ihr gegenüber.

Giulias Lippen verzogen sich zu einem dünnen, scharfen Lächeln. Es brachte zum Ausdruck, daß sie zu keinem Gespräch bereit war. Im nächsten Moment schämte sie sich jedoch für ihren Egoismus. Sie mußte an das aggressive, streitsüchtige Verhalten ihres Großvaters Cesare de Blasco denken, der sich zeitlebens hinter einem hartnäckigen Narzißmus verschanzt hatte. Bei diesen Gedanken wurde ihr scharfes Lächeln weicher, und sie fühlte sich von Herzen verbunden mit diesem kleinen, bewundernswerten Jungen, der sich als Mann fühlte und glaubte, sie von ihrem Kummer befreien und an ihrem Leben teilnehmen zu können. Vielleicht war er ja tatsächlich reif genug, um ihre Ängste zu begreifen und die Sorgen mit ihr zu teilen. Giulia fragte sich, ob es richtig sei, die Wahrheit weiterhin vor ihm zu verstecken.

In diesem Moment klingelte das Telefon.

«Der leidenschaftliche Ermes», sagte Giorgio und zeigte auf den Apparat, während er mit halbgeschlossenen Augen scherzhaft eine verliebte Frau nachahmte.

«Melde du dich und sag ihm, ich sei nicht da», trug ihm Giulia schnell auf. Giorgio nahm den Hörer ab.

«*Ciao*, Ermes», sagte er, ohne erst abzuwarten, daß sich der andere Teilnehmer meldete. «Mama bittet mich, dir auszurichten, sie sei nicht da. Ich gebe sie dir trotzdem. Macht euren Kram unter euch aus.» Er legte den Hörer aufs Bett und verließ das Zimmer. Giulia griff mit einem Seufzer nach dem Hörer und hielt ihn ans Ohr.

«Was ist los mit dir, Giulia?» fragte Ermes besorgt.

«Ich glaube, wir haben einander nicht mehr viel zu sagen», brachte sie langsam und stockend hervor.

«Stimmt irgend etwas nicht?» fragte er, denn er dachte an ihre Gesundheit.

«Nichts stimmt», erwiderte Giulia, die ihrerseits an die vielen Probleme dachte, die sie beängstigten.

«Ich verstehe nicht», gab er verwirrt zurück.

«Komisch. Nach allem, was heute passiert ist, scheint mir die Situation eigentlich mehr als klar», sagte sie schroff.

Ermes glaubte, sie rede von ihrer geplatzten Verabredung, und war erleichtert.

«Es war mir wirklich unmöglich zu kommen», sagte er, um sich zu rechtfertigen. «Es gab Probleme mit Tea. Bitte verzeih mir», fügte er hinzu. Er wunderte sich, daß Giulia, die gewöhnlich so vernünftig und ausgeglichen war, mit einer so irrationalen Heftigkeit reagieren konnte.

«Probleme mit Tea. Okay. Und was ist mit deiner Frau?» erwiderte sie.

«Was hat meine Frau damit zu tun?»

«Wenn sie die Dame war, die du am Bett deiner Tochter umarmt hast, dann hat sie sehr viel damit zu tun», sagte sie scharf. «Wie sind die Verhandlungen über die rührende Wiedervereinigung denn ausgegangen?»

«Oh, Gott!» stöhnte Ermes, der Giulias Verhalten endlich begriff. «Wie hast du das erfahren?»

«Ich habe das nicht erfahren, ich habe es gesehen», erklärte sie. «Ich hatte das selten unangenehme Vergnügen, euch zuzusehen, wie ihr euch im höheren Interesse der Familie umarmt habt», höhnte sie. «Ich war in die Klinik gekommen, um dich zu suchen.»

«Aber du weißt ja gar nicht, was wirklich passiert ist. Du weißt überhaupt nichts.»

«Was ich weiß, reicht mir vollkommen. Wollen wir die Episode jetzt nicht wenigstens mit einem Minimum an Würde abschließen?» schlug sie vor.

«Sei nicht kindisch, Giulia. Ich liebe dich, das weißt du. Du bist die einzige Frau, die es für mich gibt. Ich stecke bis zum Hals in Problemen. Ich brauche dich.»

«Warum wendest du dich nicht an Signora Montini?» gab sie spöttisch zurück und brachte das Gespräch an den Rand des Streits. Am liebsten hätte sie ihm eine ganze Salve übler Beschimpfungen ins Gesicht geschleudert, so verletzt fühlte sie sich in ihrem Stolz und in ihrem Selbstwertgefühl. Aber sie bremste sich, um nicht ganz das Gesicht zu verlieren. «Gib's auf, Ermes. Was du zu sagen hast, interessiert mich nicht mehr.» Das Bild von Ermes und Marta, wie sie sich umarmten, tanzte vor ihren Augen. Sie wußte, daß ihr Verhalten irrational war, aber sie wollte ihn nicht mehr. Ermes war verseucht und würde auch sie anstecken, wenn er sie berührte.

«Willst du so gütig sein, mir wenigstens einen Moment zuzuhören?» brüllte er.

«*Addio*, Ermes», sagte Giulia und beendete das quälende Gespräch. Sie fragte sich einen Moment lang, ob sie richtig gehandelt hatte. Aber was war schon richtig, wenn Eifersucht und

Groll im Spiel waren? Sie hatte sich von ihrem Instinkt leiten lassen, von der Wut, von ihren Gefühlen, von ihrem Leiden.

Auch wegen Leo, ihrem Ehemann, hatte sie gelitten, als sie den Seitensprung entdeckte, den er vergeblich als einen banalen Ausrutscher zu erklären versuchte, als harmlose Variation zum Thema Eheleben. Es war nicht mehr als eine unbedeutende Episode gewesen, unter der sie jedoch fürchterlich gelitten hatte. Nur daß sie damals sechsundzwanzig war, ein Alter, in dem sich Schläge besser wegstecken ließen. Ihre Unnachgiebigkeit und ihre Moralvorstellungen hatten sich seit damals allerdings nicht geändert.

Sie ging in die Küche hinunter, wo sie Giorgio antraf, der sich gerade ein Thunfischbrötchen zubereitete. Er wirkte beleidigt und abweisend.

«Was ist los, Kind?» fragte sie ihn.

«Du sollst mich nicht Kind nennen», protestierte er.

«Was ist los?» fragte sie und streichelte ihn.

«Du achtest mich nicht», warf er ihr vor.

«Wie kannst du so etwas sagen?» fragte sie gekränkt.

«Sonst würdest du mich ins Vertrauen ziehen. Du verlangst immer Offenheit, aber selbst steckst du voller Geheimnisse.»

Giulia öffnete den Kühlschrank und nahm eine Glasschüssel heraus, in der Rote Bete lagen, in Scheiben geschnitten und mit Zitrone angemacht. Eine von den Speisen, die sie aß, weil sie angeblich das Wachstum des Tumors bremsten. Das Rezept war ihr von einer Freundin empfohlen worden, die auf einer Indienreise einen Guru kennengelernt hatte und felsenfest davon überzeugt war, ihren eigenen Krebs mit einer Ernährungsweise in Schach zu halten, die sich nach den Regeln der makrobiotischen Küche richtete und bestimmte Sorten von Gemüse vorsah. Die Frau lebte in der Tat seit vierzehn Jahren mit einer Lymphogranulomatose, an der sie laut Schulmedizin innerhalb weniger Jahre hätte sterben müssen.

Die Schulmedizin erklärte diese Art von Tumorbehandlung für Unsinn, die persönliche Geschichte ihrer Freundin bestätigte sie. Giulia fand, daß sich jeder zu einem Thema äußern konnte, das größtenteils noch im dunkeln lag. Mit Ermes hatte sie nie darüber gesprochen. Trotzdem beachtete sie ein paar Regeln, die abgesehen davon mit der Bestrahlungstherapie zu vereinbaren waren.

Sie setzte sich Giorgio gegenüber an den Küchentisch, blickte auf die Schüssel mit den Roten Beten und sagte:

«Du weißt, daß Ermes mich an der Brust operiert hat.»

«Ja, das weiß ich», antwortete der Junge mit vollem Mund und richtete seine goldgesprenkelten Augen auf sie.

«Nun, es war nicht gerade etwas Gutartiges.»

«Was soll das heißen?»

«Das heißt, daß ich eine zusätzliche Therapie machen muß, um das Ding ganz auszumerzen.»

«Aber man wird wieder gesund?» fragte er erschrocken.

«Man kann wieder gesund werden», erklärte sie und fürchtete, zu weit gegangen zu sein und nicht mehr die Kraft zu haben, sich noch einmal zurückzuziehen.

«Dann brauchst du dir keine Sorgen zu machen», versuchte er sie zu beruhigen, doch klang seine Stimme nicht besonders überzeugt.

«Aber es gibt noch etwas», fuhr Giulia fort. Sie hatte beschlossen, ihm die ganze Wahrheit zu sagen. «Heute habe ich entdeckt, daß Ermes sich mit seiner Frau versöhnt hat. In der Klinik. Jetzt weißt du alles», schloß sie und stach mit der Gabel in die Roten Bete, als handle es sich um Ermes und Marta während ihrer Umarmung.

Giorgio starrte sie mit immer noch vollem Mund an. Auf seinen Lippen zitterte ein schmerzliches Lächeln, und seine Augen waren feucht.

«Du steckst wirklich in der Scheiße, Mama», sagte er und versuchte, Brot und Tränen hinunterzuschlucken. «Verzeih mir meine ungerechten Vorwürfe. Ich bin wirklich ein Arsch.»

Giulia drückte ihm über den Tisch hinweg die Hand und sprach zu ihm, als sei er ein alter Freund.

«Ich habe einen Tumor und leide an Eifersucht», gestand sie. «Nicht gerade ein Zeichen der Reife.»

«Auch mit Papa hast du an Eifersucht gelitten», erinnerte er sie.

«Das wußtest du?» fragte sie verwundert.

«Dazu brauchte man nicht gerade den Scharfsinn von Inspektor Colombo. Seid ihr auseinandergegangen, weil du eifersüchtig warst?» wollte Giorgio wissen.

«Eifersüchtig bin ich erst geworden. Vorher war ich verrückt, sonst hätte ich ihn nicht geheiratet. Er war ein erwachsener Mann, ich ein kleines, unruhiges Mädchen. Als ich ihn kennenlernte, hatte er einen faszinierenden Beruf: er schrieb. Das ist jetzt zwanzig Jahre her», sagte sie nachdenklich. «Es ist an dem Tag passiert, als Großvater Ubaldo starb.» Und bei der Erinnerung mußte sie lächeln.

Gestern
1965

1

Die Leiche des Großvaters wurde auf dem geblümten Sofa im Wohnzimmer aufgebahrt. Dann rief Benny den Hausarzt Dottore Benzoni an.

«Großvater fühlt sich schlecht», erklärte Benny.

«Wie schlecht?» fragte der Arzt, um sich eine Vorstellung vom Ernst der Lage machen zu können.

«Vielleicht ist er tot», teilte ihm Benny nach kurzem Zögern mit.

«Also, lebt er nun, oder ist er tot?» fragte Dottore Benzoni ungeduldig.

«Wäre es nicht besser, Sie würden ihn sich kurz anschauen und das selbst feststellen?» schlug Benny vor.

Professor Vittorio de Blasco hatte angesichts des brutalen Angriffs auf das Familienansehen einen Zusammenbruch erlitten, weshalb sich der Hausarzt, als er eintraf, zuallererst um ihn kümmern mußte.

Dottore Benzoni war nicht gerade eine Leuchte der Medizin, aber er hatte im Verlauf seines langen Lebens viel Erfahrung gesammelt, und so erkannte er gleich, daß der Hausherr Probleme mit dem Herz hatte. Er gab ihm eine Spritze und verordnete ihm bis auf weiteres absolute Bettruhe.

Isabella, die sich mehr um ihre bedrohte Verlobung als um den Herzanfall des Vaters und den Tod des Großvaters sorgte, hatte sich in dem Zimmer, das sie mit Giulia teilte, verbarrikadiert und geschworen, sie würde es erst wieder verlassen, wenn Ubaldo Milkovichs Leiche aus dem Haus war.

Carmen weinte, und Giulia, die den Arzt besser als die anderen zu kennen glaubte, beschloß, ihm die volle Wahrheit über den Tod des Großvaters zu sagen. Dottore Benzoni hatte ein Einsehen und stellte den Totenschein aus, in dem es hieß, der Großvater sei in der Via Tiepolo einem Schlaganfall erlegen.

In dieser tragischen Nacht lernte Giulia Leo kennen. Benny, der zur Bahnhofsapotheke gegangen war, um die von Dottore Benzoni verschriebenen Arzneien für seinen Vater zu kaufen, hatte ihn unterwegs getroffen und als seinen alten Freund nach Hause eingeladen. Er brauchte in diesem schwierigen Moment Unterstützung.

«Das ist meine Schwester Giulia», sagte Benny zu seinem Freund. «Und das ist Leo Rovelli.» Sie waren in der Küche, um sich einen Kaffee zu kochen.

«Rovelli, der Korrespondent des *Corriere della Sera*?» fragte Giulia, die Leo aus den Erzählungen ihres Bruders kannte.

«Ich glaube schon», gab er scherzend zurück und blickte Giulia mit seinen blauen Augen an.

«Das ist ja phantastisch!» rief das Mädchen mit unverhohlener Begeisterung aus. Das Gefühl sagte ihr, daß sie für den großen, wohlgebauten Mann mit dem dichten blonden Haar und dem intelligenten, aristokratischen Gesicht alles tun würde. Sie verschlang ihn beinahe mit den Augen.

«Und Sie scheinen mir ein großartiges Mädchen zu sein», sagte Leo bewundernd. Er war ehrlich eingenommen von Giulias kindlicher Überschwenglichkeit.

«Großartig?» murmelte sie, während ihr klar wurde, daß sie, so wie sie vor ihm stand – im Pyjama, ungekämmt und innerlich aufgewühlt – einen unmöglichen Anblick bieten mußte. Sie wurde rot, doch das machte sie noch schöner und begehrenswerter. «Ich sollte mich vielleicht etwas herrichten», meinte sie dann.

«Warum denn?» fragte Leo, ohne die Augen von ihr zu wenden.

«Ich habe Ihre Reportagen über Afrika gelesen. Was für ein tolles Leben Sie führen!» sagte Giulia. Sie konnte sich einfach nicht zurückhalten.

«Wollen wir du zueinander sagen?» schlug er vor.

«Natürlich», erwiderte sie errötend. «Weißt du was? Ich dachte schon, Benny sagt nur, er kennt dich, um anzugeben.»

«Dabei ist es die reine Wahrheit.»

«Du wirkst aber älter als er», warf sie ein.

«Das ist typisch für euch Backfische», meinte Leo. «Für euch ist ein Mann um die Dreißig schon ein alter Knacker.»

«Das wollte ich damit nicht sagen», entschuldigte sich Giulia und lief feuerrot an. In diesem Moment trat Carmen ein und überraschte sie in angeregtem Gespräch. Benny stellte seiner Mutter den Gast vor.

«Giulia, ich hielte es für angebracht, du würdest dich umziehen», sagte Carmen mit strenger Miene und vorwurfsvollem Blick. Ihr Großvater war gestorben, ihr Vater hatte einen Herzanfall, und sie flirtete mit dem erstbesten Mann herum.

«Ich bin gleich wieder da», sagte sie und zog sich zurück.

Isabella hatte sich in ihrem gemeinsamen Zimmer eingeschlossen und öffnete die Tür erst, als Giulia drohte, Carmen zu rufen. Sie hatte sich eine ekelhafte, braune Creme ins Gesicht geschmiert und den Kopf voller Lockenwickler.

«Bäh!» machte Giulia und streckte ihr die Zunge heraus. «Du siehst aus wie eine Mumie.» Sie zog sich einen Rock mit scharlachroten Blumen und eine duftige weiße Pikeebluse an.

«Dein Benehmen ist skandalös», sagte Isabella.

Giulia drehte sich auf den Zehenspitzen herum und ließ den Glockenrock fliegen. «Skandalös? Wieso?»

Isabella saß auf dem Rand ihres Bettes und schnitt sich die Nagelhäutchen.

«Unten liegt unser toter Großvater, Papa geht es schlecht, und du putzt dich heraus, als gingst du auf den Rummelplatz.»

«Aber du! Du siehst doch grotesk aus. Wenn dich dein Verlobter so sähe, würde er Reißaus nehmen», stichelte Giulia, während sie sich schnell mit einer Bürste durchs Haar fuhr.

Isabella ließ nicht locker. «Du bist der Schandfleck der Familie», sagte sie.

«Botschaft erhalten.»

«Genau wie dein Großvater.»

«Der tot nebenan liegt. Und du beschimpfst ihn.»

«Ich beschimpfe dich.»

«Hast du Angst, er könnte bei Nacht kommen und dich an den Füßen packen?» sagte Giulia, um ihre Schwester zu erschrecken.

Isabella zog instinktiv die Füße hoch und nahm eine Abwehrhaltung ein. «Ich habe Großvater immer gemocht», log sie.

«Da wäre ich an deiner Stelle nicht so sicher», gab Giulia zurück und schloß die Tür hinter sich.

Auf Zehenspitzen ging sie zum Schlafzimmer ihrer Eltern. Benny saß am Bett seines Vaters.

«Wie geht es ihm?» fragte Giulia leise.

«Er ist eingeschlafen.»

«Was sagt der Arzt?»

«Er glaubt nicht, daß es sehr schlimm ist. Trotzdem will er ihn zu weiteren Untersuchungen in die kardiologische Abteilung einweisen.» Benny hing sehr an seinem Vater. Der Tod des Großvaters dagegen war ihm völlig egal. «Versuche Mama dazu zu bringen, daß sie sich ein bißchen hinlegt», sagte er dann. «Wir übernehmen Großvaters Totenwache.»

«Wer wir?»

«Ich, du und Leo. Mama ist hundemüde.»

Als Giulia ins Wohnzimmer kam, saß ihre Mutter neben dem Großvater und häkelte. Ab und zu hob sie die Augen, um das wächserne Gesicht zu betrachten, auf dem immer noch die Spur eines Lächelns zu erkennen war, das sie erwiderte.

Giulia konnte nicht ihre Verwunderung verbergen darüber, daß Carmen so heiter war.

«Ich habe gerade an das letzte Mal gedacht, als dein Großvater und ich wirklich zusammen waren», erzählte sie. «Der Krieg ging gerade zu Ende, und du warst noch nicht geboren. Du ähnelst ihm.»

«Geh ins Bett, Mama.» Giulia strich ihr übers Haar und gab ihr einen Kuß auf die Stirn.

«Mach dir um mich keine Sorgen. Hier geht es mir ausgezeichnet. Du könntest Kaffee kochen, und schau auch, ob wir Gebäck da haben.»

Giulia fühlte sich im Frieden mit sich selbst und den anderen und fragte sich, wie es möglich war, daß Trauer und Glück nebeneinander existierten. Sie konnte nicht begreifen, daß in diesem vom Tod heimgesuchten Haus der Wunsch zu leben stärker spürbar war als die Verzweiflung. Und doch standen ihre eigenen Gefühle auch auf dem schönen Gesicht ihrer Mutter geschrieben.

In der Küche fand Giulia Maestro Leone Bossi vor, den Nachbarn aus dem Haus nebenan. Er war eigentlich Stehgeiger in einem Tanzlokal, obwohl er dann und wann zu festlichen Anlässen und gegen ein bescheidenes Entgeld auch in der Kirche spielte. Sein Bravourstück war das Ave Maria von Gounod. Er hatte eine häßliche, mürrische und herrschsüchtige Frau, die aus dem ligurischen Hinterland stammte und ein katastrophales Italienisch sprach. Maestro Bossi war es gewöhnt, die Nacht über nicht zu schlafen. Da bot sich ihm die Totenwache im Hause der de Blascos als willkommene Gelegenheit, um sein Fernbleiben vom verhaßten Ehebett zu rechtfertigen und den Abend in angenehmer Gesellschaft zu verbringen.

Als Giulia eintrat, ging er gerade seiner Lieblingsbeschäftigung nach, nämlich dem Erzählen ungewöhnlicher Begebenheiten. Maestro Bossi hatte ein rundes Gesicht mit großen, hervortretenden Froschaugen und einer hohen, gewölbten Stirn. Um seine leuchtende Glatze lag ein dichter Kranz langer weißer Haare. Wenn er die fleischigen und immer in Bewegung befindlichen Lippen öffnete, kamen sein schlechtes Gebiß zum Vorschein, das schwarze Nikotinbeläge und mehr als eine Lücke hatte. Mit seinem eigenartigen Wuchs glich er eher einem großen Zwerg als einem kleinen Mann. Alles in allem war er jedoch eine sympathische Erscheinung mit einer tiefen Baßstimme, in der eine ausgeprägte Männlichkeit vibrierte. Sein ganzes Publikum bestand aus Leo, der die Darbietung dieses merkwürdigen Gnoms offenbar interessant fand.

«Erzählen Sie mir alles», forderte Leo ihn auf. «Spannen Sie mich nicht länger auf die Folter», fügte er dann hinzu, während er Giulia mit eindeutigen Absichten betrachtete. «Du bist großartig», flüsterte er ihr zu und berührte kurz ihre Hand, als sie an ihm vorbei zum Spülstein ging.

«Sie als Journalist könnten über eine solche Geschichte ein Buch schreiben, Dottore Rovelli», fuhr Maestro Leone fort. «Die Geschichte, die ich Ihnen erzähle, ist so wahr wie das Evangelium.»

«Machen Sie schon weiter, bitte», sagte Leo, ohne Giulia aus den Augen zu verlieren.

«Also, dieser Freund war gestorben, daran bestand kein Zweifel», sagte Leone und nahm seine makabre Erzählung wieder auf. «Gut. Ich gehe einen Augenblick hinaus. Als ich wieder in das Zimmer des Toten zurückkomme, sitzt er steif wie ein Stockfisch im Bett, die Augen weit aufgerissen und die Arme parallel zu den Beinen ausgestreckt. Die Haare standen mir zu Berge», fügte er hinzu, wobei er seiner Stimme die tiefsten Töne entlockte, um seine Erzählung recht schauerlich zu machen. «Können Sie sich die Szene vorstellen? Das stille Zimmer, flakkernder Kerzenschein, und mittendrin der Tote, der plötzlich wie eine an ihren Fäden hochgezogene Marionette in seinem Bett sitzt und mich anstarrt. Diese Geschichte ist vor dem Krieg in meinem Dorf passiert. Sie müssen mir glauben.»

«Ich glaube Ihnen ja, aber wie ging es weiter?» fragte der Journalist, der immer noch unablässig auf Giulia schaute.

«Seine Nerven hatten sich zusammengezogen», fuhr der Geiger fort. «Verstehen Sie, Dottore Rovelli? Wußten Sie, das sich die Nerven der Toten manchmal zusammenziehen? Das war der Grund, weshalb sich die Leiche, anstatt ruhig dazuliegen, plötzlich zum Sitzen aufrichtete.»

«Und wie haben Sie das Problem gelöst?» wollte Leo wissen.

«Ich habe Hilfe geholt. Ein Freund kam und hielt den Toten an den Füßen fest, während ich versuchte, ihn an der Schulter hinunterzudrücken. Die Nerven kreischten wie die Saiten einer Violine kurz vor dem Reißen. Ich dachte, es wäre mir gelungen, ihn zum Liegen zu bringen. Aber als ich den Toten losließ, schnellte sein Arm wie ein Knüppel hoch und traf mich genau hier.» Leone machte eine erschrockene Miene und griff sich an die höckerige Nase. «Ich habe sogar geblutet.»

Giulia fing einen belustigten Blick von Leo auf, begriff jedoch nicht, ob es die Erzählung oder das Entsetzen war, das auf Maestro Leones Gesicht geschrieben stand.

«Eine unglaubliche Geschichte», bemerkte Leo mit ernstem Gesicht.

«Was habe ich Ihnen gesagt?» meinte Maestro Bossi, während seine Froschaugen gefährlich weit aus ihren Höhlen heraustraten.

«Hätte ich diese Geschichte nicht aus Ihrem Mund gehört, dann wären mir tatsächlich Zweifel gekommen.»

«Aber sie geht noch weiter», verkündete Bossi und fuhr sich mit der Zunge über die schwulstigen Lippen. Das dicke Ende schien erst noch zu kommen.

Giulia nahm das gute Service aus dem Schrank und goß Kaffee in die Mokkatassen. Der Journalist und sie warfen sich verschwörerische Blicke zu. Er blinzelte sie an, und diese Vertraulichkeit steigerte ihre Verwirrung noch mehr.

«Und wie ging es aus, Signor Bossi?»

«Wir dachten, es wäre das Beste, ihn sofort in den Sarg zu legen. Aber der Tote schaffte es immer wieder, den Deckel hochzustemmen. So mußten wir einen Arzt rufen, der ihm die Nerven durchschnitt. Erst dann konnte der Arme in Frieden ruhen.» Mit diesen Worten schloß der Geiger seine Erzählung, während er mehrmals mit dem Kopf nickte und den Kaffee in seinem Täßchen umrührte.

Giulia ging ins Wohnzimmer, um auch ihrer Mutter Kaffee zu bringen. Sie betrachtete den Großvater und zitterte bei dem Gedanken, er könne jeden Moment hochschnellen und mit ausgestreckten Armen und aufgerissenen Augen dasitzen wie der Freund von Maestro Bossi. Aber es geschah nichts. Nur daß sie, während sie ihn betrachtete, den Eindruck hatte, die Brust des Alten hebe und senke sich langsam, als würde er atmen.

«Mama, kommt es dir nicht auch so vor, als würde er leben?» flüsterte sie so leise, als fürchte sie, der Großvater könne sie hören.

Carmen beugte sich über ihren Vater und streichelte seine Stirn.

«Das ist, was du gern hättest, die Projektion eines Wunsches.»

«Vielleicht kommt es daher, daß ich mich mit dem Gedanken, daß er tot ist, noch nicht abgefunden habe. Ich möchte es einfach nicht wahrhaben», bekannte Giulia. «Ich würde mich nicht wundern, wenn er jetzt tatsächlich aufstehen und erklären würde, daß alles nur ein Scherz gewesen sei, Mama», murmelte sie dann. «Es gibt etwas, für das ich mich sehr schäme. Es fällt mir schwer, darüber zu reden, sogar mit dir.»

«Um was geht es denn?» fragte Carmen gefaßt. Nach allem, was bereits passiert war, konnte sie nichts mehr erschrecken.

«Es tut mir leid, daß Großvater gestorben ist. Aber ich kann einfach nicht richtig traurig sein, obwohl ich ihn doch immer gern gehabt habe. Statt zu weinen, bin ich voller Lebenslust.»

Das Lächeln des Großvaters schien deutlicher zu werden.

«Das war immer sein Wunsch. Ich freue mich für ihn und für dich. Das Leben geht weiter, mein Mädchen. Ich lege mich jetzt etwas hin», sagte Carmen dann mit einem Seufzer und stand auf.

In diesem Moment kam Maestro Bossi herein.

«Gehen Sie unbesorgt schlafen, Signora Carmen», meinte er freundlich. «Ich bleibe bei Ihrem Vater. Wenn Sie erlauben, bringe ich ihm auch ein kleines Ständchen. Ein passendes Stück. Vielleicht das Ave Maria von Gounod ...?» fragte er mit einem freundschaftlichen Augenzwinkern.

«Das einzige, worum er Gott in seinem Leben bat, war, daß er ihm verzeihen möge.»

«Dann kann es ja nicht schaden.»

«Tun Sie's nur, wenn Sie möchten», erwiderte Carmen.

«Nur daß Sie meinen Mann nicht stören. Es geht ihm schlecht.» Auf das Geländer gestützt, schleppte sie sich dann müde die Treppen hinauf.

Giulia kehrte in die Küche zurück. Leo stand rauchend an dem Fenster, das auf den Garten hinausging. Das erste schwache Licht der Morgendämmerung färbte den Himmel.

«Willst du auch?» fragte er und hielt ihr die Zigarettenschachtel hin.

«Ich habe noch nie geraucht.»

«Eine gute Gelegenheit, es einmal zu versuchen.»

Das Mädchen nahm eine Zigarette und steckte sie sich unbeholfen zwischen die zitternden Lippen. Leo ließ sein Dupont-Feuerzeug aufspringen. Giulia sog den bläulichen Rauch ein und glaubte, ersticken zu müssen. Er lachte, als er sah, daß sie die Zigarette in den Garten hinauswarf und vor Scham darüber, daß sie die Probe nicht bestanden hatte, rot anlief.

Benny kam in die Küche, um zu sagen, daß der Professor aufgewacht war und daß es ihm wieder schlecht ging.

Doch Giulia und Leo gaben sich gerade einen Kuß.

2

«Ich möchte bloß wissen, von wem du abstammst. Eine de Blasco kannst du jedenfalls nicht sein, bei Gott nicht!» fuhr Benny sie voller Verachtung an. Seine Augen sprühten vor Zorn, sein Gesicht war wutverzerrt.

Sie saßen auf der Bank am Ende des Weges, der durch den Garten führte. Die Kletterrose hinter ihrem Rücken bildete eine einzige Blumenwand. Ihnen gegenüber hatten zwei riesige Sträucher ihre dunkelrote Blütenpracht entfaltet.

«Wir haben uns doch bloß geküßt», versuchte Giulia sich zu rechtfertgigen.

«Bloß geküßt?» wiederholte Benny entsetzt. «Großvater lag tot im Wohnzimmer, Papa hatte einen Herzanfall, und ihr habt euch bloß geküßt?»

«Hätte ich Leo nicht geküßt, dann wäre Großvater trotzdem nicht wieder auferstanden, und Papa hätte es auch nichts genützt.» Bennys Strafpredigt schien gar kein Ende zu nehmen, aber nichts und niemand würde sie dazu bringen, ihre Gefühle für Leo zu unterdrücken. Sie brannte darauf, ihn wiederzusehen.

«Isabella wäre nie so tief gesunken», warf er ihr vor. «Du solltest dir ein Beispiel an deiner Schwester nehmen. Wenn Papa das wüßte, würde er einen Anfall bekommen. Und so schwach, wie er ist, würde er ihn diesmal vielleicht gar nicht überleben.»

«Und alles wegen einem Kuß», maulte Giulia.

«Du hast wirklich vor gar nichts Respekt», fuhr er fort.

«Jetzt hör mal zu, Benny», sagte Giulia, die das Gespräch beenden wollte. «Die Sache ist nun mal so, wie sie ist. Ich kann sie nicht rückgängig machen. Wahrscheinlich habe ich mich falsch verhalten. Aber unser Vater weiß nichts davon, und wir werden sicher die letzten sein, die ihm die fürchterliche Nachricht bringen», setzte sie mit einem Anflug von Ironie hinzu.

«Da kannst du sicher sein», pflichtete Benny ihr bei. «Wenn ich dein Vater wäre, würde ich dir eine ordentliche Tracht Prügel geben. Ich bin sicher, daß dir ein paar kräftige Ohrfeigen gut tun würden. Natürlich wird Papa nichts davon erfahren. Mindestens nicht, bis er wieder gesund ist. In der Zwischenzeit bestimme ich hier im Hause. Und ich verbiete dir, Rovelli wiederzusehen. Habe ich mich klar genug ausgedrückt?» herrschte er sie an.

«Natürlich hast du dich klar genug ausgedrückt», erwiderte sie, damit er sich beruhigte, und stand auf. Während sie langsam auf das Haus zulief, überlegte sie sich eine passende Ausrede, um gleich ausgehen zu können. Das strenge Blau ihres Leinenkleides wurde von der Korallenkette, die sie um den Hals trug, freundlich aufgehellt. Sie war bildschön, blutjung und bis über beide Ohren verliebt. Aber innerlich war sie fürchterlich gespannt, denn sie hatte eine Verabredung mit Leo, zu der sie nun wahrscheinlich zu spät kommen würde, wenn es ihr überhaupt gelang, ihn zu sehen. Die Empörung ihres Bruders wäre ihr völlig egal gewesen, wenn sich Benny nur ihrem Plan nicht in den Weg gestellt hätte. Aber so drohte die Sache wirklich mehr als ein lästiges Intermezzo zu werden.

Die unangenehmen Dinge schienen überhaupt kein Ende mehr zu nehmen. Erst war das Begräbnis des Großvaters gewesen, das sie mit Wehmut erfüllt hatte. Dann war ihr Vater ins Krankenhaus eingeliefert worden, mit dem Ergebnis, daß sie stundenlang an seinem Bett sitzen und Verse von Vergil vortragen mußte, immer darauf achtend, das Versmaß richtig zu betonen und fehlerfrei zu lesen, da sich der Professor sonst aufregte, und das war nicht gut für ihn.

Jetzt hatte gerade noch Benny gefehlt, der ihr gegenüber den Ton eines prüden Schulmeisters anschlug. Als er Leo und sie dabei überrascht hatte, wie sie sich küßten, war er wortlos hinausgegangen. Er hatte ein paar Tage verstreichen lassen und sie sich dann mit der finsteren Strenge einer Äbtissin vorgeknöpft. Giulia betrat das Wohnzimmer, wo Carmen gerade dabei war, sich von ein paar Kollegen ihres Mannes zu verabschieden. Sie waren gekommen, um ihr Beileid über den Tod des Großvaters auszudrücken und sich nach Vittorio zu erkundigen.

«Mama, ich gehe zu Silvana. Wir müssen zusammen lernen», erklärte Giulia. Sie hatte ein paar Bücher unterm Arm, die mit einem Gummiband zusammengehalten wurden.

«In Ordnung», erwiderte Carmen zerstreut, während sich Giulia von den Herren verabschiedete und ihrer Mutter einen Kuß gab.

«Darf ich fragen, wohin du gehst?» Benny hatte sie an der Haustür abgefangen.

«Ich besitze einen Passierschein», gab sie feierlich zurück.

«Fordere mich nicht heraus, Giulia!»

«Mama hat mir erlaubt zu gehen», sagte sie ernst.

«Wohin?»

«Zu Silvana. Wir wollen zusammen lernen.»

«Hättest du dir nicht eine Freundin aussuchen können, die näher wohnt?» entgegnete er.

Silvana wohnte am anderen Ende der Stadt. Mit der Straßenbahn brauchte man eine Dreiviertelstunde, um zu ihr zu gelangen.

«Sie hat eben am meisten Zeit», rechtfertigte sich Giulia. «Außerdem ist sie die Klassenerste. Die Beste von allen.»

«Dann gib mir ihre Telefonnummer. In einer Stunde werde ich anrufen, um zu kontrollieren, ob du dort bist.»

Giulia hätte ihn am liebsten zum Teufel geschickt, aber statt dessen gab sie ihm bereitwillig die Telefonnummer und verließ das Haus mit einem Seufzer der Erleichterung.

Leo wartete an der Ecke zur Piazza Novelli mit dem Wagen

auf sie. Giulia setzte sich neben ihn. Es roch nach Rasierwasser, Tabak und ein bißchen nach Benzin. Sie hörte den Samtton seiner Stimme, die so dunkel war wie eine Mokkatorte und ihr Herz vor Erregung schneller schlagen ließ.

Sie stellte den Sitz zurück, streckte die Beine aus und ließ sich hinuntergleiten, bis sie fast nicht mehr aus dem Wagenfenster sehen konnte. Dann verdeckte sie ihr Gesicht mit den Büchern und fühlte sich in dem Auto, das sich mittlerweile in Bewegung gesetzt hatte, so geborgen wie in einer unzugänglichen Festung.

«In fünfundvierzig Minuten muß ich bei meiner Freundin sein», teilte sie ihm mit.

«Dann haben wir also eine halbe Stunde für uns», sagte Leo mit einem Blick auf die Uhr und brauste in Richtung Flughafen davon.

Sie fuhren den Viale Forlanini entlang und gelangten nach fünf Minuten auf eine kleine Feldstraße, die in der Nähe des Flughafens Linate an einem Bach entlanglief. Eine *Caravelle* hob sich gerade dröhnend in die Luft.

Leo hielt Giulia fest umschlungen. Sie berauschte sich an seiner Kraft, an seinem Duft, an seinen Versprechungen, an den Träumen, die ihre Gedanken und ihr Herz beseelten.

«Eines Tages werden wir zusammen ein Flugzeug besteigen, das noch viel, viel größer ist als das da», flüsterte er Giulia ins Ohr, die bei seinen Worten förmlich dahinschmolz. «Ich werde dich ans Ende der Welt führen. Ich werde dir Völker und Länder zeigen, von denen du noch nicht einmal gehört hast. Wir werden unvergeßliche Abenteuer miteinander erleben.»

«Bringst du mich auch nach Paris und lädst mich in ein Bistro auf den Champs-Elysées zu Café crème und Croissant ein?»

«Aber sicher. Und dann fliegen wir nach New York. Wir werden die Fifth Avenue entlangspazieren, ins Tiffany gehen, auf einer Bank im Central Park Hot-dogs essen und auf die Spitze des Empire State Building steigen. Und danach sehen wir uns tolle Musicals in den Broadway-Theatern an», versprach er.

«Bringst du mich auch auf eine Südseeinsel?» fragte Giulia mit verträumtem Blick.

«Ja, aber jetzt bringe ich dich erst einmal zu deiner Freundin.» Leos Worte holten sie in die harte Wirklichkeit zurück. «Wir sitzen schon mehr als eine halbe Stunde hier. Wir müssen uns beeilen, wenn wir pünktlich sein wollen.»

«Ich erhebe in aller Form Einspruch gegen die Uhr. Wenn ich mit dir zusammen bin, rast sie wie verrückt, und wenn du nicht da bist, scheint sie stehenzubleiben.»

Leo beugte sich über sie, um sie zu küssen.

«Meinst du, wir haben einmal einen halben Tag Zeit nur für uns beide?» fragte er.

«Benny tobt vor Wut. Er kontrolliert mich wie ein Harems-wächter und knurrt wie ein Wachhund.»

«Auch auf mich ist er wütend. Er hat mir angedroht, alles meiner Frau zu erzählen, wenn ich dich noch einmal sehe.»

«Wäre das schlimm?» fragte sie.

«Ich weiß nicht. Vielleicht würde er mir einen Gefallen damit tun. Früher oder später muß ich der Sache sowieso ins Auge schauen.»

3

Silvana Tonanis hatte ein langgezogenes, schwindsüchtiges Kamelgesicht von geradezu tragischer Ironie. Dazu hatte sie einen blassen Teint, lange, gelbe Zähne und dicke, schwulstige Lippen, die an das Maul eines Goldfischs erinnerten. Sie lächelte nicht, sie schnappte nach Luft. Im Gegensatz dazu hatte sie wundervoll dichtes, gewelltes Haar und große Augen von unbeschreiblicher Schönheit. Sie studierte zusammen mit Giulia im ersten Jahr Sprachen an der Universität Bocconi und sammelte Einser mit Auszeichnung.

Wenn sie redete, spannte sie ihre dicken Lippen wie eine Schleuder, um einzeln jedes Wort zu skandieren. Die Konsonanten, vor allem das «p», kamen nur so aus ihrem Mund herausgeschossen und wurden stets von einem Speichelregen begleitet, der Bücher, Hefte und leider auch alle Gesprächspartner traf, die sich gerade in Reichweite befanden. Eines ihrer Lieblingsthemen waren die Grotten von Postumia, die sie mindestens einmal pro Jahr mit ihrer Familie besuchte.

Aber abgesehen davon war Silvana eine wundervolle Freundin. Sie hegte eine geradezu krankhafte Leidenschaft für das Studium und besaß ein angeborenes Talent zur Lehrerin. Mit Giulia hatte sie viel Geduld, obwohl ihre Freundin sie mit ihrer inneren Rastlosigkeit in der Konzentration störte. Giulia träumte von unerforschten Inseln, verlor sich im Land der Phantasie, konnte sich in einen Vers oder eine Farbe verlieben und über einen Satz weinen. Silvana träumte von dem Tag, an dem sie eine Klasse von aufmerksamen Schülern vor sich haben würde.

«Ich werde viel an die Tafel schreiben», erklärte sie Giulia. «Ich liebe die festen, runden Buchstaben, die man mit Kreide machen kann», fügte sie mit sinnlicher Stimme hinzu. «Und wenn die Kreide bricht, überkommt mich eine Gänsehaut. Dann setze ich mich hinters Lehrerpult. Oder besser noch, ich bleibe auf dem Podest stehen, das macht mich größer. Dann habe ich alle unter mir. Alle werden an meinen Lippen hängen.» Und bei jedem «p» oder «b» schossen unweigerlich aus ihrem Mund gefährliche Speichelspritzer hervor, gegen die es keinen Schutz gab.

Giulia beneidete ihre Freundin um ihre Sicherheit, darum, daß sie bereits jetzt genau wußte, was sie in vier Jahren machen würde. Ihre eigene Zukunft lag dagegen völlig im dunkeln.

«Natürlich werde ich mir, sobald ich eine feste Stellung habe, sofort einen Verlobten suchen», fuhr Silvana fort. «Aber nicht vorher, denn ein Verlobter nimmt viel Zeit in Anspruch. Ich werde heiraten und mindestens zwei Kinder bekommen, das erste, wenn ich achtundzwanzig bin, das nächste zwei Jahre später.» Sie schien weder Zweifel noch Bedenken zu haben, noch wurde sie von quälenden Gedanken umgetrieben wie Giulia.

«Womöglich kannst du in deiner Kristallkugel sogar schon den Namen deines zukünftigen Ehemanns lesen», unterbrach sie Giulia eher bewundernd als ironisch.

«Vielleicht wird es ein Lehrer sein wie ich», gab Silvana zur Antwort. «An der Schule lernt man viele Leute kennen. Obwohl», überlegte sie dann, wobei sich ihre fleischigen Lippen zu einem Lächeln verzogen, das ihr Kamelgesicht erhellte, «obwohl ich eigentlich lieber einen Arzt hätte. Am besten schon mit Praxis. Oder vielleicht einen Rechtsanwalt. Nach Möglichkeit Zivilrechtler. Dann könnte er nämlich mit meinem Vater zusammenarbeiten.»

«Ich begreife nicht, wie du so selbstsicher sein kannst», erwiderte Giulia heftig. «Woher nimmst du bloß diese unglaubliche Zuversicht? Ich weiß noch nicht einmal, was ich im nächsten Moment tun werde», sagte sie traurig. «Ich will nach den Sternen greifen, verstehst du?» Sie wurde rot, während sich ihr ein Geständnis auf die Lippen drängte. «Ich habe mich rettungslos in einen verheirateten Mann verliebt.»

Silvanas Gesicht nahm jetzt noch mehr den Ausdruck eines Kamels an, während sich ihre Fischlippen geradezu beängstigend weit nach außen stülpten.

«In einen verheirateten Mann?» murmelte sie wie vom Schlag getroffen.

«In einen verheirateten Mann», wiederholte Giulia.

«Sag mir, daß das nicht wahr ist», flehte Silvana entsetzt.

«Es ist aber wahr, das schwöre ich.»

«Dann bist du wirklich übergeschnappt», sagte ihre Freundin streng. «Eine de Blasco darf sich einfach nicht in einen solchen Skandal hineinziehen lassen!»

«Was für einen Skandal, und warum eine de Blasco nicht?» fragte Giulia verwundert.

«Eben... eben... eben darum nicht.» Ganze Salven von Speichel waren bei dieser sibyllinischen Antwort ihrem Mund entwichen und waren auf die Bücher, Hefte und Hände von Giulia herabgeregnet, mit denen sie vergeblich versuchte, sich zu schützen.

Silvana war ein stilles Wasser. Denn ganz im geheimen und nach einem ausgeklügelten Plan hatte sie ein Auge auf Benny de Blasco geworfen. Sie träumte davon, den jungen Anwalt, dessen Namen von altem Adel zeugte, in ihr Netz zu locken. Alles zu seiner Zeit, dachte die scharfe Rechnerin. Andernfalls hätte sie sich gar nicht so sehr für diese blöde Giulia engagiert. Die hatte in ihrer Naivität überhaupt nicht begriffen, welches Spiel ihre Freundin spielte.

«Und wer ist dieser verheiratete Mann, in den du rettungslos verliebt sein willst?» fragte Silvana mit der Stimme eines Schulmeisters.

«Leo Rovelli», erwiderte Giulia freudestrahlend.

«Sag bloß nicht, der Journalist vom *Corriere della Sera*!» Silvana konnte ihre Verblüffung und Bewunderung nicht verbergen.

«Doch, genau der.»

«Das ist nicht möglich.»

Giulia geriet jetzt ins Schwärmen. «Ein wundervoller Mann. Groß. Blond. Stark. Fürsorglich. Sanft. Tiefblaue Augen. Eine warme, sonore Stimme. Eine immense Bildung. Hemingway. Kannst du dir Hemingway vorstellen? So schreibt er. Er kann ganze Abschnitte aus seinen Romanen auswendig. Er ruft mich an und sagt ganz selbstverständlich: Ich fliege kurz nach Kuba, oder Rio, oder New York, oder Nairobi.» In ihrem Eifer hatte sie sich dazu hinreißen lassen, Leos Personenbeschreibung mit einer Reihe phantastischer Lügen abzuschließen. Wie konnte er in den paar Tagen, die sie sich kannten, so weit herumgekommen sein! Seine längste Reise in dieser Zeit hatte ihn nicht weiter als bis in die Nähe des Flughafens geführt. «Ein Mann. Ein richtiger Mann», tönte sie mit leidenschaftlicher Stimme.

«Das kann ja sein», meinte Silvana mit nüchternem Realitätssinn. «Aber ein richtiger Mann würde einem kleinen Mädchen nicht den Kopf verdrehen und womöglich ihren Ruf verderben. Ein richtiger Mann würde bei seiner Ehefrau bleiben, anstatt einer Minderjährigen nachzusteigen», erklärte Silvana, deren Vernunft und gesunder Menschenverstand wieder einmal die Oberhand behalten hatten.

«Seine Frau hat nichts damit zu tun», gab Giulia beleidigt zurück. «Er liebt sie schon seit langem nicht mehr. Vielleicht hat er sie nie geliebt. Eines Tages wird er sich scheiden lassen. Aber das interessiert mich nicht. Und genausowenig interessiert mich eine Heirat», sagte sie hitzig.

«Was hast du dir dann für deine Zukunft vorgenommen?»

«Die dummen bürgerlichen Klischees zu durchbrechen.»

«Aber was willst du in deinem Leben tun?»

«Ich bin gar nicht sicher, ob ich überhaupt etwas tun will. Es reicht mir zu leben.» Sie dachte an eine aufregende Zukunft voller Geheimnisse und Überraschungen. Das Leben sollte eine

Art Exerzierplatz sein, auf dem sie Tag für Tag ihren Mut erproben konnte, ihre Gefühle und Leidenschaften.

Dann kam der Tag ihrer ersten großen Erfahrung als Frau. Sie hatte endlich eine plausible Ausrede gefunden: eine Recherche in der Bibliothek, die einen ganzen Vormittag in Anspruch nehmen würde. Die Sonne zauberte eigenwillige Lichtreflexe in ihr Haar, ihre Seele lachte, und ihr Herz galoppierte dahin wie ein übermütiges Fohlen.

Leo holte sie mit dem Wagen in der Viale Abruzzi ein. Er fuhr an den Randstein heran und ließ Giulia einsteigen.

«Ein Freund hat uns seine Wohnung zur Verfügung gestellt», sagte er und zeigte ihr einen Schlüssel. «Willst du mitkommen?»

Sie schaute ihn an, ohne jedoch das kleine Wörtchen hervorzubringen, das ihr Einverständnis zum Ausdruck gebracht hätte. Natürlich wollte sie mitkommen, aber er konnte doch nicht verlangen, daß sie ihm auf eine solche Frage einfach mit ja antwortete. Nicht daß sie einen Schleier aus Worten erwartet hätte, aber eine etwas weniger brutale Art, eine sanfte Einladung vielleicht, die nicht so eindeutig geklungen hätte.

«Wer schweigt, meint ja», sagte Leo und nahm ihr die Entscheidung ab.

Ein energischer Tritt aufs Gaspedal, ein Formel Eins reifer Kavalierstart, ein rasanter Slalom durch den Stadtverkehr, und zehn Minuten später befand sich Giulia bereits in der schäbigen Wohnung eines Unbekannten. Sie bestand aus einem einzigen kahlen Zimmer, in dem es stechend scharf nach dem abgestandenen Rauch billiger Zigarren und Benzin roch. Auf dem Bett lag eine blaßgrüne Decke aus glänzendem Stoff, die leicht zerknauscht und angeschmuddelt war.

Sie hatte nur wenige konkrete Vorstellungen in ihrem Leben, aber eins wußte sie sicher: daß dies nicht der Ort für ihre erste, unwiederbringliche Liebeserfahrung war. Sie, die mit Leo dorthin gegangen war, wo die großen Träume entstehen, wo das Leben zur Poesie wird, sie konnte sich für ein so wichtiges Debüt nicht mit dieser schäbigen Bühne begnügen.

Giulia war an der Tür stehengeblieben und klammerte sich an den Knauf, während Leo die Jalousien herunterließ, weniger um eine romantische Atmosphäre zu schaffen, als um die Trostlosigkeit des Zimmers etwas zu dämpfen. Das Freundlichste und Interessanteste an dem ganzen Raum war ein scheußliches abstraktes Gemälde, ein verstaubter Farbfleck auf einer Spanplatte ohne Rahmen.

Als Leo sich umdrehte, schickte Giulia sich gerade an, hinauszugehen.

«Was ist los?» fragte er überrascht.

«Hier gefällt es mir nicht», gab sie zur Antwort.

«Was gefällt dir nicht?» wollte er in gereiztem Ton wissen.

«Die Wohnung, das Zimmer, dieses Bett.»

«Der Ort spielt doch keine Rolle», meinte er und näherte sich ihr, zu tausend Zärtlichkeiten bereit. «Das einzige, was zählt, ist unsere Liebe.»

«Du hast mir aber versprochen, mich woanders hinzubringen», erwiderte sie.

«Wohin denn?» fragte er und sah sein aufregendes Abenteuer in Gefahr.

«Paris, London, New York, Rio, Havanna», zählte Giulia auf.

«An einem halben Vormittag?» fragte er. «In drei Stunden sollen wir die Alpen oder sogar den Ozean überqueren? Bist du verrückt? Ich hätte mir denken sollen, daß du nur ein kleines verschrecktes Mädchen bist.»

«Nein, ich bin kein kleines verschrecktes Mädchen», gab Giulia mit fester Stimme zurück. «Ich bin eine selbstbewußte Frau. Ich bin schließlich zwanzig Jahre alt. Nur daß ich mir für mein erstes Mal einen anderen Ort vorgestellt hätte.»

«Dein erstes Mal?» rief Leo fassungslos.

«Ja. Was dachtest du denn?»

«Aber entschuldige mal, du ... ich ...» Er war ins Stottern geraten. «Ich bin drauf und dran, mit dir ins Bett zu gehen, und du sagst mir, es sei das erste Mal.»

Giulias Augen füllten sich mit Tränen.

«Ist das denn so schlimm?» fragte sie mit zitternden Lippen.

«Nein, aber hättest du mir nicht gleich sagen können, daß du noch Jungfrau bist?»

«Wenn du ein Mann mit so viel Erfahrung bist, wie du immer sagst, dann hättest du auch von selbst draufkommen können», fuhr sie ihn an.

«Aber denk doch an deine eigenen Worte, verflucht noch mal», gab er wütend zurück. «Keine Heirat, keine Verpflichtungen. Wenn ein Mann mir gefällt, dann nehme ich ihn mir. Im Fall einer Schwangerschaft würde ich das Kind für mich behalten. Wenn ein Mann und eine Frau sich begehren, ist es richtig, daß sie miteinander ins Bett gehen. Daß du verheiratet bist, macht mir nichts aus. Verflucht noch mal! Das sind nicht die Worte und Gedanken eines Mädchens, das noch Jungfrau ist.»

«Was spricht denn dagegen, daß ein Mädchen, das noch Jungfrau ist, so denkt wie ich?» fragte sie.

«Ich bitte dich, Giulia, laß uns die Dinge nicht noch mit einem sinnlosen Streit komplizierter machen, als sie schon sind», sagte er etwas ruhiger und nahm sie in den Arm.

Der schneidende Geruch von Zigarren und Benzin schien jetzt noch stärker und ekelhafter.

«Rühr mich nicht an», sagte sie und befreite sich aus seiner Umarmung.

«Vielleicht hast du recht», räumte er ein. «Ich habe die Dinge übereilt und war grob» sagte er, um sie zu beschwichtigen.

«Ja, und meine Jungfräulichkeit hat dir einen Heidenschrekken eingejagt», gab sie giftig zurück.

«Versuch doch zu verstehen.» Leos zweideutiger Blick glich dem eines Glücksspielers.

«Bring mich nach Hause», befahl sie ihm.

«Dann hast du also gar kein Einsehen?» fragte er in einem letzten Versuch, sie herumzukriegen.

Giulia erinnerte sich an ihre Träume, die wie bunte Bonbons gewesen waren, und verglich sie mit der schäbigen Realität.

«Ich möchte nach Hause», sagte sie und lächelte ihn an, ohne ihm böse zu sein.

Draußen zauberte die Sonne keine Lichtreflexe mehr in ihr Haar, denn sie hatte sich hinter einer dicken Wolkendecke versteckt.

4

Giulia rief von der Via Solferino aus beim *Corriere della Sera* an. Sie war sehr streng mit Leo gewesen, und ihr brüsker Abschied hatte einen bitteren Nachgeschmack in ihr hinterlassen.

«Dottore Rovelli hat heute frei», teilte ihr ein Mann, der offensichtlich eine hohe Meinung von sich selber hatte, in herablassendem Ton mit. Giulia hängte ein. Wie konnte sie Leo jetzt bloß wissen lassen, daß sie ihn immer noch liebte, daß sie sich wie ein dummes, naives kleines Mädchen benommen hatte, daß sie Mailand für etliche Tage verlassen würde?

Obwohl sie gewöhnlich sehr zurückhaltend war, rang sie sich dazu durch, seine Privatnummer zu wählen. Während das Telefon klingelte, versuchte sie sich zum ersten Mal die Umgebung vorzustellen, in der Leo mit einer anderen Frau lebte, die im Guten wie im Bösen alles mit ihm teilte.

Eine helle, resolut klingende Stimme meldete sich. Giulia fühlte sich plötzlich wie ein Schiffbrüchiger im Sturm. Die Selbstsicherheit der Frau, die im Recht war, blies ihr mit der Gewalt eines Orkans entgegen und hinderte sie daran, das zu tun, was sie sich vorgenommen hatte.

«Wer ist am Apparat?» fragte die Frau.

Von einer Art Fluchtinstinkt ergriffen, warf Giulia den Hörer auf die Gabel, und sie, die normalerweise keine Gelegenheit versäumte, das Banner der Wahrheit zu schwenken, fühlte sich plötzlich wie ein Kind, das an einem unbekannten Haus läutet und dann die Beine unter den Arm nimmt. Noch schlimmer: Sie kam sich vor wie die Verfasserin eines anonymen Briefes. Außerdem wurde sie von Eifersucht gequält. Eine Sache war es zu wissen, daß Leo verheiratet war, eine ganz andere, dieser selbstsicheren Frau leibhaftig zu begegnen, wenn auch nur per Telefon. Ihr schöner bunter Drachen, den der Wind der Jugend emporgetragen hatte, war von einem plötzlichen Unwetter zerfetzt worden. Ihr ganzes Leben glich einer Fahrt mit der Achterbahn: bald ging es berauschend in die Tiefe, bald besorgniserregend in die Höhe. Ein ständiges Auf und Ab, das sie einfach nicht ihr inneres Gleichgewicht finden ließ. Zwischen dem einen Sturm und dem nächsten konnte plötzlich die Sonne vom blauen Himmel strahlen.

Giulia ging in ihr Zimmer hinauf und begann ihre Reisetasche zu packen. Sie mußte nach Modena fahren. Der Mietvertrag des Gehöfts, in dem der Großvater mit seinen Hunden gelebt hatte, war mit Ubaldos Tod gegenstandslos geworden, so daß nun auf Anordnung der Hausverwaltung die Erben die Räumung des Gebäudes veranlassen mußten.

Carmen wollte bei ihrem Mann bleiben, der sie immer noch brauchte. Der Professor schien die ganze Zeit kurz vor der Genesung zu stehen, hatte es bisher aber noch nicht geschafft, die Krise endgültig zu überwinden. Beim Abendessen am Tag zuvor war beschlossen worden, daß sich Giulia mit der Sache befassen sollte. Benny schob wie immer irgendeine wichtige Verpflichtung vor. Isabella bekam angesichts solcher Aufgaben einfach einen Ohnmachtsanfall.

«Wertgegenstände gibt es im Haus des Großvaters keine», sagte ihre Mutter. «Obwohl man das bei ihm natürlich nie wissen kann», fügte sie dann hinzu. «Du wirst sehr schöne Bettwäsche finden. Pack sie zusammen in eine Kiste mit allen Familienandenken: Fotografien, Jagdgewehre und das Porzellanservice.»

«Ich erinnere mich an ein paar kleine Jugendstilrahmen aus Bronze und zwei aus Silber», warf Isabella mit kalkulierter Gleichgültigkeit ein, während sie kleine Brotkügelchen formte und in die Paprikasoße auf ihrem Teller fallen ließ. «Die finde ich ganz nett. Sie würden gut in mein Wohnzimmer passen.»

«Genauso gut passen sie in unseres», erwiderte Carmen, damit sie sich erst gar keine Hoffnungen machte.

Seit Isabella mit den Vorbereitungen für ihre Hochzeit begonnen hatte, dachte sie an nichts anderes mehr und betrachtete alles, was nur einigermaßen wertvoll war, im Hinblick auf ihre zukünftige Wohnung.

Giulia dachte an Leo. Ihre Schwester konnte sich nehmen, was sie wollte. Ihr genügte es, auf einer weißen Wolke zu schweben und die Erinnerungen an sich vorüberziehen zu lassen. In diesem Augenblick war sie wie behext von Leo. Wenn sie ihn nur hätte sprechen können, um ihm mitzuteilen, daß sie abfuhr.

Als das Telefon, die schwarze Schildkröte, plötzlich mit einem schrillen Laut aus dem Schlaf erwachte, rannte Giulia wie von der Tarantel gestochen in den Korridor.

«Ja, bitte?» schrie sie in den Apparat.

«Hättest du Lust, das *Chanson de Roland* noch einmal durchzugehen?» Es war Silvana.

«Nein», gab Giulia trocken zurück.

«Papa würde mich mit dem Wagen zu euch bringen», sagte die Freundin.

«Ich stecke bis zum Hals in Problemen und bin völlig außerstande, irgend etwas zu lesen, zu schreiben oder zu begreifen», teilte ihr Giulia mit.

«Dann können wir ja ein bißchen miteinander reden», bohrte Silvana weiter, für die es um Leben oder Tod zu gehen schien.

«Ich bin auch nicht zum Reden aufgelegt, glaub mir.»

«Ich habe eine Platte von den Beatles», flüsterte Silvana leise, als spreche sie von etwas Verbotenem. «Die könnte ich ja mitbringen. Vielleicht gefällt sie auch deiner Schwester. Und deinem Bruder.»

Giulia kapitulierte. «Also gut», sagte sie lustlos und ging ins Eßzimmer zurück.

«Silvana kommt gleich», verkündete sie ihren Geschwistern.

«Deine Freundin mit dem Kamelgesicht?» fragte Benny und lachte.

«Alberner Kerl», giftete Isabella. «Dabei macht sie dir schöne Augen. Wenn man einen Vater und ein Vermögen wie Silvana im Hintergrund hat, rückt Schönheit an zweite Stelle. Laß dir das gesagt sein.»

«Hast du Angst, du könntest einen Nervenzusammenbruch erleiden, wenn du dich ein einziges Mal um deine eigenen Angelegenheiten kümmern würdest?» erwiderte Benny.

Es war ein fürchterlicher Abend. Während ihre Geschwister und Silvana im Wohnzimmer langweilige Gespräche über die originellen und herrlichen Songs der Beatles führten, war Giulia zu ihrer Mutter in die Küche gegangen.

«In wen hast du dich denn diesmal verliebt?» fragte Carmen geradeheraus und reichte ihr einen Teller zum Abtrocknen.

«Vor dir kann man wirklich überhaupt nichts verstecken», beklagte sich Giulia.

«Du kannst es nicht. Seit damals mit Ermes Corsini, als du fünfzehn warst, verliebst du dich grundsätzlich nur in den falschen Jungen. Ich kenne dein Rotwerden, deine Abwesenheit, das ganze Drum und Dran inzwischen in- und auswendig», sagte Carmen.

«Diesmal handelt es sich nicht um einen Jungen», gestand Giulia und lief rot an.

«Ach, wer mag der geheimnisvolle Unbekannte wohl sein?»

«Ein Mann», erklärte sie mit todernster Miene.

«Das habe ich mir fast gedacht», gab Carmen ironisch zurück.

«Ein verheirateter Mann», präzisierte Giulia.

Carmen fühlte, wie sich ihr Magen verkrampfte. Sie drehte den Wasserhahn zu, trocknete sich die Hände ab und machte einen tiefen Seufzer. Aber sie verzichtete auf eine Predigt und machte Giulia auch keine Vorhaltungen. Es war so schwierig, sich mit diesem seltsamen Mädchen zu unterhalten, das in überhaupt kein Schema paßte und verbotene Wege einschlug, die früher oder später immer in einer schmerzhaften Erfahrung endeten.

Carmen rief sich die Männer in Erinnerung, mit denen Giulia in der letzten Zeit in Kontakt gekommen war, und versuchte zu raten.

«Leo Rovelli», traf sie auf Anhieb ins Schwarze.

«Ja, genau der», gab Giulia zu.

«Ist es eine ernste Sache?»

«Die Liebe ist immer eine ernste Sache.»

«Paß auf, daß dein Vater nie etwas davon erfährt», sagte Carmen besorgt.

Giulia schämte sich plötzlich dafür, daß sie die Krankheit ihres Vaters so gleichgültig ließ. Dabei zögerte sich seine Genesung immer länger hinaus. Es war ein großes Problem, das allen das Leben schwer machte, vor allem aber ihr, denn es zwang sie dazu abzufahren, ohne Leo wenigstens Bescheid geben zu können.

«Er wird es nie erfahren», versprach sie Carmen.

«Und ich hoffe, daß diese Geschichte bald vorbeigeht, ohne dir allzusehr weh zu tun.»

Carmen ging auf ihre Tochter zu und küßte sie aufs Haar. Giulia umarmte sie. Und so verharrten Mutter und Tochter, die eine in den Armen der anderen, ohne zu sprechen, vereint durch die Liebe und noch etwas anderem, Stärkerem: der Erfahrung des Schmerzes.

Carmen begleitete ihre Tochter zum Bahnhof. Sie sah zu, wie sie in den Eilzug nach Rom einstieg und in einem Zweiteklasseabteil Platz nahm. Sie betrachtete das hohe Bahnhofsgewölbe aus Stahl und Glas, das in ihren Augen die Feierlichkeit einer Kathedrale besaß. Unter dem Zischen und Schnauben der Lokomotiven, den unverständlichen Lautsprecheransagen, den Stimmen der Verkäufer und Gepäckträger, dem Lärm der vorbeihastenden Reisenden überkam Carmen plötzlich die Erinnerung an eine weit zurückliegende Reise. Vor etwas mehr als zwanzig Jahren war sie es gewesen, die diesen Zug nach Modena genommen hatte. Sie erinnerte sich noch an den Stoff, die Farbe und den Schnitt ihres Mantels, an das kleine Köfferchen, an die orthopädischen Schuhe, an das Elend, die Traurigkeit, den Schmerz. Wie sehr hatten sich doch die Welt und ihr eigenes Leben in diesen zwanzig Jahren verändert. Die weit zurückliegende Reise während der Kriegszeit hatte ihr eine Tochter beschert. Ein wundervolles Mädchen, aber unglücklich wie sie selbst. Isabella konnte sich verteidigen, denn sie war von Natur aus schlau und hatte sich in ihrem Egoismus einen dicken Panzer zugelegt. Benny war mit praktischer Intelligenz ausgestattet. Giulia war der einzige Krieger ohne Rüstung. Sie war den Erfahrungen des Lebens schutz- und wehrlos ausgesetzt.

Männer mit Zeitungskarren, Getränken und Brötchen kamen den Bahnsteig entlang.

«Möchtest du etwas?» fragte Carmen.

«Nein, Mama, ich habe keinen Hunger.»

«Dann etwas zum Lesen.»

«Nein, Mama», sagte Giulia lächelnd. «Meine Gedanken leisten mir Gesellschaft.»

«Sind es große Gedanken?» versuchte Carmen einen Scherz zu machen. «Große Gedanken sind gefährlich für ein kleines Hirn», fügte sie hinzu.

Der Schaffner pfiff.

Giulia beugte sich aus dem Fenster, um die Hand ihrer Mutter zu drücken.

«Ich habe dich gern, meine Kleine», sagte ihr Carmen zum Abschied mit Tränen in den Augen.

«Ich dich auch, Mama.»

«Giulia», rief Carmen ihr nach, während sich der Zug schon in Bewegung setzte. «Greif nach dem Glück, wenn du ihm begegnest, und denk nicht dran, was später kommt.» Es war fast ein Schrei.

Giulia warf ihr eine Kußhand zu, wie sie es als Kind immer getan hatte.

Als Giulia in Modena auf den Bahnhofsplatz hinaustrat, fuhr der Bus gerade weg. Sie machte eine ärgerliche Handbewegung. Wer wußte, wie lange sie nun auf den nächsten warten mußte.

Da trat plötzlich ein Mann, der aussah wie ein chilenischer Offizier, auf sie zu. «Signorina de Blasco?» fragte er, wobei er sich die Schildmütze abnahm und vor die Brust hielt.

Giulia schaute ihn überrascht und erschrocken an.

«Meinen Sie mich?» fragte sie, obwohl ihr klar war, daß es in der näheren Umgebung keine andere Signorina de Blasco gab.

«Ja, Signorina», bestätigte er. «Der Wagen wartet auf Sie», sagte er dann und deutete auf eine dunkelblaue Limousine mit getönten Scheiben, die keinen Einblick in das Wageninnere zuließen.

Giulia mußte lachen. Ihr chilenischer Offizier war nur ein Chauffeur in Uniform. Aber warum warteten auf sie ein Fahrer in Livrée und eine solche Prachtkarosse?

Der Mann griff nach ihrem Koffer und riß den hinteren Wagenschlag auf. Auf dem Rücksitz saß die Marchesa Zaira Manodori Stampa.

5

«Komm, steig schon ein. Und mach nicht so ein Gesicht. Ich bin Zaira, keine Marienerscheinung», forderte die Marchesa sie mit freundlichem Nachdruck auf. Ihre rauhe Stimme hatte nichts von ihrer Sinnlichkeit verloren.

Giulia setzte sich neben sie.

«Du scheinst geradewegs einem Renaissancebild entsprungen zu sein», meinte Giulia.

«Red kein dummes Zeug», wehrte Zaira geschmeichelt ab.

Sie wirkte absolut glaubwürdig in ihrer neuen Rolle als vornehme Dame. Ihr dichtes, langes, pechschwarzes Haar war im Nacken zu einem Knoten zusammengefaßt, über den sich ein Netz aus Goldfäden spannte. Ihr braunes Gesicht mit den rosigen Wangen wurde betont vom Schimmer zwei hinreißend schöner Perlen, die sie in den Ohrläppchen trug. Ihr Kleid aus rosarotem, grau und schwarz gepünkteltem Seidenkrepp war von ergreifender Schlichtheit. Giulia warf auch einen Blick auf ihre Füße, die wundervoll modelliert wurden von flachen Lacksandalen, aus denen rot lackierte Fußnägel herausschauten.

«Wohin fahren wir?» fragte Giulia. «Oder muß ich mich mit der Rolle der demütigen Magd abfinden?» setzte sie etwas sarkastisch hinzu.

«Wir fahren zum Haus des Großvaters. Deines Großvaters, natürlich», teilte Zaira ihr mit. «Bist du nicht deshalb nach Modena gekommen?»

«Schon, aber woher weißt du das?» wunderte sich Giulia.

«Das Haus gehört zufälligerweise mir.»

«Seit wann?» wollte Giulia wissen.

«Seit etwa zwei Jahren.»

«Du stehst wirklich mit dem Teufel im Bund.»

«Ich habe den Hof und das ganze Anwesen drumherum erstanden: die Molkerei, die Ställe und sogar mein altes Haus. Im Grunde habe ich eine Handvoll Erinnerungen gekauft», eröffnete sie Giulia.

«Dann hast also du die Räumung von Großvaters Haus angeordnet», sagte Giulia, die plötzlich zu begreifen anfing.

«Oh, nein. Um diese Dinge kümmert sich der Verwalter. Ich habe, wie du siehst, den Erben von Milkovich einen Empfang bereitet, der ihrem großen Vorfahren würdig ist.»

«Wenn statt mir meine Mutter angekommen wäre, hätte am Bahnhof wahrscheinlich nicht einmal ein altes Fahrrad auf sie gewartet, geschweige denn eine solche Staatskarosse.»

Zairas schwarze Augen glühten vor Begehren.

«Ich liebe dich nun mal, Giulia», flüsterte sie und legte ihr eine beringte Hand auf die verwaschenen Jeans. «Und ich begehre dich. Ich könnte dir alles geben, was du willst, wenn du nur ein bißchen einsichtiger wärst.»

«Nein», erwiderte Giulia. «Keiner kann mir das geben, was ich will. Nicht einmal du.»

Das Auto bog durch das schmiedeeiserne Tor, an dessen Pfosten noch immer die üppigen Rosen emporrankten, die Giulia an ihre Kindheit und an ihre ersten Gefühlswirrungen erinnerten. Sie stieg auf der Tenne aus und zog den Hausschlüssel aus ihrer Handtasche, während der Fahrer ihr Reisegepäck vor die Tür stellte.

«Danke für das Geleit», sagte sie zu ihrer Freundin, die sich nicht vom Platz gerührt hatte. «Und für den Empfang.»

«Ich erwarte dich in meiner Villa», lud Zaira sie ein.

«Tut mir leid, aber ich glaube kaum, daß ich kommen werde», gab Giulia zurück.

«Warum nicht?» Zairas Stimme klang gekränkt.

«Weil dein Verwalter mir nur zwei Tage Zeit für die Räumung gegeben hat», erklärte sie. «Wie du siehst, kann ich mir leider keine Unterhaltung gönnen.»

«Dann komme ich eben zu dir», entschied die Marchesa, die in der ironisch gemeinten Antwort des Mädchens ein günstiges Zeichen zu erkennen glaubte. «Ich habe gewisse Pläne für das Gehöft. Sie könnten dich interessieren.»

Das einzige Thema, das Giulia interessierte, war Leo. Aber sie hatte keine Lust, mit Zaira darüber zu sprechen.

Sie winkte flüchtig mit der Hand und drehte sich um, während der Mercedes davonfuhr. Im Innern des Hauses hing noch immer der Geruch des Großvaters, seiner Hunde, seiner Jagdgewehre, seines Pfeifentabaks. Giulia stieß ein Fenster auf, das auf die sonnenbeschienenen Felder hinausging, worauf das Licht mit der Gewalt von Erinnerungen den Raum überschwemmte. Die Gegenstände schienen zum Leben zu erwachen und riefen Bilder hervor, die in der Sonne Gestalt annahmen. Giulia kam es vor, als sei das ganze Zimmer mit Worten erfüllt – all denen, die gesagt, und all denen, die verschwiegen worden waren –, um nun um sie herumzuwirbeln und einander zu suchen. Zum ersten Mal verspürte sie den unwiderstehlichen Wunsch, Worte und Gedanken zu sammeln und zu ordnen.

Die Schatten der Abenddämmerung überraschten sie, wie sie noch immer andachtsvoll die unbedeutendsten Gegenstände in eine große Kiste legte, als handle es sich um die Steinchen eines Mosaiks, das sie dem Faden der Erinnerung folgend wieder zusammensetzte.

Als der Tag erlosch, ging sie vor die Tür, um den Himmel zu betrachten, an dem die ersten Sterne um eine schmale Mondsichel herum zu flimmern begannen.

Giulia mußte sich am Türpfosten abstützen, denn die Erinnerungen brachen mit einer solchen Gewalt über sie herein, daß sie fürchtete, von ihnen verschlungen zu werden. Sie hörte wieder das Bellen der Hunde und die kräftige Stimme des Großvaters, der sie zur Ruhe rief. Dann brachte ihr der Wind die Stimme Zairas zurück, ihren Salbeiduft, die wohligen Schauer, die sie bei ihren Berührungen überlaufen hatten. Dann kam ihr das alte Lied ins Gedächtnis: *Fern, fern übers Meer blühen die sterbenden Rosen so schön.* Hieß es dunkelnde oder sterbende Rosen? Jetzt, wo der Großvater für immer gegangen war, würde sie es wohl nie erfahren. Dann schluckte die Nacht immer mehr Töne, Stimmen und Erinnerungen, bis sie schließlich alleine war.

In der tiefen Stille hörte Giulia plötzlich unsichere Schritte und gewahrte im Licht der Sterne und des Mondes einen riesigen Schatten. Sie erstarrte und fühlte, wie ihr das Herz bis zum Halse schlug.

«Giulia», rief ihr die Gestalt zu und trat aus der Nacht hervor. Jetzt, wo sie ihn leibhaftig vor sich hatte, konnte er nicht mehr vom Wind davongetragen werden, wie ihre Erinnerungen. Giulia war fest entschlossen, ihn für immer festzuhalten.

«Ich bin hier», erwiderte sie und ging ihm entgegen.

«Ich dachte schon, ich würde dich nie mehr finden», sagte Leo und schloß sie in die Arme. «Deine Mutter hat mir gesagt, du seist hier.»

«Ich habe auf dich gewartet», murmelte sie und dachte an Carmens Rat vor der Abfahrt.

Sie nahm ihn bei der Hand und zog ihn ins Haus. Dann gingen sie die Treppe hinauf in das Schlafzimmer ihres Großvaters. Das große Bett, auf dem eine schneeweiße Baumwolldecke lag, beherrschte den ganzen Raum. Dies und kein anderes sollte das Bett ihrer ersten Liebesnacht sein

Giulia löschte das Licht, öffnete das Fenster mit Blick auf die sternenfunkelnde Nacht und reichte Leo die Hand.

«Du zitterst ja», sagte Leo.

«Ich habe schreckliche Angst», gab sie zu. «Aber ich brenne darauf zu erfahren, wie es ist», fügte sie dann mit einem Lächeln hinzu.

6

Giulia wachte auf, eingehüllt in warme Landluft, die nach Gras und Heu duftete. Die Sonne schien jung und fröhlich, die Luft war rein und der Himmel heiter. Ihre erste Liebeserfahrung war zufriedenstellend verlaufen, nicht gerade so schön, wie sie es sich vorgestellt hatte, aber doch angenehm. Leo schaute aus dem Fenster auf die verlassene Tenne.

«Wie fühlst du dich, Giulia?» fragte er mit dem selbstgefälligen Ton eines Freudenspenders. Er verlangte keinen Beifall und keine Auszeichnungen, aber er hätte sich nicht gewundert, wenn sie trotzdem gekommen wären. Er war überzeugt, seine außergewöhnlichen Fähigkeiten bestens unter Beweis gestellt zu haben.

«Wie eine Königin», antwortete Giulia und räkelte sich wie eine Katze. «Das ist ein anderes Leben hier, stimmt's?»

«Kannst du dir vorstellen, daß ich das Land immer gehaßt habe?» sagte er. «Und jetzt fühle ich mich hier frei und glücklich.»

In der Luft verbreitete sich untrüglich der Duft von Kaffee.

«Ist das nur ein Eindruck oder hat tatsächlich jemand an mich gedacht?» fragte Giulia und ahmte gutgelaunt einen Jagdhund nach, der in der Luft herumschnuppert.

«Den Kaffee habe ich gemacht. Während du noch geschlafen hast, bin ich hinunter gegangen und habe in der Küche alles Nötige gefunden.»

Auf dem Arbeitstisch der Großmutter stand ein kleines Tablett mit zwei Mokkatassen, aus denen es appetitlich dampfte.

«Jetzt fehlt mir wirklich nichts mehr zu meinem Glück», sagte sie und warf ihm eine Kußhand zu, während sie in ein langes Leinenhemd mit Spitzeneinsätzen schlüpfte, das sie aus einem Schrank hervorgezogen hatte.

«Eine moderne Version des Frühlings von Botticelli», sagte er bewundernd. Das alte Nachthemd brachte ihre kräftige kleine Gestalt schön zur Geltung.

Da ertönte von der Tenne herauf der Klang einer Hupe, und gleich darauf rief eine wohlbekannte Stimme Giulias Namen. Zaira war aus einem Range Rover ausgestiegen und ging mit einem großen flachen Korb, der mit einem weißen Tuch abgedeckt war, auf das Haus zu.

«He, Leute», rief sie, die Stimme eines Marktweibes nachahmend. «Aufgewacht, die Marketenderin ist da.» Dann sah sie Giulia, die ans Fenster getreten war. «Komm runter, du alte Schlafmütze. Das Frühstück ist serviert.»

«War es denn nötig, einen solchen Rummel zu veranstalten?» fragte Giulia in freundlich vorwurfsvollem Ton, als sie in die Küche trat.

«Bezaubernd», murmelte Zaira, die von ihrer Erscheinung völlig hingerissen war. «Wirklich bezaubernd. Jedes andere Kompliment wäre unpassend.» Ihr ganzer Körper strahlte Sinnlichkeit aus.

Zaira hatte eine dünne Leinenhose an und darüber eine Baumwollbluse, die von einem schönen Sonnenblumengelb war. Die Haare fielen ihr in einer seidigen Flut auf die Schulter.

«Gib her», ergriff Giulia die Initiative, nahm ihr den Korb ab und stellte ihn auf den Küchentisch.

Die beiden Frauen umarmten sich, und Zaira spürte, daß von ihrer so zerbrechlich wirkenden Freundin, von ihrem zarten und scheinbar schwachen Körper eine unwiderstehliche Kraft ausging, die sie zur Sklavin machten.

«Du hast dich verändert», flüsterte sie.

«Ich bin verliebt», gestand Giulia.

Zaira spürte in der Luft dieses Sommermorgens die Leichtigkeit eines Glücks, an dem sie nicht teilhatte, und das ihr den Genuß, in Giulias Nähe zu sein, von Grund auf verdarb.

«Das ist keine Neuigkeit», sagte sie, als würde Giulias Bemerkung sie nichts angehen. «Und trotzdem bist du hier», fügte sie hinzu und drückte Giulia so behutsam an sich, als wäre sie aus Glas. Ein vages Gefühl der Wehmut stieg wie ein vergessenes Kinderlied in ihr empor. «Warum treffen wir uns immer, wenn du verliebt bist?» fragte sie.

Ja, warum? fragte sich auch Giulia. Ob ihre Begegnung wohl gar kein Zufall, sondern ein Wink des Schicksals war?

Zaira berührte mit einer Hand Giulias Brust, in der Hoffnung, alte Gefühle zu wecken. Aber es geschah nichts. Nur eine kaum merkliche Abwehrreaktion.

Da erschien Leo in der Tür und bereitete dem Brodeln in Zairas Innerem ein Ende.

«Ist er das Objekt von so viel Liebe?» fragte sie und blickte auf die kräftige Gestalt des Mannes, der eben eingetreten war.

Giulia nickte und ging Leo entgegen, der sie angesichts der Bestürzung, die er in Zairas Augen las, neugierig anschaute.

«Ihr paßt sehr gut zusammen», bemerkte er im Ton eines Malers, der ein Motiv ins Auge faßt. «Die Schönheit des Kontrasts», fügte er dann hinzu, während er sie über den ausgestreckten Zeigefinger der geschlossenen Hand hinweg ins Visier nahm. «Zwei Tänzerinnen auf dem gespannten Seil», phantasierte er, «und ein Regen roter Blüten für das große Finale, das von rauschendem Beifall begleitet wird.»

«Ist er nicht phantastisch?» fragte Giulia begeistert.

«In der Tat ungewöhnlich», meinte Zaira mit einem geringschätzigen Blick.

«Darf ich dir Dottore Leo Rovelli vorstellen», sagte Giulia. «Die Marchesa Manodori Stampa», fügte sie dann hinzu, um ihre Rolle als Hausherrin zu Ende zu spielen.

«Wie geht es dir, Zaira?» sagte Leo und begrüßte die Marchesa mit einem Kuß auf die Wange.

Giulia fühlte sich plötzlich so erschöpft wie ein Schmetterling am Ende seines kurzen Lebens. Eine lange dünne Falte zeichnete sich auf ihrer Stirn ab.

«Dann kennt ihr euch also», sagte sie mit ernster Bestürzung.

Die beiden erwiderten nichts. Zaira deckte den Korb auf, der alle möglichen Köstlichkeiten enthielt: eine Thermosflasche mit Kaffee und eine mit Milch, knusprige Croissants, Joghurt und Obst.

«Ihr werdet hungrig sein», sagte sie in Anspielung auf die verbrachte Liebesnacht. Sie gab sich gelassen, was ihr auch gelang, aber sie hatte jeden Glanz und Esprit verloren. Auch ihre großen schwarzen Augen leuchteten jetzt nicht mehr.

«Ist es denn so schwer, auf eine Frage zu antworten?» hakte Giulia nach.

«Da steckt überhaupt nichts Mysteriöses dahinter», antwortete Leo und legte ihr den Arm um die Schulter. «Ein Journalist lernt die halbe Welt kennen», erklärte er.

«Und zu welcher Hälfte gehöre ich?» fragte sie.

«Zur Hälfte der glücklichen, einzigartigen, unwiederbringlichen Begegnungen.»

«Die Adjektive kannst du dir sparen, sonst geht dir noch die Puste aus», bemerkte Giulia ironisch. Sie hatte Leo an den Augen abgelesen, daß er log. «Und Zaira?» fragte sie dann, fest entschlossen, ihn aufs Glatteis zu führen. «Zu welcher Hälfte gehört sie?»

«Zur Hälfte der zufälligen Begegnungen», verteidigte sich Leo. «Wir haben uns zum ersten Mal in Maranello getroffen. Ich war dort, um Enzo Ferrari zu interviewen, sie, um ein Auto auszuprobieren», erklärte er mit einem Blick auf die Marchesa.

«Das nennt man ein hervorragendes Gedächtnis», bemerkte Zaira.

«Und das zweite Mal?» fragte Giulia eindringlich.

Zaira hatte sich mit ärgerlichem Gesicht an den Tisch gesetzt.

«Wenn keiner meine Rolle als Marketenderin zu schätzen weiß, dann frühstücke ich eben alleine», brummte sie beleidigt und nahm ein paar Kirschen und eine Scheibe Melone aus dem Korb.

Leo nahm der Marchesa gegenüber Platz und forderte Giulia mit einer gebieterischen Geste auf, sich ihm auf die Knie zu setzen.

«Wenn hier irgend jemand das Recht hat, Fragen zu stellen, dann bin ich das», sagte er mit einem hinterhältigen Lächeln. «Ich habe gesehen, wie du dich umarmen ließest.»

Giulia bemerkte die Zweideutigkeit seiner Worte nicht und lachte.

«Zaira und ich sind alte Freundinnen», sagte sie. «Ich habe Hunger», fügte sie dann hinzu, um den Streit zu beenden, obwohl sie Leos Antworten nicht gerade überzeugt hatten. Sie öffnete ein Joghurt und tauchte einen Löffel hinein.

Der Zauber des Sommermorgens war nun dahin, und Giulia quälte sich mit der Frage, ob sie Leo von den Intimitäten, zu denen es vor langer Zeit zwischen ihr und Zaira gekommen war, berichten sollte oder nicht. Andererseits konnte sie sich nicht einmal selbst die vielschichtigen Gefühle erklären, die sie noch heute an Zaira banden.

«Tja, ich bin hier wohl überflüssig», sagte Zaira nach langem Schweigen und erhob sich vom Tisch. Giulia in Gegenwart eines Mannes vor sich zu haben, den sie behauptete zu lieben, vermittelte ihr ein Gefühl der Unsicherheit, eine Art Schwindel.

«Das ist doch dein Haus», gab Giulia ironisch zurück.

«Ich war gekommen, um dir die Pläne eines Renovierungsprojekts zu zeigen», eröffnete ihr Zaira. «Ich habe mit dem Anwesen große Dinge vor», fügte sie noch hinzu.

«Und was habe ich damit zu tun?» wunderte sich Giulia, die immer noch auf Leos Beinen saß.

«Ich wollte dir vorschlagen, die Wohnung deines Großvaters zu kaufen. Die Gefühle, die dich an ihn binden, geben dir das Vorkaufsrecht. Gegenüber wird ein vornehmes Wohnviertel mit Schwimmbad und Tennisplätzen entstehen.»

«Zairas Vorschlag scheint mir mehr als vernünftig», schaltete sich Leo ein. «Das könnte eine gute Investition sein.»

Giulia stand auf.

«Alles, was ich investieren könnte, wäre bestenfalls ein Fahrrad», entgegnete sie. «Mit den paar Groschen, die ich in der Tasche habe, kann ich mir noch nicht einmal alle Bücher kaufen, die ich gerne hätte, geschweige denn die Wohnung meines Großvaters.»

«Das wäre kein Problem. Geld läßt sich immer irgendwo auftreiben.»

«Ja, aber nur wer schon welches hat, kann auch welches auftreiben.»

«Solltest du deine Meinung doch noch ändern, dann laß es mich wissen», sagte Zaira zum Abschied und ging hinaus.

Kurz darauf hörte man das Motorengeräusch ihres Range Rover, das immer leiser wurde, bis es sich ganz in der ländlichen Stille verlor.

«Wir unterhalten also *schlimme Liebschaften*», fing Leo wieder an, nachdem sie alleine waren. «Komm», sagte er und zwinkerte ihr zu, «erzähl mir alles.»

Von der verbrachten Liebesnacht war für Giulia nur noch ein blasser Schimmer zurückgeblieben, und Leo tat alles, um ihre verworrene Gefühlslage noch zu verschlimmern.

«Wolltest nicht du mir etwas erzählen?» fragte sie ihn. «Wenn ich mich recht erinnere, waren wir beim ersten Treffen mit Zaira stehengeblieben. Über das zweite hat keiner von euch beiden auch nur ein Wort verloren.»

«Also, die ganze Geschichte hat ein bißchen von Hemingway», begann er zu erzählen, indem er einstudierte Worte und lästige Rauchwolken von sich gab. «Fotosafari durch eine afrikanische Landschaft. Keinerlei Risiko, nur die Aussicht auf ein exotisches Abenteuer – das Zaira allerdings in den Armen der blutjungen Frau eines Stammeshäuptlings erlebte.»

Giulia überkam beim Gedanken an die ineinander verschlungenen Frauenkörper ein Gefühl des Ekels. Außerdem fühlte sie sich gleich doppelt verraten. Von Zaira und von Leo.

«Und was hattest du mit ihnen zu schaffen?» forschte sie weiter.

Leo ging vornehm über ihre Frage hinweg. «Ich war beruflich unterwegs und habe Zaira rein zufällig getroffen.»

Giulia dachte daran, daß sich in Zufällen oft ein Wink des Schicksal verbirgt, aber hinter dieser Serie von Zufällen schien ein genauer Plan zu stecken, der Leos Vorliebe für Intrigen erkennen ließ.

«Eigentlich interessiert mich das alles gar nicht», sagte Giulia und machte ihre eigenen Worte gegenstandslos.

«Das finde ich eine sehr kluge Entscheidung», meinte Leo. Dann stand er auf, ging zu Giulia, umarmte sie und streichelte ihre Brust, wie es Zaira eben erst getan hatte.

«So hat es doch die Marchesa gemacht, nicht?» sagte er. «War das eine unschuldige Berührung, eine Schwelle, die nicht übertreten werden darf, oder der Anfang eines erotischen Spiels?» Er sprach in scherzendem Ton, aber in seiner Stimme schwang der Schatten eines Verdachts. Ohne Zweifel war er in Giulia verliebt, ja er hielt sie aufgrund ihrer Sensibilität, ihrer Intelligenz und ihrer Schönheit für die erlesenste seiner Jagdtrophäen, aber der Hinweis auf eine erotische Abwandlung übte eine dunkle Faszination auf ihn aus und weckte seine Neugierde. Der Verdacht hatte ihm eine neue Schattierung ihrer komplizierten und geheimnisvollen Persönlichkeit enthüllt, und er konnte nicht genau sagen, ob ihn diese Entdeckung eifersüchtig machte oder erregte. «Du hast mir nicht geantwortet», sagte er.

«Das habe ich auch gar nicht vor.»

«Warum?» fragte er gekränkt.

«Weil alles, was ich sage, gegen mich verwendet werden könnte», gab Giulia in scherzhaftem Ton zurück. «Es ist mein Recht, die Aussage zu verweigern.»

«Und wenn ich darauf bestehen würde?»

«Dann würde ich dir ganz einfach sagen, daß dich diese Sache nichts angeht», sagte sie zu seiner Verblüffung und wunderte sich selbst über ihre barsche Reaktion. «So wie es mich nichts angeht, was du mit deiner Frau gemacht hast, machst und machen wirst.»

Die kurze Liebesnacht, ihr Glanz und die Illusionen, die sie geweckt hatte, waren vergangen, und die Wirklichkeit präsentierte pünktlich ihre Rechnung.

«Ich bin bereit, dir alles zu erklären.»

«Und wie ein Soldat in Reih und Glied zurückzutreten», sagte sie bissig.

«Ich wüßte nicht, was wir unter den gegebenen Umständen sonst tun könnten», erklärte er verwundert.

«Natürlich, du hast recht», sagte Giulia, die sich beruhigt zu haben schien.

Das Rauschen der Felder wurde jetzt vom Lärm des Verkehrs auf der Via Emilia übertönt.

«Warum bist du so wechselhaft, so unvorhersehbar?» fragte Leo.

«Wenn die funkelnden Sterne verlöschen und das Lied der Lerche ertönt», deklamierte Giulia, «wenn das Dunkel der Nacht hinterm Horizont verschwindet, dann muß man sich den konkreten Dingen des Lebens zuwenden. Und die sind nicht immer angenehm. Der Tag gehört den Tatsachen, die Nacht den Illusionen. Die Nacht wiegt einen in Sicherheit, der Tag ist voller Zweifel.»

«Spielst du auf Zaira an?» fragte er.

«Ich spiele auf überhaupt nichts an.» Wie konnte sie ihm nur begreiflich machen, daß sie sich von Zaira schon lange nicht mehr körperlich angezogen fühlte, daß sie nur noch ein tiefes Gefühl mit ihr verband, das über jeden Verdacht erhaben war.

«Deine Bemerkung hinsichtlich meiner Frau hat mir nicht gefallen», sagte Leo, um seinen Ärger loszuwerden. «Schließlich wußtest du von ihr. Ich wußte aber nichts von Zaira.»

Giulia dachte gar nicht daran, sich zu entschuldigen.

«Dann weißt du es eben jetzt», gab sie schnippisch zurück, «und kannst dich entsprechend darauf einstellen.»

Leo legte Giulias Äußerung auf seine Art aus. Er betrachtete sie als eine Art sexuelle Unabhängigkeitserklärung, die seine erotische Phantasie zwar beflügelte, seine Pläne für ein gemeinsames Leben jedoch zunichte machte. Die Vorstellung, daß sie auch anderen Arten von Liebe zugeneigt war, schürte sein Verlangen, steigerte gleichzeitig aber auch seine Eifersucht bis hin zur Raserei.

«Wie viele andere Frauen hat es in deinem Leben gegeben?» fragte er mit drohender Stimme. «Es gibt viele Wege, um Jungfrau zu bleiben. Du hast wahrscheinlich den schlechtesten gewählt», fügte er dann in beleidigendem Ton hinzu.

«Offensichtlich muß ich mich damit abfinden, einen Idioten geliebt zu haben», erwiderte Giulia eisig. «Einen verklemmten und feigen Moralapostel, der Reißaus nimmt und sich hinterm Rock seiner Frau versteckt.» Es waren unbesonnene Worte, die ihr die Wut eingab. «Und jetzt geh!» schrie sie und riß die Tür auf.

Im nächsten Moment versetzte ihr Leo eine Ohrfeige, die den Abdruck aller fünf Finger auf ihrer Wange hinterließ. Giulia fühlte sich zutiefst getroffen, und wegen der Demütigung begann sie zu weinen.

«Raus!» sagte sie leise, während Tränen aus ihren Augen strömten.

Innerhalb weniger Minuten waren sie von der zärtlichsten Liebe zum gewöhnlichsten Streit gelangt. Warum? Leos Reaktion kam ebenso unerwartet wie plötzlich. Er umarmte sie und weinte mit ihr.

«Ich liebe dich, Giulia, und ich werde dich heiraten», beteuerte er.

Leo hatte endlich begriffen, daß für Giulia nur er existierte, daß es vor ihm keine Frauen gegeben hatte und keine anderen Männer und daß es auch in Zukunft keine geben würde.

«Ich habe nie etwas mit Zaira gehabt», schwindelte sie ihn an. Die harmlosen Spiele ihrer Kindheit rechnete sie nicht mit.

7

«Ich hätte dich nicht Giulia nennen sollen», murmelte Professor Vittorio de Blasco kopfschüttelnd, ohne daß klar gewesen wäre, ob er damit Giulia, sich selbst oder sie beide bemitleidete. «Ich hätte daran denken sollen, was für ein eigentümliches Geschöpf Giulia Beccaria war, unsere Urahnin.» Selbst jetzt, wo ihn die Krankheit völlig verändert hatte, wollte er nicht auf die adlige Abstammung verzichten, die er sich vielleicht nur erträumt und gewünscht hatte. «Giulias jugendlicher Lebenswandel war alles andere als untadelig. Vielleicht stimmt es ja, daß unsere Namen einen Teil unseres Schicksals vorwegnehmen.»

«Papa, ich fühle mich aber wirklich nicht als der Ausbund an Liederlichkeit, als der mich Benny hinstellen möchte», protestierte Giulia, die keine Tränen mehr hatte, mit schwacher Stimme. Die Kränkungen ihres Bruders hatten sie wie Peitschenhiebe getroffen.

Vater und Tochter befanden sich im Wohnzimmer, das auch gleichzeitig das Arbeitszimmer des Professors war. Er lag, mit einer grauen Häkeldecke über den Beinen, auf dem Sofa. Sie hatte sich hinter seinem Schreibtisch verbarrikadiert. Vittorio de Blasco, den man vor wenigen Tagen aus dem Krankenhaus entlassen hatte, war plötzlich gealtert. Gefaßte Heiterkeit hatte seine euphorischen Hochzustände ersetzt, verhaltenes Murmeln die feierlichen Reden. Giulia war aufgewühlt und verliebt aus Modena zurückgekehrt.

«Ich glaube auch nicht, daß du ein Ausbund an Liederlichkeit bist», sagte Vittorio de Blasco. «Aber deine Zerbrechlichkeit, deine innere Verletzbarkeit bereiten mir Sorgen», fuhr er in seinem friedlichen Ton fort, der Giulia so gut tat. «Die Eltern haben die Pflicht zu verhindern, daß ihre Kinder Dummheiten anstellen.» Eine Handbewegung begleitete den Satz, der ihn sehr viel Mühe gekostet hatte.

Giulia wurde rot. «Ich bin zwanzig und verliebt, und ich glaube, daß mein Leben mir gehört. Ich kann nichts dafür, daß ich mich in einen verheirateten Mann verliebt habe. Es ist eben passiert. Bestimmte Dinge passieren nun einmal, ob wir wollen oder nicht», entgegnete sie in wenig überzeugtem Ton und machte sich bereits auf eine scharfe Reaktion ihres Vaters gefaßt, die allerdings nicht kam.

«Worte, mein Kind, nichts als Worte.» Der sommerliche Duft des Gartens erfüllte den Raum, während draußen eine leichte Brise die Blätter bewegte, in denen die Sonne spielte. «Eines Tages wirst du dich an meine Worte erinnern. Was immer ich dir heute sagen würde und zu welchem Schluß du kämst, du würdest mir nicht glauben. Erfahrungen sind nun einmal nicht übertragbar. Ihr jungen Leute müßt erst selbst auf die Nase fallen. Das ist unvermeidlich. Ihr müßt das Blut in eurem Gesicht sehen, den Schmerz im Herzen fühlen. In zwanzig Jahren wirst du einem jungen Menschen, deinem Kind, gegenüberstehen und ihm mehr oder weniger dasselbe sagen, was ich dir heute sage. Und du wirst dasselbe Bedauern, dieselbe Machtlosigkeit empfinden.»

Giulia hatte nach Bennys Verrat einen zornigen Vater erwartet, der mit ausgestrecktem Zeigefinger auf die Tür wies, um sie nach begangener Sünde endgültig aus dem Paradies zu vertreiben. Statt dessen sah sie sich einem zugänglichen Mann gegenüber, der voller Weisheit zu ihr sprach. Wo war die unerbittliche Strenge geblieben, die er früher an den Tag gelegt hatte?

«Vielleicht hast du dich zu wenig geliebt gefühlt und deshalb diesen Liebeshunger entwickelt», fuhr Vittorio de Blasco mit einem schmerzlichen Lächeln fort.

Durch das Milchglas in der Tür erkannte Giulia die Silhouette ihrer Mutter. Die arme Frau war in Sorgen, getraute sich jedoch nicht einzugreifen. Sie wartete abwechselnd auf dem Flur und im Eßzimmer auf ein beruhigendes Zeichen.

«Du und Mama habt euer Bestes getan», sagte Giulia anerkennend. «Ich glaube nicht, daß euer Verhalten meine Gefühle zu Leo beeinflußt hätte. Außerdem habe ich das ganze Getue mit den guten Manieren endlich satt», sagte sie dann schroff und hob dabei die Stimme. «Die Rolle des armen Opfers paßt einfach nicht zu mir. Ich habe dir immer nur Sorgen bereitet. Als Kind habe ich ins Bett gemacht. In der Schule war ich eine Katastrophe. Als junges Mädchen habe ich mit dem Großvater und seinen Gaunerfreunden zusammengesteckt. Ich habe schlechte Bücher gelesen und mich in den Sohn der Putzfrau verliebt.» Giulia hatte die lange Litanei ihrer Unartigkeiten in einem Atemzug heruntergebetet. «Das wußtest du nicht, stimmt's?»

Vittorio de Blasco nickte mit der ganzen Güte seines ehrwürdigen Alters.

«Doch, ich wußte es.»

«Auch das mit Ermes?» fragte Giulia errötend.

«Selbst Moralisten haben Augen, Ohren und eine gewisse Sensibilität, obwohl sie manchmal so geschickt vorgehen, daß ihnen keiner diese Eigenschaften anmerkt. Ich wußte, was in und außerhalb des Hauses vorging, auch wenn deine Mutter immer versucht hat, dich zu decken. Ich dachte, du würdest als eine de Blasco früher oder später Vernunft annehmen. Aber dem ist nicht so. Statt dessen hast du dich mit einem verheirateten Journalisten eingelassen. Was erwartest du? Daß er seine Frau wegen dir verläßt?»

Nun, wo auch er wieder etwas von seiner alten Aggressivität zurückerlangt hatte, fühlte sich Giulia nicht mehr so allein.

«Und wenn er es täte?»

«Dann würdet ihr unverheiratet zusammenleben. Findest du das gut?»

«Tausende von Paaren machen das.»

«Und wenn er deiner überdrüssig wird, wirft er dich weg wie

ein altes Hemd. Ich habe die Pflicht, dich zu warnen. Du darfst keine Dummheit begehen, die du für den Rest deines Lebens bereuen würdest. Stell dir nur vor, es würde zum Unvermeidlichen zwischen euch kommen.»

Giulia empfand Mitleid für ihren alten Vater, der ihr plötzlich so viel Zuneigung und Zärtlichkeit entgegenbrachte, aber sie fand, daß sie von nun an ehrlich zu ihm sein mußte.

«Das, was du das Unvermeidliche nennst, ist bereits geschehen», gestand sie ihm mit schonungsloser Offenheit. Es entstand ein Schweigen in dem kleinen Wohnzimmer. Giulia ließ ihren Blick über die gelbliche, leicht verschossene Tapete gleiten, über die Miniaturen an der Wand und das neue Sofa, das mit seinem geblümten Chintzbezug gar nicht in den Raum paßte, der noch aus anderen Zeiten zu stammen schien. Sie dachte, daß Benny mit seiner ekelhaften Anständigkeit die Schuld an allem hatte. Es war dumm von Leo gewesen, ihm alles zu erzählen, um den Freund auf seine Seite zu ziehen.

«Wenn ich ihm sage, daß ich dich wirklich liebe, daß unsere Beziehung eine ernste Sache ist, die mir viel bedeutet, wird er zu uns halten», hatte er bei der Rückkehr aus Modena zu ihr gesagt.

Giulia hatte dagegen gewußt, daß ihr Bruder sie in Schwierigkeiten bringen würde, und nun hatte sie das Resultat vor Augen. Benny hatte seinem Vater alles erzählt, was er wußte. Und er wußte nur nicht, daß «das Unvermeidliche» zwischen ihnen geschehen war, sonst hätte er auch diese Einzelheit nicht verschwiegen. Nun hatte Giulia es ihrem Vater gesagt.

«Ich hätte dich nicht Giulia nennen sollen», wiederholte der Professor und schüttelte traurig den Kopf. Auge in Auge mit seiner zwanzigjährigen Tochter, gaben alle Stützen nach, die für ihn eine Welt aufrechterhielten, von der er sich in jeder Hinsicht betrogen fühlte.

Giulia wartete auf eine Verurteilung. Doch sie kam nicht.

«Gibt es keine Strafe, keinen Vorwurf?» fragte sie verwundert.

«Die Strafe hast du selbst über dich verhängt», erwiderte er mit einem tiefen Seufzer. «Eine schwere Strafe. Was für einen

Sinn hätte es, sie zu erhöhen? Dadurch würdest du das verlorene Gleichgewicht auch nicht wiederfinden. Und Vorwürfe? Was nützt es, den Stall zu schließen, wenn die Ochsen schon davongelaufen sind.»

Die resignierte Bitterkeit des Vaters war für Giulia die schlimmste Strafe. Ein Schauer überlief sie. Sie drückte ihm einen Kuß auf die weiche Wange, den er mit einem erloschenen Lächeln erwiderte.

«Ich weiß, daß ich dir sehr weh getan habe», bekannte Giulia.

«Und ich weiß deine Ehrlichkeit und deinen Mut zu schätzen, wenn dich das trösten kann», sagte er und umarmte sie. «Du hättest auch weiterhin lügen können, und das wäre noch schlimmer gewesen. Der Himmel möge dich beschützen.»

«Danke, Papa», murmelte sie gerührt.

Sie schloß leise die Wohnzimmertür hinter sich und ging die Treppe hinauf, um sich in ihr Zimmer zurückzuziehen. Isabella war glücklicherweise nicht da. Carmen sah Giulia hinaufgehen, stellte aber keine Fragen. Als Giulia auf der obersten Stufe angelangt war, überkam sie plötzlich Übelkeit. Zuerst war der Schmerz, der sich auf den Mageneingang konzentrierte, nur ganz leicht, doch dann wurde er immer stärker, bis sie von Krämpfen gepackt wurde und sich übergeben mußte. Sie erbrach auch am nächsten und am übernächsten Tag. Am vierten Tag sammelte sie etwas Urin und brachte ihn zur Apotheke. Am Abend holte sie das Ergebnis des Schwangerschaftstests ab und ging zu Leo, der sie in einem Restaurant erwartete.

«Ich bin schwanger», verkündete sie ihm mit größter Natürlichkeit, während sie eine Scheibe Parmaschinken aufrollte und auf einen Kräcker legte.

«Himmel Herrgott!» fluchte er und schob den Vorspeisenteller von sich weg. «Und das sagst du mir in einem Ton, als hättest du nichts weiter als ein bißchen Migräne.»

«Wie hätte ich es dir denn sagen sollen?» fragte sie verwundert. «Wenn ich schwanger bin, dann bin ich es eben.»

«Das stimmt nun auch wieder», räumte er ein. «Und was willst du machen?» fragte er gleich danach.

«Was wollen *wir* machen», korrigierte sie ihn mit Nachdruck.

«Ich glaube, darüber gibt es keine Zweifel», sagte er entschlossen.

«Worüber gibt es keine Zweifel?» wollte sie wissen.

«Darüber, daß du abtreiben mußt», erklärte er todernst.

8

Abrupt stand Giulia vom Tisch auf, rannte zur Toilette und übergab sich. Als sie wieder zurückkam, fühlte sie sich elend. Leo wirkte verstört.

Er bezahlte die Rechnung.

«Gehen wir», sagte er dann und faßte sie unter.

Die laue Abendluft tat ihnen beiden gut.

«Warum soll ich abtreiben?» fragte Giulia.

«Weil ein Kind erwünscht sein muß», erwiderte er. «Ein Kind braucht nicht nur eine Mutter und einen Vater, um glücklich aufzuwachsen, sondern auch eine ausgeglichene Familiensituation. Wir dagegen leben im Kriegszustand: ich mit meiner Frau und du mit deinen Eltern. Die kommenden Monate werden wir im Schützengraben verbringen. Wie können wir einem Kind Geborgenheit bieten, wenn es im denkbar ungünstigsten Moment zur Welt kommt?»

Giulia hatte bisher weder für noch gegen die Abtreibung Stellung bezogen, und fand das Getue, das schwangere Frauen um ihren Zustand machten, unerträglich. Sie hielt die Heiligkeit, die man der Schwangerschaft zuschrieb, für übertrieben, aber jetzt, wo sie selbst ein neues Leben in sich trug, den Embryo eines Menschen, kaum mehr als einen mit ihrem Blut genährten Keimling, war sie ihrer Sache nicht mehr so sicher. Irgend etwas hatte sich in dieser Hinsicht in ihr verändert. Seit der Empfängnis war nicht mehr als ein Monat vergangen, und doch schien es ihr bereits, als hänge das Überleben der ganzen Menschheit von ihr ab. Wie konnte Leo eine so radikale Lösung nur mit einer derartigen Überzeugung vorschlagen?

«Wir hätten uns früher Gedanken machen sollen», erwiderte sie. «Du bist doch ein Mann mit Erfahrung», setzte sie dann in spöttischem Ton hinzu.

«Aber da wir uns nun einmal keine Gedanken gemacht haben, müssen wir einen Ausweg finden», erklärte er, ohne auf ihre Provokation einzugehen.

«Und warum sollte der einzig mögliche Ausweg eine Abtreibung sein?» fragte sie.

«Weil es für unser Kind nicht der richtige Moment ist, um geboren zu werden», versuchte er zu erklären. «Weil keiner von uns beiden an ein Kind gedacht hat. Wir sind ein Mann und eine Frau, die ineinander verliebt sind, Himmel noch mal! Das letzte, an das wir gedacht haben, wenn wir überhaupt daran dachten, war Fortpflanzung.» Er glaubte alles Recht der Welt auf seiner Seite.

«Aber jetzt ist dieses Kind da, ob wir nun daran denken oder nicht. Es ist unser Kind, und ich werde es nicht einfach auf den Müll werfen.» Bei diesen Worten begann Giulia zu rennen. Sie wollte davonlaufen, vor ihm, vielleicht vor sich selbst, vor ihren Todesgedanken. Leo rannte ihr nach, holte sie ein und umarmte sie.

«Warum müssen wir immer miteinander streiten, Liebling?» Er war jetzt nicht mehr der selbstsichere Mann, der sie unter seine Fittiche nahm, sondern ein verstörter kleiner Junge.

«Ich bin verzweifelt. Und ich habe genauso viel Angst wie du. Ich habe Angst davor, was bei mir zu Hause passieren wird. Ich habe Angst vor deiner Frau. Ich habe Angst um das Kind, das ich in mir trage. Ich habe vor allem Angst. Aber ich werde nicht abtreiben, auch wenn ich diese Entscheidung alleine fällen müßte.» Sie drückte sich an ihn, während sie gleichzeitig sprach und schluchzte.

«Also gut», beruhigte er sie, gerührt und überzeugt. «Es soll sein, wie du willst. Ich liebe dich, und ich liebe dein Kind, auch wenn es so starrköpfig werden sollte wie du selbst. Wir werden dieses Kind bekommen, das schwöre ich dir.»

Giulia konnte an diesem Abend keinen Schlaf finden. Sie wollte sich mit ihrer Mutter unterhalten und ihr alles erzählen. Leo hatte ihr versprochen, mit seiner Frau zu reden, und wollte eine Wohnung finden, in der sie, er und das Neugeborene wohnen konnten. Giulia war ganz auf sich selbst konzentriert und verging fast vor Mitleid mit dem Wesen, das in ihr heranwuchs. Nie zuvor hatte sie sich so auf sich selbst gestellt gefühlt, nicht einmal während der Pubertätskrise und dem Hormonansturm der frühen Jugend.

Isabella schlief neben ihr, das Gesicht mit süßlich riechenden Cremes verkleistert, den gedankenleeren Kopf voller Lockenwickler. Giulia beneidete sie. Sie hatte offensichtlich weder Probleme noch Ängste. Sie hatte ihr Gefühlsleben völlig unter Kontrolle. Für sie gab es keine Unsicherheiten, die sie zur Verzweiflung trieben. Sie würde den Sohn eines reichen Fischhändlers heiraten, der ihr in San Siro, dem vornehmsten Teil der Stadt, eine Villa mit Garten gekauft hatte. Ihre Mitgift bestand aus einem Wappen zweifelhafter Herkunft und einer lächerlichen Abschlußurkunde der philologischen Fakultät, die eingerahmt und gut sichtbar im Wohnzimmer des Hauses aufgehängt werden würde. Er versprach ihr als Gegenleistung die Bequemlichkeit, den Schmuck und die Garderobe, die sie sich immer gewünscht hatte, Einkaufsreisen, Schönheitskuren und Kaffeenachmittage mit ihren Freundinnen. Ja, Giulia beneidete sie, nicht um das, was sie bekommen würde, sondern um das, was ihr fehlte. Ihre Phantasielosigkeit und ihr Mangel an Sensibilität schützten sie vor den Nackenschlägen des Lebens und machten sie gegenüber dem Schmerz anderer unempfindlich. Sie lebte hinter ihrem Egoismus verschanzt wie in einer Burg. Sie war unfähig zu lieben, zu denken, zu leiden.

Die beiden Schwestern hatten fast dasselbe Alter. Giulia war zwanzig, Isabella dreiundzwanzig. Obwohl ihr Chromosomenbild ein wenig voneinander abwich, waren sie doch in derselben

Familie aufgewachsen und hatten dieselbe Erziehung genossen. Trotzdem trennten sie Lichtjahre voneinander. Es gab keine Gemeinsamkeit, die sie miteinander verband.

Deshalb hätte Giulia nicht gewagt, Isabella zu wecken, als sie sich plötzlich schlecht fühlte. Darauf bedacht, nur ja keinen Lärm zu machen, schlich sie auf Zehenspitzen ins Bad. Als sie das ganze Blut sah, erschrak sie zu Tode. Außerdem quälte sie ein beständiger Schmerz in der Nierengegend. War es denn möglich, daß sie eine so starke Menstruation hatte? Warum bekam sie überhaupt ihre Regel, wenn sie doch schwanger war? Ob bei dem Schwangerschaftstest vielleicht ein Irrtum unterlaufen war? Andererseits war ihre Periode immer sehr regelmäßig gewesen. Erwartete sie dann also gar kein Kind mehr? All ihre Mutterschaftsträume und -ängste flossen mit dem Blut der verspäteten Menstruation dahin. Dabei hatte sie sich das Kind sogar schon vorgestellt. Leo hatte mit seiner Frau darüber gesprochen und suchte eine Wohnung. Gott sei Dank hatte sie ihrer Mutter gegenüber noch nichts erwähnt. Sie wusch sich, nahm eine Binde und ging zurück ins Bett. Ihr Versuch einzuschlafen war jedoch vergeblich. Nach kaum zehn Minuten hatte sich die Binde bereits vollgesogen. Während sie ins Bad zurückging, überkam sie ein schrecklicher Verdacht: und wenn es eine Blutung ist, dachte sie und bekam Angst.

Da hörte sie ein leises Klopfen an der Tür.

«Mach auf», sagte draußen ihre Mutter mit gedämpfter Stimme.

Giulia machte ihr auf.

«Ich habe ein Problem», gestand sie.

«Deshalb bin ich ja gekommen», erklärte Carmen lächelnd, um Giulia nicht zu beunruhigen, obwohl sie ihre Lage begriffen hatte. «Nimm das», sagte sie und gab ihr eine Packung Watte, die sie aus dem Badschränkchen gezogen hatte. Dann reichte sie ihr einen Morgenmantel. «Ich gehe hinunter und rufe ein Taxi», fügte sie noch hinzu. Sie sprach ganz leise, damit niemand sie hörte.

«Das ist eine Blutung, nicht?» fragte Giulia erschrocken.

«Vielleicht ein spontaner Abort. Wir müssen jedenfalls sofort ins Krankenhaus. Dort werden sie dein Problem gleich gelöst haben», erklärte Carmen nur. Ihre mütterliche Fürsorglichkeit machte Giulia Mut, aber auch ihre weibliche Solidarität und ihre Entschlossenheit, wie Frauen in schwierigen Situationen sie aufbringen können.

Im Krankenhaus wurde sofort eine Ausschabung vorgenommen. Dann legte man sie in ein Zimmer mit sechs Betten. Als Giulia aus der Anästhesie erwachte, saß ihre Mutter neben ihr.

«Es war ein spontaner Abort», teilte ihr Carmen mit. « Jetzt ist alles vorbei, aber wir sollten es trotzdem nicht allzu laut herumposaunen», fügte sie noch hinzu. «Dein Vater und dein Bruder erfahren besser nichts davon.»

«Es gibt aber jemanden, der es wissen muß», murmelte Giulia.

«Ich habe ihm schon Bescheid gesagt», erwiderte Carmen. «Er ist unterwegs hierher.»

«Du bist so gut, Mama», sagte Giulia dankbar. Dann schloß sie die Augen und tat einen tiefen Seufzer der Erleichterung.

9

Giulia ging zum Fenster und betrachtete die kleine leuchtende Madonna auf dem Dom, die in ihrer theatralisch-naiven Haltung den Himmel um Hilfe zu bitten schien. Ihr gefiel das zarte Wahrzeichen der geschäftigen Stadt. Seit ihrer Kindheit liebte sie diese hilfreiche Mutter aus Gold, an die sie sich in Notfällen wandte. Sie mochte das Muster der vielen Türmchen vor dem sternenbesäten Himmel, den schweren Atem der feiertagsleeren Stadt, diese Wohnung im Herzen von Mailand unter dem Dach eines Palazzo aus dem 14. Jahrhundert. Hier lebte sie jetzt mit Leo.

Es war alles so romantisch in ihrem Heim hoch über der Stadt: Zwei Herzen vereint, ein Dach über dem Kopf und die Katze Jezebel.

Leo hatte sein Versprechen gehalten und sich von seiner Frau getrennt. In einem alten Haus hatte er diese entzückende kleine Mansarde gefunden. Nachts waren sie hier allein, da sich in den unteren Etagen Büroräume befanden. Das Schlafzimmer war eine richtige Höhle: es enthielt ein großes skandinavisches Bett, das nach Wäldern duftete, und zwei winzige Nachttischchen. Beim Aufstehen mußte man aufpassen, um nicht mit dem Kopf an die Decke zu stoßen. Sie hatten auch ein Wohnzimmer, eine kleine Küche, ein winziges Bad und ein hübsches Arbeitszimmer, zu dem man über eine rotlackierte Treppe gelangte.

Der Sommer hatte die Trennung von der Familie für Giulia

etwas erleichtert. Isabella war mit ihrem Verlobten und seinen Eltern auf Mauritius. Nicht unbedingt, um sich von dem Zauber der Insel bannen zu lassen, sondern um Neid erweckende Karten an Freunde und Verwandte zu schicken. Benny hatte ein paar Freunde dazu gebracht, mit ihm auf eine griechische Insel zu fahren. Dort wollte er Rechtsanwalt Saverio Tonani treffen, den Vater von Giulias Freundin Silvana. Saverio Tonani hatte eine glänzend gehende Kanzlei, in der Benny eine brillante Karriere machen konnte. Nach einiger Überlegung war Benny zu der Ansicht gelangt, daß es letztlich in der Ehe weniger auf Schönheit ankam als vielmehr auf innere Werte, Charakter, Treue, Prinzipien. Mit diesen Tugenden pflegte der Älteste der de Blascos Silvana zu beschreiben, die Frau, die ihm neben ihrer ehrlichen Zuneigung auch die Position eines Juniorpartners in einer bedeutenden Kanzlei einbrachte. Carmen war mit dem Professor nach Rapallo gefahren, da der Herzspezialist ihnen das Klima der ligurischen Riviera empfohlen hatte.

Giulia hatte sich entschieden, mit Leo zu leben, und ihre Familie mußte schließlich die vollendete Tatsache akzeptieren. Während sie jetzt auf die kleine Madonna schaute, erinnerte sie sich an die vielen Sommer, die sie in Familienpensionen am Meer oder mit dem Großvater auf dem Land verbracht hatte. Und nun entdeckte sie den Reiz von Sommerferien in der Stadt.

Das Läuten der Türklingel riß sie aus ihren Betrachtungen und Träumereien. Das Blut strömte wärmer und kräftiger durch ihre Adern, und eine leichte Röte färbte ihre Wangen. Sie war immer aufgeregt, wenn Leo kam, der atemlos die fünf Treppen hinauflief und ihr jedesmal einen kleinen Beweis seiner Zuneigung brachte: einen Blumenstrauß, Kuchen, Pralinen oder eine Kleinigkeit für die Wohnung.

Als Giulia öffnete, war Jezebel, die abessinische Katze, schon an der Tür, um sich mit herzzerreißendem, verliebtem Miauen an Leos Beinen zu reiben.

Leo umarmte Giulia und hob die Katze vom Boden hoch. «Pack deinen Koffer», sagte er.

«Meinen Koffer?»

«Wir fahren weg», erklärte er.

Giulia hatte in letzter Zeit ziemlich abgenommen. Ihre Augen schienen noch größer und glänzender, die Lippen weicher, der Teint rosiger und klarer.

«Wo bringst du mich hin?» fragte sie, durch die unerwarteten und geheimnisvollen Aussichten ganz aufgeregt. «Sag mir nicht, ich soll raten, sonst bin ich imstande, dich zu erwürgen», fügte sie hinzu und setzte ihm drohend die Fäuste auf die Brust. «Und sag mir ja nicht, daß wir an unsere letzten Ersparnisse gehen müssen.» Sie hatten sehr wenig Geld, denn Leo gab, als Preis für die sofortige Freiheit, die Hälfte seines Gehalts an seine Frau ab. Auch deshalb hatten sie auf einen Urlaub verzichten müssen.

«Wir fahren zum Monte Argentario», meinte er. «Villa Serena.»

«Hotel oder Pension?» fragte sie, schon damit beschäftigt, Leos Krawatten in einen Lederkoffer zu packen.

«Keins von beidem», erklärte er. «Das ist die Villa der Riboldis. Morgen hat die Alte Geburtstag. Serena Riboldi. Sie geben ein großes Fest, und wir sind eingeladen.»

«Oh Gott! Das kann ich nicht glauben!» rief sie und ließ sich auf einen Hocker plumpsen. «Als ob Commendatore Riboldi mich auf das Geburtstagsfest seiner Gemahlin einladen würde. Die Einladung gilt sicher deiner Frau.»

«Er hat Dottore Leo Rovelli und Begleitung eingeladen.» So stand es wirklich auf dem eleganten Kärtchen, um dessen Gestaltung sich der Verleger persönlich kümmerte und das jedes Jahr an wichtige Persönlichkeiten in Presse, Literatur und Medien, in Politik und Gesellschaft geschickt wurde. Leo gehörte dazu.

«Und woher soll ich ein passendes Kleid für so ein Fest nehmen?» erschrak sie.

«Du kriegst das allerschönste», versprach Leo ihr. Er zog ein dickes Bündel Banknoten aus der Hosentasche und warf es mit gekonnter Nachlässigkeit auf den Tisch.

Giulia riß die Augen auf und hielt den Atem an.

«Woher hast du das viele Geld?» fragte sie, gleichzeitig ängstlich und gespannt.

«Mach dir keine Sorgen.»

«Von einem Bankraub?» fragte sie im Scherz.

«Eine kleine Anleihe», gab er unbekümmert zurück.

«Also kommt die Polizei erst beim nächsten Mal», sagte sie übertrieben dramatisch. Sie zog die Sache ins Lächerliche, aber die Freude an diesem neuen Abenteuer war ihr vergällt. Doch sie kam zu dem Schluß, daß sie sich um gewisse Dinge nicht zu kümmern hatte. Leo war ihr an Intelligenz, an Jahren und an Erfahrung voraus und wußte, was er tat.

Giulia bekam zum ersten Mal ein Kleid von Yves Saint-Laurent: es war lang, weit, fließend und dekolletiert – einfach atemberaubend.

«Was haben wir denn da für ein hübsches Miezekätzchen», schmeichelte ihr Commendatore Riboldi, als Leo sie ihm vorstellte. «Jetzt verstehe ich den ganzen Wirbel, den Rovelli Ihretwegen veranstaltet hat», fügte er hinzu. Seine leicht gespreizte Art zu reden verriet ihn als einen Mann, der sich ganz von unten hochgearbeit hatte. «Wirklich ein hübsches Kätzchen. Sehr gut.»

Mit seiner öligen und etwas raschelnden Stimme, die an das Geräusch erinnerte, das bei schnellem Geldzählen entsteht, erzählte er zum unzähligen Mal alte Witze, die dadurch wieder unterhaltsam wurden.

Giulia wußte nicht, was sie sagen sollte. Wie eine Schiffbrüchige blickte sie sich verzweifelt nach Leo um, der sie nur vorgestellt hatte und gleich wieder verschwunden war.

«Das ist nicht mein persönliches Verdienst, Commendatore.» Giulia lächelte bitter in der Gewißheit, daß sie hier ihre große Gelegenheit ungenutzt verstreichen ließ.

«Doch, doch, wirklich ein hübsches Miezekätzchen», wiederholte der Verleger und drängte sie auf das Haus zu.

Die große Herzlichkeit eines so bedeutenden Mannes irritierte sie. Er war klein, kahlköpfig und untersetzt und hatte ein schlaues Kaufmannsgesicht, das sie an einen der Freunde ihres Großvaters erinnerte. Beide hatten dieselbe Art, sie mit ihren Blicken auszuziehen.

«So ein hübsches Miezekätzchen», wiederholte er mit entnervender Monotonie. Offenbar glaubte er eine ganz besonders originelle Formulierung gefunden zu haben. Dann maß er sie mit seinem abschätzenden Blick. «Hat Geschmack, der Rovelli. Hat wirklich Geschmack.»

Giulia wurde rot. Sie hatte nicht gewußt, daß ihre Beziehung in aller Munde war. Dieser Situation war sie nicht gewachsen. Sie fühlte sich unbehaglich. Sie war umgeben von berühmten Leuten, die neiderfüllt zusahen, wie sie die ganze Aufmerksamkeit des großen Giuseppe Riboldi auf sich zog, des Verlegers, Produzenten und Direktors verschiedener erfolgreicher Zeitungen.

«Wissen Sie, wo Leo ist?» fragte sie schüchtern.

«Leo, Leo», wiederholte er. «Ihr Leo verdient Sie gar nicht. Eine Frau wie Sie läßt man eben nicht ungestraft allein... Finden Sie nicht auch?» fragte er in der Hoffnung auf Zustimmung, die jedoch ausblieb. «Und sagen Sie, liebe Signorina, stimmt es, daß Sie so hervorragend schreiben?»

Giulia fühlte sich verloren.

«Als Schrifstellerin schätze ich mich nicht sehr hoch ein», antwortete sie.

«Gut. Sehr gut. Schöne Antwort», lobte er. «Schüchtern und zurückhaltend. Ich bewundere zwar Klugheit und Bescheidenheit, aber man darf nie übertreiben», mahnte er sie. «Man muß auch die eigenen Fähigkeiten anerkennen können. Nehmen Sie mich...»

«Ihr Beispiel ist über jeden Verdacht erhaben», sagte sie frei heraus. Sie fragte sich, wie sich hinter dieser hohlen, eitlen und oberflächlichen Erscheinung all das kaufmännische Geschick und die kulturpolitische Gerissenheit verbergen konnten, die die Kassenschränke des Verlags mit Gold gefüllt hatten.

«Auch ihr Beispiel wird über jeden Verdacht erhaben sein», erklärte er. «Rovelli hat mir gesagt, daß Sie ein Händchen fürs

Schreiben haben. Wir werden sehen, ob das zutrifft. Leuten, die schreiben können, haben wir noch immer die Gelegenheit gegeben, sich zu bewähren.» Dabei ließ er seine kräftige Hand schwer auf Giulias Po sinken.

Die Reaktion erfolgte postwendend. Genau in dem Augenblick, als der Verleger sie berührte, fuhr ihre kleine, kräftige Hand in das pausbäckige, glattrasierte Gesicht des Illustriertenkönigs, um dort ihren Abdruck zu hinterlassen. Die Anwesenden taten so, als ob sie nichts bemerkt hätten. Aber sie sollten sich noch lange an das Jahr erinnern, als die unbekannte Giulia de Blasco dem Verleger Giuseppe Riboldi eine Ohrfeige verpaßte.

10

Giulia begriff, daß sie entschieden zu weit gegangen war, und hielt sich die Hand vor den Mund, um einen Ausruf des Schrekkens zu unterdrücken. Sie war unverschämt gewesen zu Gottvater persönlich, und nun würde der donnernde Zeus seine Blitze nach ihr schleudern. Giuseppe Riboldi verwandelte sie jedoch nicht in ein Häuflein Asche. Einen Augenblick lang kniff er seine kleinen und durchdringenden Augen unter den schweren Lidern zusammen, dann brach er in sein breites Lachen aus.

«Sie sind eine Frau, die man nicht vergißt», sagte er als Ermahnung und Kompliment zugleich, während über seine gezwungene Heiterkeit ein Anflug von Unwillen hinwegglitt. Mit dieser schnellen Reaktion hatte er seine wahre Persönlichkeit gezeigt, seine Fähigkeit, auch in den peinlichsten Situationen angemessen zu reagieren.

«Darf auch ich diese unvergeßliche Frau begrüßen?» Die selbstsichere Stimme und das herzliche und offene Lächeln Armando Zanis waren für sie ein Rettungsanker in diesem Meer von Verfänglichkeiten. Er war stark und elegant, er besaß Autorität, und wie der *deus ex machina* des antiken Theaters kam er genau im richtigen Moment, um die Situation zu retten.

«*Ciao*, Giulia, wie geht's dir?»

«Endlich ein menschliches Gesicht», flüsterte sie ihm zu, als er sie umarmte.

«Verehrter Herr Abgeordneter», begrüßte ihn der Verleger

und schüttelte ihm die Hand. «Ihre Anwesenheit ehrt mich sehr.» Er war sichtlich erstaunt über die respektvolle Vertrautheit, mit der ein mächtiger Mann wie Zani seinen jungen Gast behandelte.

«Die Ehre und die Freude sind ganz meinerseits», gab der Abgeordnete zurück, bevor er sich wieder Giulia zuwandte. «Und du, was machst du hier in so netter Gesellschaft?» fragte er. Ohne ihre Antwort abzuwarten, wandte er sich wieder an den Verleger. «Sie haben dieses reizende Mädchen wohl eben erst kennengelernt. Ich habe sie aufwachsen sehen und sie liegt mir sehr am Herzen.»

«Ich kenne sie noch nicht lange, aber ich kenne sie gut», bestätigte Riboldi, wobei er sich bemühte, die von der Ohrfeige geschwollene Wange nicht zu berühren. Er wollte nicht wieder an die Demütigung von eben erinnert werden. So etwas war ihm zum ersten Mal passiert. Normalerweise ertrugen die jungen Frauen in seiner Umgebung seine lästigen Aufmerksamkeiten ohne Gegenwehr. Sie betrachteten es vielmehr als ein Zeichen seines Wohlwollens und als eine Art Passierschein für die Straße zum Erfolg. «Ich wußte nichts von Ihrer ...» Er stockte und klappte Zeige- und Mittelfinger der rechten Hand wie eine Schere auf und zu.

«Vertrautheit?» kam ihm Zani zu Hilfe.

«Das scheint mir das richtige Wort zu sein: Vertrautheit», stimmte Riboldi zu. «Meine Leute lassen mich immer im unklaren. Wenn sie ein bißchen flotter wären, könnte man eventuelle Mißverständnisse vermeiden», beklagte er sich gereizt. Dadurch gab er zu, daß er eine falsche Taktik angewendet hatte.

Giulia verstand, daß man die Episode vergessen würde.

«Es war besser, Ihnen nichts von mir zu erzählen, Commendatore», sagte sie. «Ich bin niemand von Bedeutung.»

«Aber Sie werden bald Bedeutung erlangen», prophezeite er ihr. «Wenn Sie so schreiben, wie Sie sind, wird sehr schnell etwas aus Ihnen.» Er war jetzt ganz aufrichtig. «Kommen Sie, ich stelle Sie Paolini vor. Kennen Sie Paolini, den Chefredakteur der *Opinione*? Sie haben das Zeug, Signorina ...»

«Giulia», ergänzte Armando Zani. «Giulia de Blasco.»

«Ein schöner Name und ein wunderschöner Vorname. Jedenfalls haben Sie, Signorina de Blasco, das Zeug, eine gute Journalistin zu werden. Nicht wahr?» wandte er sich an den Abgeordneten, dem er, wie ihm eben wieder einfiel, noch um einen Gefallen bitten wollte.

«Am Montag erwarte ich Sie», sagte Franco Paolini zu ihr.

«Ich habe noch nie bei einer Zeitung gearbeitet», erwiderte Giulia besorgt.

«Es gibt immer ein erstes Mal.» Er hatte größte Lust, eine Anspielung auf die schallende Ohrfeige zu machen, die auf der Wange seines Verlegers gelandet war, um ihr zu verstehen zu geben, wieviel ihm diese Geste bedeutete, zu der bisher niemand den Mut gefunden hatte. Er beschränkte sich aber darauf, ihr seine lächelnde Bewunderung zu zeigen.

«Ich weiß ja noch nicht einmal, wo man anfangen soll, wenn man einen Artikel schreibt», wandte sie zaghaft ein.

«Sagen Sie es nur nicht weiter», vertraute er ihr mit leiser Stimme an, «aber die Redaktionen sind voll von Leuten, die nicht wissen, wie man einen Artikel anfangen soll. Manche werden sogar Chefredakteure.» Er war ein intelligenter junger Mann, nicht hübsch, aber geistvoll, ein echter Profi, der wußte, wie man aus guten Journalisten am meisten herausholte – und wie man die Schützlinge des Verlegers behandelte. Diese unberechenbare junge Frau präsentierte sich zudem mit dem Imprimatur eines bedeutenden Politikers. Sie mußte mit Samthandschuhen angefaßt werden. Sollte sie es nicht schaffen, würde sie von selbst aufgeben.

«Ich wußte gar nicht, daß du in den Journalismus gehen wolltest», wunderte sich Zani. «Ich dachte, du wärst noch auf der Universität.»

«Ich wußte es auch nicht», gestand ihm Giulia. «Aber die Idee gefällt mir.»

«Was heißt, du wußtest es auch nicht?» fragte er.

«Genau wie ich gesagt habe. Ich bin als Gast hierhergekommen, und auf einmal war ich praktisch angestellt bei einer der wichtigsten Wochenzeitungen. Ich glaube, das hat alles Leo eingefädelt. Leo Rovelli», fügte sie hinzu.

Armando wußte nichts von ihrer Beziehung, aber er kannte den Journalisten.

«Er ist sehr gut», sagte er. «Seine Reportagen sind erstklassig. Aber ich habe den Eindruck, dir gefällt mehr der Mann als der Journalist», fügte er nach einer Pause hinzu.

«Er ist wundervoll», vertraute sie ihm an. «Und wir haben uns sehr gern», versuchte sie ihn zu beruhigen.

«Das hoffe ich für dich, für dein Glück», fuhr er mit ungewohnter Strenge fort. «Es gibt Journalisten, die sind wie die Märchenerzähler. Sie erzählen ihren Lesern Dinge, die sie selbst nicht wissen. Sie sind Gefäße, die sich mit den Ideen, Gedanken und Worten anderer füllen.» Er schien deutliche Vorbehalte gegenüber dieser Berufsgruppe zu haben.

«Soll ich auf Leo verzichten oder auf einen Beruf oder auf beides?» fragte sie im Spaß.

«Du hast die Fähigkeit, die Dinge miteinander zu vereinbaren», bemerkte er. «Für gewisse Journalisten habe ich keine große Sympathie. Sie sind wie von einem anderen Stern, sie lieben nur sich selbst und ihren Namen in der Zeitung. Sie treiben einen Kult mit der Persönlichkeit, und zwar mit ihrer eigenen.»

«Leo ist anders», unterbrach ihn Giulia.

«Der Mensch, den man liebt, ist immer anders. Warum hätten wir ihn sonst ausgesucht?» belehrte er sie.

Er sagte sehr vernünftige Dinge, nur daß Giulia, verliebt und glücklich wie sie war, sie gar nicht hören wollte. Dafür begriff sie etwas anderes. Sie erinnerte sich, daß der Freund des Großvaters ihre Entscheidung gutgeheißen hatte, während Armando Zani aufrichtig besorgt war um ihre Zukunft.

«Der Journalismus fordert Eigenschaften, die du besitzt. Neugier, Intelligenz, Urteilsvermögen und Geschmack. Doch fehlen Entschlossenheit und Berufung. Du kannst diesen Beruf nicht lieben, denn du hast ihn nicht gewählt. Das hat jemand anderes für dich getan.»

«Darf ich Ihnen den Herrn Abgeordneten für eine Sekunde entführen?» fragte Riboldi, der an sie herangetreten war.

«Aber selbstverständlich», lächelte sie.

«Überleg dir gut, was du machst», sagte er beim Abschied leise und zärtlich. «Und denk dran, daß du eine gute Erzählerin bist.»

Giulia entdeckte Leo neben der Hausherrin. Sie machte ihm ein Zeichen, woraufhin er Signora Riboldi in der Obhut einiger Berühmtheiten zurückließ und zu ihr kam.

«Warum hast du beschlossen, daß ich Journalistin werden soll?» fragte sie ihn ganz unvermittelt.

«Weil du schreiben kannst.»

«Aber wäre meine Meinung nicht auch wichtig gewesen?»

«Dir bietet sich eine Gelegenheit, bei der die besten Journalisten vor Freude in die Luft springen würden, und du hältst dich mit Kleinigkeiten auf», erwiderte er ärgerlich. «Ist dir denn nicht klar, daß du praktisch schon eine Stelle bei der *Opinione* hast! Du hast dem Commendatore eine Ohrfeige verpaßt, die dich alles kosten konnte. Aber du bist dadurch eine bekannte Persönlichkeit geworden. Freut dich das nicht?»

«Trotzdem wäre es besser gewesen, wenn du vorher mit mir gesprochen hättest», warf sie ihm vor.

«Giulia, das ist der Beruf, von dem du immer geträumt hast, glaub mir! Dein Name in der Zeitung. Der Kontakt mit Prominenten. Die finanziellen Vorteile. Die Möglichkeit, gesellschaftlich aufzusteigen.»

«Und die Universität?» wandte sie unsicher ein.

«Du bist intelligent, du kannst beides machen.»

«Das schaffe ich nicht.»

«Dann machst du eben kein Examen. Ich weiß, wovon ich spreche.»

«Wollen wir es versuchen», sagte sie und ließ die Sache auf sich beruhen.

Leos Argumente riefen ihr Zanis Worte ins Gedächtnis: «Du

kannst diesen Beruf nicht lieben, denn du hast ihn nicht gewählt. Das hat jemand anderes für dich getan.»

«Wollen wir es versuchen», wiederholte Leo mit einem Seufzer der Erleichterung und schlug wie zum Dank die Augen zum Himmel auf.

In diesem Augenblick fühlte Giulia sich ausgebeutet, ja buchstäblich zum Arbeiten abkommandiert. Aber sie wußte auch, wie dringend sie Geld brauchten. Und daß sie da die Ärmel aufkrempeln und mithelfen mußte.

11

«Aufwachen, du Schlafmütze», schallte Leos Stimme durch das Telefon.

«Wie spät ist es denn?» murmelte sie schlaftrunken. Sie hatte mit geschlossenen Augen auf dem Nachttisch nach dem Hörer getastet und abgenommen.

«Gleich ein Uhr früh», rief er fröhlich.

«Dann ist ja wirklich Schlafenszeit», jammerte sie, legte den Hörer wieder auf und umarmte fest ihr Kopfkissen.

Einen Moment später war sie hellwach. Sie fuhr hoch, machte Licht und trommelte mit den Fäusten auf die Matratze. Leo hatte sie von wer weiß woher angerufen und sie hatte einfach aufgelegt. Das Telefon klingelte von neuem.

«Bist du verrückt?» fragte er vorwurfsvoll.

«Nur verschlafen. Jetzt bin ich aber wach», versicherte sie ihm. «Von wo rufst du an?»

«Aus Rom. Ich bin in der Via Veneto.Ich habe hier druckfrisch die neueste Ausgabe der *Opinione* . . .»

«Mit einem Artikel von Giulia de Blasco», ergänzte sie.

«Du bist auf der Titelseite, wußtest du das?» Er war so aufgeregt, als ob es um seinen ersten Exklusivbericht ginge.

«Nein, ich hatte keine Ahnung.»

«Dann sage ich es dir jetzt: Henry Ford und Cristina Vettore, ein Interview während der Flitterwochen. Du hast es geschafft! Morgen wird dein Name Millionen von Lesern erreichen.»

«Ich darf nicht vergessen, mich bei Armando Zani zu bedanken», sagte sie. «Er hat mir das Treffen mit den Ford-Erben in der Schweiz schließlich ermöglicht.»

«Genau, er war sehr hilfreich», stimmte Leo zu. «Warum willst du ihn eigentlich nie zu uns einladen?»

«In unsere kleine, winzige Wohnung?» antwortete sie ausweichend. Das Geheimnis, das sie mit Armando verband, war zu groß, und sie fühlte sich noch außerstande, auch nur Leo einzuweihen.

«Aber es ist die schönste Wohnung der Welt», ereiferte sich Leo.

«Wann kommst du zurück?» sagte sie, um das Thema zu wechseln. Seine Rückkehr interessierte sie mindestens so sehr wie ihr journalistisches Debüt.

«Morgen früh um sieben, mit dem ersten Flug. Um neun können wir zusammen Kaffee trinken.»

Die Katze Jezebel, die während des ganzen Telefongesprächs regungslos vor Giulias Füßen gelegen hatte, begann sich faul zu räkeln und zu gähnen.

«Was meinst du dazu?» fragte Giulia die Katze, nachdem sie den Hörer aufgelegt hatte. «Ist das wirklich ein sensationeller Anfang oder nur eine große Illusion?»

Die Katze miaute ohne jedes Interesse.

«Der Unterschied zwischen uns beiden liegt darin, daß du dich überhaupt nicht um deine Selbstverwirklichung kümmerst. Hast du dir jemals überlegt, was du machen willst, wenn du einmal groß bist?»

Jezebel rollte sich am Fußende des Bettes zusammen und schnurrte.

«Sicher nicht», sagte Giulia weiter. «Dir reicht es, ruhig und würdevoll zu leben. Du strengst dich nicht an, du sorgst dich um nichts. Erfolg interessiert dich nicht. Was bedeutet eine Titelseite der *Opinione* für dich? Nicht die Bohne. Für mich ist es der Passierschein zur nächsten Etappe. Über Henry Ford und Cristina Vettore bin ich an Konstantin und Anna Maria von Griechenland gekommen, und so komme ich dann zu den schönsten Liebesgeschichten unserer Zeit. Und so geht es weiter. Man arbeitet, von Neid und Rivalität begleitet. Man gibt sich die größte Mühe, um das Maximum zu erreichen – was nicht immer das Beste für alle ist. Man bettelt um Gefälligkeiten. Man überfährt Schwächere. Man kriegt eins auf die Schnauze von den Mächtigen im Auf und Ab des wechselnden Glücks ...» Der Monolog ging in ein unverständliches Gemurmel über, und während Giulia noch über ihre neue Position nachdachte, schlief sie beim Schnurren der Katze ein.

Giulia wollte gerade das Haus verlassen, als Isabella anrief.

«Ist etwas passiert?» fragte sie erschrocken. Sie dachte an die schwache Gesundheit des Professors. Seit sie mit Leo zusammenlebte, hatte sich außer Carmen kein Mitglied der Familie bei ihr gemeldet. Von Isabella, die im September geheiratet hatte, war sie nicht einmal zur Hochzeit eingeladen worden.

«Sei nicht beleidigt, Schätzchen», hatte diese zu erklären versucht. «Du weißt, wie das ist ... meine Schwiegereltern sind so formell ... du dagegen ... du führst ein Leben, das gar nicht den Konventionen entspricht. Es hat nichts mit dir zu tun, versteh mich bitte recht. Ich bin auch nicht einig mit ihnen, das kannst du dir ja vorstellen, aber so ist das eben.»

Giulia wußte nicht und verstand nicht, wie das eben so war, und es war ihr egal, was Isabellas Schwiegereltern von ihr hielten oder ihr tatkräftiger Mann, der immer nach Fisch roch. Es hatte ihr nichts ausgemacht, daß man sie ausschloß. Nun tauchte die Schwester unerwartet wieder auf.

«Es ist nichts passiert», beruhigte Isabella sie. «Ich wollte dir nur gratulieren», zwitscherte sie am anderen Ende der Leitung. «Ich habe gesehen, daß du jetzt als Journalistin ganz groß rauskommst.»

Giulia atmete erleichtert auf.

«Danke für die Glückwünsche. Und jetzt entschuldige bitte, aber ich wollte gerade wegfahren.» Leo zeigte auf die Uhr. Sie mußten sich beeilen, wenn sie pünktlich zum Flughafen kommen wollten.

«Ach, wirklich?» fragte sie neugierig. «Wo fährst du denn hin?»

So forderte sie eine Bosheit geradezu heraus.

«Nach London. Ich habe einen Termin bei Prinzessin Margaret und ihrem Mann», sagte sie genüßlich. Das war gemein, sie wußte es.

Unendliche Sekunden verstrichen, in denen alles hätte geschehen sein können: von der Ohnmacht bis zum Herzstillstand. Zum Glück hatte die Aufregung keine so ernsten Folgen.

«Oh, meine Liebe! Das ist alles so aufregend, was du da erzählst», fuhr sie geschwätzig fort. «Wir müssen uns unbedingt treffen! Mein Mann und meine Schwiegereltern können es kaum erwarten, meine berühmte Schwester kennenzulernen.»

«Bei deinen Schwiegereltern mußt du mich bitte entschuldigen», erwiderte sie. «Wir beide sehen uns an Weihnachten in der Via Tiepolo.»

Als sich die Familie de Blasco am Weihnachtstag versammelte, war Leo in Kuba. Die Geschwister, von denen sie praktisch aus der Familie verbannt worden war, hatten ihren Haß vergessen, jetzt wo sie berühmt war.

Carmen empfing sie mit einem zurückhaltenden Lächeln, das jedoch ihre ganze Zärtlichkeit und Zuneigung ausdrückte, Isabella erstickte sie in einer Wolke von Chanel, ihr Mann überhäufte sie mit plumpen Komplimenten. Benny besaß die Dreistigkeit, ihr zu sagen, wie stolz er auf sie sei.

Giulia sah sich um.

«Papa ist im Wohnzimmer», sagte Carmen, die ihre stumme Frage erraten hatte. «Er erwartet dich», fügte sie hinzu. Sie nahm ihre Tochter an der Hand und führte sie durch die Wohnung, als ob Gulia sich allein nicht mehr zurechtfinden würde.

Der Professor saß in seinem Sessel am Fenster und lächelte ihr zu. Er hatte sich sehr verändert, und Giulia versuchte vergeblich, die entschlossenen Züge von einst wiederzufinden. Er war in sich gesunken, blaß und leidend. Er wirkte wie eine niedergebrannte Kerze, die im nächsten Augenblick verlöschen wird. Warum hatte ihr keiner gesagt, daß er bald sterben würde?

«*Ciao*, Papa», begrüßte sie ihn. Sie beugte sich zu ihm hinunter und küßte ihn.

«Meine liebe Giulia», murmelte er mit matter Stimme.

«Wie geht es dir?» fragte sie unglücklich.

«Das sieht du doch selbst, wie es mit dem armen alten Papa abwärts geht.»

Giulia hatte nicht den Mut, ihm mit Süßholzraspeln zu antworten.

«Es geht vorüber», sagte sie leise.

«Erinnerst du dich, was dein Großvater Ubaldo immer sagte?» lächelte er wehmütig. «Ich bin ein alter Stamm, der keine Triebe mehr hat. Er ist damit alt geworden, der Gauner. Bei mir dagegen trifft es zu.»

Zum ersten Mal spürte Giulia in der Stimme des Vaters Sympathie für den ketzerischen Großvater, den er immer verachtet hatte.

«Ich glaube, es geht dir etwas besser», meinte sie.

«Das liegt an dir. Du bist die Jugend und das Leben. Du bist lauter und klar wie das Wasser. Ich habe in diesen Monaten der Trennung sehr viel an dich gedacht. Und ich habe vieles verstanden. Schade, daß man die Wahrheit erst erkennt, wenn das Ende schon nahe ist.»

«Aber Papa, was fällt dir ein!»

«Ich habe dich nie so akzeptiert, wie du bist. Und das war falsch. Denn du hast etwas, was deine Geschwister nie hatten und auch nie haben werden. Daß du mit einem verheirateten Mann zusammenlebst, war am Anfang furchtbar für mich. Dann habe ich eingesehen, daß deine Entscheidung weit moralischer war als die von Isabella ... die im weißen Schleier und mit Myrtenkranz geheiratet hat. Oder Benny, der sich mit diesem Kamel Silvana wahscheinlich nur aus Berechnung verlobt hat.»

Die Rührung konnte das helle Lachen nicht aufhalten, das aus Giulias Kehle stieg.

«Genau so ist es. Aus gemeiner Berechnung», wiederholte er, und sein erloschenes Gesicht belebte sich für einen Moment. «Glaub mir, Giulia», schloß er, «ich habe vieles verstanden.»

Sie umarmten sich, was sie noch nie getan hatten, als würden sie sich jetzt endlich gegenseitig erkennen – zwei Menschen, die zwanzig Jahre als Fremde nebeneinander gelebt hatten. An diesem Tag schenkte ihr der Professor die schönsten Worte seines Lebens.

12

«Und zum Schluß hat er mir Geld angeboten», erzählte Giulia zwei Kollegen, nachdem sie die ungewöhnlichen Sätze zitiert hatte, die kürzlich in einem Interview gefallen waren, das sie mit einem etwas zwielichtigen Erdölindustriellen geführt hatte.

«Das gibt es doch nicht», widersprach der eine, ein blonder Jüngling mit Kindergesicht und durchdringenden Augen.

«Er sagte mir», fuhr Giulia fort, «ich kann viel für Sie tun. Bei diesem Typ hätte ich eher erwartet: Jeder hat seinen Preis. Das wäre mir gerade recht gewesen – meiner ist nicht sehr hoch», scherzte sie. «Er hätte auch theatralischer sein und mir einen Scheck überreichen können mit den klassischen Worten: Setzen Sie eine Summe ein.»

«Und statt dessen?» fragte der ältere der beiden, der noch keine dreißig war aber aussah wie vierzig. Er hatte es sich in den Kopf gesetzt, Hemingway nachzueifern, aber das gelang ihm bloß beim Trinken.

«Statt dessen gab er mir in wohlgesetzten Worten zu verstehen, daß es sehr nützlich für mich sein könnte, ihn in einer bestimmten Weise zu beschreiben, die er positiv und objektiv zu nennen wagte.»

«Und du?» fragten beide wie aus einem Munde.

«Ich wäre am liebsten in Tränen ausgebrochen», sagte sie zu ihrer Überraschung.

«Warum denn das?»

«Seit ich in diesem Beruf bin, habe ich immer gehofft, jemand würde versuchen, mich mit einem Haufen Geld zu bestechen», gestand sie mit einem Anflug von Enttäuschung. «Statt dessen habe ich mit derselben Entrüstung reagiert wie Humphrey Bogart in dem Film *Glühendes Blei*. Aber vielleicht war es auch Burt Lancaster», korrigierte sie sich. «Und vielleicht hieß der Film auch nicht *Glühendes Blei*.»

«Und wie ist es ausgegangen?»

«Du meinst, wie es ausgehen wird? Er kommt ins Gefängnis. Und ich stehe mit leeren Händen da.»

Der Jüngling und Hemingway in spe lachten aus vollem Hals. In diesem Moment merkten sie, daß Leo in der Tür stand.

«Das ist aber eine Überraschung», rief Giulia hocherfreut. «Der verlorene Sohn ist zurückgekehrt. Ich erkläre die Festlichkeiten für eröffnet. Warum kommst du nicht herein?»

Giulia war jetzt fünfundzwanzig. Vor ein paar Monaten war sie Signora Rovelli geworden. Sie war eine großartige Frau und eine anerkannte Journalistin.

«Warum kommst du nicht herein?» wiederholte sie ihre Frage, alarmiert durch Leos finsteres Gesicht.

«Weil deine Geschichten mich nicht mehr begeistern», fuhr er sie an. Er machte auf dem Absatz kehrt und ging.

Giulia wurde blaß, sie stand auf und bat mit verzweifeltem Blick ihre Kollegen um Verständnis, die ebensowenig wie sie selbst einen Grund für Leos Benehmen fanden.

«Entschuldigt bitte», sagte sie, griff nach ihrer Tasche und ging hinaus. Die Heiterkeit von vorhin war verflogen.

Sie sah Leo am Ende des Korridors vor dem Aufzug, der gerade ankam. Sie rannte los, wobei sie mit einem Büroboten zusammenstieß. Als sie sich wieder aufrappelte, war Leo verschwunden. Sie lief ohne anzuhalten die Treppen hinunter und bekam ihn in der Eingangshalle zu fassen.

«Könntest du bitte verraten, was du hast?» fragte Giulia mit unterdrückter, aber ernster Stimme.

Er ging zum Ausgang, ohne sie auch nur eines Blickes zu würdigen. Giulia änderte ihre Taktik.

«Leo Rovelli», schrie sie, «ich bin deine Frau, falls du das vergessen haben solltest!»

Die Furcht vor einem Skandal ließ ihn stehenbleiben. Er grüßte mit einem flüchtigen Lächeln zu ein paar Kollegen hinüber und sagte: «Wie könnte ich es auch vergessen. Bald werde ich Signor de Blasco heißen. Wie soll ich da vergessen, daß du meine Frau bist?» fügte er sarkastisch hinzu. Er war voller Ärger und Wut.

«Du hast mich vor den anderen bloßgestellt», warf sie ihm vor.

«Ach, die beiden», sagte er mit wegwerfender Handbewegung.

«Du hast mich ganz unsinnig und ohne Grund verletzt. Warum?» fragte sie. Er konnte so sanft und zärtlich, aber auch so unberechenbar und ekelhaft sein. Was gab es für einen Grund? «Giulia de Blasco gekränkt und verletzt. Starreporterin der *Opinione* von Ehemann gedemütigt», titelte sie mit gespielter Verzweiflung.

Sie waren auf der Straße. Er ging zu seinem Auto, das im Halteverbot stand.

«Sag schon, was hast du?» Sie folgte ihm immer noch, ohne ihn zu verstehen.

«Und die Gekränkte», sagte er wütend, «benimmt sich wie ein Schmierenkomödiant. Der journalistische Erfolg genügt ihr nicht. Sie will sofortigen Beifall. Applaus und Bewunderung.»

Allmählich ging Giulia ein Licht auf, aber um so verwunderter betrachtete sie ihn.

«Leo», rief sie, «du bist ja eifersüchtig!»

«Ich bin nur angewidert. Du schwänzelst herum wie eine billige Soubrette in der Schar ihrer Verehrer. Ein erbärmliches Schauspiel.»

Giulia hielt eine Hand vor das Gesicht, um ihre Verwirrung zu verbergen. «Um Gottes willen, Liebling, was soll das?»

«Nenn mich nicht Liebling», schrie er und stieg ins Auto.

Giulia setzte sich neben ihn.

«Im übrigen habe ich nicht herumgeschwänzelt», versuchte

sie, vernünftig mit ihm zu reden. «Wir hatten eben gute Laune. Der Chef war zufrieden, und ich hatte mich über einen Vorschlag gefreut, den ich dann noch mit dir besprechen wollte. Ich wußte ja, daß du zu Hause warst.»

«Natürlich. Die Frau Journalistin ist in der Redaktion, und der Ehemann sitzt zu Hause in glühender Erwartung, oder er kocht gerade ein leckeres kleines Abendessen.»

«Und was wäre dabei?» protestierte sie. «Ich arbeite mehr als du, und trotzdem finde ich es nicht erniedrigend, dir etwas zu kochen, den Haushalt zu erledigen und deine Sachen in Ordnung zu halten. Und in der Öffentlichkeit nennst du dich einen Feministen! Das bist du nur, solange du schreibst, weil es da nämlich besser aussieht.»

Leo legte die Hände aufs Lenkrad und drehte sich zu ihr herum.

«Du weißt also nicht einmal, wer hier dankbar sein müßte», hielt er ihr vor. «Du hast ein kurzes Gedächtnis und vergißt, daß du mir verdankst, was du bist. Denn ich habe diese Arbeit für dich gefunden, die einzige, die du machen kannst und machen willst. Ich habe dir gezeigt, wie man einen Artikel schreibt. Ich habe dich am Händchen gehalten, bis du allein laufen konntest. Ich habe dir die Straße zum Erfolg geebnet. Wenn ich nicht gewesen wäre, würdest du jetzt in einem stinkigen Klassenzimmer einer Horde dummer Schüler das englische Alphabet beibringen. Wenn du in der Welt herumgekommen bist, so verdankst du das mir», wütete er erbarmungslos weiter. «Wenn du ein Heim hast, verdankst du das mir. Wenn du ein Einkommen hast, verdankst du das mir. Wenn du einen Namen hast, verdankst du das mir.»

Giulia setzte ein eisiges Lächeln auf.

«Leo, du bist nur ein aufgeblasener Wichtigtuer», erwiderte sie. «Aber etwas Wahres hast du neben dem ganzen dummen Zeug doch gesagt. Die Wahrheit ist, daß ich in diesem Beruf besser bin als du.» Sie stieg aus und ging entschlossen zu Fuß weiter.

Leos Gesicht wurde fahl.

«Laß dir nur nicht alles zu Kopf steigen, sonst platzt er noch», rief er und kam ihr hinterher.

Sie hörte ihm nicht zu und ging weiter.

«Stimmt, diese Arbeit hast du mir besorgt, aber nicht aus Großzügigkeit. Tatsache ist, daß du Geld brauchtest, das Geld, das ich Monat für Monat nach Hause bringe. Dadurch habe ich sogar zum Unterhalt deiner ersten Frau beigetragen. Und das finde ich nicht richtig. Außerdem hatte ich es weiß Gott nicht nötig, von dir auf dem Präsentierteller herumgereicht zu werden, denn als du mich dem alten Riboldi vorgestellt hast, fiel dem nichts Besseres ein, als mir den Hintern zu tätscheln.»

«Dir gelingt es, auch die interessantesten Begegnungen vulgär erscheinen zu lassen», versuchte er, wieder Boden zu gewinnen.

«Ich?» Sie war verblüfft. «Ich habe schließlich alles riskiert, um auf diese Beleidigungen zu reagieren. Wenn du es wirklich wissen willst: es war Armando Zani, der ihm mit einem Blick klargemacht hat, daß ich eine Frau bin, die man zu respektieren hat. Wenn man alles zusammenrechnet, hochverehrter und geschätzter Dottore Rovelli, dann schulde ich dir nichts.»

Leo besaß nicht genug Geistesgegenwart, um Giulias Argumenten etwas entgegenzuhalten.

«Oh Gott», stöhnte er. «Können wir denn nicht diskutieren, ohne uns gegenseitig zu zerfetzen?»

«Und das fragst du mich? Du bist doch derjenige, der immer anfängt.»

Er wollte seine Nervosität der Arbeitsüberlastung zuschreiben, ließ es dann aber doch sein.

«Entschuldige bitte», sagte er. «Laß uns gehen.»

Giulia war überzeugt, daß es sich um eine Eifersuchtsszene handelte. Leo war jedoch nicht auf ihre beiden Kollegen eifersüchtig, er war neidisch auf Giulias Erfolg, der ihn in die zweite Reihe abdrängte. Jezebel empfing sie schnurrend, aber als sich niemand um sie kümmerte, verzog sie sich aufs Fensterbrett. Die aufgeregten Stimmen störten sie.

«Ja, ich bin eiferüchtig», gab Leo zu.

«Das ist eine ganz natürliche Eigenschaft.»

«Glaubst du?»

Sie sprachen jetzt ganz ruhig miteinander, und alles schien viel einfacher.

«Ich bin auch eifersüchtig», gestand sie ihm.

«Das habe ich noch nie bemerkt», lächelte er.

«Doch, doch. Vor allem, als ich auf deinem Hemdkragen Spuren von Lippenstift bemerkt habe.»

«Bist du sicher?» fragte er und fiel aus allen Wolken.

«Wenn ich sicher wäre, hätte man dich schon in die Klinik eingeliefert», erwiderte sie drohend. «Aber sei vorsichtig, Leo Rovelli. Ich passe auf. Wenn ich sicher wäre, daß du dir Zerstreuungen außerhalb der Ehe gönnst, wäre es das Ende.»

«Ich liebe dich, Giulia», sagte er und nahm sie in die Arme.

Er war ein Schuft, ein Egoist, aber er war schön, sympathisch, brillant und begehrenswert. Er wußte, wie man Vergebung erlangt.

Die Katze sprang vom Fensterbrett und strich schnurrend um ihre Beine.

«Leo, die Katze frißt zuviel. Sie wird immer dicker», meinte sie.

«Giulia, sieh genau hin, deine Katze ist trächtig. Wußtest du das nicht?»

«Oh nein! Aber wo hat sie einen Bräutigam gefunden?»

«Sie ist ein sehr diskretes Wesen. Sie trägt ihre Herzensangelegenheiten nicht in der Öffentlichkeit aus. Sie ist nicht wie wir.»

«Ich kann auch absolut diskret sein», flüsterte Giulia ihm ins Ohr. Sie fühlte sich immer unsicherer und wünschte, er hielte sie so fest, daß sie seine Haut, seine Lippen, sein Haar spüren könnte. Sie fühlte, wie ihr Herz schneller und unruhig schlug, sie wurde davongetragen vom Klang einer Melodie, die der Wind herbeiwehte. Am nächsten Tag überschattete ein neuer Streit diese wunderbare Liebesnacht, in deren Verlauf Giulia zum zweiten Mal schwanger wurde.

13

Es war, als ob die Zeit für Giulia stehengeblieben sei. Reisen, Interviews, Begegnungen mit Prominenten, denkwürdige Auseinandersetzungen und große Versöhnungen – alles das gab es nicht mehr. Auch keine Ausflüge mehr in den Supermarkt, von denen sie beladen wie ein Packesel heimkam, oder Besorgungen in der Wäscherei. Keine Sonntage mehr, an denen sie in ihren drei Zimmern das Unterste zuoberst kehrte, um Ordnung in die Mansarde zu bringen.

Giulias Zeit war so reglos wie ein Bergsee. Tag für Tag, Nacht für Nacht lag sie in dem Zimmer, dessen Decke an ein Höhlendach erinnerte. Zum ersten Mal machte sie sich keine Gedanken über andere, sondern konzentrierte sich auf das Kind, das in ihr wuchs.

«Wenn du dieses Kind bekommen willst, mußt du alle anstrengenden Bewegungen auf ein Minimum reduzieren», hatte ihr der befreundete Gynäkologe erklärt, nachdem im zweiten Monat die Gefahr eines vorzeitigen Abbruchs bestanden hatte. «Du darfst dir nicht einmal ein paar Spiegeleier machen.»

«Spiegeleier mag ich sowieso nicht.»

«Um so besser. Du wirst praktisch sieben Monate im Bett verbringen müssen. Du darfst nur aufstehen, um ins Bad zu gehen», hatte ihr der Arzt kategorisch beschieden. «Wenn du dieses Kind wirklich willst, mußt du ganz für das Kind leben.»

«Warum sollte ich es nicht wirklich wollen?» hatte sie gefragt.

«Tja, warum», hatte er nachdenklich gesagt. «Wenn eine Frau ein Kind unbedingt will, wenn sie es auch entgegen aller Vernunft will, dann verliert sie es nur selten. Ihr Gehirn steht mit dem Fötus in Einklang: die Frucht der Empfängnis gibt ein Signal für ihren Lebenswillen, und die Mutter bietet Nahrung und Schutz, sie gibt die Kraft, um sich an ihr festzuhalten.»

«Ich habe kein gutes Verhältnis zu meinem Unterbewußtsein. Versuchen wir eben, ohne dramatische Zwischenfälle zu leben, das heißt zusammenzuleben», hatte sie geantwortet, «aber soweit ich weiß, will ich dieses Kind von ganzem Herzen.» Und sie hatte sich ins Bett gelegt.

Leo verhielt sich tadellos. Er kümmerte sich um sie und umhegte sie aufmerksam. Wenn er weg mußte, kam Carmen, die inzwischen allein in der ererbten Wohnung der Familie de Blasco lebte.

«Ich komme gern zu dir», versicherte sie. «Das ist kein Opfer für mich. Seit der Professor uns verlassen hat, ist die Wohnung für mich allein viel zu groß.»

Vittorio de Blasco war auf Zehenspitzen und ohne jedes Aufsehen dahingegangen. Carmen hatte ihn davon abbringen wollen, gleich an das Schlimmste zu denken, aber er hatte zu ihr gesagt: «Wenn man stirbt, hat man keine Zeit, auch noch an den Tod zu denken.» Nachdem er seinen schwülstigen Moralismus abgestreift hatte, legte Professor de Blasco an den Grenzen der Existenz eine große Würde und tiefe Weisheit an den Tag.

Carmen war nun wirklich allein, und die Erinnerungen verdunkelten ihr trauriges Leben noch mehr. Manchmal sprach sie mit Giulia über Armando Zani, wenn die Tochter dieses Thema anschnitt.

«Würdest du ihn nicht gerne einmal wiedersehen?» hatte Giulia eines Tages gefragt.

«Nie!» hatte sie energisch abgewehrt. «Wenn er sich hin und wieder an mich erinnert, dann soll er sich an das junge Mädchen erinnern, das ich einmal war. Nicht an die müde, alte Frau, die ich heute bin.»

«Müde schon», versuchte Giulia sie aufzumuntern, «aber

doch nicht alt. Du bist doch erst fünfzig. Und du bist noch immer eine schöne Frau.» In Wahrheit wußte sie, daß Carmen recht hatte. Man darf nie zu etwas zurückkehren, womit man eine glückliche Erinnerung verbindet. Das junge Mädchen vom Apennin gehörte dem Überschwang eines Traumes an und war so zerbrechlich wie hauchdünnes Glas, das schon von einem Windstoß zerspringen kann.

«Erkundigt er sich manchmal nach mir?» fragte sie verlegen.

«Immer», schwindelte Giulia.

Carmens Blick wurde gequält.

«Bitte laß uns nicht mehr davon sprechen», beschwor sie Giulia.

Es hatte eine Zeit gegeben, da ihre Mutter Sicherheit und Trost für sie bedeutet hatte, ihr unentbehrlich gewesen war. Jetzt waren die Rollen vertauscht. Jetzt wartete Carmen darauf, daß Leo fort war, damit sie zu ihrer Tochter konnte. Sie brauchte Giulia, um sich noch lebendig zu fühlen. Mit Isabella und Benny verstand sie sich nicht besonders, und in deren steifen Wohnungen fühlte sie sich unwohl.

«Mama, wenn das Kind kommt, kann ich in dieser zwar sehr romantischen, aber auch sehr unpraktischen Mansarde nicht bleiben. Was hältst du davon, wenn ich zu dir ziehe?»

Giulia dachte, das sei für alle Beteiligten ein guter Vorschlag. Sie hätte eine ständige Hilfe, und vor allem wäre Carmen nicht mehr so einsam. Aber die Mutter war auch in diesem Punkt unnachgiebig.

«In meinen bescheidenen Verhältnissen habe ich für die Freiheit gekämpft», scherzte sie, «und ich werde sie weiter verteidigen. Deine und meine. Die Wohnung in der Via Tiepolo wird dir gehören, wenn ich einmal nicht mehr da bin. Dann kannst du damit machen, was du willst. Du kannst dort wohnen oder sie verkaufen.»

«In hundert Jahren», sagte Giulia.

«Das ist nicht gesagt», betonte die Mutter, die anscheinend ihre gute Laune wiedergefunden hatte.

Im dritten Monat der Schwangerschaft hatte sie eine Krise. Sie konnte die erzwungene Regungslosigkeit nicht mehr ertragen. Sie las, sah fern, unterhielt sich mit Leo und ihrer Mutter, bekam Besuch von Kollegen und Freundinnen, aber die strikte Untätigkeit lag auf ihr wie eine Strafe. Außerdem war da noch die schwierige Situation einer schwangeren Frau, die ans Bett gefesselt ist, weil ihr Unterbewußtsein ein Kind ablehnt, das sie selbst jedoch will. Das gab ihr Anregungen. Sie begann, sich Notizen zu machen. Die Gedanken strömten in einem klaren und präzisen Fluß und verwandelten sich in Worte, die Worte wurden zu Zeilen, und die Zeilen zu den Seiten einer langen Erzählung.

Im siebten Monat hatte Giulia einen Roman geschrieben, ihren ersten Roman. Leo las ihn an einem Wochenende. Er brachte ihr das Manuskript auf einem Silbertablett zurück, zusammen mit einer Rose und einer Flasche Champagner.

«Um auf die Geburt einer großen Schriftstellerin anzustoßen», verkündete er. Seine Augen strahlten vor Freude. Leo konnte ein Talent genau erkennen. Und er wußte es auch zu schätzen.

«Wehe, du nimmst mich auf den Arm», drohte sie.

«Es muß getippt werden», fuhr er fort. «So kann man es keinem seriösen Verlag anbieten. Wenn es dir recht ist, kümmere ich mich darum. Beim Abschreiben kann ich noch ein paar Kleinigkeiten verbessern. Natürlich nur, wenn du mir vertraust.»

Einen Monat später bekam Giulia einen Anruf von Commendatore Riboldi. Der Verleger rief sie persönlich an, um ihr zu gratulieren.

«Ich habe schon immer gewußt, daß Sie nicht nur ein hübsches Miezekätzchen sind, sondern auch eine Hexe.» Er war noch immer ungeschickt in seinen Komplimenten, dafür aber unmißverständlich. «Die Lektoratsfritzen aus der Verlagsabteilung meinen, Sie hätten eine pfundige Geschichte geschrieben. Bravo. Mein Komliment. Kommen Sie, wann Sie wollen, um den Vertrag zu unterschreiben und zu feiern.»

14

An diesem Tag ging Leo mit ihr zum Gynäkologen wegen einer Kontrolluntersuchung.

«Jetzt kannst du dich wieder ein bißchen bewegen», erlaubte ihr der Arzt. «Aus dem Kind ist schon fast ein junger Mann geworden.»

«Bewegen?» fragte sie.

«Nicht Ski fahren und auch nicht reiten», sagte er nicht ganz ernst. «Aber du kannst das Haus verlassen, spazierengehen. Nur nicht rennen.»

«Ich habe die Ausmaße eines Flugzeugträgers, wie soll ich da noch rennen», protestierte sie. «Ich würde gerne zum Abendessen ausgeführt werden», wandte sie sich an Leo. «Darf ich?»

«Ja, wenn ihr nicht übertreibt», mahnte sie der Arzt.

«Seit einem halben Jahr habe ich nichts von der Welt gesehen», beklagte sie sich.

«Da hast du auch nichts versäumt», erwiderte er.

Leo und Giulia stiegen wieder ins Auto.

«Eigentlich ist es doch noch zu früh für ein Restaurant», meinte Giulia, als sie sah, daß Leo nicht nach Hause fuhr. «Wo bringst du mich hin?»

«Eine Überraschung», sagte er geheimnisvoll.

Er hielt vor einem Haus, das über und über bedeckt war mit Friesen und Figuren üppiger und sinnlicher Frauen. Mit ihrem dicken Bauch, einem Busen, der immer größer wurde, und mit den gerundeten Hüften und Schultern erkannte sich Giulia in ihnen wieder und nannte sie Schwestern. Der Jugendstil mit all seinen Kurven war ihr sehr ähnlich.

Der Aufzug, ein schmiedeeiserner Käfig aus blitzendem Messing, geschliffenem Kristall und edlem Holz, empfing sie mit einer kleinen, ledergepolsterten Bank. Giulia konnte kaum atmen. Das Kind drückte gegen ihren Brustkorb, und sie war so aufgeregt, weil sie sich das alles nicht erklären konnte.

Im dritten Stock hielt der Aufzug. Leo öffnete das Gitter und ging voraus. In dem Treppenhaus aus Marmor waren zwei Türen zu sehen. Auf der einen fiel ihr ein glänzendes Messingschild ins Auge: *De Blasco-Rovelli* stand darauf.

Giulia blickte es an und begann zu verstehen.

«Das ist deine Wohnung, junge Mutter. Los, läute mal.»

Sie drückte vorsichtig auf den Messingknopf der Klingel, und ein musikalisches Ding-Dong antwortete ihr. Sofort ging die Tür auf, und in der Öffnung, durch die man in eine helle Diele sah, erschien ein Mädchen von kräftiger Statur, das nicht viel größer war als sie selbst und ungefähr gleich alt.

«Guten Abend, Signora», begrüßte das Mädchen sie. «Ich bin Ambra. Ihre Mutter hat mich gebeten, Ihnen ein bißchen zur Hand zu gehen. Und da bin ich.»

Giulia fehlten die Worte. Ihre ganze Dankbarkeit galt Leo, der, während sie sich nicht rühren durfte, an sie und ihr Kind gedacht und für diese herrliche Wohnung gesorgt hatte. Voller Begeisterung ging sie durch die großen Räume, deren hohe Decken ebenfalls Verzierungen trugen. Die Einrichtung war noch etwas dürftig, aber die wichtigen Dinge waren alle vorhanden.

Giulia flüchtete in Leos Arme.

«Jetzt begreife ich, warum ich dich liebe», dankte sie ihm.

«Auch Signora Carmen hat ihren Teil dazu beigetragen», mischte sich Ambra ein, die an einem Türrahmen lehnte und sie glücklich ansah. «Und sie hat sogar mich überredet, eine ganz neue Tätigkeit anzufangen, nämlich als Ihr Hausmädchen zu arbeiten.»

«Was hast du denn vorher gemacht?» fragte Giulia.

«Ich war bei einer Reinigungsfirma», antwortete Ambra. «Aber ich hatte immer Schwierigkeiten wegen meines politischen Engagements und meiner Parteiarbeit. Ich bin nämlich Kommunistin», erklärte sie stolz.

«Da haben wir uns eine Radikale ins Haus geholt», murmelte Leo.

«Ich bin Feministin», sagte Ambra, «aber immer bereit, meine Pflicht zu erfüllen. Und außerdem habe ich bestimmte Reportagen der Signora gelesen, aus denen hervorgeht, daß sie eine noch radikalere Feministin und Genossin ist als ich selbst.»

«Dann können wir uns doch duzen», schlug Giulia vor.

«Danke ... Signora», verhaspelte sie sich. «Du wirst mit mir zufrieden sein.»

Damit nahm Ambra Pinazzi Giulia de Blasco in ihre Obhut und betrachtete ihr Leben und ihr Heim von nun an als persönliche Domäne, die es gegen jedermann zu verteidigen galt.

Nach neun Monaten Schwangerschaft wurde Giulia von einem Jungen entbunden, den sie Giorgio nennen wollte, zur Erinnerung an ihren Großvater Ubaldo, der sie so genannt hatte. Auf die Geburt folgten Augenblicke grenzenloser Einsamkeit und Weinkrämpfe, die nach Ansicht des Gynäkologen mit der Hormonumstellung im Wochenbett zu tun hatten, während sie selbst den Grund in Leos systematischer Flucht sah. Carmen war da, die treue Ambra, Freundinnen und Kollegen kamen mit Blumensträußen. Die Schubladen quollen über von Telegrammen und Glückwunschkarten. Leo erschien gegen Abend, aber kaum war er da, drängte es ihn schon wieder fort.

«Hast du das Kind gesehen?» fragte sie gespannt.

«Natürlich. Ich bin vorhin in der Säuglingsabteilung vorbeigegangen. Es ist sehr hübsch», antwortete er lahm.

«Sie bringen ihn gleich zum Stillen», verkündete sie stolz. Sie brauchte Zuspruch, Zuneigung, seine Anwesenheit, die ihr Sicherheit gab. Sie brauchte Schutz und Hilfe, Zärtlichkeit, um ihre Melancholie zu überwinden.

«Na, dann gehe ich wieder. Du hast zu tun und ich auch. Hier ist ja gut für dich gesorgt. Schlaf schön.» Und nachdem er ihr zerstreut einen Kuß aufs Haar gedrückt hatte, verließ er sie wieder.

Giulia konnte das nicht verstehen. Während der Schwangerschaft war er der zärtlichste und liebevollste Ehemann gewesen. Er hatte sogar eine Wohnung hergerichtet, die ihren Bedürfnissen entsprach. Und jetzt, wo das Kind da war, lief er davon wie ein Hase vor der Gefahr.

Giulia war auch dann allein, als der Arzt ihr die Erlaubnis gab, nach Hause zu gehen. Der Kinderarzt, der sich um Giorgio gekümmert hatte, kam und gab ihr noch eine Reihe Anweisungen für den Kleinen: Milchpulver, Mineralwasser, eine Tabelle für die Mahlzeiten und die Termine für die Kontrolluntersuchungen.

Es war Sonntag. Ambra nutzte ihren freien Tag, um zu ihrem Vater oder ins Parteibüro zu gehen. Giulia versuchte, Leo zu erreichen. Zuerst zu Hause, dann in der Redaktion. Zu Hause war niemand. In der Redaktion hieß es, er sei am Nachmittag wieder da. Auch ihre Mutter war fort. Vielleicht war sie bei den anderen Enkeln und würde später bei ihr vorbeikommen. Warum regte sie sich denn so auf? Warum konnte sie diese wahnsinnige Hektik in ihrem Innern nicht bezwingen? Nichts hinderte sie, noch ein paar Stunden oder auch den nächsten Tag abzuwarten. Der Arzt hatte ihr zwar gesagt, sie könne jetzt nach Hause, aber er hatte sie schließlich nicht angewiesen, sofort die Klinik zu verlassen.

Sie machte sich fertig, ließ sich ein Taxi rufen, nahm das Kind auf den Arm und fuhr allein nach Hause. Sie betrat die Wohnung, legte ihr schreiendes Bündel auf das Sofa, öffnete die Fenster und ging ins Schlafzimmer. Dort herrschte eine schreckliche Unordnung. Zwischen den zerwühlten Laken fand sie einen winzigen schwarzen Seidenslip, der lebhaft Aufschluß gab über Geschmack und Charakter der rechtmäßigen Eigentümerin. Auf der Höhe der Scham trug er einen rot eingestickten Schriftzug: *love me.*

15

Mit spitzen Fingern trug Giulia den Schandfetzen ins Wohnzimmer. Der kleine Giorgio hatte sich beruhigt und schlief jetzt friedlich auf dem Sofa. Sie suchte einen Umschlag und steckte den Slip hinein. Dann schrieb sie rasch eine Notiz: «Das habe ich in *meinem* Bett gefunden. Bitte komm nicht mehr nach Hause zurück. Andernfalls bringe ich dich um.» Sie legte den Zettel zu dem Wäschestück in den Umschlag, rief ein Taxi und übergab die Sendung. Sie hatte sie für ihren Mann an die Adresse der Redaktion gerichtet, mit der Aufschrift «dringend» und «persönlich».

Giorgio machte sich jetzt bemerkbar. Er hatte Hunger und mußte gewickelt werden, und sie war allein, verzweifelt allein. Am liebsten hätte sie geweint. Doch nahm sie sich zusammen und kämpfte sich durch das Chaos. Sie versuchte, sich zu erinnern, was man ihr in der Klinik gesagt hatte. Sie machte ein Fläschchen warm und gab einen Tropfen auf ihre Hand, um die Temperatur zu prüfen. Dann badete sie das Kind, wickelte es, fütterte es und wartete auf das Bäuerchen. Sie hatte das Gefühl, eine jämmerliche Mutter zu sein, wo sie doch selbst gern von einem starken Menschen in den Arm genommen und beschützt werden wollte.

Sie suchte nach einer Wiege, aber natürlich war keine da. Vor der Geburt wollte sie aus einer Art Aberglauben heraus keine haben. Und Leo, der früher so eifrig gewesen war, hatte sich nicht mehr darum gekümmert. Also richtete sie ein provisorisches Bett her, indem sie zwei Sessel zusammenschob und den Kleinen dort hineinlegte.

Giulia war in Schweiß gebadet. In ihrem Körper war aus der Zeit der Schwangerschaft noch viel Flüssigkeit angesammelt. Sie war müde und erschöpft. Aber sie wollte sich um keinen Preis auf dem Bett ausstrecken, in dem Leo mit einer Fremden gelegen hatte, während sie in der Klinik weinte.

Deshalb ruhte sie sich auf dem Sofa aus, wo sie auch einschlief. Sie wurde vom Telefon geweckt, das gleichzeitig mit Giorgios Schreien auch ihren gerechten Zorn wieder wachrief.

Es war Benny.

«Ich kann jetzt nicht mir dir reden», sagte sie kurz angebunden. «Mein Sohn schreit. Ich muß mich um ihn kümmern.»

«Dann komme ich zu dir», meinte er.

«Wann? Mir steht das Wasser nämlich bis zum Hals.»

«Sofort. *Ciao*», sagte er und hängte ein.

Er war in einer Rekordzeit da.

«Kann ich meinen Neffen sehen?» fragte er und umarmte sie. Er brachte Blumen und ein Etui von einem der teuersten Juweliere der Stadt, in dem ein kleines Goldarmband mit Giorgios Name lag.

«Zum Glück schläft dein Neffe gerade. Und ich kann dir leider gar nichts bieten außer meiner traurigen Gegenwart. Aber wenn du es dir bequem machen willst», sagte sie und bot ihm einen Platz auf dem Sofa an, das sie allerdings erst freiräumen mußte. Innerhalb weniger Stunden hatte sich ihre Wohnung in ein Zigeunerlager verwandelt.

Giulia betrachtete ihren Bruder, und zum ersten Mal fiel ihr auf, wie sehr er dem Vater ähnlich sah, nur daß Benny hinter seinem salbungsvollen Lächeln härter und gerissener war.

«Leo weiß, daß er eine große Dummheit begangen hat», kam er gleich zur Sache. Mit Giulia redete man besser ganz offen.

«Bist du sein Anwalt?» lächelte sie boshaft.

«Ich bin dein Bruder», entgegnete er. Seit einiger Zeit schon hatte er ein gutes Verhältnis zu Leo, der ihm einige Gefälligkeiten erwiesen hatte, und als nun der Schwager wegen Giulia so tief in der Tinte saß, hatte er Benny um seine Vermittlung gebeten.

«Was für ein hübsches Armband», lenkte sie ab. «Vielen Dank. Das hat Silvana ausgesucht, nicht wahr?»

«Ich spreche von deinem Mann», fing er wieder an.

«Das habe ich gehört. Aber ich habe keine Lust, über ihn zu sprechen. Du siehst selbst, in was für einer Verfassung ich bin. Ich lebe wie eine Zigeunerin. Und dort», sagte sie mit erhobener Stimme und zeigte anklagend zum Schlafzimmer hin, «wo er sich mit seinem Drecksstück herumgewälzt hat, dort schlafe ich nicht mehr.» Sie stand auf und legte das Geschenk für Giorgio in ein Fach im Bücherregal.

«Er bittet dich um Verzeihung. Er bereut es wirklich aufrichtig», versuchte Benny, sie zu überzeugen.

«Der Großherzog schickt seine Botschafter mit Gold und Blumen, um Gnade zu erwirken», sagte Giulia ironisch. «Warum ist er nicht selbst gekommen, der Wurm?»

«Er sagt, du würdest ihn umbringen.»

«Ist das denn möglich?» Giulia brach in Tränen aus. «Erst ein solcher Schlag ins Gesicht, und dann bittet er um Verzeihung», schluchzte sie und zog die Nase dabei hoch wie ein kleines Mädchen. «Jetzt fang nur noch an, im Namen der Familie zu sprechen. Erinnerst du dich? Aus Liebe zur Familie sollte ich ihn damals verlassen. Und aus Liebe zur Familie soll ich ihn jetzt nicht verlassen dürfen, wo er mich so beleidigt hat?»

Giorgio wachte auf und fing an zu schreien. In der entstehenden Verwirrung versuchte Benny, sich nützlich zu machen, während Giulia sich bemühte, das Kind und auch sich selbst zu beruhigen. Benny ging in die Apotheke und brachte Windeln, Fläschchenwärmer, Mineralwasser, Milchpulver, Kinderseife und eine Plastikwanne mit. Wie hatte er sich doch verändert gegenüber früher, als er sich zum Richter über ihre Lebensführung machte! Er behandelte sie respektvoll und nachsichtig, auch wenn er sich von seiner Rolle als erfahrener und allwissender großer Bruder nicht trennen konnte.

«Er ist der Vater deines Sohnes», knüpfte er an ihr Gespräch an, als ihm seine Schwester wieder einen ruhigeren Eindruck machte. Giorgio schlief frisch gewaschen und gefüttert in seinem improvisierten Kinderbett.

«Gibt ihm das vielleicht das Recht, mich wie einen Bettvorleger zu behandeln?» erwiderte Giulia, ohne die Stimme zu erheben. «Herr Rechtsanwalt, deine Argumente sind dürftig. Oder bei deinem Klienten handelt es sich um einen hoffnungslosen Fall. Bald kannst du nur noch an die Gnade des Gerichts appellieren.»

«Er hat einen Fehler gemacht und ist bereit, ihn wieder gutzumachen.»

«Indem er die Bettwäsche in die Wäscherei gibt?» fuhr sie ihn an. «Es gibt Gleichgewichte, die lassen sich nicht wiederherstellen. Ich will keine großen Worte gebrauchen, aber solche Wunden hinterlassen Narben. Er hat sich eine Fremde in mein Bett geholt, während ich seinen Sohn zur Welt brachte. Habt ihr Männer überhaupt eine Vorstellung davon, wie schmerzhaft und schrecklich dieses glückliche Ereignis eigentlich ist, über das sich Dichter und Literaten so oft auslassen, ohne daß sie etwas darüber wissen? Während mein Körper beinahe auseinanderriß, hat er sich mit einer anderen vergnügt. Und da soll ich ihm verzeihen? Wie kann ich denn einfach auslöschen, was er mir angetan hat?»

«Für Leo war alles sehr schwierig, als du Giorgio bekommen hast», verteidigte Benny ihn.

«Was?!» rief Giulia verblüfft. «Würdest du das bitte wiederholen, das ist ja unglaublich: Für Leo war alles sehr schwierig!»

«Doch», beharrte er. «Vater werden kann genauso aufwühlend sein wie Mutter werden. Du hast dich ausschließlich auf das Kind konzentriert. Du hast ihn vergessen. Das war wenigstens sein Eindruck. Leo ist ein Egozentriker, er ist gewöhnt, daß alles sich um ihn dreht. So lehnt er unbewußt dieses Kind ab, das ihn vom ersten Platz verdrängt hat. Und er benimmt sich, als ob es dieses Kind und diese Ehefrau gar nicht gäbe. Oder er bestraft sie vielleicht. Und er bestraft auch sich selbst. Er nimmt sich seine Freiheit und zieht los mit dieser ... Jedenfalls», schloß er seine Verteidigung, «kann man ihn irgendwie verstehen.»

«Hast du einen Fernkurs in Psychoanalyse gemacht?» verspottete sie ihn.

«Ich versuche nur, meinen gesunden Menschenverstand zu gebrauchen», erwiderte er.

«Möchtest du einen Kaffee?» fragte sie, schon viel ruhiger.

«Einen Versöhnungskaffee?» versuchte er es lächelnd weiter, während seine Schwester den Kaffee aufsetzte. «Du weißt doch, Leo benimmt sich so unbesonnen wie ein Kind.»

Giorgio schlief im Wohnzimmer, und sie tranken den Kaffee an einem kleinen Tisch in der Küche. Giulia genehmigte sich die erste Zigarette seit Monaten. Sie fand den Geschmack scheußlich und drückte sie sofort wieder aus.

«Wenigstens ein Gutes in dem ganzen Schlamassel: ich brauche keine Zigaretten mehr», stellte sie befriedigt fest.

«Auch wenn der äußere Schein gegen ihn spricht», nahm Benny die Verteidigung wieder auf, «weißt du doch, daß er dich sehr gern hat. Du darfst ihn nicht verurteilen, wenn er sich ausnahmsweise einmal so häßlich benommen hat. Gib ihm die Möglichkeit, sich zu rechtfertigen.»

«Der Sauhund», beschimpfte sie ihren Mann. «Ich habe ihn ja auch gern», fügte sie hinzu. Und sie sah den geliebten Gauner vor sich, den Weiberhelden, mit dem sie so viel Schönes erlebt hatte und der auch immer wieder seine ehrliche Zuneigung bewiesen hatte.

«Na gut. Richte ihm aus, daß er zurückkommen kann», ergab sie sich. Sie liebte ihn, trotz seiner Fehler, trotz seines kindischen Egoismus', der sie schon fast wieder rührte. Und dann war er ihr Ehemann, der Vater ihres Sohnes. Aus Liebe zu ihm hatte sie ihr Elternhaus verlassen. Sie baute ihre Rechtfertigung auf einer Reihe von Gemeinplätzen auf, ohne sich der Inkonsequenz zu schämen, mit der sie jetzt einen Riß zu kitten versuchte, den sie bis vor einer Minute als endgültig betrachtet hatte. «Sag ihm, er kann zurückkommen», wiederholte sie. «Aber nicht sofort. Ich muß mich erst von diesem Schlag erholen.»

«Und wann?» fragte Benny, der eigentlich nicht mit einem Sieg gerechnet hatte und nun nicht wußte, ob er ihn Giulias Nachgiebigkeit oder seinem Geschick als Vermittler zuschreiben sollte.

«Sagen wir, in einer Woche», entschied sie in der Überzeugung, ein kurzes Exil sei notwendig.

Leo schickte als Vorhut zwei Packer von einer Möbelfirma mit einem neuen Bett, dem ein Hauch von Hollywood anhaftete. Es war jedoch äußerst komfortabel und ersetzte das besudelte alte, das auf dem Müllplatz landete. Auch eine Wiege für Giorgio traf ein. Und Blumen. Jeden Tag. Nach einer Woche kam er dann selbst.

Es läutete an der Tür. Als Giulia öffnete, stand ihr ein sehr gutaussehender Mann gegenüber, mit sanftem Gesicht, liebevollem Blick und einem dankbaren Lächeln. In der Hand hielt er ein Buch mit der Titelseite nach vorn. Eine verschwommene Frauengestalt. Ein Titel: *Mein Kind.* Ein Name: Giulia de Blasco. Sie sah abwechselnd auf Leo und das Buch. Sie umarmte beide – ihn, der mit so viel Liebe zurückkam, und das Buch, das so viele Verheißungen in sich trug.

16

«Das ist das erste Exemplar deines Romans», sagte Leo. «Ich habe den Leiter der Buchbinderei bestochen, um es zu bekommen. Eigentlich fangen sie morgen erst an, die Bücher zu binden.»

«Komm rein», forderte Giulia ihn auf und nahm das Buch.

«Seit einer Ewigkeit habe ich dich nicht mehr gesehen», murmelte er, beugte sich über sie und streifte ihre Lippen mit einem Kuß. «Wie Milch und Honig.»

«Ist aber Kölnisch Wasser und Kinderpuder», erwiderte sie ironisch.

«Ich war viel zu lang weg von dir», hauchte er in ihr Ohr.

«Früher waren wir manchmal auch noch länger getrennt», sagte sie leicht distanziert.

«Aber nicht in dieser Weise, daß ich dich im Haus gegenüber wußte», sagte er zu ihrer Überraschung. «Am Abend habe ich dich herumlaufen sehen. Ich habe deinen Schatten gesehen. Ich blieb solange ruhig im Dunkeln sitzen, bis das Licht gelöscht wurde oder der Rolladen herunterging.»

Leo führte sie zum Wohnzimmerfenster und zeigte ihr das Hotel Diana, das genau gegenüber lag.

«Da hast du gewohnt?» fragte sie gerührt.

«Eine endlose Woche lang», seufzte er wie der junge Werther.

«Soll ich mich jetzt auch noch schuldig fühlen?» fragte sie, als ob sie sich ärgerte.

«Giulia, ich liebe dich. Und ich liebe diesen kleinen Eindringling, der mir einen Teil deiner Liebe wegnimmt. Wo ist mein Sohn denn eigentlich?» schaute er sich fragend um.

«Komm.» Giulia ging voraus in das große Zimmer, wo Giorgio neben ihrem Bett in seiner Wiege schlief.

An diesem Abend blieb Ambra da und paßte auf den Kleinen auf. So konnten Giulia und Leo zum ersten Mal wieder das gesellschaftliche Leben genießen. Sie fühlte sich leicht wie eine Libelle. Leo war der wunderbare Mann, den sie vom ersten Moment an geliebt hatte, der ergebene Liebhaber, der seine Gefährtin zärtlich verehrte.

Im Restaurant ließ der Ober die beiden an einem ruhigen Tisch Platz nehmen.

«Die Experten sagen, dein Roman wird ein Erfolg», teilte Leo ihr mit.

«Die Experten sind bekannt für ihre Fehlurteile», entgegnete sie ernst, denn sie wollte ihren wachsenden Enthusiasmus im Zaum halten. «Sie haben Bücher wie den *Leopard* oder *Love story* scharf kritisiert, während mancher von ihnen vorhergesagte Erfolg ein glatter Reinfall wurde.»

«Riboldi selbst hat eine groß angelegte Werbekampagne vorgeschlagen. Und du weißt, daß die Vorschläge des Alten Befehle sind. Man kann über diesen Mann sagen, was man will, aber einen Riecher für so etwas hat er.»

Obwohl Giulia sich fühlte, als würde sie gleich zu schweben anfangen, wollte sie doch mit beiden Beinen auf der Erde bleiben.

«Was hältst du denn davon?» fragte sie.

«Ich glaube, daß der tolle Roman, den du gerade geschrieben hast, weit hinter denen zurückbleibt, die du noch schreiben wirst», sagte Leo mit überzeugter Stimme.

«Ist das deine ehrliche Meinung?»

«So ungetrübt wie die Luft vor dem Industrie- und Atomzeitalter», gab er im Spaß zurück.

«Und was rätst du mir?»

«Du solltest den Beruf wechseln.»

«Soll ich in den Pferdesport einsteigen?»

«Du solltest deiner Berufung folgen. Ihr nachgeben. Du bist die geborene Schriftstellerin. Das ist der Beruf, den du immer schon haben wolltest. Nicht der, den ich dir aufgezwungen habe und den du trotzdem mit Bravour ausgeübt hast.»

«Du bringst mich ganz durcheinander», meinte sie und wurde rot.

«Das ist die Wahrheit, Giulia», beharrte er. «Ohne es zu wissen, hast du einen herrlichen Roman geschrieben. Du hast eine Seele, die sich mitteilen will: laß sie frei heraus.»

«Ach Leo, was täte ich nur ohne dich!» Sie griff über den Tisch hinweg nach seiner Hand und sah ihn voller Rührung an.

Der Kellner servierte ihnen Filet in Pilzsoße, garniert mit Walderdbeeren. Er hatte angenehme Manieren, er war diskret und zurückhaltend. Die raffinierte Eleganz dieses Lokals, das gerade in Mode war, rief Giulia die denkwürdigen Gelage ins Gedächtnis zurück, die einst in der Osteria del Bersagliere in der Via Scarpa in Modena stattgefunden hatten. Sie erinnerte sich an die Nacht, als Freunde des Großvaters eine Gans gestohlen hatten, als Krönung eines Festmahls, das die Wirtin, die wegen ihres starken Charakters und ihrer Entschlossenheit von allen Napoleon genannt wurde, in der Osteria veranstaltet hatte. Und auch ein kleines Mädchen, Giulia, saß neben dem Großvater und seinen Freunden. Sie aßen und lärmten mit der Wirtin, die unter dem Gelächter der Tischgenossen die Teller vollschaufelte und überall Spritzer hinterließ. Und nach Strömen von Lambrusco und Sturzbächen von Worten nahm irgendeiner das Akkordeon – meistens Maciste, ein blasser, graziler Mensch –, dann wurde es still, und durch die sternklare Nacht erklangen die Töne eines sehnsuchtsvollen Walzers. Dazu erhob sich klar, warm und leidenschaftlich die Stimme des Großvater mit einem Lied zum Träumen: «Fern, fern übers Meer, blühen die sterbenden Rosen so schön ...»

Wie viele Bilder, wie viele Menschen versammelten sich im Geist, wie viele Geschichten zwischen Phantasie und Wirklichkeit, Geschichten von großen Herren und gemeinen Gaunern, von Edelmännern und Mördern, von ehrbaren Damen und kleinen Dirnen.

«Schatz, willst du nicht essen?» forderte Leo sie auf und holte sie damit aus ihren Gedanken zurück.

«Ich habe gerade nachgedacht.»

«Es sah fast so aus, als würdest du träumen.»

«In gewisser Weise, ja. Ich habe an den Großvater gedacht. Du hast ihn ja erst als Toten kennengelernt, erinnerst du dich?» Sie begann zu erzählen, und dabei kam ihr die Idee für ihren zweiten Roman.

«Hallo, mein Lieber, wie geht's?» unterbrach eine flötende Stimme ihre Zweisamkeit, die wieder so vertraut war wie früher.

Giulia blickte auf und sah eine junge, blonde Frau mit einer sehr weiblichen Figur. Sie war ganz in ein Rosa gekleidet, das Giulia an eine Puderquaste erinnerte.

Leo stand auf und streifte die dargebotene Hand mit den Lippen.

«Kennst du Signora Corsini? Marta Corsini», stellte er die Fremde Giulia vor. «Meine Frau», sagte er zu Marta gewandt.

Giulia lächelte leicht verwirrt dieser Frau zu, die ihre Gedanken und Erinnerungen so jäh gestört hatte. Dagegen war Martas Herzlichkeit zu groß, um echt zu sein.

«Die berühmte Giulia de Blasco! Ich bewundere Sie wahnsinnig!» übertrieb sie. Dann sprach sie mit Leo:«Wir haben uns schon eine ganze Weile nicht mehr gesehen.»

«Praktisch seit dem letzten Mal», versuchte er eine witzige Antwort, aber sie war nicht sehr überzeugend.

«Ich habe wohl gestört», entschuldigte sie sich mit einem strahlenden Lächeln und entfernte sich, ohne noch etwas zu sagen.

«Wer ist das denn?» fragte Giulia, die sich über die aufdringliche und leicht vulgäre Erscheinung geärgert hatte.

«Die Frau von Corsini. Dem berühmten Chirurg. Du hast sicher schon von ihm gehört», antwortete er.

«Der Name sagt mir nichts.» Giulia überlegte. «Ich hatte nie im Bereich Medizin zu tun. Und ich selbst habe zum Glück auch noch keinen Arzt gebraucht. Du kennst sie ja recht gut.»

«Ich kenne sie eben», sagte er ausweichend.

«Ich finde sie jedenfalls gräßlich», stellte Giulia fest.

17

Ihr erster Roman war ein sensationeller Erfolg. Wenn Giulia, was selten genug vorkam, ein bißchen freie Zeit hatte, streifte sie durch die Buchhandlungen der Innenstadt, wo sie sicher war, daß man sie nicht kannte, und betrachtete ihre Leser. Sie hätte gerne mehr Zeit gehabt, um zu genießen, daß ihr Buch so lange in den Bestsellerlisten erschien. Aber andere Dinge hielten sie in Anspruch: Leo, der Haushalt, der kleine Giorgio, ihre journalistische Tätigkeit, die sie halbtags wieder aufgenommen hatte, und ihr neues Buch mit den vielen Personen, die sie an der Hand nahmen und auf unbekannte Wege führten.

So verging ein Jahr, und im Sommer empfahl ihr der Kinderarzt, mit Giorgio ans Meer zu fahren.

«Kannst du nicht mitkommen?» fragte sie ihren Mann.

«Ich werde kommen, sooft es geht», versprach Leo, der seit seinem Fehltritt ein mustergültiger Ehemann gewesen war.

Sie mieteten in Milano Marittima eine kleine Villa in einem Pinienhain ganz nah am Meer. Man mußte nur durch das Gartentor treten, und schon war man am Strand. Ambra konnte in letzter Minute doch nicht mitkommen, weil ihr Vater krank wurde. An ihrer Stelle fuhr Carmen mit, die zwar nicht viel Lust hatte, aber Giulia wollte ihren zweiten Roman zu Ende schreiben.

«Dieses Jahr», sagte Carmen zu ihr, «würde ich eigentlich lieber alleine sein.»

Carmen zog sich immer mehr in sich selbst zurück. Giulia war deshalb überzeugt, daß ihr die Ferien mit ihrem Enkelkind nur guttun würden.

Sie arbeitete unter den Bäumen im Garten der Villa, wo sie nur aufschauen mußte, um Giorgio und seine Großmutter unter einem großen, bunten Schirm am Strand zu sehen. Die Katze Jezebel, die trotz ihres hohen Alters von sieben Jahren wieder Junge bekam, lag in einem Blumenbeet und döste vor sich hin.

Leo hatte das Wochenende bei ihnen verbracht und war vor ein paar Stunden nach Rom aufgebrochen, um von dort aus nach Südafrika zu fliegen. Er mußte wegen einer wichtigen Reportage nach Kapstadt.

Giulia sah zu, wie das rötliche Licht des Sonnenuntergangs durch die Bäume fiel. Glücklich atmete sie den frischen Hauch des Meeres und den Duft der Pinien ein. Es war ein Gefühl tiefer Erfüllung: die Zuneigung, die sie umgab; das Buch, das sie schrieb; die Luft; die Lebensfreude, die in ihren Adern pulsierte; und vor allem die beiden Gestalten, die sich an dem fast leeren Strand gegen das schwindende Licht des Tages abhoben – ein eindringliches Sinnbild von Vergangenheit und Zukunft.

Sie hörte im Haus das Telefon läuten und ging hinein. Es war Leo, der sich vor seinem Abflug von Fiumicino aus noch rasch verabschieden wollte.

«Paß auf dich auf», ermahnte ihn Giulia.

«Und streng du dich nicht zu sehr an. Versprochen?»

«Versprochen.»

«In einer Woche bin ich wieder in Mailand», versprach er.

«Ich liebe dich», sagte sie.

«Ich dich auch», erwiderte er, während sein Flug über Lautsprecher aufgerufen wurde.

Giulia legte den Hörer auf und ging wieder in den Garten. Ihr blieb noch eine gute Stunde, um ihr Tagespensum zu erledigen. Sie schaute zum Strand, aber die beiden Silhouetten waren nicht mehr zu sehen. Soweit sie den Strand überblicken konnte, war keine Spur von Giorgio und Carmen. Ihre Mutter und ihr Sohn waren verschwunden. Plötzlich bekam sie Angst.

Sie rannte zum Strand. Um diese Uhrzeit waren nicht mehr viele Leute dort, und die wenigen kannten sie fast alle. Sie blickte angstvoll und verstört umher.

«Suchen Sie zufällig Ihre Mutter und Ihren Sohn, Signora Giulia?» fragte ein Frau mit dem unverwechselbaren Akzent der Romagna.

«Ja, haben Sie die beiden gesehen?» Sie konnte kaum sprechen, nachdem sie so gerannt war.

«Der Kleine ist dort drüben», beruhigte sie Giulia. «Schauen Sie. Womöglich haben Sie schon Schlimmes befürchtet. Ein Unglück ist ja schnell passiert.»

Offensichtlich hätte die Frau gerne ein Gespräch mit ihr angefangen, aber Giulia hatte weder Zeit noch Lust, ihr zuzuhören. Sie eilte zu Giorgio, der unter einem Schirm in der vordersten Reihe mit einem Mädchen spielte, das schon etwas größer war als er.

«Guten Abend», begrüßte die Mutter des Mädchens sie freundlich.

«Warum ist Giorgio nicht bei seiner Großmutter?» fragte Giulia ängstlich, ohne den Gruß zu erwidern.

«Sie ist baden gegangen und kommt gleich wieder», erklärte die Frau.

«Aber sie badet niemals!»

«Wie bitte?»

«Meine Mutter hat in ihrem ganzen Leben noch nie einen Fuß ins Wasser gesetzt. Sie kann überhaupt nicht schwimmen», rief Giulia mit erstickter Stimmer. Sie nahm Giorgio auf den Arm und lief ans Meer.

«Sie hat gesagt: Könnten Sie bitte auf den Kleinen aufpassen, ich möchte schwimmen gehen», wiederholte die Frau. «Genau das hat sie gesagt.»

Von Carmen war nichts zu sehen. Giulia war vollkommen verzweifelt.

Die Rettungswache vom Strand fuhr mit dem Boot hinaus, aber ihr Einsatz blieb ohne Ergebnis. Man suchte Carmen am Strand, man rief sie über Lautsprecher aus. Wie konnte jemand innerhalb einer Viertelstunde von einem fast leeren Strand spurlos verschwinden? Giulia rannte wieder zum Haus, in der unsinnigen Hoffnung, ihre Mutter sei inzwischen heimgekommen, doch sie war nicht da. Dann benachrichtigte sie die Polizei, obwohl sie wußte, daß es vergeblich sein würde.

Carmen war im Abendlicht dem Tod entgegengegangen. Nach zwei Tagen schwemmte das Meer ihre Leiche ans Ufer.

Sie war dahingegangen, ohne etwas zu sagen, und hatte ihre Tochter in einer schrecklichen Beklemmung zurückgelassen. In diesem endgültigen, scheinbar unerklärlichen Akt glaubte Giulia etwas wie Rache zu spüren. Auf ihrem Gewissen lastete die quälende und verzweifelte Pflicht, in der Vergangenheit die Gründe für diese unwiderrufliche Entscheidung zu suchen, so wie man eine Photomontage auseinandernimmt oder einen Kriminalfall rekonstruiert. An welchem Punkt, an welcher Kreuzung war Carmen von der Straße der Hoffnung abgekommen? Als Giulia nun in ihrer Erinnerung zurückging, glaubte sie, Zeichen von Müdigkeit zu erkennen, von tiefer Teilnahmslosigkeit, von großer Verlassenheit. Die wiederholten Anspielungen auf die Sinnlosigkeit eines gescheiterten Lebens, die Giulia als unbedeutend und unwichtig abgetan hatte, um selbst ruhig leben zu können, aus Angst oder Feigheit, fielen ihr jetzt wieder ganz deutlich ein. Ihre Mutter, ihre gütige, sanfte und abgeklärte Mutter war müde und niedergeschlagen gewesen, hatte sich im Abseits gefühlt. Sie hatte zwar die Tochter und das Kind und wirkte nach außen hin heiter ... Aber irgend etwas stimmte nicht in ihrem Verhältnis zum Leben, ein Schwindel zog sie in das Nichts, in das Schweigen, in das Dunkel eines nicht zu lösenden Rätsels: der Freitod. Dieses tragische Ende war für Giulia, als ob man hinter einem unerträglichen Dasein die Tür zugeschlagen hätte.

18

Carmen war völlig unvorhersehbar von ihnen geschieden. Sie war ins Meer und in den Tod gegangen, um das große Buch des Lebens vor der Zeit zu schließen.

«Warum?» fragte Benny.

«Ich weiß es nicht», sagte Giulia und schüttelte den Kopf.

«Sie schien so ruhig», meinte Isabella, die zum ersten Mal von einem großen Schmerz berührt wurde.

«Sie war sehr müde», sagte Giulia leise. «Und einsam. Sie konnte die Last der Erinnerungen nicht mehr ertragen.»

«Was für Erinnerungen?» fragte Isabella neugierig.

«Ihre Erinnerungen», sagte Giulia schroff.

«Sie hatte kein Recht dazu», urteilte Benny. Der Moralist in ihm gewann meistens die Oberhand.

«Was weißt du schon von ihrer Müdigkeit und ihren Erinnerungen?» wies Giulia ihn zurecht. «Wer konnte denn je ergründen und verstehen, was wirklich in ihr vorging?» fügte sie unter Tränen hinzu. Was wußten die anderen – sie inbegriffen – von einer Liebesgeschichte, die in nur einem Augenblick aufgelodert und niedergebrannt war, von einer Qual, die ein Leben lang andauerte? Vielleicht hatte ihr Sterben schon an jenem Wintertag begonnen, als sie die Hütte im Apennin verließ.

«Aber sie war doch bei dir und Giorgio», wunderte sich Isabella.

Giorgio lächelte selig in Giulias Arm. Er spielte mit ihren

Goldketten und gab unverständliche Laute von sich. Sie waren in Modena, wo Carmen ihren Weg hatte beenden wollen, in ihrer Heimat. In ihrer Handtasche war eine Art Testament mit ihrem letzten Willen gewesen: «Die Wohnung in der Via Tiepolo bekommt Giulia. Der Rest ist für alle. Respektiert diesen Wunsch.»

«Wo ist eigentlich dein Mann?» fragte Benny.

«In Kapstadt.»

«Hast du ihn nicht benachrichtigt?»

«Was hätte das geändert?»

«Was machst du jetzt? Fährst du zurück ans Meer?» fragte Isabella interessiert, die unerklärlicherweise nichts an den letzten Verfügungen ihrer Mutter auszusetzen hatte.

«Ich fahre mit euch nach Mailand», entschied Giulia. «In drei Tagen kommt Leo zurück.»

Isabella fuhr in Giulias Auto mit, um auf Giorgio aufzupassen. Seit Jahren waren sie nicht mehr miteinander allein gewesen.

«Das mit der Via Tiepolo tut mir leid», entschuldigte sich Giulia.

«Was unsere Mutter entschieden hat, ist in Ordnung. Ich habe schon mit Benny darüber gesprochen», beruhigte sie die Schwester.

«Wer weiß, vielleicht finde ich sogar eines Tages den Mut, dort zu leben», sagte Giulia.

Sie kamen im Dunkeln in Mailand an. Isabella setzte sich zu ihrem Mann ins Auto, der hinter ihnen hergefahren war, während Giulia mit dem schlafenden Kind auf dem Arm die Haustür aufschloß und mit dem altmodischen Aufzug hinauffuhr. Sie erinnerte sich an den Tag – er war noch gar nicht so lange her –, als sie dieses Haus zum ersten Mal betreten hatte. Giorgio mußte erst noch geboren werden, ihr erstes Buch war eben fertig geschrieben, Leo und Carmen hatten die Wohnung eingerichtet und sich um sie gekümmert. Sie dachte mit Dankbarkeit und Wehmut an ihre Mutter, und ihre Augen füllten sich mit Tränen. Sie dachte daran, was für ein außergewöhnlicher Mann Leo war. Oft benahm er sich wie ein egoistisches und verwöhntes Kind, aber er liebte sie und hatte schon viel für sie getan. Leo, mein lieber Leo, dachte sie zärtlich.

Der Aufzug hielt im dritten Stock und holte sie aus ihren Gedanken. Sie steckte den Schlüssel ins Schloß. Die Tür öffnete sich bereits nach einer Umdrehung. Dabei erinnerte sie sich ganz genau, daß sie mit fünf Umdrehungen zugeschlossen hatte. Instinktiv drückte sie Giorgio fester an sich, um ihn zu schützen. Sie vermutete Einbrecher und wollte weglaufen, aber etwas hielt sie zurück. Sie trat leise ein. Aus dem Wohnzimmer drang gedämpfte Musik. Sie öffnete die Tür einen Spalt. Im matten Licht sah sie tanzende Schatten. Ihr Herz hämmerte in ihrer Brust, und ihr Atem stockte. Sie erkannte einen Kollegen von Leo und seine Freundin, die in seinen Armen lag. Die anderen beiden waren ihr unbekannt. Was hatten diese Leute in ihrer Wohnung zu suchen? Wer hatte sie hereingelassen? Eine furchtbare Gewißheit stieg in ihr auf. Ohne daß sie jemand sah, gelangte sie ins Schlafzimmer. Sie öffnete die Tür und machte Licht. Leo und die Blondine mit der flötenden Stimme, die sie im Restaurant kennengelernt hatte, starrten sie entgeistert an.

19

Giulia hatte das Gefühl, daß die Welt um sie herum zusammenbrach. Trotzdem schrie sie nicht, weinte nicht, verzweifelte nicht. Ihre einzige Sorge in diesem Moment war, daß Giorgio nicht wach wurde. Sie löschte das Licht über dem unwürdigen und grotesken Schauspiel, schloß die Tür und verließ eilig die Wohnung.

Sie stieg wieder ins Auto und legte Giorgio auf den Rücksitz. Fünf Minuten später war sie in der Via Tiepolo.

Leo besaß dieses Mal Anstand genug, weder Benny noch sonst jemanden als Vermittler zu schicken, noch tauchte er selbst bei ihr auf. Benny übernahm die Scheidungsklage seiner Schwester.

Ambra wurde für Giulia immer wichtiger. Mit ihrer Hilfe konnte sie den zweiten Roman beenden, wenn auch mit Verspätung. Gleich danach fing sie mit dem dritten an.

«Du läufst Gefahr, eine Massenproduzentin zu werden», scherzte ihr Verleger.

«Das würde mir nichts ausmachen», erwiderte sie. «Gute Schriftsteller, die wenig schreiben, gibt es schon so viele.»

Der alte Commendatore war ernstlich besorgt.

«Bist du sicher, daß du nicht zuviel arbeitest?» fragte er.

«Geschichten sind nicht wie Geld, sie wachsen nicht im Kapital», erklärte sie. «Wenn man sie liegen läßt, werden sie nur alt, sie bringen keinen Ertrag, und die Inspiration versiegt.»

Die Arbeit war ihre Medizin und ihre Droge. Giorgio war ihr Trost. Ein Gefühlsleben gab es für sie nicht. Sie hatte zwar ein Verhältnis mit einem Fotografen. Aber Leo erfuhr davon, und als sie sich vor dem Scheidungsrichter trafen, versuchte er, diese Tatsache gegen sie zu verwenden. Dann änderte er seine Taktik und fing unbeirrbar wieder an, ihr den Hof zu machen. Doch vergeblich. Giulia wußte inzwischen, daß er sich nie ändern würde.

Schritt für Schritt, und nicht ohne Schmerzen, lernten sie, nur Freunde zu sein. Die Leidenschaft und auch die Empörung vergingen. Leo blieb ein zärtlicher Vater für Giorgio und ein egoistischer Freund für Giulia.

«Du kannst ihm soviel Geld abknöpfen, wie du willst», hatte Benny als ihr Rechtsbeistand sie belehrt.

«Dann brächte ich ihn ja um sein Hab und Gut», sorgte sich Giulia. «Er hat doch schon eine Ex-Ehefrau zu unterhalten. Findest du das nicht genug?»

«Nun, die bekommt bereits seit längerer Zeit nichts mehr von ihm.»

«Elender Mistkerl», entfuhr es Giulia. «Was zum Teufel hat er mit dem ganzen Geld gemacht?»

«Soll ausgerechnet ich dir das sagen?»

«Schon gut. Wir nehmen soviel Geld wie möglich. Giorgio ist schließlich auch sein Kind. Und es ist nur gerecht, daß der Vater für das Kind aufkommt.» Sie kochte vor Wut.

Als sie ihn wieder sah, verflog ihr Unwillen. Leo war und blieb ein Egoist, der aus Prinzip log, von Natur aus untreu war und niemals reif sein würde für eine faire Partnerschaft, denn der Drang auszubrechen war viel zu stark in ihm. Doch hatte sie keinerlei Zweifel, daß er sie wirklich geliebt hatte und auf seine Art vielleicht immer noch liebte.

Zaira hatte wieder mit ihr Kontakt aufgenommen. Sie besaß mittlerweile ein Atelier im Zentrum von Mailand und entwarf Röcke und Oberteile für die Prêt-à-porter-Mode. Der Adelstitel erleichterte ihr den Beruf. Giulia achtete nicht auf die böswilligen Unterstellungen von verschiedenen Seiten, es sei eine «etwas merkwürdige» Beziehung, und traf sich häufiger mit ihr. Zwischen ihnen handelte es sich wirklich nur um eine ehrliche Freundschaft.

Bei Zaira begegnete sie auch wieder Marta Corsini, der Frau, die sie in ihrem Bett und in den Armen ihres Ehemannes angetroffen hatte. Sie begegnete ihr wieder auf einer Modenschau ihrer Freundin. Dabei sprach jemand auch von Martas Ehemann. Als Ermes' Name fiel, wallte in Giulia eine Woge von zärtlichen und gefühlvollen Erinnerungen auf. Der Junge, der ihr den ersten, unvergeßlichen Kuß ihres Lebens gegeben hatte, galt inzwischen als eine Kapazität in der Welt der Medizin. Sie sah ihn vor sich, wie er in ihrem Garten eine arme Pinie wütend attackierte, im Tausch gegen Griechischunterricht. Ermes war ein einflußreicher Mann geworden und mit einer einflußreichen Frau verheiratet. Doch nach allem, was sie wußte, hatte auch er keine gute Wahl getroffen.

Von diesem Tag an durchblätterte Giulia die Illustrierten auf der Suche nach Fotografien und Nachrichten von Ermes. Stets erschien er zu gesellschaftlichen Anlässen in Begleitung seiner Frau, deren Untreue ihm offensichtlich nicht bekannt war. In der reifen Schönheit des Mannes suchte sie den männlichen Charme des Zwanzigjährigen und fand ihn unverändert. Wer weiß, ob er sich noch an sie erinnerte. Dieser Gedanke erfüllte ihr Inneres mit Zärtlichkeit.

So rollten die Jahre den Abhang des Lebens hinunter und wurden zu einer Lawine. Aber als sie sich dann wieder trafen, sich Auge in Auge gegenüberstanden auf der Fifth Avenue in Manhattan, da war es, als ob der lange Lebensabschnitt dazwischen nur einen Augenblick gedauert hätte.

«Giulia. Giulia de Blasco», begrüßte Ermes sie. Er ging auf sie zu und sah sie voll Bewunderung an. «Hast du deine Erkältung überstanden?»

Sie versuchte, ihre Erregung zu verbergen.

«*Ciao*, Ermes», lächelte sie. «Paßt du immer noch gut auf deine Familie auf?»

«Nein», antwortete er. «Ich habe mein Amt als zähnefletschender Wachhund aufgegeben. Es gibt auch nicht mehr viel zu bewachen», fügte er etwas melancholisch hinzu. «Du bist dagegen immer noch das reizende Mädchen, das mir vor ein paar Jahren an einem kalten Junimorgen einen Kaffee angeboten hat.» Er hielt ihre Hand mit seinen beiden Händen fest.

«Ich werde demnächst vierzig», sagte sie und wurde rot.

«Und bist noch schöner, als ich dich in Erinnerung hatte», gestand er ihr. «Ich habe an dich gedacht, Giulia. Öfter, als du dir vorstellen kannst.»

«Gütiger Himmel, da stehen wir hier in der belebtesten Straße von ganz New York und reden wie zwei alte Fossile», lachte Giulia.

«Bist du sehr beschäftigt?» fragte er.

«Ich habe Ferien und folglich überhaupt keine Zeit», antwortete sie fröhlich. Sie betraten den Trump Tower, einen hochmodernen Wolkenkratzer aus rosa Marmor, Glas und Gold. In einem kleinen Café setzten sie sich an einen Tisch zwischen Bäumen und einem plätschernden Springbrunnen.

«Auch ich habe an dich gedacht», vertraute sie ihm an.

«Tatsächlich?»

Fünfundzwanzig Jahre waren vergangen, und sie überlegte, ob das Make-up die Falten verdeckte und ob ihre Frisur in Ordnung war. Sie bedauerte, daß sie in ihrem Kostüm ein bißchen mollig wirkte. Die Angst, nicht schön zu sein, belebte sie und machte sie erst recht bezaubernd.

«Ich habe sogar daran gedacht, dich anzurufen», sagte Ermes zu ihrer Verblüffung.

«Mich?»

«Die Schriftstellerin Giulia de Blasco. Ich habe gesehen, wie du einen Roman im Fernsehen vorgestellt hast. Ich habe auch von dir in der Zeitung gelesen. Alle Achtung.»

«Und warum hast du es nicht getan?»

«Mit welchem Vorwand denn? Sollte ich sagen: Ich bin der Typ, der dir vor zwanzig Jahren einen Kuß gegeben hat, können wir uns mal treffen?»

«Also erinnerst du dich daran», freute sie sich.

«Das war der kälteste Juni meines Lebens.»

«Erinnerst du dich an den Kuß oder an die Kälte?»

«Ich erinnere mich an dich und an deine Augen, in denen die Zeit stillzustehen scheint.» Er strich ihr über die Wange. «Und du?»

«Ich habe wirklich nicht damit gerechnet, dir hier zu begegnen.»

«Bist du allein?»

«Du meinst, ob ich verheiratet bin?»

«Auch das.»

«Ja, das bin ich.»

«Glücklich?»

«Ich lebe seit dreizehn Jahren getrennt und bin seit acht Jahren geschieden.»

Er schüttelte den Kopf und lächelte.

«Mir ist es auch nicht anders ergangen. Ich habe mich vor vier Jahren von meiner Frau getrennt», sagte er. «Die Ehe mit Marta war eine Katastrophe. Sie ist keine einfache Frau.»

«Ich weiß.»

«Kennst du sie?»

«In gewisser Weise.» Sollte sie ihm erzählen, daß niemand anderes als Marta ihre Ehe zerstört hatte?

«Ich habe deinen literarischen Aufstieg verfolgt. Ich habe alle deine Bücher gelesen. Sie haben mir gut gefallen. Wenn in den Frauen, die du beschreibst, auch etwas von dir steckt, bedaure ich wirklich, daß ich dich aus den Augen verloren habe.»

«Und wenn ich mit Haut und Haaren in ihnen stecke?» sagte sie herausfordernd.

«Auch in den leidenschaftlichen Ausschweifungen?» stichelte er.

«In allem!»

«Dann sollte ich vor dir fliehen, um dich nicht mehr zu sehen. Du bist wie Dynamit.»

Eine Kellnerin brachte ihnen die Getränkekarte. Ermes bestellte einen Scotch auf Eis, Giulia nahm lieber einen Saft.

«Was machst du denn in New York?» fragte sie ihn.

«Ein Kongreß.»

«Also hast du sozusagen Ferien.»

«Sozusagen.»

«Bist du allein?»

«Das bin ich immer.»

«Und die hübschen Frauen, mit denen du immer mal wieder in den Klatschspalten auftauchst?» fragte sie.

«Ab und zu kreuzt eine Frau meinen Weg», räumte er ein. «Aber im allgemeinen sind es keine wichtigen Geschichten. Und du?»

«Ab und zu kreuzt ein Mann meinen Weg. Aber im allgemeinen sind es keine wichtigen Geschichten», ahmte sie ihn lachend nach. Nach außen hin im Spaß, sagten sie einander auf diese Weise die Wahrheit.

«Wenn ich mich noch einmal an eine Frau binden sollte, müßte ich sicher sein, daß sie die richtige ist.»

«Das sagt man immer, obwohl man weiß, daß es unmöglich ist. Es gibt keine sicheren Gefühle. Weißt du, daß ich mich im Laufe der Jahre oft gefragt habe, wie wohl mein Leben verlaufen wäre, wenn du dich in mich verliebt hättest?» bekannte Giulia.

«Aber ich war doch in dich verliebt», widersprach er.

«Du bist ein schamloser Lügner, Ermes Corsini», wies sie ihn zurecht. «Ich habe vielmehr dich geliebt. Ja, ich war verzweifelt verliebt in dich. Aus Liebe zu dir hätte ich alles getan. Aber du bist einfach ohne ein Wort verschwunden.»

Ermes nahm Giulias Hand.

«Einmal bin ich unten auf der Straße vorbeigegangen, um mich von dir zu verabschieden», erzählte er. «Das war, als ich die Gegend verließ, weil ich anfing, in der Klinik zu arbeiten. Damals trennte uns ein Abgrund. Und du warst ja erst fünfzehn.»

«Ich habe soviel geweint wegen dir.»

«Glaubst du, wir könnten die verlorene Zeit wieder aufholen?»

«Das ist ein titanisches Unternehmen, das selten gelingt»,

meinte sie lächelnd. «Aber wir können versuchen, die Gegenwart zu meistern, die Jahre, die uns bleiben, gemeinsam zu leben.» Sie versuchte, unbefangen zu sein. Aber nach all den Enttäuschungen erschien ihr Ermes wie die letzte Chance ihres Lebens.

Heute

1

Giulia wachte vom Läuten des Telefons im Erdgeschoß auf. Irgend jemand mußte beim dritten Klingelzeichen abgenommen haben. Langsam begann sie, sich zu erinnern, und das erste Bild, das ihr zu Bewußtsein kam, war dasselbe, das sie im Traum verfolgt hatte: Ermes und seine Frau, die sich am Bett ihrer Tochter umarmten. Sie hatte sich lange mit diesem schrecklichen Erlebnis herumgequält und um Mitternacht schließlich eine Schlaftablette genommen. Jetzt fühlte sie sich wie ein geprügelter Hund.

Sie war es müde, sich von den Männern betrogen zu fühlen, die sie liebte. Warum mußte sie sich noch heute wie ein kleines Mädchen verlieben? War ihr denn noch nicht klar geworden, daß sich bestimmte Gefühlszustände, die an Jugendlichen rührend wirkten, für eine Vierzigjährige nicht schickten?

Giulia stand auf und ging ins Bad. Aus dem Spiegel schaute ihr eine immer noch junge Frau mit etwas verschlafenem Gesicht entgegen. Die strahlende Sonne, die durch das große Fenster hereinflutete, war eine berauschende Verlockung zum Leben.

Heiße Tränen strömten aus ihren schönen Augen, aber es war ein befreiendes Weinen, ohne Schluchzen und ohne Schmerz.

Sie zog sich das Nachthemd über den Kopf und betrachtete ihren nackten Busen im Spiegel. Die operierte Brust war kaum merklich kleiner geworden. Sie hob die Hand und wollte die

Narbe berühren, aber es gelang ihr nicht. Ihre Hand schloß sich zur Faust. Warum fuhr sie selbst im Angesicht der Tatsachen fort, ihr Leiden zu ignorieren? War das richtig oder falsch? Sie erinnerte sich an Zairas Worte: «Laß nie zu, daß dir ein Mann an die Titten faßt. Er ruiniert sie dir. Oder er ruiniert dir das Leben.» Hatte sie womöglich recht? Giulia suchte einen flauschigen, vanillefarbenen Pullover und eine graue Flanellhose aus ihrem Kleiderschrank hervor und schlüpfte in schwarze, mit weißem Fell gefütterte Mokassins. Dann setzte sie sich an ihren Schminktisch und begann, eine Feuchtigkeitscreme über ihr Gesicht zu verteilen. Danach fuhr sie sich mit einem weißen Stick über die Augenlider. Es waren automatische Handgriffe, die sie seit Jahren vollzog. Während sie sich noch schminkte, dachte sie an den Tag, den sie vor sich hatte, an das Buch, das sie gerade schrieb: es war die Geschichte von Ermes und Giulia, die in der Wirklichkeit schlecht ausgegangen war, im Roman jedoch noch ein offenes Ende hatte.

Als sie auf den Korridor hinaustrat, sah sie auf dem Gangtisch einen großen Korb mit weißen Lilien. Die Luft war erfüllt von ihrem Duft. Daneben lag ein Kärtchen: «Du bist ein Biest, Giulia, aber ich werde nie eine andere Frau lieben als dich. Ermes.»

Sie ging ins Erdgeschoß hinunter. Sie öffnete die Küchentür und sah Leo vor sich, der am Tisch saß und frühstückte. Er tauchte gerade eine mit Honig beschmierte Scheibe Toast in seinen Kaffee.

«Und was hast du hier verloren?» fragte sie.

Leo sah sie mit bewunderndem Blick an.

«Wie schön du bist, Giulia», sagte er und küßte ihre Hand.

Giulia erwiderte seinen Gruß nicht. Sie setzte sich ihm gegenüber an den Tisch, goß sich Kaffee und etwas Milch in eine Tasse und begann, das wohltuende Getränk in langsamen Schlucken zu schlürfen.

«Ist er gut?» fragte Leo besorgt. «Den habe ich gemacht», fügte er dann mit dem Stolz eines Jungen hinzu, der zwar mittlerweile fünfzig Jahre alt und an den Schläfen weiß war und etliche Pfunde zugelegt hatte, aber immer noch genauso charmant lächelte wie früher. «Wie in den guten alten Zeiten.»

Giulia nickte mit dem Kopf.

«Also, meine gesprächige Giulia», fuhr er fort. «Die Außentemperaturen liegen um null, aber das Wetter ist schön, und die Sonne scheint. Ambra ist einkaufen gegangen, und unser Sohn ist in der Schule. Das weiß ich zufällig genau, denn ich habe ihn persönlich dorthin begleitet. Was mich betrifft ...»

Giulia erinnerte sich plötzlich an den Telefonanruf ihres Mannes am Neujahrstag. «Hör mal, wenn du wegen dieser Corinna Was-weiß-ich gekommen bist, kannst du gleich wieder verschwinden», sagte sie drohend.

«Ich bin nur wegen dir hier, meine unvergleichliche Giulia», versuchte er sie zu besänftigen. «Du kommst mir vor wie eine Romanfigur aus der Serie *Die Gefahr ist mein Beruf.* Das Leben mit dir ist wie ein Seiltanz über dem Abgrund. Deine Geschichte mit Corsini, die du monatelang so geschickt verborgen hast, ist ja wie eine Bombe geplatzt.»

«Bist du vielleicht so früh am Morgen gekommen, um mir eine Moralpredigt zu halten?» fragte sie verärgert.

Leo änderte seinen Ton von Scherzhaftigkeit in aufrichtige Herzlichkeit.

«Nein, ich bin gekommen, weil ich dich trotz deines ekelhaften Charakters immer noch liebe.»

Er war bereits der zweite, der ihr innerhalb von wenigen Minuten sagte, er würde sie trotz ihres häßlichen Charakters lieben.

«Pack deine Geige wieder in den Kasten. Ich kenne deine Gaben als Solist zur Genüge.»

«Aber vorher möchte ich dir noch einmal dafür danken, daß du mich einmal gern gehabt und mir einen Sohn geschenkt hast.»

«Wenn du mit den Schlagzeilen und Schnörkeln endlich fertig bist, kannst du mir vielleicht sagen, welchem Umstand ich deinen Besuch in meinem Haus tatsächlich zu verdanken habe.»

Leo machte ein trauriges Gesicht.

«In diesem Haus haben wir uns kennengelernt», fing er von neuem an.

«Erinnere mich bitte nicht daran, vor wie vielen Jahren das war, sonst werde ich fuchsteufelswild.»

«Gestern», sagte er, um sie zu besänftigen.

«Du hast Glück gehabt. Darf ich jetzt erfahren, worum es dir geht?» fragte sie ungeduldig.

«Ich möchte, daß du glücklich bist, Giulia.» Er schien es ehrlich zu meinen, aber Leo hatte immer ehrlich gewirkt, bevor er sie betrog. Der Kaffee in ihren Tassen wurde kalt.

«Liebet einander und ehret euch alle Zeit», gab Giulia ironisch zurück.

«Es ist nicht so, wie du denkst, Giulia», fuhr Leo ungewöhnlich ernst fort. «Ich glaube, ich kann deinem Ermes helfen, aus dem Schlamassel herauszukommen, in den ihn seine Ex-Frau Marta Montini gebracht hat.»

Giulia wurde blaß und war mit einem Mal aufmerksam. «Was weißt du, Leo?» fragte sie ihn.

«Praktisch alles.» Er begann, ihr in zusammengefaßter Form eine spannende Geschichte zu erzählen. Sie handelte von einer internationalen Detektei, die den Auftrag erhalten hatte, bestimmte Personen zu beschatten, und von Fotoreportagen, die im günstigsten Moment an die geeigneten Journalisten weitergeleitet worden waren. «All diese Aktionen sind von Marta Montini erdacht, finanziert und mit großem Geschick in die Wege geleitet worden.»

«Wie hast du das alles erfahren?» fragte Giulia neugierig.

«Durch Zufall», antwortete er. «Und dank meiner schlechten Angewohnheit, in anderer Leute Angelegenheiten herumzuschnüffeln. Du weißt doch, wie klatschsüchtig und intrigant ich bin», scherzte er. «Ein junger Kollege hat mich auf die Spur gebracht. Er heißt Piergildo Grandi. Er ist wegen irgendeiner Bettgeschichte sauer auf Marta.»

«Wie ich», entfuhr es ihr.

«Aber du warst nicht im Besitz der Nachricht, die Gianni Macchi hinterlassen hat», sagte Leo.

«Der junge Arzt, der sich umgebracht hat?», fragte Giulia überrascht.

Leo nickte.

«Martas letzter Liebhaber», präzisierte er. «Bevor er Hand an sich legte, wie man so schön sagt, hat er einen kleinen Brief geschrieben. Darin bat er Ermes um Verzeihung. Offensichtlich, weil er ihn zu Unrecht angeklagt hatte. Dieses Quasi-Testament ist in Piergildo Grandis Hände gelangt. Und der gab es mir eines Abends, als ihn der Alkohol und sein Gewissen zu bestimmten Vertraulichkeiten verleitete.»

«Und der ganze Rest? Wie bist du hinter die Intrige, hinter die Geschichte mit den Fotografien, auf den Namen der Detektei gekommen ?»

«Alles aufgrund von Grandis Geständnis», erklärte Leo. «Mit dem sicheren Beweis in der Hand habe ich begonnen, meine persönlichen Nachforschungen anzustellen. Ich habe viele Freunde, wie du weißt. Es war nicht schwer, der Wahrheit auf die Spur zu kommen. Inzwischen bin ich zu der Überzeugung gelangt, daß Marta dieses Komplott nur deshalb geschmiedet hat, weil Ermes mit dir zusammen ist. Sie konnte einfach nicht dem perversen Vergnügen widerstehen, euer schönes Glück zu verderben.»

«Du kennst diese Frau gut, nicht?»

«Bist du eifersüchtig?» fragte Leo erfreut.

Giulia dachte daran, wie sie die beiden vor dreizehn Jahren zusammen im Bett erwischt hatte, und mußte lächeln.

Ihre Antwort enttäuschte ihn. «Nein», sagte sie. «Wenn ich es mir recht überlege, war euer Anblick grotesk. Beim Gedanken an diese Episode überkommt mich Mitleid. Für dich, wohlgemerkt. Trotzdem bist du ein guter Freund. Deine Zeugenaussage wird Ermes völlig entlasten und ihm helfen, seinen guten Ruf wiederherzustellen.»

«Aber ich habe dir noch nicht alles gesagt.»

«Was gibt es denn noch?» fragte sie beunruhigt.

«Daß du eine wundervolle Frau bist», fuhr Leo voller Bewunderung fort. «Die tapferste Frau, die ich je kannte.»

«Und du kennst viele, stimmt's?» bemerkte Giulia ironisch.

Leo zog plötzlich ein nachdenkliches und trauriges Gesicht. «Du warst krank und hast es keinem gesagt. Warum?» fragte er und umarmte sie.

«Weil ich sicher war, daß es auch so alle erfahren würden. Du weißt es ja auch auf einmal.»

«Ich habe es von unserem Sohn erfahren. Als vollendete Tatsache. Warum hast du das Geheimnis so lange für dich behalten?»

«So bin ich eben», verteidigte Giulia sich. «Außerdem gibt es Sachen, die nicht zu ändern sind, auch wenn man darüber spricht.»

«Aber die Menschen, die dich lieben, können dir helfen, die Last einer solchen Sache zu tragen.» Wo das Schreckgespenst des großen Feindes auftauchte, wurde selbst die Sprache zweier Menschen, die es gewohnt waren, mit Worten zu arbeiten, kompliziert, verschwommen und unscharf.

«Nein, Leo», gab sie kühl zurück. «Keiner kann dir die Angst nehmen, die dieser mysteriöse Gast in dir weckt. Auch wenn sich alles zum besten zu entwickeln scheint, steht man ihm doch immer alleine gegenüber. Weil man weder weiß, woher er kommt, noch wohin er geht und wann er dich das nächste Mal überfallen wird.»

Giulia schmiegte ihren Kopf an Leos Schulter. Er streichelte ihr Haar.

«Man hat mir gesagt, du wärst geheilt.»

«Das sagen sie mir auch.»

«Ich muß daran denken, wie oft ich dir nicht zur Seite gestanden habe, wenn ich es hätte tun sollen. Damit habe ich dir Unrecht getan, und das tut mir leid. Ich habe mich dir gegenüber immer als Egoist verhalten.»

«Ein Egoist warst du bei allen», sagte sie mit Nachdruck. «Bei mir warst du zusätzlich noch ein Schweinehund. Aber es stimmt nicht, daß du mir nicht zur Seite gestanden hast. Was ich bin, habe ich auch dir zu verdanken. Mag sein, daß du mein größter Irrtum warst, aber das gilt nur für die Gefühlsebene. Im praktischen Leben hast du mir geholfen, zu mir selbst zu finden, und das ist nicht wenig.»

«Ich liebe dich immer noch, Giulia», flüsterte er und hauchte ihr einen Kuß auf die Lippen.

Wie anders war doch Ermes, wenn er ihr sagte, daß er sie liebte. Leo hatte immer etwas Aufschneiderisches, Verlogenes im Blick, selbst wenn er ihr ernsthaft seine Liebe erklärte. Er liebte sie, aber er würde sie im nächsten Moment betrügen, wenn sich die Gelegenheit dazu böte. Der Drang, etwas Verbotenes zu tun, war einfach stärker als er.

«Möchtest du etwa Corinna Was-weiß-ich mit deiner Ex-Frau betrügen?» fragte Giulia und hob den Kopf.

«Guten Morgen!» Das war die Stimme von Ermes, der sie von der Türschwelle aus beobachtete.

«Gott, ihr Mann!» Leo lächelte bitter, während er den berühmten Satz von sich gab und Giulia losließ.

Giulia wurde blaß, hatte sich aber sofort wieder unter Kontrolle. Mit typisch weiblicher Koketterie genoß sie es, daß Ermes sie bei dieser zärtlichen Szene überrascht hatte. Endlich war sie es einmal, die Eifersucht hervorrief.

«Leo ist eben erst gekommen. Er hat mir etwas erzählt, das dir sehr nützlich sein könnte», erklärte Giulia ihm.

2

Marta Montini war erleichtert, als sie erfuhr, daß ihr Vater und der Minister Armando Zani sich für sie eingesetzt hatten, um einen neuen Skandal abzuwenden, in dessen Mittelpunkt diesmal sie gestanden hätte. Sie hatte versucht, ihren Ehemann zu vernichten, weil er ihr davongelaufen war, und dazu hatte sie Geister heraufbeschworen, deren Kontrolle ihr schließlich völlig entglitten war. Ein Mann hatte sich ihretwegen umgebracht, ein Vater, der über den Tod seines Sohnes verzweifelt war, stand wegen Verleumdung unter Anklage, und ihr drohte wegen verschiedener Vergehen das Gefängnis.

Ermes hatte seine Wut aus Rücksicht auf Teodolinda beherrscht und sich beim letzten entscheidenden Gespräch mit seiner Ex-Frau dazu durchgerungen, auf einen Rechtsstreit zu verzichten, wenn Marta dafür ins Ausland gehen würde.

«Ich werde dich nicht ins Gefängnis bringen, aber du mußt Italien verlassen.» Das waren seine Worte gewesen.

Marta hatte sich für Brasilien entschieden. In Rio lebte nicht nur der Schönheitschirurg, der ihr eine lange Jugend zusichern konnte, sondern auch Joaquín de Nogales, ein Psychoanalytiker, den sie vor ein paar Jahren an der Côte d'Azur kennengelernt hatte. Der schöne dunkle Südamerikaner hatte ihr beharrlich den Hof gemacht, allerdings vergeblich, denn damals konnte sie noch selber aussuchen, und haßte es, ihrerseits ausgesucht zu werden. Nachdem sich die Dinge nun jedoch geändert hatten, war sie auf die Idee gekommen, ihn anzurufen. Joaquín erwartete sie mit offenen Armen.

Marta befand sich auf dem Flughafen Malpensa und wartete auf die Öffnung des Flugsteigs. In der Hand hielt sie ein *one-way-ticket* nach Rio, *top class* natürlich. Ihre wertvolle Garderobe war bereits an Bord.

Da unterbrach eine Stimme mit unverkennlich amerikanischem Akzent den Fluß ihrer Gedanken. «Ich beobachte Sie schon seit einer Weile. Sie sind doch Signora Corsini, stimmt's?»

Sie schaute den Mann an und lächelte. Von der Krawatte bis zu den Schuhen war alles von Gucci. Seine Erscheinung dagegen war typisch amerikanisch: groß, blond, athletisch, mit einem kleinen Bauchansatz, wie ihn Gewohnheitstrinker haben.

«Ja, ich bin Marta Corsini», bestätigte sie nicht ohne eine gewisse Irritation.

«James Kendall», stellte er sich vor. «Erinnern Sie sich an mich? Wir haben uns vor ein paar Jahren auf einem Kongreß über Thoraxchirurgie in Baltimore kennengelernt.»

«Ja, stimmt», erinnerte sich Marta. «Wie geht es Ihnen?» Jetzt war ihr wieder alles klar. Er und seine Frau hatten beim Lunch und beim Abendessen mit ihr und Ermes an einem Tisch gesessen. Kendall hatte die ganze Zeit über ihre Beine berührt, und Marta hatte das erotische Spiel sehr unterhaltsam gefunden. Sie erinnerte sich auch wieder an seine besitzergreifende, eifersüchtige Frau, die ihn keine Minute aus den Augen gelassen hatte.

«Wie geht es Professor Corsini?» fragte er.

«Das weiß ich nicht. Wir sind geschieden.»

«Phantastisch», rief er aus. «Ich habe mich auch scheiden lassen.»

«Wegen der Stiere?» fragte Marta. Sie erinnerte sich jetzt wieder daran, daß Kendalls Frau, eine hübsche, pompös aufgemachte Mexikanerin, unablässig von Corridas und von den Stieren gesprochen hatte, die ihr Vater auf seiner Hacienda in Puebla züchtete.

Der Amerikaner brach in ein lautes Gelächter aus.

«Ja, genau. Sie sprach die ganze Zeit nur von den Stieren und ihren *cojones*. Bis sie meine damit ruiniert hatte.»

Die anderen Fluggäste betrachteten das ausgelassene Paar, das sich königlich zu amüsieren schien.

«Du bist unterhaltsam, James», sagte Marta. Er war genau der Typ, den sie in diesem Moment brauchte.

«Rio?» fragte er und wischte sich die Lachtränen aus den Augen.

«Rio», bestätigte sie mit einem verheißungsvollen Lächeln.

Jetzt drehte sich das Glücksrad für Marta Montini wieder in die richtige Richtung. Jenseits des Ozeans lag Rio de Janeiro und wartete auf sie. Für ihre Tage und Nächte standen ihr bereits zwei Männer zur Verfügung: ein verliebter Psychiater und ein flotter Chirurg.

3

Ermes schlug die Augen auf und war sofort hellwach, die Gedanken wohlgeordnet im sauberen Archiv seines Geistes. Das glänzende Leuchtzifferblatt auf seinem Nachtkästchen zeigte drei Minuten vor sechs. Er drückte auf den Summer und kletterte aus dem Bett. Dann zog er die Jalousie hoch und die weißen Musselingardinen zurück. Draußen war es noch dunkel, aber ein zartrosa Licht begann bereits den Himmel zu färben.

Der düsterste Abschnitt seines Lebens war vergangen und mit ihm alle finsteren Momente. Er hatte seine Tätigkeit wieder aufgenommen, und sein Arbeitstag wurde wie früher von einem strengen Rhythmus bestimmt.

Sein erster Gedanke galt Giulia. Gerade heute war der letzte Tag ihrer Bestrahlungstherapie. Er wollte sie in ein paar Stunden besuchen, und am Abend würden sie gemeinsam das Ende einer kräftezehrenden Behandlung feiern, die vielleicht unnötig gewesen war, aber sicherheitshalber hatte durchgeführt werden müssen.

Giulia ging es jetzt wirklich gut. Sie war wieder heiter und ausgeglichen, und auch er war davon überzeugt, daß dies dazu beitragen würde, die Krankheit endgültig zu besiegen.

Sein zweiter Gedanke galt Teodolinda. Seine Tochter war völlig genesen und bei bester Gesundheit. Aber was noch wichtiger war, sie schien auch ihr inneres Gleichgewicht gefunden zu haben.

Auf dem Küchentisch, der für zwei gedeckt war, fand Ermes seinen frisch gepreßten Orangensaft. Ersilia, die Haushälterin, eilte mit stiller Geschäftigkeit umher.

Kurz darauf trat Tea ein. In ihrem Reitdress wirkte sie frisch wie der Frühling und schenkte ihm ein strahlendes Lächeln.

«*Ciao*, Papa», sagte sie und gab ihm einen Kuß. Dann setzte sie sich vor eine große Schale mit geschnittenem Obst und Joghurt.

Sie lebten gut miteinander.

«Du bist heute ja eine richtige Frühaufsteherin.»

«In zehn Minuten kommt mich Marcello abholen. Wir gehen eine Stunde reiten, danach bringt er mich zur Schule», erklärte Tea, die ihre Beziehung zu Oberleutnant Marcello Belgrano wieder aufgenommen hatte. Ermes beruhigte es, sie in der Obhut eines jungen Mannes zu wissen, der aus Liebe zu Tea seinem Leben eine Wende gegeben hatte.

«Dann sehen wir uns also heute abend», meinte Ermes. «Wir essen zusammen, in Ordnung? Giulia wird auch kommen.»

«Phantastisch!»

In diesem Moment klingelte das Telefon. Ersilia warf Ermes einen fragenden Blick zu, ob er das Gespräch gegebenenfalls annehmen wollte.

«Fragen Sie erst, wer dran ist», sagte Ermes.

«Einen Moment bitte», sagte die Haushälterin mit dem Hörer in der Hand. «Es ist Maresciallo Caruso», flüsterte sie dann leise.

«Oh, nein», rief Ermes aus und richtete die Augen zum Himmel. «Geben Sie her», sagte er dann und griff nach dem Hörer.

«Entschuldigen Sie bitte die unpassende Zeit, Herr Professor. Ich hätte mir nie erlaubt, Sie zu Hause zu stören, wenn es nicht einen sehr ernsten Grund gäbe.» Die Stimme des Carabiniere klang entschlossen und klar.

Ermes wurde blaß.

«Was gibt's?» wollte er wissen.

«Es geht um den Vater meiner Frau, Herr Professor. Er hat Kehlkopfkrebs und wurde von seinem Dorfarzt nach Mailand geschickt. Ich habe ihn in Ihr Krankenhaus gebracht, aber dort wurden wir abgewiesen. Man hat uns gesagt, es gäbe eine unendlich lange Warteliste», erklärte Caruso.

Ermes tat instinktiv einen Seufzer der Erleichterung.

«Das haben Sie richtig gemacht, sich direkt an mich zu wenden. Ich werde gleich heute morgen sehen, was sich für Ihren Schwiegervater machen läßt. Auf die eine oder andere Weise werden wir das Problem schon lösen.» Er machte sich noch ein paar Notizen und legte auf.

Dann schaute er auf die Uhr. Es war kurz vor halb acht. Er überlegte, ob er Giulia anrufen sollte, ließ es dann aber sein. Wahrscheinlich schlief sie noch, und es hätte ihm leid getan, sie zu wecken. Was den Schlaf anbetraf, hatten sie verschiedene Rhythmen und Gewohnheiten.

Als er das Haus verließ, war es bereits hell. Er beschloß, zu Fuß zur Klinik zu gehen. Die erste Operation war für acht Uhr vorgesehen.

Um ein Uhr kam er aus dem OP.

Es war ein anstrengender Vormittag gewesen, in dessen Verlauf er sich nur eine kurze Kaffeepause gegönnt hatte. Abgesehen von den Operationen hatte er sich mit der Verwaltung herumschlagen müssen, zwischen zwei Chefärzten vermittelt und eine OP-Schwester beruhigt, die in Tränen ausgebrochen war, weil sie ein nervöser Chirurg angefahren hatte.

Als Ermes endlich in sein Büro trat und Giulia sah, die dort mit einem Buch geduldig auf ihn wartete, wurde ihm klar, daß er sie den ganzen Vormittag lang völlig vergessen hatte.

Er küßte sie auf die Stirn.

«Verzeih mir», sagte er.

«Müde?»

«Jetzt, wo ich dich sehe, nicht mehr.»

Er unterzog Giulia einer sorgfältigen Untersuchung, bei der er mit den Fingerkuppen alle tastbaren Lymphstränge genau kontrollierte. Giulia ließ die Prozedur bereitwillig und zuversichtlich über sich ergehen.

Dann betastete auch sie zum ersten Mal ohne Widerwillen

ihre operierte Brust und hatte danach das Gefühl, eine große Schlacht gewonnen zu haben.

«Und?» fragte sie, nachdem sie sich wieder angezogen hatte.

«Es ist alles in Ordnung», versicherte er ihr.

«Auch damals, nach der Operation, war alles in Ordnung. Und dann hast du mir gesagt, ich müsse eine Bestrahlungstherapie machen», warf sie ihm mit sanfter Stimme vor.

«Das Geschwür ist weg. Es war noch operierbar. Wir haben es rechtzeitig und ohne dich zu verstümmeln entfernt. Die Bestrahlungen stellen eine zusätzliche Absicherung dar. Jetzt bist du eine gesunde Frau, hinreißend schön und begehrenswert. Und ich möchte dich etwas sehr Wichtiges fragen.» Er trat an ihre Seite und half ihr in den Pelzmantel.

«In diesem Augenblick bin ich es, die Fragen stellt», erwiderte sie und schaute ihm fest in die Augen. «Du sagst, ich sei eine gesunde Frau. Das ist jetzt, aber was wird später sein? Später könnte ich wieder krank werden, nicht?»

Ermes legte ihr die Hände auf die Schulter und lächelte sie offen an.

«Ich will dir keine Lügen erzählen», sagte er mit ruhiger Stimme. «Lügen sind einfach auszusprechen, aber sehr schwer aufrechtzuerhalten. Du hattest keine Grippe: du hattest Krebs. Aber jetzt hast du nichts mehr. In dieser Überzeugung mußt du weiterleben. *Später* ist ein unübersetzbares Wort voller Rätsel», erklärte er. «*Später* ist eine Frage ohne Antwort. *Später* gewinnen wir vielleicht im Lotto oder werden von einem Verrückten erschossen. Genieße die Gegenwart in Gesellschaft einer fröhlichen und zufriedenen Giulia, die wieder ganz gesund ist.»

Ermes' Worte und der Ton seiner Stimme vermittelten ihr einen tiefen inneren Frieden. Sie dachte an sich selbst, wie besorgt sie um ihr Leben war, wie bedürftig nach Gewißheit.

In der Umarmung des Mannes, mit dem sie die Tage und Nächte teilen würde, die ihr noch zu leben blieben, erkannte sie den Wert der kleinen Dinge, das Murmeln der Zeit, die sanft vorüberfloß. Und sie fühlte sich stark genug für ein intensives Leben an seiner Seite, für ein Leben voller Erwartung.